群像短篇名作選
1970〜1999

gunzō henshūbu
群像編集部 編

講談社文芸文庫

目次

群像短篇名作選　1970～1999

拳銃

三浦哲郎

一

私のおふくろはもうすぐ八十三になるが、近頃、不意に背後から左の肩にずっしりと乗っかってくる目に見えない漬物石《つけものいし》に悩まされている。

それさえなければ、齢《とし》のわりには丈夫な方で、いまでも細い絹針にひとりで糸を通して針仕事はするし、家のなかの拭き掃除もする。陽気がよくなれば盥《たらい》に水を張って洗濯もするし、時には自分で庖丁を握《にぎ》って鱸《すずき》を三枚におろしたりもするが、どういうものか八十を越したころから、うっかり日和《ひより》に釣られて遠出をしたり、調子に乗って長いこと流しで水仕事をしたりしたあとは、きまってその厄介な漬物石のためにひどい目に遭わされるようになった。

一と仕事終えて、やれやれと思っているときに、なんの前触れもなくいきなり左の肩へずっしりと乗っかってくるのだから、逃げるいとまもない。あ、また背負わされた、そう思って振り落そうとしても、もう落ちるものではない。ずっしりとした重みがじわじわと背中に染みひろがり、内側から胸を押し包んで、締めつけてくる。急に軀が揺れるほどの動悸《どうき》がしてきて、心臓がしくしくしく痛み出す。黙っているのが心細くて、「また来たえ、来たえ。」と叫ぶが、すぐに声がかすれてしまう。

隣町にも稽古場を持って琴を教えている私の姉が、休みで家にいるときはいい。声を聞きつけて飛んできて、手を貸して寝床へ連れていってくれる。姉がいないときは、困ってしまう。姉と二人暮らしだから、呼んでも誰もきてくれない。茶の間にいるときだと、手近の座布団を二枚並べてそこに手足を縮めて横になるが、土間や庭だと、そうもいかない。背中をまるめてうずくまる。うずくまっているのも辛くなって、尻餅をつく。みっともないが、そのままで、やがて目に見えない誰かが背中の漬物石をそっと取り除けてくれるのを待つほかはない。その誰かを待つ間の、長いことったら！　顔に脂汗が浮いてくる。足の先が冷たくなってくる。目の前が暗くなってくる……。

おふくろは、いずれはこの漬物石に命を奪《と》られることになるだろうと思っている。というのは、背中にのしかかってくる重みだけならまだしも、それが近頃では、露骨に心臓の方へ手を伸ばして握り締めようとするからである。ところが、あいにくおふくろは自分の心臓に自信がない。

おふくろは、自分の心臓には若い時分の古疵《ふるきず》がある、すくなくとも穴が六つはあいている、そう思い込んでいる。心臓に穴などあいていたのではとてもこの齢まで生きられないが、おふくろは、その六つの穴はいずれも雷に打たれたような、ちいさいが底の深い穴だといっている。

六つのうち、二つは、長女と三女を産んだときにできた穴（その二人の姉たちは、どちらも生まれつきの色素欠乏症であった）。

別の二つは、長女と次女に死なれたときにできた穴（二人はそれぞれ違った方法で、けれどもつづけざまに自殺した）。

残りの二つは、長男と次男に家出をされたときにできた穴（その兄たちはいまだに行方がわからない）。

だから、自分の心臓は、よその人に比べて随分怺《こら》え性に乏しいのだと、おふくろはそう思い込んでいる。いずれ、そのうちに、あの漬物石が自分の心臓を手摑《てづか》みにするときがくるだろう。あの力で握り締められたら、ひとたまりもない。

おふくろは、そのときのためにそろそろ死支度をはじめている。自分がいつ死んでもいいように——自分がこの世で為《し》残したことで、あとに残った者たちへ迷惑をかけることのないように。おふくろは絶えず心にそう念じながら、すこしずつ身辺の整理を進めている。それで、なにか自分ひとりでは始末の判断がつかないようなものが見つかると、私宛に、『近々こつらへ来る用はないでしか。また一つ相談事がありまし。ちょっと寄ってくれれば助かりまし』と田舎訛《なまり》の手紙をよこす。

つい一と月ほど前にも、おふくろがまたしても漬物石を背負い込んだという姉からの知らせで、私はいつものように、おふくろの好物《こうぶつ》の抹茶飴《まっちゃあめ》を土産《みやげ》に一と晩泊りで郷里へ帰ってきたが、そのときもおふくろは、それが身近にあることを思い出すたびに、つい、あたりをそっと見回さずにはいられない、陰気で物騒な持物のことで、さっそく私に相談を持ちかけてきた。

その陰気で物騒な持物というのは、一梃《ちょう》の古い拳銃のことだ。

二

その拳銃のことをいい出す前に、おふくろは、

「おまえ、つかぬことを訊くが、モデルガンって、なにせ。」

といった。

何日か前の夕方、姉が隣町の稽古場から戻ってみると、台所の流しの蔭の薄暗がりに、まるでかくれんぼ遊びの鬼の番のときに置き去りにされてしまった子供のように、両手で顔を覆《おお》ったままちいさくうずくまっていたというおふくろは、それでも今度の漬物石はいつもよりもいくらか軽かったと見えて、私が郷里の家に着いたときはもう床を離れて、炉端《ろばた》で川魚を串焼《くしや》きにしていたが、いっとき私の家族の様子を尋ねたりしたあとで、唐突にそんなことをいい出したのである。

私はちょっと面食らったが、もともとおふくろには、新聞やなにかで見憶えたバタ臭い片仮

名文字を、なにかの拍子にふと思い出しては意味を尋ねる癖があるから、いつものように簡単に、モデルガンというのは鉄砲とか拳銃の精巧な模型で、まあ、大人の玩具のようなものだと教えてやると、おふくろは、実はそのモデルガンを振り回して大それたことをした子供がいるといって、つい先日、近くの町に持ち上った強盗騒ぎの話をした。

その強盗犯人は、頭からナイロン・ストッキングをかぶって三軒の家に押し入り、寝ている人にモデルガンを突きつけて（勿論、はじめは誰もそれをモデルガンだとは思わなかった）金品を奪い、四軒目の息子に組み伏せられて捕まったが、覆面《ふくめん》を剝《は》いでみると、これが高校を出たばかりの少年で、モデルガンは高校の修学旅行のとき東京でこっそり手に入れてきたものだったという。

私は、そんな話を聞きながら、おふくろはよほど女世帯が心細くて、それで帰ってきたばかりの自分にいきなり強盗の話などを聞かせるのだと思っていたが、そうではなかった。話の先を聞いてみると、まだ二十にもならない子供がそんな玩具を振り回して悪事を働くような世の中だから、なにかのはずみで思わぬ間違いが起こらないうちに、あれを然《しか》るべく処分して置いた方がいいと思うが、どうだろうかという相談であった。

ところが、私には、おふくろのいうあれがすぐにはわからなかった。

「あれ、というと？」

「ほら、父さんのぺすとるせ。」

おふくろはそういって、ちょっと首をすくめて見せた。

私は、思い出した。おふくろが〈父さんのぺすとる〉というのは、死んだ私の父親が形見に遺《のこ》した拳銃のことである。勿論、それはモデルガンなどではなくて、六連発の弾倉《だんそう》が回転式になっている、三二口径の、しっとりとした重みがいかにも本物らしい拳銃である。けれども、私の父親は、生前軍人でもなかったし、やくざでもなかった。町に呉服商いのちいさな店を出している、小心で実直な田舎商人にすぎなかった。戦後、生まれ在所の村へ疎開《そかい》したきりになって町の店を失ってからは、薪割りと川釣りに明け暮れて、うわべばかりは優雅な村人にすぎなかった。姉が琴の稽古場を持つようになってこの町へ移ってきてからは、脳軟化症をわずらう老人にすぎなかった。そんな父親は、生涯を通じて拳銃などには指先も触れたことがなかったように思われるのに、死んだあとには、まぎれもない、冷やかに光る拳銃が残ったのである。しかも、それと一緒に、実弾も五十発入りの箱で一つ残っていた。

私たちは、この夏、父親の十七回忌を済ませたばかりだが、思い出してみると、その拳銃も実弾も、いまだにそっくりこの家に残りつづけているわけで、おふくろの言葉を借りれば、私たちはこの十六年間、まかり間違うと犯罪の兇器にもなりかねない物騒なものを、心ならずも隠匿《いんとく》していたということになる。

おふくろは、炉の灰に炭火をまるく囲んで立て並べてある川魚の串を、一本ずつ抜き取っては焼け具合を確かめながら、思い出すたびに気が重くなる〈父さんのぺすとる〉について、長い愚痴をこぼした。おふくろは、粗暴なことにはからきし意気地がないから、正直いえばそのぺすとるが見つかったときから厭な気がしていたのだが、その後、本物まがいの玩具が押し込みの道具に使われたり、その玩具に悪い細工を施《ほどこ》して人を傷つけたり、本物で撃ち合ったり殺し合ったりというような話が世間から伝わってくるたびに、その厭な気がいよいよ募《つの》って、いまではもう、亡夫の形見は承知の上でそのぺすとるを呪いたいような気持になっている。

危険な銃砲や刀剣類の持主は、忘れずに警察へ申告しなければいけないという国のきまりは知っているが、生憎《あいにく》なことにおふくろは、どんなに自分を励ましても二度と警察というところへは足を踏み入れる気になれない。以前、自分の不出来な子供たちが次から次へと風変りなことをして世間を騒がせたころ、幾度となくそこへ足を運んで、散々みじめな思いを味わってきたからである。そのときの辛さが身に染みついている。もう四十年近くも昔のことだが、忘れられない。ただ、警察へ、と思っただけで、軀のなかの古疵が痛む。

べつに怨みがあるわけではないのだが、もう二度と警察とは関わり合いになりたくない。それかといって、このまま家のなかに眠らせておくのも、気苦労なことだ。自分の知らぬまに、こっそり家の外へ運び出されて、それが流れ流れて悪漢の手に渡りでもしたら、大事《おおごと》である。苦労性だと笑われそうだが、起こりえないことではないだろう。世の中のことは、わからない。どんなことでも起こるのが世の中である。自分の子供たちのことをいうのではないが、まさかと思うようなことがいくつもつづけざまに起こったりする。

たとえば、泥棒が入ったとする。鼻の利く泥棒なら、入る前に無駄骨の匂いを嗅ぎつけて素通りするだろうが、こそ泥ぐらいなら、女世帯を侮《あなど》って入ってみる気を起こすかもしれない。それに空巣というのもいる。けれども、入ってみたところで金目のものは見当らない。それで、自棄《やけ》にあたりを掻き回しているうちに、ぺすとるを見つける。こそ泥はちょっとびっくりするが、手ぶらで帰るよりはましだから、こんなものでも貰っとくかと、ふところに入れる。もしもそのぺすとるが、どこかで犯罪を引き起こしたとしたら、どうだろう。警察はぺすとるの出所を辿《たど》りはじめる。最後には、こそ泥がこの家に刑事を案内してくることになる。面倒なことになってしまう。

天井裏には鼠がいる。縁の下には猫や犬が入り込む。もし家のなかのどこかに、誰の手も届かない安全な隠し場所があったとしても、そこにはおふくろの手もまた届かないのだから、なんにもならない。火事もこわい。近所からの貰い火でも、おふくろも姉も身一つで逃げるのが精いっぱいで、いっそ残らず灰になってくれればいいのに、消防夫が焼け跡から光るぺすとるを見つけてしまう。面倒なことになる。

近頃、夜中に目が醒めて、ぺすとるのことをちらとでも頭に思い浮かべると、それきり眠れなくなってしまう。時には、忘れてなりゆきに任せようとも思うが、忘れられない。亡夫の持物だったのだから、責任のようなものも感じている。とてもこいつを残して死ぬわけにはいかないが、なにかいい処分の方法はないだろうか——おふくろはそういった。

「やはり面倒でも」と私はいった。「警察に届けるのがいちばんでしょう。警察に引き取って貰えば、あとで悪用される心配はないし、こちらも後髪《うしろがみ》を引かれるような思いをしなくても済むから。」

ほかに、裏の崖縁から下の川の深みへ投げ捨てることや、食用菊の畑の隅にでも穴を掘って埋めてしまうことも考えられるが、なにか衰弱した毒蛇を野に放つような感じがしないでもない。

おふくろがしょんぼり肩を落しているので、

「勿論、警察へは僕が届けますよ。」

と私はいった。

「だけど、ここの警察は厭だえ。」

「それじゃ、東京へ持っていって、むこうの警察へ届けますよ。そんならいいでしょう。あまり動かしちゃいけないんだろうけど、仕方がない。」

私はそういってから、肝腎の拳銃の仕舞い場所を訊いて、それを取りに奥の部屋へ立っていった。

三

拳銃と五十発の実弾の箱は、十六年前、私たちがそれを見つけたときとおなじように、父親が呉服商時代から愛用していた小型の手提金庫のいちばん底に、黄ばんだ新聞紙に無造作に包まれて入っていた。私は、それを取り出すとき、十六年前の形見分けの日にもこうして自分でこの新聞紙包みを取り出したのだったと思い出した。けれども、そのときの私たちは、その包みの中身が拳銃だとは誰も知らなかった。

「こいつは重いぞ。小判かもしれない。」

そんな冗談をいいながら包みをひらくと、なかから思いがけないものが、ごろりと出てきた。私たちはびっくりした。

私には、こんな拳銃が父親の持物だとはとても思えなかったが、おふくろは確かに父親の持物だといった。おふくろの話によると、父親はまだ若い時分に、東京の問屋へ仕入れに出かけて、このぺすとるを持ち帰った。「おい、こんなものを手に入れてきた。」と、自慢顔で見せてくれたが、おふくろは本物のぺすとるを見るのは初めてで、空恐しくて身顫《みぶる》いが出た。

父親は、そのぺすとるを護身用に買ってきたのだといっていた。そのころ、父親は月にいちどは山越えをして、掛け売りの代金を集めに近在を回らなければならなかったが、深い山道を徒歩で越えるのだから、途中でなにに出会うかわからない。その上、帰りは財布が膨《ふく》らんでいる。なにか身を護るものが欲しくなってもおかしくはない。

おふくろは、そのころからぺすとるというのは虫が好かなかったが、護身用なら仕方がないと諦めていた。それなのに、父親の方は、せっかく買ってきたぺすとるを一向に愛用する様子がなかった。扱いかねてどこかへ仕舞い込んだのか、それとも誰かへ貸してやったものか、その後、家のなかでいちどもぺすとるを見かけたことがなかった。けれども、おふくろとしてはその方が安心だから、自分も忘れたふりをしているうちに、本当にぺすとるのことなど忘れてしまっていた。

ところが、それから何十年も経ったいま、とっくの昔に手放したとばかり思っていたその拳銃が、おふくろの目の前にごろりと転がり出たのである。おふくろは、裏切られたような気がしたのかもしれない。みんなの手を渡ってまた新聞紙の上に戻ってきた拳銃を、しばらく恨めしそうに眺めていたが、やがてなにもいわずに自分で元のように包み直すと、それを手提金庫の底に戻した。それから私に目を上げて、

「これはここに預かっておくすけな。要るときはいつでも持ってってくんせ。」

といった。

そのとき私はもう二十七になっていたが、定職もなく、東京の場末のアパートで、妻と二人、食うや食わずの暮らしをしていて、もしその拳銃をいますぐ形見にくれるといわれても、私たちにはとてもそんな刺戟的な形見をきちんと保管しておく自信も余裕もなかった。

「結構ですよ。」と私はいった。「そうしておく方が仏さんも安心なんだ。」

私は、それきりその拳銃のことは忘れていたが、それがまさか今頃になって、おふくろの気掛かりの種になっているとは思わなかった。

私は、拳銃の包みを持って炉端に戻ると、それをあぐらの上にひろげてみた。拳銃を手に取ってみると、そんなことはありえないことだが、前より大分重たくなっているような気がした。銃身に錆《さび》がひろがって、その上面に二列に刻んであるちいさな横文字が、もう肉眼ではほとんど読めなくなっていた。実弾の箱には、きっちり五十発入っていた。五十発入りの箱に五十発入っているのだから、まだ手つかずの弾箱だが、それでも油が埃を吸ったのか、どの弾の尻も薄い暗緑色の苔《こけ》のようなものに覆われていた。

「弾は、これ一と箱しかなかったんですか、最初から。」

私はおふくろにそう訊いてみた。おふくろは弾のことなんか知らないといったが、もし最初からこの一と箱だけだったとすれば、父親はせっかく拳銃を手に入れながら、結局一発も撃たなかったということになる。弾は五十発もあるのだから、一発や二発、試し撃ちぐらいはしてもよさそうなものだが、一発も撃っていない。一発も撃たないくらいなら、なぜ父親は拳銃と実弾を五十発も買って、それを死ぬまでこっそり隠し持っていたのだろう。

そんなことを考えているうちに、私は、父親の死後、初めてこの拳銃と実弾を見たとき、一瞬のうちに父親のすべてがわかったような気がしたことを思い出した。私は、父親の病気が再発したという知らせを受けて帰ってきて、毎日すこしずつ死んでゆく父親を見守りながら、村の郷士の子に生まれ、町の呉服屋の婿になり、白い子供を二人も持ち、娘たちには勝手に死なれ、息子たちには家出をされた男親というものは、一体なにを支えにして生きるものかと、そんなことばかり考えていたものだが、金庫の底から出てきた形見の拳銃を目にした途端に、父親のすべてがわかったような気がしたのであった。

この拳銃こそが、父親の支えだったのではあるまいか。その気になりさえすれば、いつだって死ねる。確実に死ぬための道具もある——そういう思いが、父親をこの齢まで生き延びさせたのではあるまいか。私はそう思ったのだ。

弾の一つ一つを指先に摘んでは眺めながら、そんな昔のことを思い出していると、

「その弾、どうする気?」

と、おふくろはいった。

「べつに……。ただ眺めているだけ。」

「そんなものを火にくべたりしちゃ、なんねよ。」

おふくろは私を睨んで、七つ八つの童子《わらし》でも叱るように、そういった。

翌朝、私は隣町の駅から東京へ帰る汽車に乗ったが、改札口を通るとき、年甲斐もなくすこし昂奮している自分に気がついた。けれども、改札係の若い駅員は、ボストンバッグの底に拳銃と実弾五十発を不法所持している男が通るとも知らずに、帽子をちょっとあみだにして、切符きりの鋏《はさみ》をジプシー踊りのカスタネットのように鳴らしていた。


（「群像」一九七五年一月号）

メロンと鳩

吉村　昭

　雪の降っている日に、果実店でメロンを売っていることが、なんとなく不自然に思えた。メロンは温室で栽培されるのだから冬でも実が熟すのだろうが、同じウリ科の西瓜《すいか》のように夏季の果実に感じられる。季節とは無関係に成熟するメロンは、果実の分野からはずれた人工物に近いものなのかも知れない。

　果実店の主人は、四ヵ月前に店でメロンを買った時と同じように、左手の薬指に細い金の指輪をはめていた。若い男ならば珍しいことではないのだろうが、頭髪がすっかり白くなっている男の太い指にはめられた指輪は奇異なものにみえる。妻帯しているにちがいない男の夫婦生活がどのようなものか、少し薄気味悪く感じられた。が、メロンのことや指輪のことが気になるのは、七十歳という年齢の故か、とかれは思った。

　男は、かれのさし示した中型のメロンを陳列棚からおろすと、四ヵ月前と同じように掛け紙はどのようにいたしますか、と言った。贈物ではないからそのままでいい、と、かれは答えた。

男は、うなずき、包装をはじめた。メロンは、他人への贈物に使われる物で、自家で食べる例は少いのかも知れない。かれも、それを自宅へ持ち帰るわけではなく、常識的には御霊前と書かれた掛け紙をかけてもらうべきなのだろうが、それも少し実情にそぐわないような気がした。メロンをあたえる富夫はまだ生きているはずだし、それを持っていった頃には死亡しているにちがいないが、それを予定して御霊前の掛け紙をかけてもらうのは不当にも思った。

かれは、店の内部を見まわした。並べられた果実は鮮度がよいらしく光沢にみち、数も種類も多い。壁にはめこまれた大きな鏡も暖房の温気に薄くくもっているがよくみがかれ、コンクリートの床もきれいに水がうたれている。一見して、店の経営状態はよさそうだった。

かれは、代金をはらいメロンの包みを受けとると、ガラス扉を押して外に出た。庇《ひさし》の下に会社の制服を着た若い社員が待っていて、かれに洋傘をかざし、店の前にとめてある車の後部座席のドアをあけてくれた。

かれは、シートに身をもたせかけると窓外に眼を向けた。雪はちらついている程度で、路面にふれるととけてしまうらしく道が濡れているだけである。傘もささず歩道を歩いている者もいた。

かれは、メロンの包みをシートの上に置いた。

夏のむし暑い日に、集会所の仏壇とキリスト像の並ぶ拝殿の前でメロンを食べていた富夫のことが思い起された。富夫は、その一週間前の面接日に、食べたことのない果物を……と言ったが、その時の富夫の顔には、分不相応なことを口にしたようなひるみと、必ず手に入れずにはおかぬという険しい表情がまじり合ってうかんでいた。

所内の食物は、カロリー計算を主に工夫をこらしたもので、同じ炊事場から出てくるものだけにほとんど変化はみられない。四角い凸凹だらけのアルミニウムの容器の中に入っている裸麦が半ば以上を占める米飯、それに二、三切れの漬物、具のほとんど入っていない味噌汁、野菜や魚の煮物などが、種類を調節することによって、朝、昼、夕の三食にふりわけられる。食事時になると、それらを入れた容器が長い廊下を手押し車ではこばれてきて、房の下方の小さな穴からさし入れられる。食物は、労働に従事しているか否かによって五階級にわかれているが、分量の多寡《たか》だけのことで質に差はない。

富夫は、かれを先生と呼ぶ。そのような呼ばれ方をすることに、かれは今でも照れ臭さを感じるが、所長や所員も初めからかれを先生と呼び、それが篤志《とくし》面接委員に対する一般的な呼び方であることを知って、気恥しさを感じながらも、いつの間にか返事もするようになっている。

先生、と富夫は、かれと話をしている間に何度もその言葉をさしはさむ。甘えたり媚《こ》びたりする時には、先生を多用し、かれにさまざまなことをねだる。

そんなわがままを言ってどうする、ここをどこだと思うのだなどと、時には声を荒げることもあるが、次の面接日には、希望の物を手にして出掛けてゆく。主として食物で、かれは、二十年近い経験上食物をあたえることがかれらとの接触に最も効果があると信じている。宗教家は、信仰を説くことによってかれらとの共通の場をもつことができるかも知れないが、商人であるかれは、食物をあたえることによってかれらの気持をひきつける以外にないと思いこんでいる。

そうしたかれの考え方をかれらも喜び、種々な食物をねだる。殊に、季節の移り変りに応じた食物を欲しがり、夏には素麵《そうめん》、冷奴、秋には焼き芋、秋刀魚《さんま》、冬にはタラバ蟹、凍《し》み豆腐などと思いついた食品名を口にする。

そろそろ松茸が出盛るころになったと言って、その季節になると必ず松茸ごはんを要求する者もいたし、面接日が季節の行事がおこなわれる日に当っていると、その行事につきものの食物を持ちこんでくれるように頼む者もいた。

一銭の報酬ももらわずにやっているのだ、いい加減にしろと言いながらも、許される範囲内でかれらの希望をいれ、食物をはこびこんで集会所で一緒に食べる。その一刻が、かれらにはひどく楽しいようだった。

かれらの食事の費用は予算でかぎられていて、カロリーにそれほど関係のない果実などをあたえる経済的余裕はない。そのため、かれらの食物に対する要望の中にはしばしば果実がさしはさまれる。

クダモノという言葉のひびきは、所内の者たちにとって甘美なものにきこえるらしい。クダモノ、クダモノと紙に片仮名文字を無数に書きつけた者もいたし、果実の詩、俳句、短歌なども多くみられる。そうしたかれらの希望も所長は理解していて、篤志面接委員に果実をあたえてやって欲しいと口癖のように言う。かれは、かれらからクダモノを……と言われる度に望みの果実を袋に入れて持っていってやる。時には、要望以外の果実も添えてやることすらあった。

かれが食物をすすんでかれらにあたえるのは、それを食べる姿を眼にしたいからでもあった。かれらは、食物をしげしげとながめまわし、匂いを楽しみ、口に入れて味わい、入念に咀《そ》嚼《しゃく》する。そうしたかれらを見ていると、食物が肉体を維持するために不可欠のものであることがあらためて意識され、食べるという行為がかれらにとって生きていることの証しであることが痛切に感じとれ、それがかれに快い感動に近いものをあたえるのである。

富夫が、一度も食べたことのない果物を……と言った時も、かれはそれを食べる富夫の姿を想像して承諾し、どのような果実が希望かを問うた。富夫は、「メロン」と言った。かれは、その答を意外に思ったが、同時にメロンを食べたこともないかれの過去を痛々しく思った。

かれは、翌週メロンを買い求め、四つ割りに切ってあたえた。富夫は、その匂いが香料のように非常にいいと言い、少しずつ口に入れた。種子をすべてかみくだき、表皮が薄くなるまでかじり、残りの三切れは夕食時と翌日に食べると言って新聞紙につつんだ。

富夫との接触は二年半前からだが、昨日の朝、かれのもとに所長から執行が明日に決定したと電話で報せてきた。

かれは、午後になってから定められた時刻に巻寿司の折を手に出掛けていった。集会所には、それぞれ俳句と書道を教えている二人の老人が集っていて、やがて富夫が三人の所員に伴われて入ってきた。「行くのか」と、かれが声をかけると、富夫は「はい」と子供のような澄んだ声で答えた。

雑談を交しながら、一緒に鮨《すし》と蜜柑《みかん》を食べているうちに、富夫が思い出したようにメロンがうまかった、と言った。「持ってきてやればよかった。気がつかなかった、今から買ってきてやろうか」とかれが言うと、冬なのにメロンが成るのですか、と富夫はいぶかしそうにたずねた。温室栽培だから今でも売っていると言って腰をあげかけると、「明日執行後に供《そな》えて下さい、天国に大事に持ってゆきたい」と、富夫は、妙に光る眼をして言った。かれは、富夫がメロンを夏季にかぎった果実で、寒気の中で成熟するはずはないと思いこんでいるのも無理はないと思った。

「会場へおまわりになりますね」

ハンドルをにぎっている社員が、念を押すように言った。

「そうする。客の出足がどの程度にぶるか、この雪で……」

かれは、雪片の舞う街をながめながら言った。

かれは、戦前から寝具製造会社を経営していたが、製品を消費者に直接販売することを思い立ち、二十年ほど前から婦人団体を対象に割賦《かっぷ》方式による販売を手がけた。品質の維持と価格の抑制を第一に心掛けたことが成功の因になって、販路も拡大し、扱い商品に呉服類も加えて企業の基盤も安定した。三年前、大学を卒業後社務にはげんできた長男に実務を委譲し、長男もかれの期待にこたえて経営も円滑にすすめられている。社では、年に二度顧客を招いて現金即売方式による商品展示会をもよおしているが、今日が初日で、会場には長男をはじめ数十名の社員が客の応対にあたっているはずであった。

昨日、かれは集会所に坐っている間、富夫から執行に立ち会って欲しいと言われた場合には、展示会の初日であることを口にし、「一人で元気に行け」と、気軽に声をかけてやろうと思っていた。かれは、過去に三度執行に立ち会ったことがあるが、そのような場に身を置くことは避けたい気持が強くなっていた。立ち会いを引受けたのは、遺骨の引き取り手もない者たちの執行時にかぎられていて、親代りにとせがまれたのだ。富夫の境遇を考えれば、立ち会いをたのまれても不思議はないのだが、富夫はそれについては一切ふれず、夕方別れる時にも、「先生、長いことお世話になりました。先生のお体にひそんでいる病気は全部持ってゆかせていただきます」と、言っただけであった。

なぜ、富夫は、かれにそのことを依頼しなかったのか、かれには理解できなかった。もしかすると、別れる時に「長いことお世話になりました」と、きまり文句ともいうべき言葉を口にしたが、それは本心から発したもので、これ以上迷惑をかけてはならぬと殊勝にも思ったのかも知れない。

たしかに、かれには富夫を出来る範囲内で十分に世話をしたという気持はあった。鳩のことなども到底かなえられるはずもないことであったが、それが希望通りになったのはかれの温情によるもので、その点富夫もかれに深い感謝の念をいだいているようであった。

　富夫は、かれに甘えるようによく子供の頃の話をし、頬をゆるめたり、涙ぐんだりした。或る日、傷ついた鳩が、鉱山に通じる線路の傍で飛べずにいるのを拾ってきて、長い間飼っていた話をしたが、急にうかがうような眼をかれに向けると、鳩が欲しいと言った。籠の中に入れて、面倒をみたいという。

　かれは、声を荒げ、富夫を叱った。そして、二度とそのようなことを口にしたら、面接の担当者を他の者に代ってもらうと伝えた。富夫は、悲しげな眼をして黙っていたが、一ヵ月ほどすると、家で飼っていた鶏、兎、犬、猫などのことを口にしてから、不意に黙りこみ、仏壇に眼を向けていた。鳩のことは口にしないが、それを飼育したい望みを捨てぬことを暗にほのめかしているのだ。

　そうしたことが何度も繰返され、かれは素知らぬ風をよそおっていたが、到底かなえられぬ希望を胸にいだきつづけていることは富夫の精神安定に障害があると考え、所内で生き物を飼うなどということは許されるはずはなく、そのようなことを考えてはならぬ、と強い語調で説いた。わかりました、わがままを言ってすみません、と富夫は頭をさげたが、子供の頃の話になると、鳩を飼育したいという欲求がつのるらしく、急に口をつぐんでしまったりした。

　かれは、試みに所長に鳩の話を持ち出してみた。当然、一笑に付されると思っていたが、予想に反して所長は、他の拘置所でそのような例があることを口にし、検討してみてもいいと答えた。鳩を買いあたえるのはまだよいとしても、その後餌を切れ目なく渡してやらねばならぬことは大変だ、とかれに同情するような眼を向けた。

その日の所長との会話で、かれは富夫のために鳩の飼育を許可してもらうよう申請しなければならぬ立場になり、やがて所長から承諾の返事を得た。

かれが前ぶれもなく面接日に大きな籠に入れた鳩を集会所に持っていった時、部屋に入ってきた富夫は、放心したように口をあけて立ちつくし、膝をつくと声も立てずに涙を流した。かれは、三十歳を越えた一人の男が、それほど鳩を飼うことに執心していたのかと思うと、いじらしさに胸を熱くした。

鳩を飼うようになってから、富夫に一つの変化が起った。涙ぐむことが多くなり、かれにも所員にも一層礼儀正しく従順に言われた通りに従う。言葉づかいも丁寧《ていねい》になり、一心に写経にはげんでいるようであった。

鳩は、私にとって神であり仏様ですと書かれた手紙を渡されたこともあり、さらに鳩に餌を「お供え」し、その前に拝跪《はいき》するとも書かれていた。鳩は、かれにとって掛けがえのない尊崇の対象であり、鳩と共に暮らすことがかれの精神を安らいだものにさせているらしく、係の所員も鳩を飼わせたことは好ましい影響をあたえたと喜んでいた。

しかし、一通の手紙がかれの生活をいちじるしくかき乱してしまった。かれらに強い刺戟をあたえるのは、母親か妻の面会、またはそれらからの手紙が送られてきた時で、それがきわめて良い形であらわれるか、全く逆であるか、二通りしかない。それだけに係の所員は、富夫のもとに送られてきた母親の手紙のもたらす結果を注視していたが、それは悪しき形になってあらわれた。

文面は、富夫のおかした行為で、どれほど世間の人の眼をはばからねばならぬ生活を強いられているかという愚痴に終始し、すべての人間が冷い他人になったと結ばれていた。母親の手紙としてはありふれた内容のものだったが、富夫はその手紙にかれの妻についての記述のないことに失望したようだった。妻は、一年以上も前から面会にあらわれなくなり、手紙も絶えてしまっている。富夫は、妻が他の男とむすばれたにちがいないと考え、母にその回答を求める手紙を出したが、返事にはそのことについてなにもふれられていず、それはかれの想像が的中していることをしめしていると解された。妻は、かれが死を迎えるまで妻として見守ってゆきたいと面会時にも口にし、手紙にも書いてきた。それを精神的な支えにしてきたかれにとって、妻が音信を絶ったことは、強い衝撃であったのだろう。

富夫は、突然のように荒れはじめた。房の穴から入れられた食器をつかむと、所員に食物を浴びせかけた。せまい房の中で、かれは、あらゆるものを投げた。額を壁に繰返したたきつけ、皮膚がやぶれて顔に血が流れた。内部に所員が入ってかれを抑えつけ、革手錠をかけて鎮静房に移した。

所長から会社に出ていたかれのもとに電話がかかってきて、折をみて拘置所に来て富夫の気持をやわらげてやって欲しいと言った。

翌日の午後、かれは出掛けた。健全な肉体をもっていながら他者からの強制によって死を迎え入れねばならぬ境遇にあるかれらは、荒れると手がつけられない。それを知っている所長は、困惑の色を濃くしていた。

かれは、所長室を出ると所員に案内されていくつもの大きな鉄扉に仕切られた長い廊下を幾曲りもし、鎮静房の前に立った。「こら、富公」かれは、言った。富夫は、かれの顔を一瞥《いちべつ》したが、すぐに眼をそらした。かれは、手錠をはめられコンクリートの床に正坐させられている富夫の姿が哀れで、自らそのような立場に身をおいている富夫が腹立たしかった。

かれは、急に格子の間から手を突き入れると、白髪の少しまじりはじめた富夫の坊主頭を拳でたたいた。富夫は、唇をかんだ。「なにをそんなところでしている。鳩はどうなる。餌をやらないでもいいのか。鳩を可哀想だと思わぬのか」と、かれは甲高い声をあげた。そして、安坐している富夫の横顔を見つめていたが、「早く鳩の所に帰れ」と言って房の前をはなれた。

かれは、富夫に手をあげたことがとり返しのつかない結果を招くにちがいないと思った。執行を無事に終らせるには、それを受ける者が従順な態度で死を迎え入れてくれなければならない。執行までの歳月は、かれらをそのような人間に作り上げるためのもので、信仰を得させ、書道、俳句、短歌などを教えるのも、精神安定に効果があると判断されているからである。篤志面接委員の存在理由もその点にあって、それが逆の結果を招いたとすれば、かれは委員としての資格がないことになる。

かれは、辞任を決意した。自由に生活を楽しみ死の恐怖にさらされることのない自分が、富夫のような立場の人間に接することは矛盾しているし、食物をあたえ、鳩を持っていってやったりした行為も、偽善にすぎぬと思った。

かれは、辞表を管区長宛に提出しようとしていたが、翌日かかってきた所長からの電話で、再び富夫と接触し、執行日まで出来るかぎり富夫のために尽力してみたいという気持になった。富夫は、かれに頭をたたかれたことにむしろ感謝の念をいだき、自分のような境遇の人間を殴ってくれる気持がありがたいとも言っていたという。

「もしも私たちが手をあげたら、六法全書をもつかれらからたちまち告訴されます。先生のような民間人だからできるのですよ」

と言って、所長は笑った。

車は、坂道をくだり、電車や列車の線路の上に架けられた陸橋の袂《たもと》に出た。市街が一望にでき、高層ビルや塔が降雪の中にぼやけてみえる。道は渋滞していて、車は小刻みな停止をくり返しながら市街の中におりていった。

かれは、道沿いに並ぶ商店に眼を向けた。戦前から戦後にかけて商工省や市の嘱託として経営診断員をしてきたかれは、店舗の立地条件、構造、商品の種類、数量、陳列方法などを通じてその店の経営状態をうかがい知ろうとする癖が今になってもぬけない。店に一歩足をふみ入れた時に受ける印象が、ほとんど的確にその店のすべてを語っているという信念をいだいているが、それは、例外なく的中し、かれは、主として商店の経営診断に従事してきた。その特殊な才能が、かれを篤志面接委員にさせるきっかけになったのだ。

所内には、倒産で放火したり詐欺行為をしたりした者も収容されているが、かれらに健全な経営方法を教え、将来再びあやまちをおかすことのないように専門的立場から指導してやって欲しいと、その地区の矯正管区長から懇望された。面接委員は、宗教家をはじめ書籍店、文房具店、履物店、自転車店などの商店主も多く、かれの経営診断をうけた者もいて、それらの人々からも誘われ、委員を引受けた。

かれは、所内に収容されている商店主であった男たちと接触し、かれらに帳簿の記帳、経営状態の把握方法などを指導した。男たちは、素直にそれをメモしたりしていたが、出所するとほとんど例外なく商業の分野からはなれ、別の世界にもぐりこんでしまう。かれらに資本の捻出ができるはずもなく、商店経営に復帰すると考えたのは甘かったのだ。

かれが面接委員に就任した意味はうしなわれたが、管区長からそのまま仕事をつづけて欲しいと依頼された。委員の仕事は、週一回定められた時間に所内に足をふみ入れ、収容された男と会い、相談相手になってやる。そのためには、時間的余裕をもち、しかも相手が希望する物を買いあたえてやる経済力も持っていなければならない。むろん人間を指導できる性格と経験が必要だが、それらの点を綜合してみて、かれは委員としてきわめて好適な人物であると解されたのだ。

かれは、管区長、所長の懇望にこたえて委員としての仕事をつづけ、やがて富夫のような境遇におかれた者を専門に引き受けるようになった。それまでは、世話をみていた男との接触が終るのは男が出所した時であったが、新しく託された男たちとの交際は執行によって終了する。その後に少しも尾をひくことはなく、ただ経文を細字で書いた掛軸や絵などが残されるだけで、それらはかなりの量になっていた。

かれの妻は、むろんかれが委員の仕事をすることに反対だった。多くの出費と時間を費し、少しの報いもない仕事に従事するかれの真意をはかりかねる、と言っていた。かれにも、自分がなぜそのような仕事に関係しているのかわからなかった。ただ、かれが男たちの収容されている建物に足を向けるのは、かれのくるのを待っている男たちの眼の光だった。自分をこれほど待っている眼が、他にあろうとは思えない。夕方、別れる時、その眼にはまた必ず来て欲しいというすがりつくような切ない光がうかぶ。その眼の光に引きつけられるように、かれは一週間たつと足をかれらのいる場所に向けるのだ。

かれは、フロントガラスを通して前方を見つめ、

「悪くはなさそうだ」

と、低い声でつぶやいた。

左手に、一階が広いレストラン、輸入食料品店、婦人服店などになっている四階建の建物があって、入口を中年の女たちが連れ立って入ってゆくのがみえる。かれの会社の展示会は、毎回その建物の三階と四階でもよおされることになっている。

車が、建物の前にとまった。かれは、社員に車を地下の駐車場に入れさせて待っているように命じ、歩道に降り立つと建物の中に入った。内部には、エレベーターの下ってくるのを待つ婦人客が十名ほど立っていた。

かれは、傍の階段を三階まであがりフロアーをうかがった。寝具類が華やかに陳列され、新

柄の毛布や肌掛けの前にはかなりの客がむらがっている。どの商品コーナーにも人の姿がみえ、休憩所の緋毛氈《ひもうせん》を敷いた縁台に腰をおろし、茶菓の接待をうけている客たちもいた。

会場は、ほぼいつもと同じようなかなりの入りで、四階の呉服展示場にはさらに多くの客がみえた。留袖、訪問着などの高価な商品が陳列されている場所でも、多くの客がひろげられている商品をながめていた。

かれは、予想した結果に満足し、階段をおりたが、これから後のことを思うと気が重くなった。かれは地下におりると、社員がドアをあけてくれた車の中に入った。

「一寸《ちょっと》、このまま車を動かさないでくれ、少し考え事をしたいから……」

と、かれは言った。

時計をみると、十時を少し過ぎている。執行は終っている時刻であったが、後片付もすべてすんでから所内に入りたかった。出来れば、何事もなかったような空気がもどってからにしたかったが、それは無理であった。その日、所内は夜おそくまでざわつき、それは数日後まで余波のように残る。

前日、執行することが発表されてから担当を命じられた所員たちは多忙な時間を送る。本人の身長を基礎に綱の長さをととのえたり、床の点検をしたりする。拝殿での焼香、花束をかかえさせてから刑場へ導き、その場での二度目の焼香と献花をさせる。それから煙草をあたえ、眼かくしをし、頭や顔にふれさせずに綱をかけるが、それを熟達した者の指導で反復練習し、さらにだれが押したともわからぬように配慮された、五人の所員による床を落下させるボタンを同時に押す行為。それらを、かれらは執拗に繰返し、執行にそなえるのだ。

かれは、眼を閉じ、シートに背をもたせた。呼吸が荒く、胸が息苦しくなった。富夫が荒れずに死を迎えてくれることが、唯一の望みであった。かれは、眼を開くと、メロンの包みに手をふれた。明日供えてくれればよいと富夫は言ったが、一口でも食べさせてやればよかったと思った。

「行こうか」

かれは、社員に声をかけた。メロンを早く富夫の霊前に供えてやりたかった。

車が動き出し、太い柱をまわると前方にひらいた出口にのぼってゆき、車道に出た。

「お客様の入りは、十分でございましたか」

社員が、前方を見つめながら言った。

「まずまずだったよ」

かれは、答えた。

車は幾つかの信号を越え、川にかかった橋を渡ると左折した。右側に石塀がつづき、その内部に五階建の大きな建物が幾棟もみえた。車が門の入口でとまると、詰所から二人の守衛が出てきて敬礼し、入構して下さいというように手を動かした。守衛の顔つきは、いつもと異っていたが、社員はそれがなにを意味しているのか気づかぬようだった。車は、舗装路を走り、左側に立つ建物の中央にある入口に停止した。

かれは、メロンの包みを胸にかかえ、受付の男に軽く会釈して所長室のある二階への階段をあがった。所長室の手前にある事務室の内部をのぞくと、大きな体をした教育係長が若い所員とともに立っていて、かれに気づき正しい姿勢で挙手した。

「どうでした」

かれは、問うた。

「少しおくれまして……。今、終った頃じゃないかと思います」

係長は光った眼をすると、

「立会われることになっていたのですか」

と言った。

「いえ、そうじゃありません。メロンをお供えしたいと思って……」

かれは、包みをしめして答えた。

「それでは、控室に参りましょう。私もこれから行くところです」

係長は、事務室から出てくると廊下を先に立って歩き出した。

「昨夜、眠らずに遺書を書いていましたが、朝になってからもう一通書きたいと言い出しまして、それで手間どったために予定より四十分近くおくれました。拝殿に入るまで私も一緒でしたが、その頃までは、本人、落着いていました」

係長は、若い所員の錠をあける扉のくぐり戸をぬけながら言った。

エレベーターに乗って三階でおりると、かれは、係長の後から廊下を曲った。

かれは、足をとめた。前方の左側の部屋から、多くの所員たちが広い廊下に出てきて歩いてくる。激しい労働をした後のように、かれらの顔は汗に濡れ光っている。検事や所長も、肩をいからすようにして歩いてくる。集団で一つの作業をすませた人間特有の熱気に似たものが感じられた。

所員たちは、かれに挨拶することもなく無言で控室に入ると、長椅子や座敷の畳の上に腰を落した。そして、帽子をぬいで汗を拭ったり、手をこすったりしていた。

かれは、部屋に足をふみ入れ、所長の前に行くと頭をさげた。

「行ってくれました」

所長は、言った。

かれは、うなずくと所長の傍におかれた椅子に腰をおろした。茶が配られたが、飲む者はいない。所員たちは、せわしなく煙草をすいはじめた。かれらは、互に視線をそらせ、落着きなく眼を動かしていた。かれは、背を丸めてかたい椅子に坐っていた。

部屋に教育係長が入ってくると、かれに近づき、

「遺体は霊安場に置かれてありますが、大学ですぐに持ってゆくはずです。お供え物をいただきましょうか。棺の中へでも入れてやりますが……」

と、低い声で言った。

かれは、深く頭をさげて礼を言うと、メロンの包みを係長に渡した。母親が遺体を引き取ってくれぬことを知っている富夫は、医大の解剖学教室へ寄附する申出書に署名していたのだ。

所長がポケットから煙草の箱をとり出し、ライターの火をともした。

「大人しく行ってくれましたよ」

所長は、再びかれに報告するように言った。そして、内ポケットから和紙に書かれた手紙を数通取り出すと、その一つをかれに差出し、

「先生宛のものです」

と、言った。

かれは、和紙をひろげてみた。毛筆で、かれに対する感謝の言葉が述べられ、喜びと希望を以て一足先に天国へ旅立ちますと書かれていた。遺書に共通してみられる文章だが、その文章を読む度に体が冷えるのを感じる。喜び、希望という言葉をかれらはよく使うが、果してそのような気持で死を迎えることができるのか、かれには理解できない。

「うまく送れて、なによりでした」

所長が、自分に言いきかすように言うと、煙草を灰皿代りにしている空き缶の中でもみ消し、さ、行きましょうと言って立ち上った。

かれは、検事と肩を並べて歩いてゆく所長の後について廊下に出た。長身の検事の顔は青く、骨の浮き出た後部の首筋がうそ寒そうにみえた。

エレベーターの中でも、かれらは無言だった。かれは、眼を伏し加減にして所長の太い指をながめていた。

一階におりると、かれらは、廊下を進んだ。所々で執務している所員が、姿勢を正して挙手する。所長は、軽く会釈をかえして歩いてゆく。所内には、徐々にではあるが日常的な秩序が

回復してゆく気配がきざしはじめているようだった。

かれらが所長室の前につくと、先行の若い所員がドアを大きくあけた。かれは、所内にこれ以上とどまる気にはなれなかった。かすかな悪寒《おかん》がしていて、嘔吐感《おうとかん》に似たものもある。かれは、ドアを入りかけた所長に声をかけると、

「今日はこれで……。少し私も休ませていただきます」

と、言って頭をさげた。

「そうですか。いつもの会食がありますが、お引きとめはいたしません。久田が書いた写経を先生にお渡しして欲しいと言っていたそうですが、それはだれかに届けさせましょう」

と、所長は富夫の姓を口にして言った。

かれは、所長と検事に再び頭を深くさげた。

所長がかれを見送るために、階段を一緒におりてきた。そして、受付の前で足をとめると、

「折角買ってやっていただいたのですが、鳩の首を絞めてありましたよ」

と、思い出したように言った。

かれは、所長の顔に眼を向けた。

「道連れにしたのでしょうか」

所長は構内に視線を向け、頭をかしげた。

二人は、しばらく黙っていた。

かれは頭をさげると、社員がドアをあけてくれた車の内部に入った。車が、動き出した。

富夫は荒れていたのだ、とかれは思った。鳩の首を絞めた富夫の行為は、かれにも理解できるような気がした。富夫は、鳩が自分の死後も生きていることに憎悪を感じたにちがいない。それは、生きている人間すべてに向けられた感情で、鳩を殺すことによって自分の意志を表現したのだろう。

雪はほとんどやんでいるが、両側の枯芝の所々が白くなっている。

「社へ行かれますか」

社員が、門の守衛に軽く頭をさげながら言った。

「ああ」

かれは、答えた。

車は、門の外に出ると速度をあげた。

（「群像」一九七六年二月号）

立切れ

富岡多恵子

　その男は菊蔵といって、もう七十二、三になるのにひとりで木造アパートの一室に暮していた。六畳のちらかった部屋に寝起きしているが、蒲団を敷くだけの広さはあけてある。古びた小さな箪笥の上に、老婆の写真が額にいれてかざってあって、それは二年前に死んだ、三度目の妻の写真であった。菊蔵はどちらかの脚がリューマチか神経痛で、歩く時にひきずる。細おもてに、短く刈った白い髪。白い眉毛が、老人によくあるように不思議なくらいに長くてピンとしている。ところが、少々さがり気味だから、せっかくの長い眉毛もあまり立派には見えない。

　或る日、菊蔵の部屋に、老婆がたずねてきた。そのひとは菊蔵の最初の妻だったお糸さんである。年齢は、菊蔵より、二ツ三ツ上であるから、もう七十五、六にはなっていると思われる。

〈あんた、なにかやってるっていうじゃないの。昔、下座やっていた時にいっしょだったお久さんに、此間久しぶりに会って聞いたんだけど。なんだか、たいへんなもんだって？ 偉いひとがくるとか、学生さんなんかもくるっていうねえ〉とお糸さんはいった。

〈これ、そこの駅前で買ったんだけどね、食べないかい〉とお糸さんは手さげ袋から稲荷鮨の包みを出して、汚れた畳の上にひろげた。

〈それに、お久さんに聞くと、お琴さんの三回忌だっていうじゃないか、今年は〉とお糸さんは箪笥の上の写真を見た。

〈死んだものは仕様がないや〉と菊蔵はいったが、その口調にはお糸さんへのかすかな甘えがうかがえた。

〈命日は、いつだったかね〉とお糸さんはいった。

〈盆だよ。盆の十六日に死にやがったんだ。地獄の釜も休みだって日に。よくせき死に運がよかったんだろうよ〉と菊蔵はいった。

〈蝶子さんが、去年の暮れに死んだの知ってるかい？〉とお糸さんはいった。

〈知らねえよ、そんなこと〉と菊蔵はいった。

〈あのひとね、老人ホームに入ってて、そこで死んだっていうよ。あいかたの蝶助さんが死んでからもね、あのひと色ものでやってたみたいだけどね、もうずっとやめてしまってたからね〉とお糸さんは喋りながら、自分のもってきた稲荷鮨を食べている。

　蝶子というのは、菊蔵の二番目の女房だった女である。お糸とは三十すぎで所帯をもち、十年近くつづいたが、そののち蝶子と三年くらい暮し、そのあとはしばらくひとりでいて、五十ちかくになってから、このアパートで死んだお琴とずっと暮したのである。お琴とは、二十年余りもいっしょにいたことになる。

〈やっぱり、三回忌ぐらいはしなくちゃあ。それが夫婦というもんだよ〉とお糸さんは菊蔵にいった。

〈おめえは、それいいにきたのかい〉と菊蔵はいった。

〈まあ、それもあるんだけれど、その、あんたがこのごろやっているとかいう会にさ、あたしも出たくって〉とお糸はいった。

〈そりゃあ、無理だ。婆あすぎる〉と菊蔵は笑った。

といっても、お糸さんもただのお婆さんではない。たしかに赤茶けた髪（勿論染めているのだが）は薄く、顔のシワも深いが、そこはやはり元芸人で、眉を描き、薄く紅をさしている。もっとも、その化粧は、昔風というのか、それとも年寄風というのか、眉も刷毛で描いたように無造作にふとく、それが眉目にせまりすぎており、口紅も下の唇のまん中にだけ、申しわけのようにおいてあるという流儀ではあった。

〈その、なんとかいう会じゃ、いくら学生がやってるたって、出ばやしもなしにやるって聞いてね。それなら、わたしが遊んでるんだから、そんな情けないことをしなくってもと思って——。それにあんたは、若い時上方にいたんだから、はめものもやってほしいしね〉とお糸さんはたいへんな乗り気というか、マネージャアのようなこともいうのである。

菊蔵はお糸さんには答えない。いちいちこちらの事情を説明するのがうとましいのである。

菊蔵の噺を聴く会があるのは事実で、月に一度町内の風呂屋でやってはいる。それは菊蔵にいわせれば、もの好きの学生が一時の思いつきでやっていることであって、そのうちに立ち消えになると思っているのである。ただ、菊蔵が、そのもの好きたちのために噺をするのは、風呂屋が歩いていける近さだということも大いに作用している。電車に乗っていくところならおことわりだ。それにだいたい、今どきの時代に、クルワ噺だけをやらせるというのも、もの好きの思いつきらしいところで、おかしなことである。別に、クルワ噺は菊蔵の専売特許ではない。それをやれる人間が昔のようにいなくなっただけなのである。

昔は、菊蔵も寄席へ出る噺家であったが、今はいっさい表へ出ない。今だけでなく、もう二十年くらい出ていないのである。子供の時から、叔母に三味線を仕こまれたので、菊蔵の昔を知る芸人が弟子に教えてほしいとたのんでくることもあって、三味線を教えてアパートにひっこんでいたのである。それを、もの好きどもがどこから聞き出したのか菊蔵を発掘（当世流にディスカバーというべきか）して噺を聴く会なんてものをでっちあげ、ついさっき女郎買いから帰ったばかりという風情のホットなクルワ噺てなことをいって大げさに宣伝したものだから、一度などは、席を貸す風呂屋もあきれるくらいに客のきたこともあった。

たしかに、いかにも細おもての役者顔というより助平面に、小柄で痩せぎすの菊蔵が着流しであらわれると、遊びがつくった身のこなし、銭と時間という元手をつぎこむことでしか会得できぬ表情や所作があり、そこへ現在の暮しと老いがわびしさの影をかざって、遊びのはての空虚が秋のおわりの風みたいにまわりにヒソヒソと這う風情がある。まさに、落ちゆくところを知らぬバレ噺をするにふさわしい。

もう、ひと前で噺なんてしたくもない、と菊蔵は思っていたが、お糸さんにはいわなかった。

〈世話人の学生というのは、ありゃ毛唐と同じだから、珍らしいんだ。ただ珍らしい。それでやってんだ、それで〉と菊蔵は、座蒲団二枚を並べて、くの字にねそべった。

しかし、お糸さんにしてみれば、昔からスターの性格はない人間ではあったが、真打ちになったばかりの花の咲きはじめたころの菊蔵を知っているものだから、七十二、三になって、リューマチか神経痛で足をひきずる男の思惑はわからない。

もう菊蔵には、お琴さんが死んでからは、たとえ風呂屋の席でも、着ていかねばならぬ着物さえ洗うこともかなわず、季節季節の一枚も、汚れで衿も袖口も裾も光っているのだ。老いた男ヤモメとしては、それはなにも不思議でもなんでもないが、風呂屋の脱衣所であっても、座蒲団の上に坐るかぎりは芸人の衣裳にちがいない。

〈もうわたしだって、この年だからね、なにも、あんたじゃなけりゃ、はめものやるなんていわないよ。でも、遊んでるんだからあたしは〉とまだお糸さんはいっている。お糸さんが喋ると、入れ歯のかみ合せが悪いのか、妙な音が、合い間に入る。これも一種のはめものかもしれない。

はめものというのは、芝居噺や仕方噺の合い間に入る、上方落語特有のおはやしの効果音のことである。お糸さんは、菊蔵が大阪にいたころ、下座のミス内で三味線をひいていたのであった。

〈風呂屋の会も、もうすぐ立ち消えになるから〉と菊蔵はいった。

もう一時のように、お客はこなくなっていた。客がくるといっても、せいぜい十人だし、近ごろは、十人もこないことが多い。それも、ディスカバー菊蔵クルワ噺のもの好き学生が主で、たまに近所の老人が二、三人くる程度である。

もの好きの宣伝で、もの好きの週刊誌が取材にきたころ、菊蔵は、二、三度インタビューを受け、グラビア写真にも出た。雑誌の写真家は、菊蔵の住む線路ぎわの木造アパートの写真をとり、うす汚い六畳の部屋の中の写真をとった。菊蔵は、そういうものをことわる術も、逃げる術も知らなかった。

芸には、年季も努力もあるけれども、はじめから一流には絶対になれない芸もあり、それはいくら努力しても年季をいれてもそういう芸なんだ、という風なことを菊蔵はその時喋った。勿論、菊蔵は自分のことをのことを喋っているのであった。ところが、グラビアにつけられたインタビュー記事には、それがあたかも一流の芸人の芸談のようになって出て、菊蔵は腹が立った。第一、菊蔵は年季は入っているが、努力精進というツライものをしたと思ったことはない。なんとなく、流れるようにして生きてきたという実感しかないのだ。それに菊蔵は六十歳にまだかなり間のある年齢で、だれからもやめろといわれないのに寄席に出なくなったのには、自分が年齢にふさわしい芸人になるなんてニンに合わぬと思っていたからでもあった。それにもともとあまり出世欲のない人間で（出世欲を表に出すのがめんどうなのかもしれないが）、菊蔵を昔から知るひとは師匠運の悪かったことをあげることが多いが、それも菊蔵だけが特殊なのではない。たしかに、最初の師匠も二ツ目になる時に死に、師匠を変えればその師匠になじまぬうちに兵隊にとられるやらで、上方と東京を糸の切れた風船のように一時はふわふわと往き来したのも、運がないといえばなかった。

しかし、そういう芸人だからこそというべきか、七十歳すぎて、老人ホームの庭を杖ひきながら歩いていてもおかしくない風体で、風呂屋の脱衣所に敷かれた座蒲団の上にあがってバレ噺をすると、現世の欲の油が抜けた透明感がそこにひろがり、噺が落ちていけばいくほどおかしさが華やかに沸騰しないかわりに、時には陰気な艶があらわれることがあった。しかし、菊蔵が、思うところあって世をすねた名人でないことは、噺という虚構から現実におりているのが芸に出てしまっているのだ。老人になっての肉体的な疲れからくるものでなく、五十代で寄席をひいたことがそれをよくあらわしている。

〈それならなにも、そんな立ち消えそうな風呂屋でなんかやるこたあないじゃないか〉とお糸さんはいった。

〈運動のためだよ。あんまりからだ動かさないのもよくないと思って〉と菊蔵はいった。

〈風呂屋へいく他は、どこへも出ないから。うちにいて、ラジオ聴いてねてるだけだから。もう三味線も、おことわりだ〉と菊蔵はいった。

〈やる気さえあれば、まだいけるのにねえ〉とお糸さんはいった。

〈そのやる気がないんだから、困ったもんだ〉と菊蔵は笑った。

菊蔵が笑うと、下を向いた長い眉毛がさらに下を向いて、細い目がその下にうずもれ、かわいい感じさえする。

〈お琴の、大昔に別れた亭主というのが此間きやがって、なにか形見になるものくれとかいって、いいじじいが〉と菊蔵はまたおかしそうに笑った。

〈なんだいそれは。いいじじいっていっても、ふたりともそうじゃないか〉とお糸さんも笑った。

お糸さんは洋服に白足袋をはいている。その足を疲れたのか、のばして坐り直した。

菊蔵は、うす汚れた浴衣でねそべっている。部屋の中には、お琴さんの写真をのせてある古びた背の低い箪笥と、小さな食器入れしかない。部屋の隅をぐるりと埋めているのは、脱ぎすてた衣類や、空ビンや汚れた茶碗や、古雑誌の類である。

〈そういえば、大阪にいた時も、ここみたいに線路のそばにいたね〉とお糸さんはいった。

〈天王寺の先の、なんたらいう電車の——〉とお糸さんはいった。お糸さんは時折、上方風のものいいになることがある。

菊蔵はなんにも思い出さない。飛田も、中書島も思い出さない。

お糸さんがやってきてから、ひと月もしないうちに、もの好き学生ふたりが例の風呂屋席を今度で最後にしたいといってきた。いよいよ、立ち消えの時がきたのである。それでも丸一年はつづいた勘定になる。

〈それならシャレて、立切れでいきましょうか〉と菊蔵はいった。

菊蔵には、お糸さんがいったはめものことが思い浮んだ。

風呂屋の席がなくなると聞いて、菊蔵は不思議に明るい気持になった。もう客の前で（たとえ五人の客でも、客は客だ）噺をすることもなくなると思うと、急に浮いた気持になった。ひと月に一度やってきた、あのもの好きの連中ももうこなくなると思うとほっとした。グラビアに出たひと月ほどは、思いがけぬくらいに他人がきた。他人は菊蔵に昔の話をせがんだ。昔のことを喋るのが好きな老人もいるだろうが、菊蔵は好きではなかった。菊蔵は、若い時から今日まで、他人に喋るような、おもしろおかしいことも、立派なこともやってきた覚えはない。ロクでもないことばかりして生きてきて、小さい時のまわりの環境から、いつの間にか噺家になっていただけだった。いい噺家となるために勉強したことも、いい噺家になるために遊んだこともなかった。いつも自然に、女のいるところで寝起きし、女のいるところへわずかの金をもって出かけ、金がなくなると、そこにいて働くこともあっただけだ。

それを遊びの限りをつくしたはての明るさなどとシャラくさいことを若僧の雑誌屋にいわれるのも、長生きしたバチであると菊蔵は思った。遊びなんていうものは、金がなければできぬことで、金がなくて、なんの粋かということになるのである。菊蔵は、遊んだと思ったことは一度だってないのだ。遊べる程の金をもったことなどないのである。遊びの金をもち、遊びの場所へおもむき、その存分の金で女とウソのかけひきをするのなら、そのウソの中にマコトも時に見え、またそのマコトを金のウソでごまかして、マコトの取引を押しとどめるところに遊びがあったであろう。あんなところでマコトがむき出しで出現したら、目もあてられないのだ。しかし、菊蔵は、腐るほど金のある大尽ではないから、いつもたいていは、マコトが見えかくれするおもしろさも味わわずにすんだのである。まったく野暮の骨頂だった。あんなものを遊びといってもらっては困ると、菊蔵は内心思いつづけていた。

アパートの裏側が線路で、表側の二、三軒先に、ドブ川が流れていた。人工的につくった川であるが、まわりの家からの洗濯した水や、洗いものの水が流れるらしくドブ川になっていた。

そこへ、三ツか四ツの男の子が落ちて死んだ。子供がひきあげられる時、菊蔵はドブ川のそばで見ていた。まだ、二十五、六の母親が、ひきあげられる子供を見てヒャーというような声をあげていた。

五十歳くらいの女が菊蔵のそばへきた。

〈菊蔵さん、あの風呂屋をやめないと、生活保護の方から文句が出ますよ〉とその女はいった。

〈ああ、あれは、今月でおしまいですよ〉と菊蔵はいった。

泥水の中から出た子供は布でくるまれた。

〈菊蔵さん、ガスに気をつけて下さいよ。元栓を閉める癖をつけてくれないと〉と女のひとはいった。その女のひとはアパートの管理人だった。管理人は、アパートの入口の脇の一室に、ひとりで住んでいた。

〈老人をあずかっていると、ほんとに気が気でなくてね〉と管理人はかたわらの近所のひとにいった。

〈男のひとが年とってのひとり住いというのは、お気の毒ね〉と近所の若い女はいった。

その、お気の毒ねというのは、ミジメねというのと同じようなひびきだった。

菊蔵はずっと、死んだ子供の、若い母親ばかり眺めていた。顔をあげると、ぽっちゃりとした下ぶくれで、首が長かった。その若い母親の顔を見て、菊蔵は、昔どこかで見たような女だと思ったが、どこのどういう女だったかは思い出せなかった。お糸ならわかるかも知れない、と菊蔵はふと思った。

ドブ川の子供が自動車でどこかへつれ去られ、むらがっていたひとたちがいなくなると、菊蔵は足をひきずりながら駅前のマーケットへいった。晩のオカズを買うためである。アパートの共同炊事場で煮炊きしなくていいように、すぐに食べられるものを菊蔵は買う。煮豆とか、コロッケとか、精進あげとか、つくだ煮とかである。菊蔵は、五百円札を出して煮豆を買い、八百五十円のおつりをもらった。相手が千円札とまちがえているのである。菊蔵は、おつりをにぎりしめ、ひきずる足ももどかしく、小走りにマーケットを出た。マーケットを出てから、菊蔵はおもしろそうに何度もうしろを振りかえった。

アパートへ帰ったら、お糸さんがきていた。菊蔵は、別に盗まれて困るものもないから、駅前へいくくらいでは鍵はかけていないのである。お糸さんがきているのは、菊蔵が例のもの好き学生に、最後の風呂屋の席に「立切れ」をやるといい、その噺には、はめものに地唄の三味線が入るのでお糸のことを話したからだった。学生がお糸に連絡したらしいのである。

〈あんた、たいそうなものをやるらしいね〉とお糸さんはいった。

〈此間、おめえがやれっていったんじゃないかい〉と菊蔵はいった。

〈もう今度でおしまいだし、死みやげだよ〉と菊蔵は笑った。

〈まあ、それはいいけどね、あんた、足もそれだし、その会がおしまいになれば、うちのアパートへこないかい。娘がやってるんだから遠慮なんていらないし、ここみたいに便所は外じゃないんだよ。それに、なんたって、同じ屋根の下に住んでれば、おたがいイザって時にいいじゃないか〉とお糸さんはいった。

菊蔵は、部屋の隅から、妙なひき出しつきの小さな台をひきずり出して、その上に、マーケットで買ってきた食べものを皿にぶちあけて並べた。

〈あれほど、あびるように飲んだあんたが、一合の酒も飲まないなんておかしいねえ〉とお糸さんはいった。

〈あれは、上方の噺だから、あっちのでやるよ〉と菊蔵はいいながら、ひきずる足でヤカンをドアの外の共同炊事場のガスにかけたり、押入れから、鍋で炊いためしの残りを出したりして食事の仕度をする。

お糸さんはずっと坐って、時折、煙草を喫っている。

〈あんたも、あのままやってれば、今ごろはレコードくらい出てるのにね。ばかだよ、やめちまって〉とお糸さんはいった。

〈今ごろ、上方ならばヘタリさんになっているわな〉と菊蔵はいった。

ヘタリさんとは、寄席の音曲にくわしいのを買われて、噺家をやめたあと、下座をつとめるひとのことである。

　菊蔵は、下着の上に、女物の薄いハンテンを羽織っている。

〈夕方、表の川へ子供が落ちて、死んじまった。そのおっかさんが、たしか、おめえが仲良しだった、あのなんとかいったのに似てた――〉と菊蔵はいった。

〈え、あの君栄さんかい、うりざね顔の、色の白いべっぴんさんだった――〉

〈そうだ、君栄さんだ〉

〈あの子、ずっと仲居してたけど。その後東京へきてたとかの風の便りで、それからは行方知れず〉

　ふたりをつなぐものは昔話しかない。お糸さんは娘と孫三人とで暮しているから、喋ろうと思えば喋ることもあるが、菊蔵にはなんにもないのである。菊蔵には友達というものがない。幼い時の友だち、小学校の時の友だち、長じていっしょに遊びまわった友だちと、友だちにはその時その時でいろいろあったが、菊蔵はその時が終ると友だちと別れてきた。これはだれだって同じことだ。そして今、七十幾歳かになって、菊蔵はもう友だちが要らない。

　風呂屋での最後の会は、もの好き学生の宣伝のためか、客はいっぱいになった。また雑誌屋が写真を撮りにきた。お糸さんも、はめものに地唄の「雪」をひくためにやってきた。「立切れ」は廓噺であるが、上方では茶屋噺と呼ばれる。遊びのこころとシステムがちがうためである。菊蔵は、この噺を、昔上方にいる時に覚えた。それで、上方風にやるつもりでいる。

めである。

「立切れ」の、若旦那を思いこがれて死ぬ芸妓の名前は小糸である。その死んだ小糸をまつった仏壇に供えた、ふたりの名前入りの三味線が勝手に鳴り出すところを、下座で（といっても風呂屋にミス内なんてあろうはずがない）ひくのはお糸さんなのである。菊蔵が、風呂屋の最後の席に、この噺を選んだのは、名前のためでなく、はめものをやろうとお糸さんが誘ったためである。

ほんに昔の昔のことよ、わが待つひともわれを待ちけん——から三味線の合いの手がひびいている。

「小糸、かんにんしてや。よう、わたいのような者を、それほどまでに想うてくれた。そのかわり、わたいも一生、女房と名のつく者はもたへんで」

「若旦那、よういうてやっとくれやした。小糸、今の若旦那のあのお言葉、聞きなさったか。あれを土産に、ええとこへいきや」

そこでお糸さんの三味線がプツンとやんだ。

「あ、三味線がやんだ。ちょっと、三味線がどないぞなったか、見てやっとくなはれ」

「へえ、よろしおます。あ、若旦那。小糸はもう、三味線、弾かれしまへん」

「なんでや」

「ちょうど、線香が立切れました」——

菊蔵の噺が終るとお通夜の途中で席を立つように、お客さんはそろそろと帰っていった。菊蔵も、足をひきずりながら、アパートへ帰っていく。そのうしろから、三味線かかえたお糸さんがゆっくりとついていく。お糸さんの家も、風呂屋から遠くない。菊蔵のアパートの前を通らないと帰れないから、菊蔵と歩いているのである。

〈菊蔵さん、ビールでもいっぱい〉と風呂屋のおかみさんがいったが、菊蔵はビールも飲まないで帰るのである。休みの日に、風呂屋が学生に場所を貸したのは、風呂屋の息子が学生たちと同じ大学を出ている関係らしいのである。その息子は勿論、風呂屋はやっていなくて、つとめ人になっている。

〈もう年だねえ、久しぶりにひいたんで、三味線が重かっただろ〉とお糸さんはドブ川のふちを歩きながらいった。

菊蔵のアパートの前へきた。

〈此間いったこと、考えておいたかい〉とお糸さんはいった。

〈うちのアパートへ越してくるって話だよ〉とお糸さんはいった。

〈めんどうだ、ここにいるよ〉と菊蔵はいった。

〈そうかい、それなら仕様がないねえ。越すなんてことは、めんどうだからね〉とお糸さんはいった。

〈気が向いたら、遊びにきておくれよ。昼間はだあれもいないんだから〉とお糸さんはいいながら、ひとりで帰っていった。

〈あ、そうそう、お琴さんの三回忌にはいくよ〉とお糸さんは振りかえっていった。

お糸さんの白っぽい浴衣がドブ川のふちに見えた。

菊蔵がアパートに帰って着物を脱ぎ、ステテコ一枚で坐っているところへ、先程のもの好き学生がふたり無遠慮に入ってきた。

〈一年間も、ありがとうございました〉と学生はいった。

〈もう一年もたったかい〉と菊蔵はいった。

〈ずい分、勉強になりました〉と学生はいった。

いったい、どんな勉強になったのだろうと菊蔵は思った。

「立切れ」は大ネタである。菊蔵はそれを丁寧にやったわけではない。急行電車だった、と菊蔵は思っている。サーヴィスのための肉づけはいっさいしていないのだ。

〈あの線香のサゲのわからない奴がいましてね〉とひとりの学生がいった。

〈といっても、線香台なんて、だれも見た者はいないけど〉ともうひとりの学生はいった。

〈だいたい、どのくらいの時間なんですか、線香が立切れるまでは〉ともの識りぶる方がいった。

菊蔵は答えない。

〈昔はいいですよね、ああいう優雅に遊ぶところがあったんだから〉と学生はいった。

〈ちっとも、よくはない〉と菊蔵はいった。

菊蔵があまり不機嫌そうなので、さすがの学生も帰っていった。

不機嫌といえば、風呂屋で喋っている時の菊蔵はいつも内心はきわめて不機嫌であった。

比較的、機嫌がいい時は、ひとりでドブ川から死んだ子供がひきあげられるのを見ている時とか、五百円札で八百五十円のおつりをもらったような時だった。つまり、機嫌がいいのは珍らしいものを眺める時とか、他愛なくトクをした時ぐらいなのである。

ふと、菊蔵の耳には風呂屋で久しぶりに聴いた「雪」の三味線が響いた。しかしそれは、裏の線路を走る電車の響きですぐにつぶされた。電車が通る度に、木造のアパートは揺れるのである。

菊蔵は食事をしたあと、すぐに蒲団に横たわった。これからは、他人がここへくることもないと思うと、菊蔵はほっとした。

バスに乗らねばならないが、菊蔵はその地域にある公立の老人センターへ日曜日ごとに通うようになった。日曜日には、漫才や奇術の芸人がくるのである。昼すぎから出かけていって、無料の風呂に入り、無料の演芸会の客になる。まわりは知らぬ老人ばかりだ。

お琴も生きていたら、こうしてここにくるだろうかと菊蔵はふと思った。お糸さんはお琴の三回忌のことを何度もいったが、お糸さんの時も、蝶子の時もそうであったように、お琴の時も所帯はもったが、世間並みに籍をひとつにするようなことはしていないから、お琴の骨はただひとりの身内の妹がきて、寺へおさめるともっていってしまったのだ。

〈どうせ、菊蔵さんもずっと生きているわけではないから、姉さんのお骨には永代供養を頼んでお寺へあずかってもらいます〉とその妹はいったのだった。

その妹も、すでに七十歳ちかい老婆だった。どうやら、その妹もひとり身らしかった。お琴の骨をはさんで、その骨をどうするかについて喋っていた妹の老婆も菊蔵も、遠からず骨になる人間だった。

〈永代経つけてもらうには――〉と妹はその時いった。

それは金が要るという意味だった。亭主とすれば当然、金を出せと妹の老婆は要求しているのであった。菊蔵はそんな金はないので黙っていた。永代供養よりも、このアパートにおいたままでいいと菊蔵は思っていた。

日曜日の演芸会にくるのは、売れない芸人か、かけ出しの連中である。

がなりたてているような、若手の漫才師が喋っている。それでも老人たちはよく笑う。その笑い声は、菊蔵が昔、まだ子供のころに聴いた死体がもえる時の音のようだ。

菊蔵はバスでアパートへ帰ってくる。バスを降りてからドブ川のふちを歩いて帰る。

また、子供が落ちて死んでいないかな、とドブ川のふちを通るたびに菊蔵は思う。ドブ川はいつも黒く淀んでいて、深いのか浅いのかもよくわからないのである。ドブ川には、ところどころ、コンクリートの小さな橋がかかっている。

（「群像」一九七六年十一月号）

空罐

林　京子

校舎は、コの字形のコンクリート四階建てである。私たち五人は、その校舎に囲まれた中庭の、ほぼ中央に立っていた。時間は午後一時半をすぎている。太陽は西に廻りはじめて、中庭には校舎の影が写っている。五人が立っている場所も、既に陰になっている。

しかし、まだ、西向きの講堂には、陽が一杯にさしていた。

「洗面所の使用法について、一言」腰に両手をあてて、大木が四人に向かって言った。それは誰？　その口調は、と西田が、大木を指して考える表情をする。あれは誰だったか。洗面所の使い方ばかりを注意する先生が、確かにいた。かめのこだわし、突然思い浮かんだ恩師の仇名《あだな》を、私は大声で叫んだ。いやあ、と長崎弁特有の、柔らかい注意のしかたで、原が、私のオーバーコートの袖《そで》を引いた。そして、職員室に聞こえるよ、と言った。三十年も前の教師たちが、いま、職員室にいるはずがなかった。三十年前の教師たちばかりではない。職員室には、もう誰もいない。

かつての私たちの母校は、来年一杯で廃校になってしまう。生徒たちも、長崎市街を見おろせる台地に建った、新校舎に移転してしまっている。さっき、校門を入る時に見かけたのだが、玄関の車まわしに植えてあったフェニックスは掘り起こされて、根を、あら筵《むしろ》で包んであった。私たちが女学生の頃にも、車まわしにフェニックスが植えてあった。枝ぶりからみて、多分おなじ木なのだろう。根元から三本に分かれたフェニックスは、三十年の歳月の間に、七、八米の大木になっている。この木も、新校舎の方に植えかえられるのだろうか。

校舎の内には、私たち以外には、誰もいない。城壁のようにつっ立った校舎は、コンクリートの壁面に音を吸いとってしまって、物音一つたてずに静まっている。

緊急通達事項が起きると、私たちは、よくこの中庭に集合させられた。大木が口真似をしている教師は理科の男教師で、緊急通達が終ると、ええ、と生徒に向かって話しかけながら、せかせか歩いて朝礼台に登る。そして大木の口真似どおり「洗面所の使用法について」と話を切り出す。生理用具の処理のしかた、水の流し方、使用上の注意を事こまかに説明して、特に冬になると便所の管が凍って水が外部に溢れ出てしまう、そのために校舎の外壁に白い水もれの跡がついて、はなはだしく校舎の美観を損なう、と流れの跡を指して私たちに注意する。終戦直後の殺伐《さつばつ》とした時代ではあったが、やはり少女である私たちは恥ずかしかった。中庭に立って、まっ先に大木が想い出したのも、恥ずかしい思いが印象に深かったからだろう。その白い、水の流れの跡は巾を広げて、いまも残っている。

一階、二階と、壁面で階を追いながら、私は目を空に移していった。コの字に区切られた快晴の空が、顔の上にあった。初冬には珍しい、暑さを感じさせる太陽の光が、コンクリートの直線に沿って輝いている。更に私は、目を四階、三階と下していった。校舎の窓は、全部が閉めてあった。無人の校舎にしては、ガラスはよく磨いてある。そして、各階の窓のことごとくに、ガラスがきれいに入っている。そのことが私には奇妙に見えた。

昭和二十年の八月九日の、原爆投下後から卒業するまでの二年間、この校舎には窓ガラスが一枚もなかった。爆風で弓なりに反った窓枠《まどわく》の隅に、サメの歯のように尖ったガラス片が処どころ、残っている程度だった。

更衣室《こういしつ》や洗面所の、目かくしが要る場所には、板切れが打ちつけてあった。それも鉄の窓枠が、正常な箇所だけである。

反った窓枠の一つ一つを、どのようにして矯正《きょうせい》したのか。あの当時のままの、縦横に仕切りの多い窓枠は、まっ直に伸びて、透明ガラスがはめこまれている。気をつけて見ると講堂側の窓に五、六ヵ所、流行のアルミサッシュの枠がある。上、下二段に分かれた窓は、そこの窓枠だけが銀色に光って、西陽に輝いている。矯正がきかない、破損のひどい窓のかわりに取りかえられたのだろうが、白い水の跡や、パテが目立つ赤さびた鉄枠の窓の中で、取ってつけた新しさが浮きあがっていた。

「この庭、こんなに狭かった?」と西田が中庭を見まわして言った。

「うちもいま、同じことを考えとったとよ」と原が言って、西田と並んで、中庭を見まわす。なかに入ってみん? と和服を着ている野田が言った。

「へえ、入ってみよう、講堂ばみておきたか」と大木が言った。取り壊される前に、私も、もう一度、講堂を見ておきたい、と思った。

私たちは、生徒専用の通用口に向かって、歩いて行った。通用口には、鉄の錠前《じょうまえ》が掛けてあった。私たちは中庭を抜けて、フェニックスを掘り起こした土で汚れている玄関から、校舎に入った。

講堂の入口に立った瞬間、私たち五人は雑談を止めた。それぞれが、その場に釘づけになって、立ちすくんだ。講堂には何もない。式や行事の日に、私たち生徒が坐った木の長椅子も、細長い机もない。ただ一脚、背もたれが折れて、使いものにならない長椅子が、講堂の真中に置いてある。

舞台の幕も取りはずされて、白い胡粉《ごふん》の壁が、あらわに見えている。ピアノも、式次第を書きしるす黒板も、道具類は、運び出されてしまって、艶のない、ささくれた床に、乾いた雑巾《ぞうきん》が一つ、捨ててあった。私は天井を見あげた。細い板を張った天井には、淡い緑のペンキが塗ってある。色あいも、十糎巾の板目も、三十年前そのままの様子で、目の前にある。そして、乳色の球状をしたシャンデリアも、当時のままである。

講堂は、明るく、ひっそりしていた。悲しゅうなる、と原がつぶやいた。追悼会——と私もつぶやいた。大木と野田が、無言でうなずいた。幕をはぎとられて裸になってしまっている舞台に向かって、私は黙禱《もくとう》をした。

卒業以来、私ははじめて講堂を見る。入口に立った時に私を釘づけにした思いは、音楽会でも卒業式でもない。終戦の年の十月に行われた、原爆で死亡した生徒や先生たちの、追悼会である。私が無言の祈りを捧げたのは、その日の、友人たちの霊に対してである。大木たちも、同じ思いだったろう。特に原と大木には、浦上の兵器工場で被爆した重態の体を、この講堂の床に横たえた想い出がある。原も大木も傷は癒《い》えて、生き残ったが、何十人かの女学生たちは、先生や仲間たちにみとられて、この床の上で死んでいった。生徒数千三、四百人のうち、三百名近い死者が、八月九日から十月の追悼会までに数えられていた。浦上方面の軍需工場に動員されていて即死した者、自宅で白骨化した者、さまざまである。和紙に、毛筆で書かれた生徒たちの氏名は、胡粉の壁の端から端まで、四、五段に分けて貼ってあった。

クラス毎に、担任教師が生徒たちの名前を読みあげた。担任教師が被爆死しているクラスは、同じ学年の教師が、教え子たちの名を代って呼んだ。読みあげられる一人一人の名前に、生き残った生徒たちの間から、どよめきが起こる。そのうち、どよめきは静まって、私たちは気ぬけした者のように肩を落して、長椅子に坐っていた。三方の壁ぎわには、死亡した生徒たちの父母が坐っていた。父母たちは、追悼会がはじまる前から涙ぐんでいた。涙はおえつに変って、生徒が坐っている中央に向かって寄せてくる。悲しゅうなる、とつぶやいた原の言葉は、各人の胸によみがえった、あの日の想いを、率直に言い表わしていた。私は講堂に入った。そして中庭に面した窓辺に歩いて行った。西陽がさす窓を背にして、改めて講堂を眺めた。西田と大木が、寄って来た。

西田は腰の低い窓に寄りかかりながら、「原爆の話になると、弱いのよ」と言った。追悼会、の一言で、私たちが何を考えているのか、勿論西田にもわかっていた。西田は、被爆者ではない。私と同じように転校生である。小学校から入学試験を受けて、選ばれて入学した、はえぬきのN高女の生徒ではない。N高女の生徒たちは、入学試験で選抜された、という評価に対して誇りを持っている。だから、彼女らの転校生に対する評価は、同じN高女生であっても低い。しかし同じ転校生でも西田と私とでは、また微妙な差があった。

私は昭和二十年の三月に、N高女に転入している。そして八月九日、動員中に被爆した。西田が転校して来たのは、終戦の年の十月、追悼会の日からである。被爆したか、しないかの差は、そのまま、はえぬきの大木たちとの結びつきにまで、かかわってきていた。

西田が、弱い、というのは結びつき方で、弱さの原因は被爆したかしないかにある、と西田は言った。大木が、そんげん事のあるもんね、被爆は、せん方がよかに決っとるやかね、と笑って言った。西田は、そうじゃないのよ、いい、わるいじゃなくって、心情的にそうありたい、と思うのよ、と言った。更に、

「例えばね、あなたもわたしも転校生だから長崎弁をうまく使えない、無理に使えばギクシャクとぎこちない、そのぎこちなさよ」わかるでしょう、と私に言った。

いまだってそうよ、と西田が、言葉を続けた。「あなたたち四人は、講堂の入口に立った瞬間、泣き出しそうな顔をした、あの時、あなたたちが考えたことは、追悼会のことでしょう。わたしは、そうじゃないもの」西田の脳裏に浮かんだ情景は、転校早々に行われた全校生徒の

弁論大会だ、と言った。

覚えている？　と西田が私に聞いた。その頃、私は原爆症で発熱が続いており、正規の授業がない日には、なるべく休むようにしていた。弁論大会の当日も休んでいたのだろう。多分、記憶になかった。

原と野田が近寄って来て、なん？　と聞いた。大木が、うわあ恥ずかしかあ、と少女のように、両手で顔をかくした。

弁論大会は、生徒全員に各人の主張を書かせ、クラスから一名、優秀な作品を選んだ。その選ばれた者が、クラス代表として講堂の舞台で、意見を発表したらしい。西田も大木もおのおののクラス代表に選出され、優勝を競った仲らしかった。

テーマは西田が「婦人参政権について」、大木が「婦人と職業」。大木が恥ずかしい、と言ったのは、女性を、産む作業から解放しよう、といった調子の、威勢のいい婦人と職業論だったかららしい。言いあてて、いまだに産む作業を知らず、と大木は道化て言った。東京の女子大を卒業した大木は、長崎に帰って来て、中学校の教師を職業として選んだ。それから今日まで、何となく、独身生活を続けている。いつか結婚しよう、と待ちながら、とうとう、四十歳を過ぎてしまった、と大木は言った。

「だけど、女が一人で生きていくには、公務員が最高じゃないの」と西田が言った。

「そう、老後の恩給もつくし、よかでしたい」と野田も言い、うちは、ご亭主が死ねば、その場でアウトさ、と首をくくる真似をした。大木が表情を曇らせて、そうでもなかよ、と言った。

最近、長崎県では離島の教育問題が注目されてきている。離島を多く持つ長崎県では、常に懸案になっている問題点だが、大木にかかわりが出てくるのは、最も個人的な、離島赴任《ふにん》の問題である。そして、その可能性が、大木の場合には大きいという。独身であるのも赴任の条件の一つになるが、二十年を越える教師生活の中で、まだ長崎市内から外部に出たことがない。現在まで、転任は市内の中学校に限られてきた。これは、離島の多い長崎県の教師にとっては珍しいことだ。しかし、来春の異動には、確実に離島赴任が命じられるだろう。大木は、赴任を嫌っているのではない。大木が気がかりなのは、原爆症の再発である。

被爆直後、生徒死亡者名が校門に張り出された時、五十音順の真先に、大木の姓名が書いてあった。私たちは追悼会の日まで、大木は被爆死したものだ、と思っていた。背中や腕にガラス片がささった大木は、出血がひどく、講堂で看護を受けながら、意識がなくなることがあった。引き取りに来た両親に抱かれて、大木は帰宅したが、その姿から、死亡説が出たらしかった。現在は、一応健康にみえるが、不発弾を抱いているようなものである。もうこの年だし、死んでもよかばってん、いざとなれば、やっぱり怖ろしかっさ、と大木が言った。島にも医師はいるが、原爆症が出た場合、大木は、私もだが、長崎市にある原爆病院に入院したい、という希望がある。原爆症にかかわらず、何らかの病気にかかったら、原爆症を考慮しながら治療が受けられる、原爆病院に入院したい、と思っている。できるならば、原爆病院に近い市か、町で生活をしていたい、とも思っている。大木の不安は、原爆病院から海をへだてて離れることにある。しかし、被爆の前歴は、赴任拒否の理由にはならない。仮に受け入れられるならば、長崎県の教師たちは、それぞれが、原爆に関連を持っているだろう。

離島に行く教師は、いなくなるだろう。が、大木が躊躇する気持は、同じ被爆者である私には理解できた。

だけど、と西田が言った。

「むごいことを言うようだけれど、予定が組まれたら進まなきゃならない、それが生きるってことじゃない、たとえ病気であってもよ」

同じ場所に踏みとどまっている訳にはいかないのだ、立っている現在が、常に出発点なのだ、と西田が言った。

西田は半年前に夫を亡くしている。二、三日床についただけで、一言の遺言もなく死んだ。さいわい、西田は服飾デザイナーとして、名を成している。夫の死によって、野田のように首をくくる心配はない。仕事ぶりにも定評があって、確実な足場を持っているように思える。それでも進むしかないのよ、いつ足をすくおうかって、虎視《こし》たんたんなのよ、と西田は言った。それから西田は、「失礼だけど、あなたご主人は？」と原に尋ねた。原は首を振って、大木さんと同じよ、と答えた。太った大木に比べて、原はいかにも病弱にみえる。

手や足も細く、日本人形のように整った顔は、青く肌が沈んでいる。被爆以後、悪性貧血に悩まされて、結婚生活に耐えられる肉体ではないようにみえる。大木の両親は、数年前に相次いで死亡しているが、原の両親は健在で、両親の庇護《ひご》を受けて生活をしていた。

「ご主人がいるのは、野田さんだけね」と私が言った。おうちは？ と野田が私に聞いた。

一人よ、とだけ私は答えた。

五人いる、かつての少女たちの中で、平穏な結婚生活を続けているのは、野田一人だった。死別、離婚、そして独身で今日まできている大木と原。陽だまりの窓辺で、私たちは暫く無言でいた。

「生き残って三十年、ただ生きてきただけのごたる気のする」と原が言った。うちたちは原爆にこだわりすぎるとやろうか、と大木がひっそりと言った。

「きぬ子は、今日は来ならんと？」と野田が話題をかえた。ああ、忘れとった、と大木が頓狂な声をあげた。朝、島原に住んでいるきぬ子から、大木に電話があった、という。西田と私が、一週間の予定で東京から帰郷しているのを知っているきぬ子は、今日の母校訪問に参加する予定でいた。それが急に、出席できなくなったのだ。

「申し込んどったベッドの空いてさ、原爆病院にあした、入院しなっとげなさ」大木の言葉に、原爆症ね？ と原が眉を寄せた。大木は、ううん、と首を振って、背中のガラスば抜きなっとさ、と言った。

きぬ子は、島原で小学校の教師をしている。二年生を受け持っているが、ガラス片の痛みを知ったのは、体育の授業中である。活発なきぬ子は、四十歳を過ぎていながら、子供たちに前転をしてみせていた。丸めた背中が、マットの上に落ちた時である。明滅するイルミネーションのような、軽やかな痛みが、背中に起きた。年のせいかな、ときぬ子は思いながら、あと一度、前転を、生徒の前でしてみせた。今度は、尖った痛みがした。放課後、きぬ子は病院に寄って、診てもらった。医師は指先きで、背中の処どころを押して、原爆におうとれば、その時ささったガラスじゃなかろうかあ、ときぬ子に聞いた。レントゲンを撮って、一週間後に一ヵ所切開してみると、医師の言葉どおり、ガラスが出てきた。その部分の肌は固くこりこりしていて、それが幾つかある。レントゲンには影になって写るらしいが、切開してガラスを取り出すために、あした、きぬ子は入院するのだ、と大木が説明した。

「きぬ子さんって、よく覚えていないけれど弁論大会に、一緒に出た人じゃない」と西田が聞いた。へえ、出なったね、と野田が答えた。そして、あんなんはあん時は、坊主頭やったね、と言った。被爆後、きぬ子は髪の毛が脱けてしまって坊主頭になっていた、という。丸坊主で演壇に立ったきぬ子も、在学中のきぬ子も私は覚えていないし、知らない。

「命について話しなったね」と原が覚えていて、言った。おとうさんも、おかあさんも即死しなったけんねえ、と大木が言った。独りっ子だったの？　と私が聞いた。うちとおんなじ、天涯《てんがい》孤独の教師さ、と大木は、私たちを見て、笑ってみせた。

女学生時代のきぬ子を知らない私が、きぬ子とつき合うようになったのは、同窓会か同年会で同席して、それから、つき合いがはじまったようである。そして昨年、十年ぶりに私はきぬ子に逢った。

私たちの恩師に、T先生という女先生がいた。当時二十四、五歳で、長崎市内の上町にあるK寺のお嬢さんだった。N高女の先輩で、金色の産毛《うぶげ》が頬から耳たぶにかけて光る、色の白い、美しい先生だった。目の玉が、青みがかった灰色をしており、髪の毛も細く、産毛よりやや濃い、栗色をしていた。長崎には混血児に見間違えそうな男女が多いが、T先生も混血児にみえた。T先生は、兵器工場に動員された生徒について出向していたが、八月九日、きぬ子と同じ職場の精密機械工場で即死した。

昨年十月、T先生の墓が、生家であるK寺にあるのを知った私は、きぬ子を誘って、三十年ぶりに墓参りをした。

墓参りを終えた私たちは、K寺の、町を見おろせる樫《かし》の木の根元に坐って、T先生の想い出話をしていた。きぬ子は、T先生の即死の現場を見ている。遺体を確めたわけではないが、閃光に額をうたれて、光の中に溶けて見えなくなった瞬時を、目撃している。その時T先生は、きぬ子に向かって、大きな口をあけて何事かを叫んだ。言葉は、勿論聞きとれなかった。単なる叫び、だったかもしれないが、きぬ子はT先生の最後の言葉を、何とか理解してあげたい、と思い続けた。開いた唇の形を脳裏に繰り返し描いて考えているうちに、いつの間にか、T先生はきぬ子の頭の中に貼り絵のように、貼りついてしまった。

聞きとれなかった言葉は、きぬ子の心の負担になって、この頃では、あの情景が事実だったのか、T先生は本当に死んだのだろうか、と、それさえも疑うようになっているのだ、と言った。K寺に墓参りに来たのも、曖昧になりつつある過去を確かめる意味と、はっきりT先生の死に決着をつけるためだ、と言い、この樫の木の根元で、T先生を焼きなったって、住職夫人はいいなったね、と私に住職夫人の言葉を確認させた。

本当よ、ここで焼いたって住職夫人は話したわ、と私は答えて、樫の木の、瘤になった根を叩いた。骨も拾うたって、いいなったね、もう、死になった人のことは忘れてしもうてもよかよねえ、きぬ子は私を真似て、樫の木の瘤を叩いて言った。その時きぬ子は、痛い、と小さい叫びをあげて、手のひらを撫でた。手のひらには、傷口も、出血もなかった。とげをさしたの? 不思議に思って私は聞いた。

「ガラスさ」ときぬ子は、それだけ答えた。その時の、抑揚のないきぬ子の言葉を、私は想い出していた。

「人間の体は、よう出来とるね」と大木が言った。四、五年前に大木の背中からも一個、ガラスが出てきた。医師に、切開をして出してもらうと、真綿のような脂肪の固まりが出てきた。四、五粍の、小さいガラス片は脂肪の核になって、まるく、真珠のように包み込まれていた、という。

私たちは講堂を出た。講堂を出ると、階段の踊り場を中心に、右と左に廊下が分かれている。右側が特別教室になっている。私たちが終戦直後に使用していた教室は、その左側である。私たちは、「何組だった?」と銘めいの担任と級を確めあいながら、廊下を歩いて行った。私たちが歩いている廊下は、コの字形の校舎の、背の部分になっている。コの字の角に当る教室は、出入り口が一つしかない。

他の教室は、前後に一つずつ、出入り口がついていた。角の教室は非常の場合を考えて、隣りの教室との境いの壁に、ドアが一つ、取りつけてあった。私は、その角の部屋のドアに記憶があった。ここが私の教室ね、と私は西田に言った。西田は、どれ？ と言いながら、廊下の窓から教室の内部をのぞき込んだ。女学生の頃によくのぞき込んだ姿勢で、西田は手摺に両ひじをかけて、上半身を教室に折り込む格好で、室内を見まわした。そして、これはわたしのクラスよ、と言った。西田も、壁のドアのノブに記憶がある、という。二人がもっているノブの記憶は、二人とも正しいのかもしれなかった。ただ、出入り口が一つしかない角の教室なのか、それとも角の教室に壁を接した、共通のドアを持った教室なのか。いずれにしても西田と私の教室は、隣りあっていた事は確かなようだった。

西田と私は、転校生の心細さから親しくなったが、卒業までに同じクラスになったことはない。二人が同じ教室の想い出を持っているのは、おかしなことだった。

大木が、西田の横から教室をのぞいた。

「きぬ子は、この教室やったよ、同じクラスやったと」と大木は、私たち二人に聞いた。私は、違う、と答えた。西田も、きぬ子と一緒のクラスになった覚えはない、と答えた。「この壁に、大穴のあいとったね」話しながら大木は、教室に入って行く。大木は些細な部分まで、記憶していた。大木に続いて、私たちも教室に入った。陽がかげった教室には、講堂と同じように椅子も机もない。白ぼくの粉が浮いた黒板が、廊下側の壁にかかっている。

教室の横の壁にかかったこの黒板は、生徒用の掲示板である。黒板の右後に、問題のドアがついていた。大木が説明した壁の大穴は、黒板とドアの間の壁にあいていた。穴は、教室のやや後寄りになる。女学生二人が並んで通れる大きさで、そこから、隣りの教室の授業風景が見えた。授業にあきると、私は振り返って、穴から見える範囲の、隣りの教室の友達に目くばせを送った。穴はすぐに補修されたが、記憶をたどっていけば、角の教室は、やはり私のクラスのように思えた。背丈が低かった私は、教室の前に坐っていた。

前の座席から振り返って、隣りの教室が壁の穴から見えるのは、この角の教室しかない。

「覚えとる?」と大木が聞いた。きぬ子の空罐《あきかん》?と重ねて聞く。空罐を、どうかしなったと、と野田が聞いた。

「ほら、空罐におとうさんと、おかあさんの骨ば入れて、毎日持って来とんなったでしたい」と大木が言った。ああ、と私は叫んだ。あの少女が、きぬ子だったのか。それならばきぬ子と私は、クラスメートになる。両親の骨を手さげカバンに入れて、登校して来ていた少女を、私は覚えている。少女は、赤く、炎でただれた蓋のない空罐に、骨を入れていた。骨がこぼれ落ちないように、口に新聞紙をかけて、赤い糸で結えてあった。少女は席に着くと、手さげカバンの中から、教科書を出す。それから両手で抱きあげるように、空罐を取り出す。そして、それを机の右端に置く。授業が終ると、手さげカバンの底に、両手でしまい、帰って行く。初め、私たちは空罐の中身が何であるか、誰も知らなかった。少女も話そうとしない。被爆後、私たちは明からさまに話さない事が多くなっていたので、気にかかりながら、誰も尋ねなかった。少女の、空罐を取り扱う指先が、いかにも愛しそうに見えて、いっそう聞くのをはばかった。

書道の時間だった。復員して帰って来た若い書道の教師が、ある日、机の上の空罐に気がついた。半紙と硯《すずり》と教科書で、机の上は一杯になっている。

「その罐は何んだ、机の中にしまえ」と教壇から教師が言った。少女はうつむいて、空罐をモンペのひざに抱いた。そして、泣き出した。教師が理由を聞いた。

「とうさんと、かあさんの骨です」と少女が答えた。書道の教師は、少女の手から、空罐を取った。それを教壇の机の中央に置いた。ご両親の冥福《めいふく》をお祈りして、黙禱を捧げよう、と教師は目を閉じた。ながい沈黙の後で、教師は、空罐を少女の机に返して、「明日からは、家に置いてきなさい、ご両親は、君の帰りを家で待ってて下さるよ、その方がいい」と言った。

あの時の少女が、きぬ子だったのだ。空罐事件は、私の少女時代に錐《きり》を刺し込んだような、心の痛みになって残っていた。空罐の持ち主が誰だったか、と言うことよりも、事件そのものの方が、印象に深くあった。焼けた家の跡に立って、白い灰の底から父と母の骨を拾う、幼いきぬ子の、うつむいた姿が、薄暗い教室の中に浮かびあがった。あの空罐は、いま何処にあるのだろう。

きぬ子は、まだ、赤さびた空罐に両親の骨を入れて、独り住いの部屋の机に、置いているのだろうか。

昨年、K寺で逢ったときにも、きぬ子は両親の話には触れなかった。現在の生活も、過去の生活も、いっさいを口にしなかった。あの頃、背中のガラスは、既に痛みはじめていたのかもしれない。

きぬ子は、あした入院するという。きぬ子の背中から、三十年前のガラス片は、何個でてくるだろう。光の中に取り出された白い脂肪のぬめった珠は、どんな光を放つのだろうか。

（「群像」一九七七年三月号）

悲しいだけ

藤枝静男

私の小説の処女作は、結核療養所に入院している妻のもとへ営養物をリュックにつめて通う三十余年前の自分のことをそのままに書いた短篇であったが、それから何年かたったとき友人の本多秋五が「彼の最後に近くなって書く小説は、たぶん最初のそれに戻るだろうという気がする」と何かに書いた。そのとき変な、疑わしいような気がしたことがあった。むしろ否定的に思った。

しかし今は偶然に自然にそうなった。本多の本意がどういうものであったのかは解らないままだが、今の私は死んで行った妻が可哀想でならず、理屈なし心が他に流れて行かないことは確かである。これまで偉そうなことばかり書いてきて、それはそれで気持に嘘はなかったけれど、しかし今となれば自分が如何に感覚だけの、何ごとも感覚だけで考え判断し行動する以外のことはできもせずしもしなかった人間であったことを識るのは、不安である。立ち止まりもせず、後戻りもせず、そのためのエネルギーを失った自分を見て日を送っているのである。

ひとり奈良に行き目的なしに唐招提寺に行った。ドシャぶりという天気予報のせいで人気のまったくない金堂のわきを通り、礼堂の裏手にまわって破損仏収蔵庫の方へ、森の石畳みをたどって行った。道の入り口の右手に宝蔵が大小ならんで二つある。境内はもともと何とか親王の邸跡だったから小さな方は寺創建以前からそこにあった経蔵だということで、一層古く美しく、その違いはひとめ見て判別できる。大きい方の蔵のすぐ裏に接して不定形の小池がある。その真中ちょっと右寄りに島とも云えぬ島があって、ひょろ高い一本の松とやや黄色味を帯びた新芽で膨れあがった椎の木をかぶっている。浅く濁った暗い水面に枯葉を浮かべ、赤い駄金《だきん》が点々と泳いでいる。私は厚い落葉に埋まった森のなかに数歩踏みこんで、そこに転がされている大きい礎石に腰を下ろして、気味わるく染みこんでくる雨水に尻を濡らしながら、そういう光景を凝《じ》っと眺めていた。

数日まえの午後、バスに乗って郊外に出て散歩した。淡緑の柿若葉が薄曇りの空の下では却《かえ》って鮮かに映った。道から下方へ茶畑がゆるく傾斜しながらひろがっていて、直立した軟く艶っぽい新芽を群がりつけていた。その向こうに水溜りと枯芦の湿地が平たく静まりかえっている。芦はまだ黄色に呆やけたまま輪廓がうすれて鈍い灰色の反射光を放っていた。

私は、冬の晴れた日などに、急に思いたってダラ汽車で二時間ばかりの生まれ故郷へ帰ってみることがある。車窓から眺めると、田や町の彼方の静かな空の下に低い山並みが続いていて、その鞍部《あんぶ》の更に遠いところに蒼い山の頂が斑《まだら》の淡い雪をいただいてかすんでいる。そうすると私の胸に、自分が死んだとき自分の魂がすべてを超えてそこに静まるというような空想が湧くことがある。思慕と云ってもいいくらいの熱情に支配され、そのものとなって同一化するというような願望に迫られる。永遠化という虫のいい欲望の形でイジマシイ話だが、そういう中身のない圧《お》さえがたいものに依って、一時は頭が充満するのである。

私と妻との結婚生活は三十九年間であったが、妻の健康だったのは最初の四年間だけで、戦争末期に肺結核を宣告されたのちの三十五年間は、多少の小休止がはさまれた以外は、八回の長期入院と五回の全身麻酔手術と胸廓整形術と肺葉切除術と気管支の硝酸銀塗抹《とまつ》、それから乳癌の発見と摘出、そして再三にわたる転移。背中と脇腹には太いミミズのように盛りあがったケロイドが走り、胸は乳房を切りとられて扁平《へんぺい》となっている。最後には癌性腹膜炎によって生を奪われたのである。

死期が近づいて全身の衰弱が訪れたころの妻は、腹水の貯溜《ちょりゅう》のため仰臥《ぎょうが》も横臥もできなくなった身体を、折りたたんで重ねた布団や枕にもたせかけた姿勢で昼夜を過ごしていた。ときおりは細い項《うなじ》を俯向《うつむ》け、絶えずふらつく上体を両手で支えて、小学生時代の唱歌を小声でうたっていることがあった。俯向いたままの顔を僅かに動かして

「こうしていると気がまぎれるのよ」

と呟いた。竹の筒のように瘠せた首に数条のふとい横皺が寄り、乾いてザラついた皮膚は垢で黒ずんでいる。その低い歌声が、動かしがたい運命の悲しみから無意識に逃がれようとする一筋の細道のように思われた。妻の苦痛から身を剝《は》がす方法は私にはない。剝がそうとも思わない。

ある日の午後、人気のない法務局の三階の屋上にのぼってぼんやり四方を眺めていた。晴れあがった空が眼の高さの視野の大半を占めている。街の低い家並みの遥か彼方の、湖の向こうに低く続いている山脈のすぐ上を、五機編隊の自衛隊戦闘機がジェット雲を曳きながら右方から現れて、山の高まる角度に沿いながら上昇し、それから急角度に下降して左手の空の奥の方へ水平に消えて行く。すぐ後ろから三機、五機というふうに、おなじ道を辿《たど》っておなじところへ水平に吸いこまれて行く。

私は地方の平板な中都市の真中に住んでいる。街のほぼ中央を東海道線が分断していて、駅の構内の東のはずれを古ぼけた地下道式ガードがくぐっている。ガードの入口に面したところは大通りの裏側のようになって、すこし彎曲《わんきょく》した道路にそった小店がくっつきあって並んでいる。この突端みたいな場所にサラという喫茶店がある。私はときたま意識的に家を出てすこし歩き、そこの椅子で休んだ。

道路に面して膨んだ腰の低い窓硝子から、ほぼ百八十度の視野で外が見える。道の向こう側の雑草の生えた泥溝のむこうに黒い木柵と金網があり、その内側が何条ものレールと黒い転轍《てんてつ》機《き》と赭茶《あかちゃ》けた砕石《さいせき》の構内になっている。ときどき客車や貨物車がゆるい速度で眼のすこし上のところを横切って行く。発車したばかりだから乗客の横顔もよくわかる。煤《すす》けた貨物列車の機関車が、白ヘルにブルーの手旗を振りながら昇降口に片脚かけた駅員を乗せてゆっくり過ぎ、しばらくするとまたゆっくり引返してくる。そういう景色をぼんやり追って眺めているのである。

幅ひろい構内の反対側に、線路に貼《は》りつくような具合に、向こうの街の裏側がある。宿屋らしいタオル干しの手摺《てす》りのついた小窓を五つ六つこちらに見せたトタン屋根の二階家や、コールタの剝げかかった町家の納屋や、危気な物干台がたちならび、そういうものの上に抜き出て、またはその間隙を埋めて、労務者募集の看板が猥雑《わいざつ》に顔をさらしている。「労務者急募」とだけ書かれた大看板、大部分は「大募集」という大文字のまわりを囲んで戈《とび》、土工、大工、左官などと職種が記されている。戈は鳶職《とびしょく》の略である。そういうものをぼんやり眺めている。

私が妻のベッドの傍で煙草をのんでいると

「私にも下さい。喫《の》んでみる」

と云って唇にくわえて二、三回ふかし

「おいしい」

と微笑した。

「じゃあ、も少し軽いのを買って来ようかな」

と云うと

「これでいいから、今度水パイプを買ってきてください」

「そうしよう」

「煙草屋さんで売ってるわ」

と云った。

妻はもう体力も気力もほとんどなくなっていた。ただ対症的に苦痛を消すためだけの連日の腹水吸引で、ときどき放心して虚脱気味となり、死へのレールのうえを走っていた。肝臓部位まで膨れあがった赤黒い腹部、両腕は麦藁のように細って肩についていた。下肢の膝から下はむくみ、背中には皮下に浸みた腹水による瘤状《こぶじょう》の隆起《りゅうき》が生じていた。顔は悪液性の青黒色に変わり、乾いて下半分が皺だらけになった。短く切った頭髪が、染粉の名残りを白黒の斑にのこして乱れていた。

二月二十六日は朝から眠りつづけているので主治医の午の往診を待って階下に降りていると、午後一時半ころ注射のため病室にあがって行った長女が

「おかあちゃまの息がおかしいから来て」

と叫んだ。そして私が走って部屋に入ると、妻の枕元に覆いかぶさり顔を頬につけて手首を握っていた。

「注射はやめたほうがいい。もう諦めろ。苦しめちゃ駄目だ」

妻の手を掌にくるんで握ると、もう冷えていた。曲げた片脚をずらして踏みのばすように動かすのでさすってやると何の反応もなく動きが止まった。それは運動ではなくて、縮めるための緊張をしていた神経が働きを停止して自然の状態に戻る動きであった。呼吸も脈搏《みやくはく》もなく瞳孔《どうこう》は散大していた。ブツブツ、グスグスという、肺に残存した空気の圧し出される喘鳴《ぜいめい》が二、三回つづき、妻は完全に生を終わった。ああ、アア、と思った。顔を押しつけている長女に

「もういい、身体をよく拭いてお化粧をして奇麗な着物を着せてくれ」ときつく云い「可哀想

だから」と云おうとしたが声がつまって室外に出た。――すべきことは簡単だ、と思った。

妻の生前もっとも親しかった友人に電話をかけ、できるだけ沢山の花を持って来てもらって死者の身体を埋めて、通夜をした。翌日納棺のとき、妻の父から私が貰って愛用していた籐のステッキを身体のわきに入れて火葬場へ送った。

三河鳳来寺町の山奥にある自分の好きな阿寺の七滝に行ってみた。もう五、六回は訪れている。僅か数年前に東京からの友人を誘って来たとき「もう生きてるあいだにここに来ることはないだろうなあ」と嘆くように云われたが、今は約八百メートルくらい手前までは車で行ける。しかし夏以外には人影は稀である。かつて阿寺という寺があったのか、滝の存在と名前からは修験道と密教を想像させるけれど遺構《いこう》らしいものがあるとは聞いていない。

八百メートルは坂とも云えぬ程度の平坦な道で、左右の崖上は暗い森に覆われ、道の左側に沿って幅五メートルほどの浅く澄んだ渓川が、細かい魚の列をうかべながら流れ下っている。

右側の崖は水のにじみ出る粘土に児頭大の丸石のはまりこんだもろい構造で、裾《すそ》には転げ落ちて簡単に砕けたこの石の欠けらが散乱している。ふやけたような身体の一部にタン瘤そのままの隆起を持ったのがある。子抱き石という呼名を与えられているが、それが、あるときの私に無機物の妊娠という無気味な妄想を与えたことがあった。ある種の鉱物は、数百万年のあいだに、このようにして地球上で、或は地球の内部で増殖しつつあるのかも知れないのだ。――崖の滑かな表面には岩に貼りついて岩煙草が群生している。煙草に似たというよりはむしろ南方産の厚ぼったくテラついて葉脈の太い観葉植物のそれに近い掌大の葉が、一枚ごとに葉柄の端のところから細い根を生やして、無数の舌べらを垂らしたように湿った岩肌にくっついているのである。あるときこの植物の親指ほどの小葉を粘土とともにビニールにくるんで持ち帰り、庭の蹲《つくばい》の陰の熔岩の孔に葉柄を埋めて朝晩水をくれてみたが十日とはもたなかった。

七滝の名は滝が七本あるという意味ではなくて、一本の滝が七段となって落下しているという意味である。高さ約五十メートルくらいか、水は段ごとに太さを増し、最後に長く半開の扇《せん》子《す》を立てたような具合にひろがって滝壺に落ちこんでいる。水量は豊かで、落ち口の水は如何にも背後から押されるように溢れて奔出《ほんしゅつ》しているから、轟音《ごうおん》は山と森に閉ざされたせまい空間を不断に閉ざしているのである。湿って冷えた空気のなかにしばらく立って眺めながら宛てもないことを考えていたが、先きを向いてひろがって行くようなことは何ひとつ頭に浮かばなかった。

帰り道の途中、山を出たところでもひとつの見識らぬ山間に入り、しばらく行ったところで水路工事を中途で打ち棄てたらしい沢の上の空地に腰《こし》を下ろしてしばらく休んだ。削りとられた崖の斜面からは水が浸みでていた。断面も、零れた崖の破片も、すべてボール紙くらいの厚さの軟い蛇紋岩の重層であった。零れ落ちて風化した塊りの表面は苔《こけ》に覆われ、黒くもろい土に近づいていた。ちょうど腐れた木の板のように見え、雨に打たれて崩れかけていた。析出《せきしゅつ》されたアスベスト繊維によって辛うじてつなげられていた。妻の骨もまたこのようにして土に帰り、かねてから望んでいたように水に溶けて地中に吸われて行くのだろう、と私は思った。それが彼女の諦念《ていねん》であり、事実であり、むしろ希望であり、また私の信ずる事実でもあるとして、それでも私の胸は哀憐《あいれん》の情に圧し潰された。──妻はあのとき私の吸っていた煙草をとって二、三服ふかして微笑し、まもなくすすんで自分で火をつけて吸うようになった。眼をさました夜更け、暗いなかで二人で一本ずつふかしたこともあった。それはやはり楽しいような一刻であった。

四月中旬の晴れた日、バスに乗って熊野御前の墓のある池田の宿の小寺に行った。寺は天竜川堤防を下りて街道を裏手へすこし入った畑のはずれにあって古くから長藤の名所になっている。せまい境内が這いまわる古い枝葉とそこから無数に垂れ下がる短い未開の花房で低く閉ざされ、空気は湿って押し伏せられていた。粗末な本堂のわきに小堂があり、その後ろに鎌倉期の小ぶりで大変美しい宝篋印塔が二基ならんでいて、これが熊野とその母の墓、他に千手の前の墓と称する低い五輪塔が置かれている。熊野は平宗盛の寵姫《ちょうき》で母の死に目に会うために暇をもらって帰って死に、千手は重衡の妾で、重衡が源氏に捕えられて処刑されるまでの一年余りのあいだ頼朝から与えられ、処刑ののち尼となってこの地で死んだというのである。

私は満開の季節になると毎年二、三回は見物に来る。一メートル余りの藤の長房が隙間なく頭上に垂れ下がり、あたりを粘つくような甘い香で満たし、蜂や蠅や黄金虫が花間を飛び交っている。しかし今は人影はどこにもなく、手入れのために切り落とされた古枝や幹の瘤・表面を黒い粒々で覆われた癌の塊が地上に散らばっているばかりであった。

本堂の裏手の、四角形の空地の中央に岩沢山噴水つきのコンクリート池がつくられ、そのまわりが新しい藤棚となっていた。噴水は止まり池の底の泥には色つきの玩具やビニール袋が沈んでいた。十年ほど前にはここに屋根瓦の落ちた二部屋の廃屋があって、雨戸ははずれ床は抜け畳は腐れて波打っていた。土足のままあがりこんでみると、戸のはずれた袋戸棚から明治大正時代の切手を貼った封筒や葉書の束が紐で縛られたまま転がり出ていた。

私は再び本堂のまえに戻ってベンチの端に腰を下ろした。境内の隅の方に水溜りくらいのものだが真中に橋をかけた池があり、上に新しい藤棚がつくられていて、そこでは淡紅色の花がいっぱいに開いて垂れていた。早咲きらしく房は短く若かった。私の胸に或る予徴的な明るさが生まれた。

私は門を出て強風に曝されている天竜川の堤にのぼり、淡く芽吹いて揉《も》まれている河原の柳やその向こうを流れ下って行く広い河幅を眺めながら、九キロほどの道を河口にむかって歩いて行った。左手の一面の田圃は蓮華草《れんげそう》に埋めつくされて桃色にかすみ風に波打っていた。私はときどき風を避けるため河原におりてごろた石の上を歩きながら、いくつかの橋をくぐってようやく天竜の流入口の防波堤の突端に着いた。

河口に連なるあたりの遠州灘の広い砂浜には、台風で運ばれた流木の群が点々と無数に散乱していた。そそげ立った幾重もの波が、波頭を強風にしぶかせながらあとからあとからと寄せていた。そして灰色の砂を巻きこんでは繰返し繰返し波打際に叩きつけて崩れていた。晴れあがった空の下の濃紺《のうこん》の海は、沖の方で右から左へ、こころもち膨れあがって動いていた。しばらくそれを眺めていた。それから堰堤の壁に背をもたせかけて風をよけながら反対側へ眼を移した。掛塚廃港跡の低い松の森と古い水路とが一面の薄《すすき》の原のなかに静まりかえっているように見えた。彼方に、上流の方に、遠い山脈が長く青く展開し、その合間から南アルプスが白く光った頭をのぞかせていた。前景の近くの人家の森の椎の大木だけが、新緑というよりはむしろ細かい花のようにみえる白っぽい葉を満身につけて劇《はげ》しく身を揉んでいた。

故郷の藤枝へ墓参に帰った。妹の家に寄り、姉に会い、それから寺に行って墓のまえに立って暫くぼんやりしていた。

まわりのそこここに一族の墓が散らばっていた。齢老いた今になって、私は自分が嫌悪し憎んできた放埓《ほうらつ》な彼等によって逆に浄化されつづけてきたような気分に陥りはじめていることを感じていた。浄化は大袈裟だけれど、生来もって生まれた穢《けが》れが却って彼等によって溶かされ薄められてきたような気がするのである。自分の汚れの投影として長いあいだ憎悪し嫌悪してきたものが、実際にはその人々の一生と死とを追想することによって、すこしずつではあるが剝がされて行ったように思われることがある。そして今はその人を懐しみ、詫びたいような気になることがあるのである。過去の自分のよろめいた姿が、彼等と同じ道をたどってきたものとして心のなかに浮きあがってくる。そしてそういう私の生も、これから何年かすると終わり、私の何もかもは停止し、消滅して無機物に変換されてしまうのだ。

――「わたしはこのお墓の下に入るのはいやです」といつかここに立って妻が云った。妻はその瞬間に、私の過去にまつわりついている見識らぬ一族の幻影に怯《おび》えたのかも知れなかった。私の妻としてだけで自分の生を打ち切りたかったのかも知れない。それは尤《もっと》もである。私は自分が二つに引き裂かれているような気がした。

――しかし私は、やはり私が死んだら私の骨壺に妻の残した骨の小片を入れ、帯同してこの父母の待つ墓の下に入り、そして皆で仲好く暮らすつもりである。「前にはあんなことを云いましたが連れてきました」と頼めば、みんな喜んでくれると思う。後継者の私が娘二人を他家へやって家を絶やしてしまったのだから、私が行って永久に皆を世話し護らねばならない。私がこれ以上過ちを繰返すことなしに生を終えて帰って行くのを父母が待っていてくれるにちがいないという妄想がどうしてもある。私は皆とちがって理屈ばかり強く利己的で、瑣細なことをああでもないこうでもないと考えてばかりいるヒネクレた人間になってしまったから、皆のところへ素直に行くことは許されない。天罰だから仕方がない。しかし本当に、どんな苦労をしても最後には皆のところに行きたいのである。

墓地のまんなかに立って街の方を眺めると、街道の東の空を遮断《しゃだん》している高草山が曇り空に少し煙ったようになって青い背中を横たえていた。このためにこの山の向こうにある富士山は子供のころの私たちには何時も閉ざされていた。街の裏側にある周囲二キロばかりの蓮池《はすいけ》の岸の高みに富士見平と呼ぶ小山があり、私たちは年二、三回そこに登って弁当を食べ、高草山の左の肩から半身を現している富士を眺めることがあった。

――小学生時分のことだからもう遠い昔のことになるが、夏休みの或る日、死んで今この地面の下にいる兄が、中学同級生と二人して高草山に登ろうとしたことがあった。ほとんど山頂まで茶畑と蜜柑畑で埋められているように見えるから、昼弁当だけを腰につるして二人は出発した。しかし午後から突然の吹降りとなり、二人は途中から引返そうとして入り組んだ谷と予想外の急坂に迷いこみ、闇のなかをやっと山裾の農家に転げこんで助かった。私は夜半になって急に父と隣家の青年二、三人とが草鞋《わらじ》や地下足袋をはいて提灯《ちょうちん》を持ち、油紙に包んだ着替えと握り飯を背中の合羽《カッパ》の下に縛りつけて家の戸口から闇のなかに消えて行った姿を、電灯か提灯かの黄色っぽい明りとともにはっきりと頭に刻みつけている。物質のように。

――「ああ、アア」と私は思った。それは三ヵ月前の妻の死のときとまったく同じ光景のようだった。同じだ、と私は思った。同じ物質のように一種の異物として動かないでいる。「妻の死が悲しいだけ」という感覚が塊となって、物質のように実際に存在している。これまでの私の理性的または感覚的の想像とか、死一般についての考えとかが変わったわけではない。理屈が変わったわけではない。こんなものはただの現象に過ぎないという、それはそれで確信としてある。ただ、今はひとつの埒《らち》もない感覚が、消えるべき苦痛として心中にあるのである。

私の頭のなかの行くてに大きい山のようなものの姿がある。その形は、思い浮かべるどころか想像することも不可能である。何だかわからない。しかし自分が少しずつでも進歩して或るところまで来たとき、自分の窮極の行くてにその山が現れてくるだろう、何があるのだろう、わからないと思っているのである。今は悲しいだけである。

（「群像」一九七七年十月号）

返信

小島信夫

内田魯庵は小説のほかに、たくさんの評論や随筆がある。二葉亭の評伝や芭蕉の評伝など有名であるが、小さい文章で、「漱石の万年筆」というのがあり、しばらく前に再読した。

この中で、魯庵は、漱石は気むずかしいようにいわれているが、自分の場合にはいつも機嫌よく応対してくれて、その話は抜群に面白く、それでいて皮肉めいたり、軽っぽかったりすることはすこしもなく、帰ろうとすると、いつも引きとめられた、といっている。「もっとも自分が訪ねたころは、誰にでもそうだったかもしれない」ともいっている。

それから、万年筆のことに及んで行ったのであるが、そこのところは忘れてしまった。とにかく、そのあとで魯庵は、自分が漱石の作品の中で好きなのは初期のもので、とりわけ、「草枕」「カーライル博物館」「文鳥」「夢十夜」などで、とりわけ「文鳥」が最も好きである。あとあとの作品は、どういうわけか読んでいないが、読んでも、自分には気に入らなかっただろうと思う。

漱石のよさを、ほんとに受けついだ弟子はひとりもいない。もし受けつぐことができたとしたら、某で、残念ながら開花する前に亡くなった、といったふうのことで終えている。某というのは、名の知れた人でないこともあって、私の方が思い出せないだけで、じっさいには、その名があげられている。

私のカンでは魯庵の、こういった文章は、あとの評論家などに隠然たる影響をもっている。しかし、漱石の人間のえらさはともかくとして、人間のよさについて、魯庵のように自信をもって語っている人はすくない。その「よさ」について魯庵は、実にうまい言い方をしていたが、これも忘れた。

私が「漱石の万年筆」のことを紹介したのは、ほんとうは、漱石の「硝子戸の中」のことを書くための枕にしようとしてのことである。魯庵があげた作品の中に「硝子戸の中」はなかったような気がするが、「硝子戸の中」のために、私は何かを必要としたものだから、何となく魯庵のたすけを借りたのであった。

今から四十六年前に私は「硝子戸の中」をはじめて読んだ。それも先ず英訳で読んだ。当時、ハーンのものなどよく出していた北星堂から出ていた。

私は旧制高等学校の一年生の夏に、名古屋の、東部にあたる、池下という市電の停留所から入ったところの、新しい住宅地にあったKさんの家に五、六日泊りこんでいた。K家は農村かんけいの高級役人をしていた当主を失って、朝鮮から引きあげてきたばかりで、夫人のほかに四人のお嬢さんがいた。長女は一歳になるかならぬかの女の子を連れて実家にもどってきていた。彼女は夫を最近になくしたばかりで、私とくらべると、たった一つしか違わなかった。私は短かい期間のうちに、病気をして恢復した。そのあと、私はツバの広い帽子をかぶったその一番上のお嬢さんと、広小路へ出かけたり、近所を散歩したり、場末の桟敷のある映画館へ行ったりした。下のお嬢さんたちを連れ立ったのは、映画館へ行ったときぐらいだったかもしれない。

私はそのときの思いを、あとで、小説を書くようになってから「燕京大学部隊」や『実感女性論』の中につかった。小さな灯りのような経験だったが、私はそれをこんなふうにヤユしながら表現した。

「恋するということは、その人のさっきまで坐っていた座布団が、なつかしくてやるせなくて、どうしていいか分らないように思うことである。ただ身体がふれていたり、のっていたそうした座布団のようなものだけのことではない。彼女の影がさっきまで見えていて、今は見えなくなった、築地の壁がせつなく、何とかしたいと思ってもできないし、けずりとって運んで行ったから、すむといったものではない。その壁はあくまでそこにそのままなければならない、という困ったことなのである。

影のうつっていた壁といったけれども、どうして影など問題であろうか。彼女がその前にさっきまで佇んでいたというだけで、その壁は、影なんかうつってなくとも、何ものか以上なのである。

かくの如きとき、未熟な小説家のように、手紙を書いても書いても、自分の思いに達することができないで、反古だけがふえて行くのである」

「若い男女が連れ立って歩いていると、道路工事をしていた人夫が道ばたに休んでいる。すると彼と彼女は、イケニエとなる。この二人と彼ら多勢との間にある空間は何を意味するのであろうか。いったいなぜ、彼ら集団は、卑怯にも集団をなしていることにかまけて、そのような声を出すのであろうか」

「恋した相手を忘れるということは、距離と時間の相乗積に反比例する」

「たとえば、ある一つの表情とか、エクボとか、いくらかうつむきかげんに横向きになったウナジだとか、本人が無心に示した一瞬の動きを、思い出してはならない。恋する人が云いよんだ言葉とか、彼女が自分の名を呼んだときの、声というよりも息といったもの、つまり、腹の中の鞴《ふいご》であるところの横隔膜の振動によってつきあげられた空気が息となって、あらかじめ彼女によって意図された咽喉の門を通り、思うだけでも目がくらむような秘密の舌と口形のいたわりと拒絶の中をへて、あらわれたところのものであって、それは言葉だとは思いたくない。それはほとんど吐息なのだ」

私は自分の作品の中でこんなことを書いたといっているが、それはもちろん、だいたいのところだ。それでも、私がどんな日を送ったかは、分ってもらえると思う。

私の兄は名古屋の女学校の美術教師をしていて、K家から、歩いて五分ぐらいのところにやはり独身の同僚二人と一軒家を借りて住んでいた。私は夏休に帰省してそこに立ち寄ったあとK家に行くようになった。私は自分と年齢のちがわない女きょうだいばかりの華やかな家ですごしたことは、前にも後にも一度もない。私はその夏、二度めの訪問をしたとき、私の兄を加えてK家全員で遊戯をした。

少年であった私は夏が終るときに、反古を作ったあとようやく書きあげた、短篇小説ほどの長さの彼女あての手紙を、兄にとどけてくれるように手紙で頼んで上京した。荒川べりの尾久艇庫の合宿所へ兄の手紙が到着した。そこにこんなことが書いてあった。

「お前が、子供もあり、たとえ一歳しか年齢が上でないとしても、結婚したいというようなことを、手紙の中に書いているというのは、すくなくとも女というものを知らないとしかいいようがない。女というものは、お前が思っているように純粋なものではない。お前は、あの人のことをよく知らない。お前もうすうす気がついていると思うが、あの人は、僕や、それでなければ、お前も知っているあの二人のどちらかと結婚できれば、というぐらいのことは考えているかもしれない。あのときお前がどういう眼でおれのことを見ていたか、知っていたが、たとえ、お前と散歩でアイスクリームをたべたり、何かおしゃべりをしたかもしれないが、それは別にお前が考えているようなつもりではないことだけは間違いない。僕は女というものをよく知っているのだ。たしかにあの人は美しい人だが、買いかぶりすぎている。しかし、お前がいくらウブだとしても、お前の気持をそこまでゆさぶっているところを見ると、お前を誘惑していたともとれる。この方が当っているかもしれない。それはそういっては何だが、彼女にとっては、アトラクティヴなことだからな。それなら、K家の人々、とくにおふくろさんの考えと彼女の考えとは違うのだろうよ。

一口でいって、お前は彼女をあきらめよ。これは僕の命令だ。思っても見よ、お前、まだやっと高等学校へ入った最初の年だというのに、子供を連れた女とどうするというのだ。お前は、好きだというだけでは、物足りないのか、誠実でないというのか、いっしょうけんめいに結婚を訴えているが、彼女はお前を誘惑しているのだ。お前がこの表現をいちばん嫌うということは、僕の自分の経験で分っている。誘惑されている若い男は、誘惑という言葉にいちばん反撥をかんじる。お前がもっともっと夢中になったときに、体裁のいいことをいって、彼女は突きはなすからな。そんなことになって、身も心もズタズタになって、涙をうかべて、追いすがったときには、どんな態度をとると思うのか。それまでは、たぶん、お前の将来のために勉強をすすめたりする恰好をするかもしれないが、そのときだって、もうまといつくお前をうるさく思っているくらいのものだ。眼に見えている。僕にしてみると、あのときの眼つきでお前は僕のことを何か疑っているみたいだったが、僕はむしろお前から彼女を引きはなすためにわざとこっちにひきつけるようなことぐらいはしたのだろう。

そういうわけで、彼女に渡すようにお前に頼まれた手紙は、このまま封をきらずに処分してしまう」

読者は、私が何のために兄に托したのか、ふしぎに思うであろう。私自身がいま文章をつづりながらそう思うのだから。私がうすれた記憶の中から再生した兄からの手紙の中に、たとえば、

「それにしてもどうしてお前は僕にこの手紙を托したりしたのだ」

という文句を入れる気持にならない。彼女への手紙を托したり托されたりすることが、何かしら自然のことだ、と思うところが、兄弟のあいだにあったのであろう。

まことにあつかましいことであるが、読者は、小説家となった私が書いた『女流』という小説の中にあるようなことが、――その中の核心に当るところが、私の兄と私との間に生じていたということを、念頭において下さると、好都合である。つい最近まで私の兄の身に恋愛事件が起っており、私はまんざら無関係ではなかったどころか、まるで私自身の事件みたいであった。こんど私の身に起ったことは、私の兄のことであるように思われた。『女流』の核心に当るところは、私が今、別の雑誌に連載中の『萱野満子の手紙』にも扱われていることである。といって、この小説はいまのところ、まだ海のものとも、山のものとも、作者本人にとっても分らないのであるけれども。(私にとっては、小説を書くたのしみは、そういう運びのほかにはないのだから仕方がない)

どうしたわけか、私は彼女のところへあらためて手紙を出すこともしなかった。彼女と恋しあうことではあきたらず、一度に結婚をしたいということが、彼女への手紙の趣旨であり、それがとても無理であるということに気づいたからかもしれないが、それというのも、そのことについて、一度も彼女本人と話しあったこともなく、それどころか、彼女を恋していることさえも、仄かしてもいなかったということに気づいたからであろうか。

もし、私が兄に托したりしなかったら、たぶん、恋をうちあけるとか、それに近いことを、直接彼女に向ってはたらきかけたのであろう。こんなに早々と中止したりはしなかったであろう。

なぜ結婚したいと願ったのだろう。いっしょに暮したいと思ったからでもない。私はひたすら、彼女が失った幸福をうめてやらねばならないと思ったようだ。彼女の夫になり代ってやりたいと。私があとで、『実感女性論』の中で、座布団や築地の壁のこととか、言葉だとか、いやほとんど息だとか書いたようなことは、ある意味では、彼女の子供も含めていっしょに暮したいという願いとは、まったくつながらないような感じ方だ。

私は兄がその手紙の中でくりかえしていたように誘惑されているとは、ぜんぜん思おうともしなかった。彼女をしあわせにすることは自分の力ではできないのだ、と結論を下したことにしたようであった。

そんなソブリを一度でもしただろうか。彼女は私の看病をしてくれ、一度か二度、散歩にいっただけのことではないか。彼女は私の将来のことについて、何かきいたことさえもなかったみたいである。きいたとすれば、私の兄のことぐらいである。それから、同宿しているその同僚のことである。それは、彼女の母親が私にきいたときに、じっと私がどう答えるか、耳をすましていたぐらいのことである。そのとき彼女は、私が話そうとしている返答の内容のことに関心があるのか、それを語る私に関心があるのか、よく分らなかった。そんなこと、どうだって、いいではないか。この美しい彼女をしあわせにしてやらなければならない。そして、とりあえず、その担当者は自分である。

合宿の途中で私は一度帰郷した。私があとで、「没頭」と書いているのは、私にとっては、つらいボートを漕ぐということであった。私はそういうスポーツには不向きであるし、すこしも楽しみをかんじていなかったので、その苦労が、「没頭」なのであった。じっさいは、没頭というと体裁はいいが、たびたび「腹を切った」。私はバウをこいでいたので、私が「腹を切る」とボートぜんたいが、かしぎ、舟足がとまり、クルーぜんたいに影響した。「腹を切る」というのは、ちゃんと水の中へオールを入れて、クルーに調子を合わせながら、同じ速度で、水をいっぱいにつかんでひきよせないと、自分のオールが浮きあがってしまって、オールは水にさらわれ、自分のオールで腹を切った恰好になることをいうのである。

私は家へ「ハハキトク、スグカエレ」という電報をうつように頼んだ。その通り家から電報がくると私ははじめて特急で東京を発った。私は汽車の中で、ほんとうに母親が死んだような気持になった。私は郷里の岐阜の家にもどったといったが、ちょくせつ名古屋へ行ったような気がする。

私は道草をくってしまったが、そのようなことよりも、私が合宿所でときどき読んでいた本のことをいっておく必要がある。合宿では午前と午後の二回の練習のあいだは、みんな二段ベッドに横になっていた。今の漫画本に当る本も、何かあって、そんなものをひろげていることもあったが、たいてい、みんなは、比較的マトモなものを静かに読んでいた。私の場合は、漱石の英訳本の『硝子戸の中』のページをくっていた。さっきもいった通り、兄から手紙がきて私が誘惑されようとしているといってきてから『硝子戸の中』を見ることをやめて、トランクの中へしまった。それも彼女を忘れようとするためであった。

あるいは、記憶ちがいで、兄の手紙には、既に彼女と会っていて、弟の私との交際はやめてくれといったところ、私に貸してある、彼女の兄で、K家の長男であるK・M氏の『硝子戸の中』を返してくれといっていた、と書いてあったために、私は、その本をもってK家を訪ねたのかもしれない。

私はそれまで、英訳『硝子戸の中』をきっかけにして、漱石のものをいくらか読みはじめていた。その中には魯庵が、もっとも好きであり、もっとも漱石的であり、そのよさは弟子の誰ひとりとして受けついだものはないといったこととともになにがしかはつながりがあるところの、小品「文鳥」もあった。私なりに心を動かされた。家人の不始末、ひいて自分の不始末で、みすみす文鳥を殺してしまった。そんなものを運び入れた三重吉がいけないのだ。といって勿論、この弟子にたいする非難は一応のものにすぎない。文鳥が横向きになると、女が横向きになったときのウナジを思わせる。その文鳥を、けっきょくは自分の不注意で死なせてしまったのだ。

私はときどきこの文鳥のことを考えていた。合宿所にはK蔵書と朱印のおされた『硝子戸の中』を持ってきていたが、作品そのものとしては、私はむしろ、「文鳥」のことを思っていた。私は、誘惑された、と手紙の中で私の兄にいわれた彼女を、私自身が殺した文鳥のようにも思った。

私がK家へ寄ったとき、彼女の母が出てきて、お萩をこさえて近所の家へ届けに行ったといった。その家の場所をきいて、私が淑徳女学校の方へのぼって行く坂道にさしかかったとき、上の方から彼女が歩いてきた。何を話したかほとんどおぼえていないが、私が道の上で持ってきていた英訳『硝子戸の中』を手渡したか、それとも、彼女がこういう意味のことをいうのをきいたか、どちらかである。

「あれは兄の大切な本で、兄に無断でお貸ししたので、叱られました。さっそくお返し下さいね」

ここまでつづってきてやはり、あとの方であった気がする。そうすると、兄はその手紙の中では、この本のことにはふれてはいなかったことになる。私は何かしらこわばったような彼女の物のいい方と、それから紫色のフロシキに重箱のようなものが包まれていたことを記憶している。彼女は中味を渡して入れ物を包んで、女の人がする仕方で、腕で下から支えるようにして持ってきたのであろう。私は彼女の堅い表情と堅い物のいい方に、情けない気がしたが、すこしも悪い気持がしなかった。私の兄か、彼女の兄が彼女の虚をついたのであろう、と私は察した。

私は彼女とはもちろん、K家の人々とは、それから一度もあっていない。私の兄は二年後に死んだが、その葬式のときには、兄は名鉄の枇杷島のそばに住んでいたこともあったのか、K家の人の姿は見なかったように思う。

「K蔵書」と朱印がおしてあった『硝子戸の中』はそのころの北星堂のその種のテキストがそうであったように、ダーク・グレイのカヴァーがしてあった。たぶん芥川龍之介の『河童』なども、『デル・カッパ』という題名でドイツ訳が出ていた。持主の彼女の兄は当時二十五から三十までの年齢であったであろう。彼はアメリカに留学したことがあるか、あるいは、その母校であるH学院から、英語弁論大会にチャンピオンになったので、外国に留学することができ、その頃はとにかく日本にいたのであろう。彼は若いのに、とつぜんの父の死のために、K家を背負って行かなければならない。そこへ長女である妹が赤子をつれて実家へもどってきたのである。私はこの朱印を見ると、彼の責任のことを思って、まだ見たことのない彼を恐れた。

私の中の痕跡としては前に述べた『実感女性論』の中の文章とそれから、「燕京大学部隊」の中の、万寿山の軍人ホールにいた中国の女性とのあいだの交情についての部分(反比例のどうのこうのといったこと)と、それから私の兄が同僚と住んでいた池下と覚王山とのあいだにあった家の前の丘を舞台にした「裸木」という小品の中においてである。私はこの丘のうえで、彼女と髪をおカッパにした、宝塚少女歌劇に入りたいといっていた、二人めの妹が、こちらを見ながら立っている写真をもっていた。

「裸木」という小説を、私は兄が病気になってから高等学校の新聞に書いた。私が駒場へ移ってきた高等学校の前の道路を、帝都電鉄(今の井の頭線)に沿って松濤公園の方向にやってくると、キャンパスをとりまくように走っている大通りがある。そこへくる直前に右手に裸かの文字通り手を挙げたような形をした欅の木が一本立っている。それは私をあきらかに待っていた。そこまでくると、どこからともなく太鼓をうつような音楽がきこえてくる。それは丘の向う側からきこえているように思える私の耳の中の音である。それは、私が第二の故郷でもあった名古屋の丘のことを考えているからにちがいない。

丘のうえで、受験生であった私は、いつもある裸木のところまでくると、少女がじっとこちらを見ている、というようなぐあいになっているが、その少女は、私にとっては、どうしてか、といってもうまくいえないが、とにかく彼女であった。

私はずっとあとに『女流』の中で、この「裸木」をそのままつかった。この『女流』という小説の中では、前にもいったように、私と私の兄と、ある女流小説家のことが書かれ、その中の舞台となっているのは、半分は名古屋であった。もし『女流』を読むならば、たとえばK家の女性たちは、この小説を元に空想の羽根をひろげ、そこに書かれていることを元にして、書かれていないことを埋めることもできる。その中には彼女たちは登場してはいないからである。

『女流』が本になってからしばらくして、私はK家の、彼女のすぐ下の妹さんから手紙をもらった。昭和三十六年のことである。そこには次のような趣旨の文章が見られた。

「私の娘は英文かんけいの人と結婚し、子供がございます。彼はあなたの作品のことをよく話題にします。私は主人をなくしましたので、娘夫婦と同居しています。すぐ下の妹は宝塚へ行きましたが、結婚して名古屋にいます。あなたさまが名古屋の家へおいで下さったとき、姉に女の赤ちゃんがいましたが、彼女も大分前に結婚をしました。母は年齢のわりには元気で姉たちと暮しています。兄はH学院の法学部の教授をしています。たいへん人気があるようでございます。計算いたしましたら、あれからもう二十六年になりますのね」

発信者は、私がふれてきた人の妹で、当時名古屋の金城女学校の三、四年生であったから、私より三つ四つ年下である。アドレスは、晴海になっている。再会を願う気持は、先方にも当方にもあるのが当り前であるが、一方において会うのを拒む気持があって、それは自然なものであった。

一つには、私は『女流』という小説で、自分の中にかくれている気持を外にあらわした。一応のモデルは私なり、私の兄なりであるけれども、たとえ作者との密着度がつよいときでも、かくれているものを出すことには変りはない。たとえモデルが指摘できない場合にしても、作者を想像することは当然であるし、あるいは、むしろ願わしいくらいのものであるが、それだからこそ、作者はちょくせつ眼の前にあらわれない方がいい。

それより、私は私にとって、物語となっているK家の人々にどうして会う必要があろう。それはむしろ侮辱みたいなものである。誰にたいしてか、何にたいしてか、分らないが。あの僅かな日数の中の物語を胸の奥にひめておいて、そしらぬ顔をしたり、ときどき取り出したりした。それらは、私のその後の生活の中にないまぜられてきた。現存する人々と何のかんけいがあろうか。

くりかえすが、私は、座布団を今でも思いうかべることができる。寺のそれであったかどうかは全然おぼえていないが、あの築地の壁もおぼえている。坂道も、あの空の重箱を包んだ紫色のフロシキも、その支えていた彼女の腕が袖からわずかに見えていたことも、K蔵書という四角い朱印も、あの英訳本のことも。

あのはなやいだ子供じみた遊び。「銭まわし」というのであったかどうかおぼえていないが、はたして銭も次のものへ渡したか渡さないか、見ていたときの彼女の真剣な、秘密をさぐろうとする眼つき。そんなものは、ただの遊びのうえの、ほとんど型にはまった、互いにやり合ってみせるところのゼスチャーみたいなものである。しかし、ゼスチャーをしてみせたことが、驚きをひきおこし、ゼスチャーにあらわれたもののために、何もかも投げすててしまいたいと思うとしたら、なぜであろう。

たぶん私はそんなふうに思っていたものだから、返事は書いたが、それっきりになった。とはいっても、ときどき私はK家の人たちが、母親を守り、長男を押したてるようにして齢を重ねて行くことを想像した。といっても、じっさいは齢を重ねようが、重ねまいが、行きつ戻りつしているようでもあった。「なぜかというと、あなたが訪ねてこないからよ」といっているように見えた。とうとう私が訪ねて行ったという空想をした。呼鈴をおすと、とても冷淡な声が返ってくる。私が家の中へ入ると、

「お母さま、とうとういらっしゃったわよ」

と、誰かひとりが姿を見せないで奥へ駈けこんで行く。

そのあと誰も出てこないので、KさんKさんといいながらドアをあける。すると、長男をのぞいた彼女たちが、いっしょに身体を寄せあってこちらの方をふりむいてささやくように思われた。

昭和五十年×月、私はK家のお嬢さんからまた手紙をもらった。前の手紙がきてから十四年

たっている。新聞を見ていたら、私のことがでていたので、思い立った模様である。それは前の手紙のときと同じようなぐあいである。K家のその後のことが簡単にのべてあったが、彼女の兄のことについて次のようなことがあるのが印象に残った。

「兄はこのたび、H学院の法学部長になりました。私どももたいへん喜んでいます。私どもは兄を誇りに思っています」

私はこの手紙に返事を書くつもりでいて、書きそびれているうちに、つまり、この手紙を受けとってから一週間か、十日か、あるいは二週間かたったころ、スキャンダルとして、H学院K教授の事件が、電車の中の吊しビラにくりかえし出はじめた。この事件のことは、私があらためてここで語る必要はないと思う。あのような手紙をよこした問題のK・M氏の妹さんはどんな気持であろう。彼女がK家の誇りとして、たとえば私のところへ知らせてきたとすれば、彼女にかぎらず、母堂や妹たちみんなの共通の思いであったのであろう。そこへこの事件である。

私はひそかに、彼女の手紙とスキャンダルの報道との間が一週間か十日そこらであることそのことに驚いた。さだめしつらかろうと思った。私の物語にというより、彼女らの作った物語にこの事件の記事は水を差した。あの手紙が私のところへ送られてこなければよかった。

私は週刊誌に眼を通した。法学部長の椅子を奪おうとする謀略であるらしいということ。そのために、その女子学生が一役買ったらしいこと。教授は夫人との間が思わしくなく、学内に寝起きしていたらしいこと。問題の女子学生は教授のゼミナールを受講していて、論文がパスするためには教授の要求をうけ入れなければならないが、彼女はそういうことには思い及ばなかったので、おどろいて拒絶して教授の研究室からとび出して行ったこと。H学院の女子学生は、どの教授にたいしても、自分にひきつけようと競争してみせているらしいこと。彼女らにとって、それはテガラであるらしいこと。

私はK家には手紙を出さなかった。こういうときに、慰めようがないし、わざわざこちらが慰めの言葉をかけるべきではないからである。私としてはK家はどこまでもK家であって、この事件とは何のかんけいもない。ただし、事件の内容については、ある人についてそのように報道されているというだけで、それ以外のことについて、私がいう資格はない。その資格がないとしたら、慰めることがどうしてできよう。これは死の場合とはちがうから、「どんなにお力落しでございましょう」とか、「お察しいたします」とかいうべきことではない。

私はこの文章の中でずっと語ってきたような因縁があるところへもってきて、私自身が教授という肩書をもっている。いわゆる教授にふさわしいとは思ってはいないが、まったくふさわしくないとも思ってはいない。ひょっとしたら、ふさわしいのかもしれないとさえ思わないでもない。

私のところへK家のお嬢さんから、K氏の法学部長昇進を知らせてきたのは、私が別の私立大学の教授であるということもあったのであろう。私はこんなことを何となく考えはじめた。

私が『抱擁家族』を発表したとき、私の勤めてきている大学の教授である唐木順三氏が、このような内容の小説を書くことは、大学の教師を誤解させる、といって憤慨しておられるという話をきいた。これに似たことは、先生の名はあげてはなかったが、週刊誌にものった。父兄の投書があったので、大学の教師が腹を立てている、という記事もあったようだ。誰かがそのことを知らせてくれた。この先生は、別の人であったかもしれない。

私は少年の頃から、人間というものは、愚かなところがあり、どんな賢人とよばれる人にも愚かさはつきまとうと思ってきた。愚かさがないと思っている人は、信用することができない。愚かでありたいと思っている人は誰ひとりいない。愚かなふりをしている人がいるならば、その人は賢人ぶっているだけのことだ。そんなことは分っている。だからこそ、愚かさや、ふしだらなことは、隠しておくべきではないか、というのであろう。私はほとんど本能的にこう思う。愚劣でも、ふしだらでも、ひとりの教師であり、ひとりの父親であり、夫である。妻もまたそうである。彼らは模範とすべきものではないであろう。可哀想に愚かさのためにその報いをうけ、それからの脱出法も分らずに、なぜ愚かであったのか、自分はそんなはずがないと思い、他人を咎めようとしてみるが、うまく行かず……というのは、むしろ万人の問題ではないのだろうか。それは私に腹を立てている人自身が忘れているところの、もっと見つめた方がいいようなことがらではないのだろうか。何故かしら、私はすこしも疑わず、そう思った。（私は一方においては小説家でもある。小説家と教師が、矛盾するというようなことではない。私を非難された人々は、そんなことをいっているのではなくて、むしろ小説家として、教師のあつかいが許せないともいっているくらいなのである）

この助教授である主人公、その妻は何という生活をしているのだろう。もし、読者のあなたがたがそう思うならば、それこそ、この小説のネライだとも私はどこかに書いた。もし大学の格が下ったりするのなら、大学はその意味では、昔からそれ以上に上ってなんかいるものか。大学にかぎったことではない。何だってそうさ。あなた方は、気がつかずにやりすごしてきたが、運がよかったか（不運なのかもしれませんよ）、それともこれから、めぐりあうかもしれないのですよ、死にめぐりあうように。

Ｋ氏の事件の後だったかもしれない。中村光夫氏の『ある愛』という長篇小説が出て、私はＰＲ誌〝波〟で対談した。これは大学の助教授とその妻と助教授の弟の話である。小説ぜんたいについての感想は、対談を読んでもらえばいい。助教授は教授になろうと手を尽している。彼は研究室で、自分のゼミナールの女子学生に行為を強いるところがあり、助教授であることが何ものかであると思うことが、むしろ計算なしに直接的な、短兵急な行動にうつらせるようになっている。彼は、さっきもいった通り、研究室でそうするのである。

いわゆるＫ教授事件とどこか似た臭いがする。中村氏は、教師たちが昇格するために、愚かしい努力をするようなぐあいだから、それと同じ程度に、さもしいことを女子学生に向って行うのである、といおうとしている。「教師でもある私自身がそのような教師を見てきている。ひょっとしたら、自分もそんなことをしているのではないか、と誤解されるかもしれない。気をつけなくてはいけない」と、中村氏は、呟いているようにも受けとれる。

『ある愛』の中の兄のような男は、妻にも心をひらくことがない。ひらかせることがない。同じパターンで女子学生にも対している。かくして妻は弟に心を開ける。気の毒に昇格は失敗に終る。計算も見とおしも甘いからである。実質的でないからである。小説では、兄は、今の私の記憶では、小説が終るころになって、自分の不心得をさとりかかるようになっていたと思う。

私は、この小説を読んでから、ずっと心にかかっていたことがあった。このように短兵急なさもしい行為を「研究室」で行うときに、ただ行為にあらわれたことから、普通私たちが思うような、世間話として面白半分に話題にするようなぐあいのものであろうか。そうではないのではないか。いや、やはり、そんなものかもしれない。これは課長とはちがう教師の問題なのか、それとも課長と同じなのに教師はちがうと思っている問題なのか。それとも小説そのものの問題なのだろうか。整理すれば答はすぐ出そうに思えるのに、どうして出したくないのだろうか。

それよりも、研究室でそのようなことをするという、その研究室を、彼がどんなに誇らしい城だと思っているか、そこにどんな本があり、その本にたいして、どの程度に本気になっているか、あるいはすこしも本気にはなっていないか、ということが書かれていたとしたら、どうであろう。女子学生を抱きよせようとしたときに、よく小説にあるし、テレビ映画などにもあるように、彼女の着ているブラウスなり、ワンピースなりの背中のチャックを外そうとするしぐさそのものよりも、何か書かれるべきことがなかったであろうか。もっともっと熱心に愚劣で、熱心にさもしく、個性的で、救いようがなく、誰かの手でもさしのべられないとどうにもならない、というのではないのであろうか。たぶん、『ある愛』についていっているのではなくてすくなくとも教師としての、私自身の自己弁護であろう。

私はK家と自らの少年時代からのことを書いてきた。ふりかえると私の趣旨は、どうもあることに自然とネライをつけてきたようである。少年の頃から人間は、愚かにもある一つのことに夢中になり、そのとき、おかしなものの感じ方をし、おかしな法則を作り出してもっともらしい顔をしたりするということで、それが何かしらリアリティをかんじさせる、ということのほかは、大して信ずるに価するものはない。ひょっとしたら、人間というものは、悟ったりするかもしれないが、にもかかわらず同じパターンをくりかえす、ということさえ、いつかいい出そうとしているもののように見えるのである。人間のいうことや考えることやすることは、拡って行くであろうが、その人間そのものに当るもの、ハッと思わせるものは、大して差はない。……

私はこの文章をはじめるときから、ほかでもないK教授事件にふれることが目的であると思っていたので、K家とのことを辿りながら何かを念頭においていたのかもしれない。それは果してうまく行くかどうか分らない。しかし次第に筆は重くなり、まるで他人の筆のようになってきた。

私がK家のお嬢さんからいただいた手紙をあけるとき、ためらわれた。そのことは前にもいったように、二度めの手紙のあと一週間か十日して、事件の報道があったという、そのタイミングのためである。どんなに間がわるいであろう。手紙は先ずその間のわるさから始める文章が書かれてある。

「私が兄の昇進のことを得々とお知らせしたすぐあとに、あのような事件の記事がおめにとまったことを思うと、私はそれこそ穴があったら入りたいほどです。あなたはさだめし私の兄だけでなく、私の一家を軽蔑なさっていることでしょう。私ども一同悲嘆にかきくれています。

あなたは、私にも私の一家にも、愛想をつかされたのではないかとそれが残念です。あのことは、私の家や、私の兄個人の、あるいは、H学院の問題です。あるいは、問題の女子学生の問題です。そのことについては、あとできいていただきたいことがございます。

でも、それより前に、たとえば、私の一種の錯覚のなかに何かしらすべてがこもっているのだ、というふうに、あなたはお考えなのではないでしょうか。私はそれが恐ろしいのです。兄の問題のくちおしさと同じくらいに、むしろそれ以上にくちおしいのでございます。また私がこう申しあげなければ、あなたは絶望なさるのではないでしょうか。あなたはきっと途方にくれておいでなのだ、と思います。

あなたは、以前、あなたの『女流』が本になったとき、さしあげた手紙の返事に、兄の『硝子戸の中』の英訳本のことにふれておいでになりました。私の家族のことは、生涯で一番はなやかな経験であったとか、私どもといっしょに（母も含めて）色々の遊びをしたときのことや、とくに私の姉と散歩したときのことがいつまでも忘れられないし、あのときは自分には二度と訪れることがないと思われるほど得意な経験だったと書いておいでになりました。〈ぼくがお姉さまのことを誤解していたと思っておいでになるのではないかと思いますが、お姉さまは何もかも御存知だったのでしょう。ぼくは『硝子戸の中』を読んだおかげで、まだ読んでいなかった漱石の本を読みました。とくに『文鳥』は好きです。ちょっとした油断で文鳥を殺してしまった、ひとり漱石がなげくところがぼくは心に残っているのです。人生では、ホゾをかむようなことは、色々とあります。ぼくは、このひとり嘆くというのが、ほんとに好きです〉といっておられましたが、私は兄がひとり堪えてくれることを願っているのでございます。すくなくとも私は、あなたさまにそう申しあげたい思いでいっぱいなのです。

しかし私は兄や兄の親しい友人の方々が、謀略だといっていることについては、私も疑いません。どこまでが謀略かということは私には分りかねますが。……

兄は家庭的に恵まれず、嫂と子供も兄にたいして冷たく、それがあんなことになる直接の原因であることは、私は近い家族のことですから、これは間違いはございません。しかし、私はあなたさまの前ですから、心を鬼にして申しあげますが、〝謀略〟であったにせよ、それは弁護士との問題であるでしょうし、おそらくこれは何の決め手もなかろうかと思います。たとえ謀略ということがほぼ分ったみたいになったとしましても、それは兄自身のこととかんけいのないことでありましょう。

家庭的な問題が原因であるにせよ、これもまた弁護士との問題でしょう。事がこのように起り騒ぎとなってしまったならば、兄ひとりの問題であり、あなたにはお分りいただけると思いますが、K家みんなの問題でございます。

私はあなたさまがこんなふうにおっしゃるような気がしてなりません。H学院の法学部長の椅子がもしそれほど重要な名誉あるものであるのなら、それこそ昔の戦国時代のスパイ作戦のように、かかった方が負けであり、負けぬように気をつけなければならない。女をつかったり、水ぎわだった少年を小姓にしたてるように謀って、寝首をかくのは常套手段であった。スパイ作戦は勝ったものがより見事であり、いさぎよく兜をぬがなければならない。あなたは、ある雑誌にそういった意味のエッセイを書いておいでになったのを読んだことがございます。戦国時代と現在とは同じといえるかどうか、疑問でしょう。しかし、私にも、まったく違うという自信がありません。

私がこのようなことを書いて参りましたのも、あなたのお力添えがいただきたいからでございます。兄もそう申しております。でも、松川事件のような場合とは、別なのでしょうか。あのときの被告を一目見ただけで、どなたでしたか、高名な文学者の方が、〈このようにすんでいる目をしたものが、そんなことをしたはずはない〉とおっしゃられたことをおぼえています。兄もそれを申しておるのです。〈第三者の人が、それもしっかりした文学者が、人間を見る眼のある人が、ぼくに会ってぼくの話をきいてくれるならば、ぼくのいうことが真実であり、決してぼくが一方的に、教師の立場を利用して強いたことではないということが分ってもらえるにちがいない。いくら何でも、ぼくがこの年齢をして、誰かがいうようにぼくが女子学生に人気があるのや、ぼくが研究室に寝起きすることがあって、ぼくが孤独な生活をしているので、女子学生が近より易く、そこから何かしら危険な競争関係がおこったということは認めるにしても、彼女とぼくが気持が通じていなかったというのは、間違いです。どの部分において謀られたか。彼女はどの部分まで、それにつながっていたか、ぼくにはどうでもいい。ぼく

にはよく分らないからです〉

私は兄のいうことを全面的に信じるわけには行かなくなっています。助けていただくとして果してどんなふうに助けていただくことができるかも分らないのです。兄を支持する人々といっしょに発起人になっていただくことと、それから、兄のために松川事件のときのような文章を書いていただくか、——というのはあなたさまは学校のことをよく存じておいでですし、それに女子学生のことも、男女の問題、家庭の問題などについてよく書いていらっしゃいますから——それとも、この度の事件の背景のなかで兄がどのように踊らされたかということを小説に書いていただくか、これが兄の願いなのです。

私はこの事件が起ってから、ずっと考えつづけました。私は一言だけ申しあげます。私はひそかにあなたさまに関心をもちつづけました。女学生のころからでございます。私はあなたさまが姉のことをどんなふうに思っておいでだったかは、よく存じませんが、私はあなたさまの書かれるものの中に、はしたない云い方ですがにおいをかいできました。私は誰も気づくはずがないと思いますが、『燕京大学部隊』のたった二、三行の中に見つけました。もちろん『実感女性論』の中にはハッキリ出ています。私は処女作『裸木』にも見つけました。誰にも分らなくても、物問いたげに丘の上の裸木のところで、少年の前に立っている少女は姉です。私はそういうことは、姉よりよく気づきました。姉はぜんぜん駄目です。こんなわけで、もうお察しと思いますが、あなたの『女流』の中の謙二のいう弟の立場が私でした。あなたさまは、御存知ないと思いますが、兄の蔵書の英訳『硝子戸の中』をあなたから返してもらうように頼んだのは私です。私は知っていました。あなたが姉にいって書架から持ち出されたのを。私は、あの本を今でも持っております。あなたさまはきっと小品の『文鳥』を好いておられるにちがいないと私は思っています。あなたは、『実感女性論』の中で横を向いた女のウナジのことに、姉のような人物にたくしてふれておられるからです。

私は兄が昇進したとき、誇りに思っています、と手紙に書きました。あれはどういうわけか、本当の気持でした。私は兄が謀略といっていたり、兄の支持者がそう呼んでいるものにひっかかるようになったについては、いくらか分っています。あなたさまが、もしみんなから資料を集められて小説をお書き下さるとしても、兄の思っていること以上の真実を心がけられることでしょう。

でも、私はあなたさまと、自分自身の如く話しあってきましたので、おかげで、色々申しあげましたがあなたさまは、学院内外のこの事件に関するカラクリのようなものには、関心をもたれないという気がいたします。ひょっとしたら、あなたさまは、兄が愚かにも、今でもあの女子学生の中に、女子学生本人も気がつかない何ものかを、それに吸いよせられるようにしてひかれて行ったのである、とお考えになるのではないでしょうか。兄はどんなことを、彼女にいい、どんなことをしかけたか、あるいはしかけられたか私は興味がありません。他人には笑うべき行為としか見えないことでも、本人には、相手も自分も口に出してはうまくいえないものを感じあっていた、というふうに考えて下さるのではないか、と思います。兄は若い女性から何かを発見したつもりだったのではないでしょうか。ことによったら、兄は生まれてはじめて、文字通り愚劣なことを考え、愚劣なことをしたのかもしれません。兄は本当は、法学部長となった自分に酔っていたのかもしれません。表面的にも実質的にも、ただのワイセツとおなじことをしていたのかもしれません。それにしても、それは兄にとって発見であり、昇進したことがそのきっかけであったのかもしれません。

それならば、あなたの筆によって、その愚かしさ、情けなさを、生きるように書いて下さっても宜しいのです。あなたさまは、『実感女性論』の中で、私の姉の坐っていた座布団や、私の姉が佇んでいた築地の壁のことを、ただの座布団や壁ではない、その中に、自分が入りこむか、それが、こっちに吸いつくように迫ってくるか、いずれにしても堪えられなかった、と恋心のことを表現しておいででした。

あなたは、『女流』の中で、弟が兄が受けた女流小説家からの手紙の批評を、書きこむところがありました。『抱擁家族』の夫妻は、事件のあとホルモン注射をしあうところがありました。そういう例をあげれば、際限がありません。どうか兄の甘い願いをこえて、兄のほんとうの願いを書いてやってください。いわゆる企業小説ふうの謀略にあやつられるのではなくて、兄の実体はえがけないでしょうか。私どもの次々と知らされるこの驚きがえがけないものでしょうか。これ以上のことはもう私には分りません。

申しおくれましたが、この事件のショックがもとで、母は先日亡くなりました。私どもの悲しみと憤りがお察しいただけると思います。憤りと申しても、何にたいしてかはさだかではございませんが」

そこで、小説家の私は、我に返って手紙の封を切った。それから読みはじめた。
以上は、私のK家のお嬢さんの手紙にたいする、遅れた、出されざる返信である。

（「群像」一九八一年十月号）

無垢の歌、経験の歌

大江健三郎

外国へ向けて、職を得た滞在をふくむ、ある長さの旅に出るたび、見知らぬ風土で根なし草となる自分が、ありうべき危機になんとか対処しうるように──すくなくとも心の平衡をたもちうるようにと、ひとつの準備をすることにしている。それはただ、出発までの時期読みつづけた一連の書物を、旅に携行することにすぎぬが。事実僕は、いま異邦の土地に孤《ひと》りでいるのはそのとおりだが、しかしこの間まで東京で読んでいた本のつづきを読んでいると、ビクついたり苛《いら》だったり沈みこんだりする自分を励ましえたのである。

この春は、ヨーロッパを旅行した──といってもテレヴィ・チームとともに駈け廻るようであったウィーンからベルリンへの旅程の、どこでも樹木は新芽を吹いていず、花といえば葉よりさきに開いて無闇に黄色い連翹《れんぎょう》と、やはり葉の青みなしに地面から蕾《つぼみ》をもたげるクロッカスのみだったが。この出発の際には、二、三年読みつづけてきたマルカム・ラウリーの「ペンギン・モダーン・クラシックス」版を四冊持って行った。二、三年ラウリーを読みつづけたといったが、それにあわせて僕はラウリーに触発されるメタファーを脇に置くようにして、一連の短篇を書いてきたのでもあった。そこで僕が、むしろ積極的にもくろんでいたのは、旅の間ラウリーをもう一度読み、旅の終りに、――よし、自分としてラウリーはこれでしめくくることにしよう、と決意することであった。そして旅に同行する人びとに一冊ずつ、当のラウリーを贈ることにする手順であったのだ。若い頃、心があせるまま、ひとりの作家に永くとどまりつづけることができなかった。中年すぎになれば、やはり老年から死にいたるまでに集中して読むという作家の数が見えてくる。そこで時どき意図的に、このようなしめくくりをおこなわなければならぬのでもある。

さて、旅の間、僕はかつて経験したことがない濃密なスケジュールで動きながら――しかしかれらとしての仕事への論理にしたがうテレヴィ・チームと、気持の良い関係をたもちつつ――移動の飛行機や汽車、またホテルの部屋で自分が様ざまな時に引いた赤線のあるラウリーの小説を次つぎに読んでいった。夕暮のフランクフルトに汽車が到着する直前であったが、ラウリーのもっとも美しい中篇に思える『泉への森の道《ザ・フォレスト・パス・トゥ・ザ・スプリング》』の、作家であり音楽家でもある語り手が、創作への励ましをもとめる祈りを書きつけた箇所に、僕は新しく自分を引きつける契機を見出したのである。

新しくというのは、以前にもそこを読んで感銘を受け、祈りの言葉の前半を小説に引用したほどであったのに、今度はさきに重要に思えた部分につづく、祈りの後半に、眼をひかれたのだからだ。自分の再生のための新環境を主題に音楽をつくりだそうとして果たせぬ語り手が、親愛なる神よ、と呼びかけつつ、援助してくれることを祈りながらいう。《私は、罪にみちておりますゆえに、誤った様ざまな考えから逃れることができません。しかしこの仕事を偉大な美しいものとする営為において、真にあなたの召使いとさせてください。そしてもし私の動機《モティーフ》があいまいであり、楽音《ノート》がばらばらで意味をなさぬことしばしばでありますなら、どうかそれを私が秩序づけうるようお助けください、or I am lost……》。

もちろんそれは文章全体の流れに立ってであるが、僕はとくに最後に原語のまま引いた、その半行ほどに特別な牽引力《けんいん》を見出したのだ。僕は信号を受けとめたように感じた、――さあ、いまはラウリーの作品から別れて、もうひとつ別の世界へ入ってゆき、また数年間はそこに逗留すべき時だと、はっきりある詩人の作品群を示し、優しい手つきで指し示してくれる師匠《バトロン》の声のような……それは日曜の夜で、金曜から帰郷していた若い応召兵士らが、また兵営へ戻《もど》る旅立ちの時だった。学生のような兵士らが寝台車の窓際通路に立ち、圧縮バルブのついた小さなラッパを長ながと高鳴らせて、かれらの都市に別れをつげる、なおプラットホームに残っている兵士たちには、少女めいた愛人たちがなんとかなだめて汽車に乗せようとする。あるいは別れを惜《お》しんでもう一度抱きあおうとする。そのような雑踏のプラットホームに降り立ったことが、僕に自分としての別れの思いをくっきりきざませた、というのでもあるのだが……

駅から出てホテルに向いながら、僕はテレヴィ・チームが大量の器材を運びだす時間を利用して、駅構内の書店から見つけてきた「オクスフォード・ユニヴァーシティー・プレス」版のウィリアム・ブレイク一冊本全集をたずさえていた。その夜から、僕は数年ぶりに、いや十数年ぶりに、集中してブレイクを読みはじめたのであった。最初に僕が開いたページは、《お父さん！　お父さん！　あなたはどこへ行くのですか？　ああ、そんなに早く歩かないでください、話しかけてください、お父さん、さもないと僕は迷い子になってしまうでしょう》という一節だった。この終りの一行は、原語で“Or else I shall be lost.”である。

ここに書きうつした翻訳は、十四年前に——つまりはっきり辿《たど》ってみると、さきに書いた、数年ぶりに、いや十数年ぶりにというところが、実際、数年どころではなかったのだと気づくのだが、過去のことをいうについておなじような経験はこのところしばしばしてきた——障《しょう》害《がい》のある長男と父親の自分との、危機的な転換期を乗りこえようとして書いた小説で、僕が訳してみたものである。そのような特殊な仕方でかつて影響づけられた詩人の世界に、あらためて強く牽引《けんいん》され、そこへ帰って行こうとしていること、それはやはり他ならぬ息子と自分の間に新しくおとずれはじめている、危機的な転換期を感じとっているからではないか？　そうでなければ、ラウリーの Or I am lost が、ブレイクの Or else I shall be lost へと、どうしてこれほど直接にむすんで感じられるだろう？　フランクフルトのホテルで、僕は幾度もベッドサイドの灯を消しながら、眠ることができぬまま、あらためてブレイクに——この本には赤い紙表紙に、斃《たお》れつつある裸の男が墨色で刷られていたが——戻ってしまいつつ落着かぬ思いで考えたものだ。

僕はこの息子が畸型《きけい》の頭蓋《ずがい》を持って誕生した際、その直後に書いた小説にも、ブレイクの一行を引いていた。いまはどのようにしてそのブレイクが、まだ若く読みためた本もすくない自分の記憶にあったのか不思議なほどだが、「出エジプト記」の、ペストを主題にしたブレイク自身の版画についても記述しつつ。《Sooner murder an infant in its cradle than nurse unacted desires……》、赤んぼうは揺籠《ゆりかご》のなかで殺したほうがいい。まだ動きはじめない欲望を育ててあげてしまうことになるよりも、と二十年前の、この小説を書いていた僕は訳したのだが……

さてはじめに引用した『無垢《むく》の歌』の「失なわれた少年」からの後半は次のようだ。《夜は暗く　父親はそこに居なかった　子供は露に濡れて　ぬかるみは深く　子供は激しく泣いた　そして霧は流れた》。

三月の末だったが、フランクフルトではまだ日暮から霧が立った。一、二週後にせまっている復活祭《イースター》の、自分としてはヨーロッパ民俗の、死と再生のないあわさったグロテスク・リアリズムの源の祭りにかさねて、つまり観念的にのみ知っているその復活祭《イースター》が、人びとに待ち望まれ、盛大に祝われることの切実な意味を、はじめて僕は納得《なっとく》するようであった。街路をかざる橡《とち》の巨木にわずかな新芽が吹き出すということもなく、ただ黒い樹幹に街灯の光をやどした霧がからむようであるのを、不眠のままに立って行った窓から見おろしながら……

成田空港に戻りつくと、日本の春は終りに近く、その陽気の気配自体、こちらの感受性から躰《からだ》の具合まで、それとなく弛緩《しかん》させるふうだったが、迎えに出てくれていた妻と次男とが、僕のそのような気分とはなにやらチグハグな様子なのである。いつもなら空港バスで箱崎へ向うところを、テレヴィ会社が準備してくれた車に乗りこんでも、妻も次男も口を開こうとしない。かれらなりに難かしい戦闘を、頽勢《たいせい》のなかで戦いつづけてきたというふうな、ぐったりした様子でシートにへたりこんでいる。私立の女子中学校の上級に進んで、宿題やテスト準備に追われている娘は別として、長男が迎えに来ていないことについても黙っている。

はじめ僕は、花の名残りをさがすというより、新芽の勢いのあきらかな雑木林《ぞうき》を薄暮の光に見つめていたのだが、そのうち気がかりな思いでよみがえってきたのは、旅の後半ブレイクを読みながら、あるいはその行間で放心するようにしながら、息子と自分の間に、つまりは僕の家族全体に、危機的な転換期がやってきつつあると、幾度も感じるようであったことだ。そしていかにも疲弊《ひへい》した様子の妻から、現実に始っている徴候の二、三について聞かされる際の、ドカンとやってくるだろう衝撃に、なんとか防禦《ぼうぎょ》態勢をつくろうとして、そのように自分も黙ったまま樹木の新芽を眺めつづけ、こちらからは——ある小説で障害のある息子のことをそう呼んだように、ここでもイーヨーという渾名《あだな》をもちいることにしたいが——イーヨーはどうだった？　と聴き出さねばならぬのを先に延ばしている自分に、気づいていた。

しかし成田から世田谷にいたる車での道のりはまことに長いのだ。ついには妻も口を開かざるをえない。そしていったん口を開けば、なにより彼女の心に覆《おお》いかぶさり真暗にしている事態について話すほかにはない。そこで妻は、低く鬱屈《うっくつ》しているが、たよりないことでは幼児的な声音《こわね》で、——イーヨーが悪かった、本当に悪かった！　と報告したのであった。つづいて彼女が運転手の耳への気がねもあり、押え押えしているのがわかる語り口で、つたえたところは次のようだ。

僕がヨーロッパへ発って五日目に、息子はある確信に到ったかのように——その確信がどういう性格のものであるかについては、妻はこの点とくに他人には異様に響くであろうことを惧《おそ》れて車の中では話さず、また帰宅しても息子にお襁褓《むつ》をさせてベッドに入れるまで話さなかったのだが——乱暴を始めた。養護学校の高校一年から二年にあがるところで、春休みの一日それまでの級友と別れる集りがあった。養護学校に近い、砧《きぬた》ファミリー・パークという所へ集ったのだが、そのうち鬼ごっこをすることになった。子供らが鬼になって、各自の母親を追いかけるやり方である。他の母親たちと一緒に妻が駈け出した時、息子は遠目にもあきらかな逆上ぶりを示したというのだ。怯《おび》えて立ちどまった妻に、追いすがってきた息子は、体育で習った柔道の足払いをかけた。うしろむき真っすぐに倒れた妻は、頭の皮膚から出血したのみならず、脳震盪《のうしんとう》をおこしてしばらく起ちあがれぬほどであった。担任の先生方や、ほかの母親たちが、あやまるよう口ぐちにいわれたが、息子は頑強に黙りこみ、仁王立ちして地面を睨《にら》みつけるのみであった。

その日帰ってから、気がかりなまま観察することをはじめた妻の眼に、息子は弟の部屋に入りこんでは、羽がいじめしたり小突いたりして、弟を迫害している様子なのである。誇り高い弟は声をあげて泣くことはせず、母親に告げ口をすることもなかったのだが。そして本人は車のなかで、その話をする母親に対し、恥を耐えているようにうつむき躰を硬くしてはいるものの、話の内容を僕に否定しはしなかったのであった。息子のお襁褓《むつ》の世話をすることをはじめ、万事につけ障害のある兄に気を使う妹が、その心づかいのためにかえって反撥《はんぱつ》されて、顔のまんなかを拳で殴られるところまで妻は目撃した。そうしたことが重なり、怯えた、あるいは腹をたてた家族にかまってもらえなくなった息子は、養護学校が休みであったこともあり、朝から晩まで大ヴォリュームで再生装置をならしつづけた。そしてこれも帰宅しての深夜にようやく妻が話したことなのであるが——三日ほど前、皿にあるものをわざわざ一度に頬ばってむさぼるようにする息子の、おそろしく早い食事に遅れて、妻たちが食堂の隅《すみ》にかたまって夕食をつづけていると、台所から庖丁《ほうちょう》を持ってきた息子が、両手で握りしめたそいつを胸の前にささげるようにして、家族とは反対の隅のカーテンの脇に立ち、暗い裏庭を見つめて考えるようであったという……

——病院に収容してもらうよりほかないかと思ったわ。身長も体重もあなたと同じなのだから、私たちには歯がたたない……

妻はそういってあらためて黙りこんだ。そこでずっと口を開かなかった次男ともども、われわれ三人は暗澹《あんたん》たる巨大なものの影のうちにある具合に、全的に萎縮《いしゅく》して、なお長い道のりをすごしたのである。庖丁うんぬんについてはもとより、先にいった、息子を見舞った奇態な固定観念についても、まだ耳にしていなかったにもかかわらず、それでもすでに僕は、ヨーロッパの旅で蓄積した疲労の総体に抗しがたいようであった。

そしてこのような経験に際して、まずおちいる退嬰《たいえい》的な心の処し方があらわなのであるが、僕は直接妻の言葉に面とむかいなおすより前に、いったん迂回路《うかいろ》をとって考えることを選んで、ブレイクのもうひとつの詩を思い描いていた。次男をはさみ脇に坐っている妻のてまえ、膝の上のショルダーバッグから「オクスフォード・ユニヴァーシティー・プレス」版のブレイクを取り出すことまではしなかったけれども……

『経験の歌』に、不定冠詞のついた、「失なわれた少年」という詩が——もとより広く知られた一篇がある。『無垢の歌』の定冠詞つきの少年とちがって、こちらのある自立した性格の子供は、父親に挑戦的な抗弁をする。《誰ひとり自分より他を自分のように愛しはしない　自分より他を自分のように尊敬しはしない　また「思想」によって　それより偉大なものを知ることは不可能なのだ／だからお父さん、どうして僕が自分以上に　あなたや兄弟たちを愛せよう？戸口でパン屑をひろっている　あの小鳥ほどにならあなたを愛しもしようけれど》。脇でそれを聞いた司祭が腹を立て、少年を引ったてるのみならず、悪魔として告発することさえしてしまう。《そしてかれは焼き殺された　かつて多くが焼かれた聖なる場所で、泣いている親たちの涙はむなしく　このようなことがいまもなおアルビオンの岸で行なわれているのか？》

憂鬱な家族を乗せた車がついに家まで辿《たど》りつき、暗い玄関先にトランクを運び込んでいるところへ娘が顔を出した。彼女もまた母親や弟同様、あからさまに鬱屈をたたえた表情だったが、僕としては車のなかで妻にいいだしかねていた、——それほどみんなとイーヨーとの関係が悪いのならば、あの二人だけで留守番させておいていいのかい？　という気がかりな思いは解消したのであった。そこで気勢はあがらぬながら、なんとか旅帰りの陽気さをあらわすように声をかけあって、われわれは居間へ入って行ったのだが、ソファの息子は相撲《すもう》雑誌に見入ったままなのだ。通学用の黒いダブダブのズボンに、こちらは窮屈そうな僕の古ワイシャツを着こみ、尻をあげて両膝をついた不自然な恰好《かっこう》で、終ったばかりの春場所を特集した雑誌に、それも下位取組のこまかな星取表に見入っている。その息子の背から下肢にかけて、僕はあるアンビヴァレントなものを見るようだった。旅の間、もうひとりの自分はずっとそこにいた、かつ自分を拒《こば》もうとして覚悟をかためた息子もそこにいたのだと。身長も体重もまったく僕と同じで、肥りぎみの背をまるめがちな姿勢まで似ている息子に、日ごろそのソファに横たわって――僕の場合はあおむきに寝そべって――本を読んで過す自分をかさねるのは、僕としてむしろ自然な感じとり方なのだが、同じくその時の僕は、息子が、(もうひとりの息子である僕の分身ともどもに)いまやはっきり父親を拒否していると、それも単純な行きがかりでの反撥というのではなく、底に捩《ね》じくれ曲って続く過程をおいて、はっきり覚悟した拒否を示していると、感じたのであった。そこで僕は、

――イーヨー、パパは帰ってきたよ、相撲はどうだった、朝汐は押したか? と声をかけながらも、あらためて妻たちの鬱屈の、本当の重みを思い知る具合であったのだ。

しかしその時、僕はまだ息子の眼を見ていなかったのである。この帰国した夜、いかにも端的にいま起ろうとしている――すでに起っているのでもある――問題の核心に面とむかわせたのが、息子の眼であったのに。僕はかれのためにベルリンでハーモニカを買ってきていた。自

分はスイスのアーミー・ナイフをもらった次男が、呼んでもソファから降りてこぬ兄にハーモニカを持って行ったが、息子は見むきもしない。食事をしながら僕が幾度か声をかけてはじめて、かれはハーモニカを紙ケースからとり出したが、日頃はどのような楽器にも関心をあらわして、なんとか和音を組み合せてみせるのに――しかもこれまで幾度かハーモニカにふれてきたのであるにもかかわらず――なにやらめずらしく、怯《おび》えさせもする相手にめぐりあった具合に、気の乗らぬ様子で、両側から演奏できる長いハーモニカを、異物のようにいじりまわすのみだ。そのうち音を出しはじめたが、ハーモニカを斜めにして一段のひとつの吹穴にだけ息を吹きこみ、風の音のような単音を響かせるのである。もしふたつ以上の吹穴に息を吹きこむと、和音のかわりに恐しい不協和音が鼻面に嚙みついてくるかと惧《おそ》れているように……

免税売場で買ってきたウイスキーを飲んでいた僕は、とうとう食卓から立ちあがって、妻たちがビクリと緊張するなかを、息子がいまはナイフを斜めに刺しこんだふうに躰《からだ》を延ばしてよりかかっている、ソファの前へ出かけて行った。息子はその恰好のまま、ハーモニカの片端に両手をかさねて握りしめ、笏《しやく》のように顔の前に立てて、その両側から僕を見あげた。その眼が、僕を震撼《しんかん》したのである。発熱しているのかと疑われるほど充血しているが、黄色っぽいヤニのような光沢をあらわして生なましい。発情した獣が、衝動のまま荒淫のかぎりをつくして、なおその余波のうちにいる。すぐにもその荒あらしい過度の活動期に、沈滞期がとってかわるはずのものだが、まだ躰の奥には猛りたっているものがある。息子はいわばその情動の獣に内側から食いつくされて、自分としてはどうしようもないのだという眼つきで、しかも黒ぐろとした眉と立派に張った鼻、真赤な脣《くちびる》は、弛緩《しかん》して無表情なままなのだ。

僕はその眼を見おろしたまま、胸をつかれて黙っていた。妻が立ってきて、息子に眠る時間だというと、かれは柔順にしたがって、この日のお襁褓《むつ》一式を持ち、二階へ上って行った。その前に、ハーモニカは、自分にとってはいかなる意味もないものを、偶然に握っていたにすぎぬというふうに、バタッと脇に落して。僕の脇をすりぬける時、息子がチラッと僕を見た眼に、あらためて僕は、犬が人間のいない場所で笑いに笑い、そのあげく充血したような眼だとも感じたのだが……

――いまハーモニカを握っていたようにして、イーヨーは庖丁を持って、そのカーテンのところに頭を突きつけて、じっと裏庭を覗《のぞ》いていたのよ。私たちが食事をする間、声をかけるのも恐いほど、身じろぎもしないで、と息子を寝かせてきた妻が、さきに書いた庖丁についての挿話《そうわ》を話したわけだ。

あわせて妻はなんとも奇妙な息子の言葉のことを話した。現にいま僕が旅から戻って来れば、息子は妻に反抗しないし、これから父親を空港へ迎えに行くといっただけで、妹へ無干渉の関係をたもち、留守番をすることができた。そうである以上、息子が乱暴をはじめた際、自然なりゆきとして、妻は父親が帰ってきたならそれをいいつけると、そういって制禦《せいぎょ》しようとした模様なのだ。ところが息子は、その時もFM放送で大ヴォリュームを響かせていた、ブルックナーの交響曲をものともせぬ大声で、

――**いいえ、いいえ、パパは死んでしまいました！** と叫んだというのである。

妻は茫然《ぼうぜん》としたものの、なんとか気をとりなおして息子の誤りをただそうとした。いや父親は死んでいない、これまでにも永い不在の時期があったが、それは外国に行って生きていたのであり、死んだのではなかった。これまでいつも旅を終えて帰ってきたように、今度も帰ってくる、とブルックナーに対抗して——僕はそれが交響曲第何番であったかを、気が滅入《めい》るままテーブルにあったFM番組の雑誌を開いて調べ、そしてそれが第八番のハ短調の交響曲だったことを確かめたが——実際必要だったろう大声をあげて説き伏せようとした。しかし息子は頑強な確信をあらわして抗弁しつづけたというのだ。

——いいえ、パパは死んでしまいました！　死んでしまいましたよ！

しかも妻との問答の過程で、息子の言葉は、奇態なものにちがいはないが、それなりの脈絡をそなえていた。

——死んだのとはちがうでしょう？　旅行しているのでしょう？　だから来週の日曜日には帰って来るでしょうが？

——そうですか、来週の日曜日に帰ってきますか？　そのときは帰ってきても、いまパパは死んでしまいました、パパは死んでしまいましたよ！

ブルックナーの第八番はいつまでも続き、妻は大声で息子と叫びかわすうちに、砧ファミリー・パークで倒されて傷ついた後頭部に新しい血が滲《にじ》んでくるような気もして、疲労困憊《こんぱい》した。それも彼女をさらに根深い気力阻喪《そそう》におとすようであったのは、実際自分の夫は死んでいるのだが、障害のある息子を自分の統制のもとに置くために、まだ父親は死んでいないといいくるめようとしているのだったら、と将来の時に起りうべき事態にかさねて思ったからだった……

それでも帰国の翌朝、僕は息子とのコミュニケイションの糸口を見出し、それを介して家族みなが、かれと仲直りすることになったのだ。夜明け近くまで眠れなかった僕は、子供らが起きだして朝食をとる間、おなじテーブルに坐ってはいたのだが（長男は家族の誰からも距離を開けて、テーブルに斜めに向かうように坐り、腕に錘《おも》りがついているような箸《はし》使いでノロノロ食べた。「ヒダントール」錠という抗てんかん剤をのむようになってから、朝のうち動作が緩《かん》慢《まん》なのではあるが、その間かれは僕と妻が話しかけても、なにひとつ聞きとる様子はなかったのだ）、食後まだ春休みの子供らが自分らの部屋に引きこもったので、僕は昨日まで長男が占領していた居間のソファであらためて眠ったのである。

そのうち僕は、幼年時の思い出を喚起されるというより自分が幼かったある時、ある場所での出来事がそのまま復元されている、ものそのもののように濃密な懐かしさから、身ぶるいしつつ眼ざめた。涙があふれんばかりになっていた。息子がソファの裾のあたりの床に坐りこみ、毛布から出していた僕の片足を、壊れやすく柔らかなつくりものでもなでるように、ゆるやかに曲げた右手の指五本でなでさすっているのだった。穏やかな声で低く、確かめるようにつぶやきもしながら。そしてその言葉は、僕が懐かしさの感情のかたまった、生きたゼリーのようにして震えている、夢のさめぎわにも聞きとっていたものだ。

——足、大丈夫か？　善い足、善い足！　足、大丈夫か？　痛風、大丈夫か？　善い足、善

い足！

――……イーヨー、足、大丈夫だよ、痛風じゃないからね、大丈夫だよ、と僕は息子がつぶやいているほどの声音でいった。

すると息子は、まぶしそうではあるがすでに僕の出発前のかれの眼にもどってこちらを見あげ、

――ああ、大丈夫ですか、善い足ですねえ！　本当に、立派な足です！　といったのである。

しばらくすると息子は僕の足から離れ、昨夜ほうりだしたままだったハーモニカをとりあげて、和音を試しはじめた。そのうち和音はメロディーをともなうものになりもした。僕としてはバッハのシチリアーナのひとつとしかいうことのできぬ、平易な、美しい一節を、いくつもの音程で吹き、調性のことなる両側の吹き口の意味も読みとったふうなのであった。昼食には僕がわれながらいそいそとスパゲッティー・カルボナーラをつくった。まず次男と娘が食卓についたところで、息子に声をかけると、妻がつい吹きだしてしまうほどの、穏和《おんわ》きわまる、澄んだきれいな声でかれは返事をしたのであった。

――足について僕がイーヨーに定義しておいた。それが僕らに、お互いへの通路を開く、今日の手がかりになった、と僕は妻に話した。僕はこの世界のなにもかもを定義してやると、イーヨーにいってきたんだがな。ところがいまのところ、いちばん確かだったのは足の定義で、それも僕の発明というよりは、痛風のおかげで定義できたわけだ……

定義。この世界のなにもかもについての定義集。さきに書いた、自分がブレイクに向けて帰りつつある、または新しく向いつつあるという予感が、すでに実現されていることをあわせ示すために、僕はまずいっておきたいのだが、憲法をわかりやすく語りなおすことからはじめるはずの、この定義集を構想しはじめた段階で、つまりはもう十年ほども前に、『無垢の歌、経験の歌』と、ブレイクを引いてそれは名づけられていたのだった。

そしてこの定義集を、実際に絵本としてや童話のかたちで進めてゆこうとしながら、なかなか実現することができなかったのである。七、八年前、子供と想像力をめぐって公開の席でした話のなかで、現に僕は次のようにいってもいる。この段階ですでに、しばしば実際にはじめようと試みながら、当の計画が達成困難であることを思い知らされていたのだ。しかし人まえで話すことでそれへの強制装置を自分にかけておくことを望む、そのような内情があらわれているとも思えるのだが。

《この障害児学級の息子の同級生たちのために、そのような子供たちが将来この世界で生きてゆくためのハンド・ブックというものを書きたいと、私は考えるようになりました。そのような障害児学級の子供に理解できる言葉で、この世界、社会、人間とはどういうものかをつたえ、それでは元気をだしてこれらの点に気をつけて生きていってくれ、といいたいと考えたのです。たとえば生命とはどういうものかを、短かくやさしく書く。私が全体を書く必要はない。様ざまな友人たちが、たとえば音楽についてならTさんが私の息子にむけて書いてくれるだろう。そのように思ってはじめた仕事でしたが、実際には気の遠くなるような困難だらけなのでした。単純明快なことについて、生きいきした想像力を喚起するような言葉で書こうとしても、書くべき現実がそれを許さないということが、あらゆることどもについてあることに、すぐさま気がつかないわけにゆかなかったからです。》

僕はいま右のとおり書きうつして、この記録のまま人まえでしゃべった自分に、正直でなかったところがあるのに気づく。ここでの言葉づかいにしたがえば、僕が自分の息子や障害児学級の仲間らのための、この世界、社会、人間について定義集を書く。憲法について語ることを、主題の中心に置きもする。それについて、当の憲法下の現実そのものが、簡潔、正確かつ喚起的な言葉で書くことを不可能たらしめている。そのようにいうことがまったく事実にそくしていないとは、いまもいわない。しかし、正直なところは、外部より僕自身の内面にこそ、問題の核心があったのだ。もっと整理して、つまりはもっと勇敢にいうならば、まず僕の怠惰ということに理由がある。その怠惰のよってきたるところには自分の能力の不足への、惧れのまじった無力感がひそんでいるが。僕はまだ息子が就学する前に、すでにこの構想をおこした。そして家から出たことのない幼児のためにとして始め、小学校、中学校の障害児学級にいる息子とその仲間たちへ、ということにして文体をしだいに変化させつつ、それぞれの時に草稿を書いた。そしていま養護学校の高等科二年に進もうとしている息子に対して、これまで確実に定義してやりえたのは、足、善い足についてであって、それもただ僕が、かつて痛風の発作を起したことに由来しているのだ……

僕が痛風をおこした時、息子はまだ中学校の障害児学級に進学したばかりだったが、躰の大きさも体力もかれを圧倒していた父親が、きれいな赤色に腫《は》れている左の拇指《おやゆび》のつけねに全的に支配され、シーツの重みにすらも痛みをかきたてられるため剝《む》きだしにして夜は眠り——アルコール飲料なしにいくらかは眠れるとして——昼間はおなじ恰好でソファに横たわり、トイレットへは片足を宙に浮かせて這《は》って行くという、まったく無力な人間であった日々が、かれの印象にきざまれたのである。息子はなんとか力をつくして、無力な父親の役に立とうとした。廊下を這って行く際、いかに臑《すね》の骨が痛むものか、思い知らざるをえぬ父親の脇で、はぐれた羊を追いこむ牧羊犬のように小走りする息子が、肥満して不器用な躰を、痛風の足の上に倒れこませることも起った。僕はそれこそワーッと絶叫したが、しかし苦しむ僕を眼にしての息子の縮みあがりようには、僕が日頃かれを打擲《ちょうちゃく》する粗暴な父親であったかと錯覚させるほどのものがあった。そしてその思いは、こちらの胸に傷のようにきざまれたのである。痛風の発作が日々静まってゆくにつれて、なおふっくらして薔薇色《ばらいろ》の拇指のつけねを軽く曲げた五本の指でふれながら、——前のめりに力をかけぬよう、もう片方の手で躰を支えているわけだ——息子はほかならぬ足自体に向けて、語りかけることをした、——**善い足、大丈夫か？ 本当に善い足ですねえ！**

——イーヨーにとって、はじめて父親が死ぬということが、自分にもわかる問題になった、ということだったのじゃないか？ 確かにイーヨーはきわめて悪かった、悪いふるまいをした、ということではあるんだけれども、と僕はしばらく考えた上で妻に話した。それでもわかりにくい部分はね、つまりイーヨーが、死んだ人間もまた帰ってくる、と考えているらしい点はね、これから注意して観察すれば、そういう考えがよってきたるところを納得できるだろうと思うよ。イーヨーは、単なる思いつきはいわないから。それに僕自身、子供の時分おなじように考えたことがあるように思うのさ。……ともかく僕が旅に出ていて、なかなか帰ってこないから、そこで僕が死んだ後へと、イーヨーの思いが行ったとして、自然なことなのじゃないか？　父親がどこか遠い所へ行ってしまい、かれの感情の経験としては死んだと同然で、その上ゲームとはいえ、母親までが自分を残して逃げだそうとすれば、イーヨーとして逆上もするよ。子供にとってはとくに、ゲームは現実のモデルなんだから。かれの庖丁のかまえ方は、考えてみると防禦的《ぼうぎょ》なものだと思うけれども、そうやってカーテンの向うを覗いていたのも、じつは父親の死後、かわりに家族を守ろうとして、外敵を見張っているつもりじゃなかったのか？　僕はどうもそう思うよ。

つづけて僕は妻に向けてでなく、したがって声には出さず、自分自身にこういった。僕の死後に起ることに対し、そのように息子がかれとしての切実さで考えをめぐらすのである以上、父親の僕が、遅かれ早かれ避けられぬ自分の死後の、息子と世界、社会、人間との関係について、怯えることなく、また怠惰におちいることなく、準備をすることはしなければならぬはずではないか？

僕の死後、決して息子が生の道に踏み迷うことのない、完備した、世界、社会、人間への手引きを、それもかれがよく理解しうる言葉で、実際に書きうるものかどうか――むしろそれは不可能だと、すでに思い知らされているようなものであるが、それでもなんとか自分として、息子への定義集を書くべくつとめることはしよう。むしろ息子のためにというより、ほかならぬ僕自身を洗いなおし、かつ励ますための、世界、社会、人間についての定義集を書くつもりで。痛風の経験は、足について明確な定義を息子にあたえたが、僕もまたかれの受容を介して、「善い足」とはなにかを認識しえているのだ。僕はいま旅の間に始った勢いにしたがって、ここしばらくブレイクを集中的に読みつづけようとしている。具体的にそれにかさねて、世界、社会、人間についての定義集を書いてゆくことはできないだろうか？ それも今度は、息子やその仲間らに理解されうる文章でということは考えにいれず、まずいまの自分に切実な要素となっている定義が、どのような経験を介して自分のものとなったか――そしてそれをいかに強く、無垢《むく》な魂を持つ者らにつたえたいとねがっているかを、小説に書いてゆくことをつうじて……

僕はかつてひとつの夢想をいだいた。それを文章に書きもした。僕が死ぬ日、経験として僕のうちに蓄積されたところのすべてが、息子の無垢の心に向けて流れこむ。もしその夢想が実現することがあれば、息子はすでにひとつかみの骨と灰になった父親を地中に埋めた後、これから僕の書く定義集を読んでゆくだろう。むしろそのような、もとより子供じみた夢想にすがりつくようにして、自分の死後の現世における息子の受難についての、様ざまな思いから救助されることをもとめて、僕はこの定義集を書きはじめるのかもしれないが……

「川」を定義する、その仕方で、僕と息子に共有される「善い足」の定義ほどにも確実に記憶にきざまれているものがある。それがいかに簡潔明瞭なものであったか——定義したHさんは、ほとんど言葉すら用いなかったのである。もう十年も前のことになるが、僕が年長の作家Hさんと飛行機に乗り、ニューデリーから東に向っていた。そしてベンガル地方のいちめん粘土色の沃野《よくや》に、そこいったいを縫《ぬ》いかえした痕のように深く彎曲《わんきょく》しつつ流れる川を、それまで眠っていたようであったHさんが——そうではなかったしるしにきっぱりした身ぶりで僕の注意をうながして、気密窓の下方を指でさした。一瞬があり、つづいて倒してある椅子の背に躰をゆだねなおし、あらためて眼をつぶったHさんの、膝の前に乗り出すようにして、（飛行機に乗る前に、Hさんとの対立と僕に思われた事態があり、ついで和解が生じていたのだが、このHさんの言葉、あるいは態度は、さらに僕を励ましたのだ）僕は窓の下方を見渡した。おりから高度を下げるべく旋回をはじめた飛行機の動きもあって、まことにインドの川というほかにない、それも川のなかの真の川が——僕にとっては四国の森のなかの谷間を流れる澄んだ川が、原型としての川をなしていたのだが、この経験から、もうひとつの真の川のイメージが加わったのだ——視野いっぱいにあらわれていた。やはり粘土色の海へ向っているにはちがいないが、川自体からはどちらへ流れているともしれぬ、地面よりわずかに淡い粘土色の川。さきのHさんの、手くびと指のわずかな動きと、沈黙のつづきにおいてのようではあるが、脣《くちびる》は動いて、——川、と示していたようである、その動作の全体について、僕は「川」についての

るのである。

最良の定義として、それ以来、当の飛行機路線に乗る前の出来事ともども、記憶にとどめてい

インド大陸をジェット機で横切ったこの日、僕とHさんは、じつに十時間ほどもインドの人びとのうちにあって、日本人としてはただふたり、出発待ちをしたのだった。そしてその間に、Hさんが僕に対して発した言葉は、脣が動いたのみだったかもしれぬ、あの川という言葉と、「インターナショナル・ヘラルド・トリビューン」紙のひとつの記事について、空港についてすぐの、——これを読みませんか？　という言葉、そしてそれにさきだちタクシーのなかで、眼鏡の汚れについての挿話をのべた言葉との、まったくわずかな量であった。カルカッタ行きのこの飛行機が出る直前まで、僕にはそれがHさんの僕への腹立ち、それも直接僕のインドの慣習になじまぬ性急さにまきこまれていることへの、腹立ちがもたらしている沈黙だと感じられていたのであった。その秋の日の、ガランとしてとらえどころのない倉庫のような空港での、十時間ほど、ホテルで休養もしえたその時間を、僕のせっかちさのせいでHさんは無益に過したわけだったから。そのように憤りを発していると僕に思えたHさんは、実際とりつくしまがなかったのであった。日本海側の大きい廻船問屋である旧家に生まれ（その旧家の人間的蓄積の精髄とでもいうものを、かえって実業界に進まなかったこの人が受けついでおり）、敗戦時にはわざわざ苦難をもとめるように、混乱している中国におもむき、辛酸をなめもした。そしていかにも戦後的な独自の作家・思想家として仕事をして来たHさん。かれにはまたそうした経歴とは別に、これはこの人がどのような家系に生まれ、どのような生涯をへてきた

のであるにしても、やはりこのようであったろうと思える、いわば天与の人柄もあり、Hさんが腹立ち、憤りをいだくならば、それを容易に外側から、他人によって解消にみちびくことはできかねるふうであったのだ。かれに腹立ちをひきおこした当人においてはなおさらに。まだ憤りの気配があからさまになる前、Hさんが紙ばさみからとり出して見せてくれた「インターナショナル・ヘラルド・トリビューン」紙の記事の内容は、明瞭に示すことができる。ソヴィエトにおける言論弾圧を批判する、チェリスト、ロストロポーヴィッチについてつたえる記事でそれはあった。当時なお国内にあって、盟友ソルジェニーツィンへの弁護活動に精力をそそいでいたこの音楽家の談話を、その日読んでいた本の扉に写しておいたものがあるから。ロストロポーヴィッチは、このように語っていた。《あらゆる人間が、自立して考えることと、また自分が知っていること、個人的に考えたこと、経験したことについて、恐怖せず意見をあらわしうる権利を持たねばなりません。自分に教えこまれた意見について、わずかにことなるのみの変化をつけてそれを表現する、というのではなく……》。

そしてしだいにあらわになったHさんの腹立ちの、直接僕の不手際《ふてぎわ》と航空会社自体に向けられているもののほかには、ソヴィエトにおけるこの言論弾圧、人権抑圧が関係していると僕は受けとっていたのでもあった。眼鏡の汚れについての挿話といったのは、次のようなものであったから。僕とHさんとが、その時ニューデリーにいた理由は、アジアおよびアフリカの作家たちの会議が開かれていたからだが、そこにはまたソヴィエトの作家たち詩人らの参加も多く、Hさんの旧知の女流詩人もふくまれていた。そして前夜、遅くまでHさんは——仮にネフエドブナさんと呼ぶとすると、やはりHさん同様五十代なかばの、しかし小柄で知的な自由さを持った身ごなしと、ユダヤ系らしく都会性のある容貌《ようぼう》とが十歳は若く見せている、女流詩人と口論をした。Hさんは政治的なふくみのある話を不用意にするには、国際的に百戦練磨の人であるから、僕も質問はさしひかえたのだが、口論はさきのロストロポーヴィッチ発言とつながりを持つ、今日のソヴィエトの人権問題に関してのものらしいと、僕は受けとっていたのだ。Hさんはソヴィエトの文化官僚たちとも関係は深いが、しかしロストロポーヴィッチが弁護する側の芸術家、科学者らに、はっきり親近の情をよせてきた人である。Hさんがアジア、アフリカの作家たちの会議で、ソヴィエトからの代表たちに、この人らしい穏やかな話しぶりの英語によって、忍耐強くかつ戦略、戦術はしたたかに、呈出しつづけた批判はその側に立っていた。しかしHさんはネフェドブナさんが、モスクワで実際に人権問題の運動に参加してやりすぎるということがあれば、それはよく考えた方がいい、いったんそれを見つけられてしまえば、このような外国への旅などはもとより、これまでのとおりの国内での活動も、ユダヤ人であるネフェドブナさんにありえぬのだからと、説得した模様なのだ。しかしおそらく十五、六年ごしの、こうした国際会議のたびに再会する友人として、遠慮のない間柄のネフェドブナさんは——Hさんのいう、あの頑固きわまりないロシアのインテリ女は——Hさんの勧告するところに同意しなかった。Hさんは少年時から眼鏡をかけているが、ネフェドブナさんの方は近ごろ用いはじめた読書用の眼鏡を、バッグに入れて携行している。そしてその眼鏡を、こまかな活字の大部の専門書を勤勉に読むネフェドブナさんが——彼女は詩人として名高いが、またインド古代語の研究家として業績のある人でもある——ふだん眼鏡をかけない人のつねとして、よく掃除しない。そこで神経質なところのあるHさんが、彼女の眼鏡を掃除してやる慣《なら》いなのだが、昨夜はその逆に、ポケットのゴミをつまみ出してはネフェドブナさんの眼鏡にまぶしてやった……

そのようにHさんは空港へのタクシーのなかで話したのである。空港につくとHさんは店開きしたばかりのバーのカウンターに坐りこみ、ビールだったかもっと強い酒だったかを飲みはじめ、いったんそうなると僕をまったく無視する進みゆきであった。飛行機は午前七時に発つはずで、前日に日本の作家代表団の主力と別れ、Hさんとふたりだけの旅になることを気にかけていた僕は、確かに時間表の正確さをHさんに要求しすぎていた。小さな森のような中庭に面した、露天にさらされている廊下を行き来しては、幾度もHさんを起こしに行ったし——あまりに巨大で黒い樹幹も金色がかった茶色の落葉も、植物に属するというより鉱物質のような、なんとも荒廃した感じの樹木が茂っていたのを思い出すが、そしてあのじつにインドらしい樹木はなんという木であったかと気がかりに思うのだが——のちにはボーイに新しくチップをやって、なかなか起きてこぬHさんを無理やり連れ出すようなこともしたのだ。それでいながら、定刻どおり飛行機が出発するかどうか、空港に電話で問いあわせもしなかったのである。タクシーを急がせてなんとか出発予定時前に空港につくと、理由はあきらかにされぬまま出発は延期に延期をかさね、午後になってもなお出発見込みのアナウンスはない始末であった。

インド滞在の経験に立っての著書もある、この国柄に通じたHさんには、定刻どおりの出発などありえぬと、前もってよくわかっていたのかもしれぬのだから、僕としてはHさんを腹立ちにさそうだけのことをしていたわけだ。僕はそれを考えて、Hさんが空港バーでひとり飲みつづける間、出発予定を示す電光板の前で、アナウンスを聞きもらさぬよう気を働かせつつ、ホテルの売店で買った、インドの野生動物についての本を読んでいた。E・P・ギーという農園主の、いかにも律義《りちぎ》な性格と生涯が文体に反映している、生真面目な回想録だが、それでいて奇妙なおかしさの細部もある、まさに旅先で読むのに好適な本だった。その本の扉に僕はさきの、ロストロポーヴィッチの談話を書きつけたのだ。すなわちこの本自体いま手許にある。一九四七年のパキスタン分割にあたって、次のように奇態な現象がみられたと、カシミール地方の友人たちの証言をもとにギーは書いている。新しい国境を越えて、牛を神聖視するヒンズー教徒たちがパキスタンからインドへ移り、豚を食わぬ回教徒たちが逆にパキスタンへと移った際、野生の獣らもまた、本能的に生き残りの道をもとめた。パキスタン領内の大量の野牛《ニルガイ》がインドへ、おなじく数かずの野豚《ワイルド・ピッグ》がパキスタンへ、安全をもとめて移動したのだ!

もう午後も遅かった。それほど永く待っていたわけだが、僕はこの挿話を披露してHさんを笑わせようと思いたったのだ。そこでカウンターにひとり坐りつづけているHさんの、すぐ脇のとまり木に、僕も坐ってビールを注文した。客に対して無愛想というより、暗くすすけたような不機嫌さが人生への基本態度のような顔つきの、これはこれでやはりインド的なバーテンが、やれやれ、もうひとり日本人のアルコール症患者か、という表情をあらわして、よく冷えてもいぬビールをよこす。まずそれを飲んで僕が話した、動物たちの挿話について、Hさんは正面の貧弱な酒瓶《さかびん》の棚と大きいインド地図を見やったままわずかな興味を示すこともなかった。所在ないまま、僕はもう一本ビールを注文し、やはり酒瓶とインド地図を眺めるということをするほかはなかった。そのようにしてビールの注文を繰《く》りかえすうち、決してなじみがないのではないある衝動が僕をとらえはじめたのだ。

僕は――思えばいまの息子の年齢だが――十七、八の時分にはじめてその衝動を自覚した際の、若者らしい名づけ方のままに、いまもそれを、跳ぶ《リープ》と呼んでいるのだが――その跳ぶ《リープ》がやってきそうになるたびに、僕としてなんとか遠ざけようとし、そいつに自分を乗っとられることを拒もうとしながら、しかし時には自分から、跳ぶ《リープ》の気配をむかえにでるようにして、奇妙な行動をおこなってしまうことがある。酒に酔っての愚行をふくめ、跳ぶ《リープ》は、程度の差こそあれ年に一度は僕を占拠して、もしかしたらその累積が、僕の生き方のコースを捩《ね》じ曲げてきたのかも知れぬほどだ。逆に、跳ぶ《リープ》が自分をつくったのだともいえぬわけではないかもしれぬが……

ニューデリーの空港でやってきた跳ぶ《リープ》の場合、それはむしろ、このようにいうと大仰にひびくかもしれぬほどの行為ではあったのだが――僕は永年敬愛してきたHさんをからかう、それも悲しい恋になやむ中年すぎの男として、Hさんをからかう、そのような詩を書いて、その間も腹立ちをあらわしつつ飲みつづけているHさんに示すという、無礼とも悪ふざけともなんともいいようのない、危険なことを思いついたのだ。

僕はコースターを裏がえして、まず眼の前のインド地図をうつした。そしてそのいくつかの地点に星マークをつけた上で、それらの地名をおりこんだ英語の詩を書いたのである。タイトルは、「インド地名案内《インディアン・ガゼティーア》」。僕がいまその英詩（?）についてはっきり覚えているのは、恋になやむ中年過ぎの男が、やはり相当な年の愛人の去って行った地方都市、マイソールを思ってくよくよ酒を飲むというところだ。この地名に引っかけてのあてこすりこそが、僕のたくらみのかなめであったから。この日こちらは汽車で、Hさんが昨夜口論したネフェドブナさんは、マイソールでの言語学の学会へと発っていたのであるからだ。マイソール、MYSOREを分解してMY SOREとすると——それはいま机の上にある小さい辞書から引きうつすなら、私の①触れると痛むところ、傷、ただれ、②苦しみ（悲しみ、腹立ち）の種、いやな思い出、というようなことになる……　正直にいうが、僕はHさんとネフェドブナさんとの、国際会議をつうじての永い友人関係を、恋愛に近いものだと思ったことはなかった。Hさんの世代の仕事、つまり戦後文学者の仕事に影響を受けて学生時代をすごした僕らには、Hさんらに対して悪童ぶるところがあり、たとえばおなじ代表団のメムバーであったO君など、しばしばネフェドブナさんをHさんの恋人あつかいしてはやしたてたものだ。しかしO君にしても、僕同様、Hさんに対してあるいはネフェドブナさんに対して、断乎《だんこ》として自立した年長の知識人への敬意をいだいていることがあり、かれらを恋人同士としてひとくくりするつもりはないのであった。ところが僕はそのいいがかりめいた戯詩を書きつけたコースターを、眼鏡をはずし頭をたれて——眼鏡をとってしまうと、中世の、いまや貴顕《きけん》たらんとしている豪族のようである、Hさんの頭のかたちが思い出されてくるが――カウンターを見まもっているHさんの、その視線のとどまっているところへ押し出したのだ。朝早く起されたくらいのことで、かつはまた飛行機の遅れくらいのことで、いつまでそのように腹を立てているのだ、さあ、もっと怒れ、こちらとしても遠慮せぬぞ、と手におえぬ跳《リープ》ぶにそそのかされながら。

Hさんはその姿勢のまま、眼もとに力をこめるようにしてコースターの詩を読む様子だった。それから眼鏡をかけなおして、ゆっくり二度、三度、短い詩行をコースターに辿るのが、こめかみから眼のまわりへの緊張に読みとれた。僕はすぐさま胸のなかが真黒になるほどにも後悔しはじめていたのだが、……やがてHさんがゆっくり僕に向けた顔の、その眼に浮んでいた表情が、僕を真実打ちのめしたのであった。

僕はヨーロッパ旅行から帰ってきて、はじめて息子の顔を正面から見た際の、留守の間荒れに荒れていたという息子の眼が、発情して荒淫のかぎりをつくした獣が、なおその余波のうちにいる、あるいは情動の獣に内側から食いつくされているというような、見るに耐えぬ眼だったと書いた。いまはそれにかさねて、あの黄色っぽいヤニのような光沢をあらわしている生なましい眼に、なにより大きく重い悲嘆が露出していたのでもあったことをいいたい。息子の荒ぶりかたについての報告、現に見るかれの、土産のハーモニカへの対応、それに加えて僕自身の旅の疲労ということもあり、苛《いら》立《だ》ちはじめていた僕には、あの瞬間、その悲嘆を見てとる心の余裕が欠落していたのだ。

それにしてもいま僕は、息子のじつに荒涼としていた眼に、なにより悲嘆のかたまりが露出していたことを、父親としてなぜ見おとしえたのかを不思議に思う。しかし結局その悲嘆の所在を、家族ぐるみ息子と和解して理解することができたのについて、ブレイクの詩がなかだちになったのであることを感じる。

《流れる涙を見て　自分もまた悲しみをわけもたずにいられるか？　子供が泣くのを見て父親は　悲しみにみたされずにいることができるか？》という節をふくむ「他者の悲しみについて」という詩。それは『無垢の歌』のなかの、むすびとして次の節がある詩だった。《おお、あの人はわれらの悲嘆《グリーフ》をうち壊さんとして　その喜びをあたえてくださる　われらの悲嘆が逃れ去る時まで　あの人はわれらの脇に坐って　呻き声をおあげになる》。

しかし僕がもっと端的に、経験に立って息子の眼の悲嘆を読みとりえたのには、ニューデリーの空港バーでの、Hさんの眼が一瞬示した定義、「悲嘆」についての定義があるのだ。

（「群像」一九八二年七月号）

ピラミッドトーク

後藤明生

　転居祝いにピラミッド形の時計をもらった。高さ五、六センチ、金色のピラミッドで、頂上を指で押すと時間を知らせる。「ピラミッドトーク」は商品名だろう。ピラミッド時計を届けてくれたのは、高田氏だった。彼は大手広告代理店社員で、PR誌編集の仕事をしている。私はその雑誌に二年ほど前からコラムを連載していた。ピラミッド時計はPR誌編集部からの転居祝いだった。

「すぐにわかりましたか」

　と私は高田氏にたずねた。転居前も、彼はいつも車を運転して来たが、転居後の来訪ははじめてである。

「ええ、そこの湾岸道路はしょっちゅう走ってますから」

　と彼は答えた。年は三十二、三に見えた。PR誌は季刊で、コラムの連載がはじまって以来、三ヵ月に一度、彼はきちんと車を運転して来た。原稿を渡したあと、そのまま彼の車に便乗して東京へ出かけたこともある。しかし、それ以上のつき合いはなかった。たぶん彼が酒を飲まないせいであろう。

「前のところと、どうですかね」

「以前のお宅までが、社から約三十五分、今度はそれに約十分プラスですね。でも今度のお宅の方が、車ではずっと便利ですよ。湾岸からでも、旧高速からでも、真直ぐに来て一度カーブすれば到着ですから」

私は冷蔵庫から取り出したトマトジュースの缶とグラスを、サイドテーブルに運んだ。

「あいにくと今日は、みんな留守で申し訳ない」

「どうぞ、まったくお構いなく。それは昨日、お電話でうかがっておりますから」

転居して間もなく、日航ジャンボ機の墜落事故が発生した。新聞もテレビも連日、大々的にその大事故の模様を報道していた。事故の原因は、まだほとんど謎の状態らしかった。高田氏がピラミッドトークを届けてくれたのは、事故から十日目くらいだった。

彼は四角い小箱をあけ、金色のピラミッドトークをサイドテーブルに載せた。そして、ちょっと説明書に目を通してから、ピラミッドの頂上を指で押した。

「三時二十三分です」

と金色のピラミッドは声を出した。

「スポンサーの新製品です」

と高田氏はいった。そしてもう一度ピラミッドの頂点を押した。

「三時二十四分です」

「ははあ、一分刻みですか」

高田氏は左手の指に結婚指輪をはめていた。私がそれに気づいたのは、連載コラムがはじまって半年くらい経ってからである。彼は特に何もいわなかった。あるいはずっと前からそれははめられていたのかも知れないが、私も何もたずねなかった。指輪は細かい模様のあるプラチナのように見えた。

私が煙草に火をつけると、彼も煙草を取り出した。彼は酒は飲まないが、煙草はかなり喫うようである。彼は煙草を右手の指に挟み、指輪をはめた方の手の指で、もう一度ピラミッドの頂上を押した。

「三時二十七分です」

とピラミッドは答えた。

「この声は、女ですかね」

と私も、ピラミッドの頂上を人さし指で押してみた。

「コンピュータで合成した、女性の声でしょうね」

「例の、カイジン二十一面相事件の、電話の声みたいなものかな」

「あれは、子供の声でしたね」

「何だか、あんな感じだなあ」

「あの電話の声は、テープの回転を変えたものでしょう」

私はピラミッドの頂上を押した。

「三時二十八分です」

「ははあ、人工女性の声だな、これは」

日航ジャンボ機墜落事故は、話題に出なかった。私も特別な関心や興味を抱いているわけではなかった。あの便はいつかきっと落ちるであろうとスチュワデスたちが噂していたという噂を、どこかできいたような気がした。週刊誌の広告で見たのかも知れない。しかし、わざわざ買ってその種の緊急特集を読むことはしなかった。ただ、新聞とテレビの報道だけはほとんど見ていた。高田氏が墜落事故にまったく触れないのは、会社のスポンサーだからかも知れなかった。彼はトマトジュースの缶もあけていなかった。

「お宅の会社では、煙草はうるさくないんですかね」

と私はたずねた。PR誌のコラムのテーマ、題材はまったく自由だった。そのことで編集部ともめたことは一度もなかった。日航ジャンボ機墜落事故は、コラムには誂え向きの材料であろう。しかし私は、何が何でもそこに書かなければ、という気はなかった。どうしても書きたくなれば、小説に書いてもよいわけである。しかし高田氏が話題にすれば、コラムに書いても悪くはなかった。

「それは部によって違うようですね」

と彼は答えた。

「机の上に灰皿を置いてはいかん、とか」

「喫煙ルームを設置している会社もありますよ」

「お宅の部は、自由ですか」

「まあ、仕事が仕事ですからね」

「編集長が喫えば、文句はないわけだな」

「ところが彼は、酒専門なんです」

「おや、そうだったかい」

「ぼくと反対なんですよ」

と高田氏は愉快そうに笑った。

「アメリカでは煙草のコマーシャルは禁止なんだそうだね」

と私はたずねた。

「州によっては街頭広告もダメですね」

「それで煙草会社は潰れないのかな」

「向うの場合は、だいたい食糧品とか、その他のメーカーを兼ねてる会社が多いですよね」

「食糧品？」

「缶詰とか、飲料とか」

「なるほど。しかし、それでも煙草を作ってるからには、やはり売れなきゃあ困るだろう」

「去年ちょっと向うへ行きましたでしょう。そのときの話ですがね、街頭で通行者に手渡してましたよ」

「ぼくも実はもらったんですが、五本入りの箱だったかな」

「煙草を？」

「それは違反じゃないのかね」

「あるいは、外国人、旅行者に限っていたのかも知れませんね」

「外国人は大いに喫って下さい、というわけか」

「興味がおありでしたら、調べてみましょうか」

「いや、いや」

「コラムのネタにはなりそうですね。もちろん、小説に使われても構いませんが」

「いやいや。いまそんな計画もないけど、向うでは医師会がうるさいんだろう」

「しかし、法で禁じられていない方法はすべて用いる、これが広告屋の論理ですからね」

と彼はピラミッドの頂上を押した。

「三時四十八分です」

と人工女性の声が答えた。高田氏は、ちらっと腕時計に目をやって、何本目かの煙草に火をつけた。

「しかし、この十四階への転居で、当分コラムのネタには不自由なしですね。湾岸の向うの新国鉄京葉線は来春開通でしょう。まわりには、何といいましたかね、四十何階かのニュータウンが出現するし」

「それがね、まだどこも見ていないんだよ。そこの目の前の放送大学もベランダから眺めるだけでね、とにかくこのハイツから海側へは、ぜんぜん一歩も行っていない」

「まあ、いまは暑いですからね。でも、人工海水浴場だけは是非とも見ておいて欲しいですね」

「人工海水浴場、というと？」

「あれ、知らなかったんですか」

「知らないなあ。とにかく知ってるのは、ここから商店街を通って国鉄駅と、京成の駅と、その往復だけだな」

「そりゃあ、ちょっと、わが誌のコラムニストとしては怠慢というものですなあ。いや、作家として、というべきかも知れませんけど」

「しかし、人工というと、埋め立てた海に、また海水浴場を作ったのかい」

「完全な人工かどうかはわかりませんけど、県営であることは確かですよ」

「県営人工海水浴場、か」

「今度、確実なことを調べておきます。本当は今日、これからすぐにでも車でご一緒したいところなんですけど、今日は五時半から会議がありますので」

私は高田氏を玄関まで送った。そして戻って来てサイドテーブルの上のピラミッドの頂上を指で押した。

「四時一分です」

と人工女性の声が答えた。トマトジュースの缶は私が置いたときのままの状態で、テーブルの上に立っていた。

私はピラミッド時計を寝室に置くことにした。目をさまし、手さぐりで枕元のピラミッドの頂上を押す。人工女性の声は、その日によって実にまちまちだった。

「十時二十二分です」

「四時三十八分です」

「三時六分です」

「十二時十一分です」

「二時二十二分です」

これは私の生活の不規則そのものだった。それがすでに十数年続いていた。転居しても変らなかった。そのことにわれながら、うんざりすることがあった。実際こんな生活がいつまで続くのだろう。私は五十三歳である。そろそろ規則的生活習慣を作るべきではなかろうか。私は何人かの同世代の同業者を思い浮かべた。思い浮かべるのはその日によってまちまちだった。週に二度、きちんとプールに通って水泳をしているものもいた。月に三度、必ずゴルフ場へ出かけるものもいた。朝から夕方まで仕事をして、そのあと酒を飲み、〆切り日の一週間前に編集部に原稿を持参するというものもいた。昼食後、車を運転してスケート場へ出かけ、一時間スケートをしているものもいた。日曜日には双眼鏡を持って競馬場へ出かけるか、行けなくともテレビの中継は必ず見るというものもいた。

これは趣味の有無ではないだろう。趣味の問題ではなく、時間の問題であった。時間の問題であり、習慣の問題であった。しかしピラミッド時計の人工女性の声は、相変らず実にまちまちであった。ただ、いつ頃からか、私はピラミッドの頂上を指で押す前に、人工女性の声を予想するようになった。それが僅かな変化である。

さて彼女の告げる時刻は何時だろうか？　私はピラミッドの頂上を押す前に、ふとんの中で腹這いになって予想した。寝室は仕事部屋の隣で、窓には厚い二重カーテンを引いていた。したがって、部屋の明暗で時刻を予想することは困難である。予想の規準は、まず就寝時刻だった。それに八時間を加える。つまり午前四時就寝ならば、予想は十二時となる。

しかし、彼女の〝お告げ〟と私の予想はなかなか一致しなかった。というよりも、予想はほとんど外れた。テレビの天気予報並みに雨が晴になるような外れ方をすることもあった。また、分単位の微妙なズレであることもあった。原因は幾つか考えられた。例えば就寝前の居眠りである。仕事机で居眠りをして目をさまし、そのままふとんにもぐり込むこともあったし、居眠りからさめて、また暫く読むなり書くなりしてから就寝することもあった。居眠り時間も一定ではないし、思い出せない方が多かった。

もう一つは寝酒のウイスキーの量だろう。しかしウイスキーの量と睡眠時間は必ずしも比例しない。逆の場合もあった。そのためウイスキーの酔いが残ったまま目をさますこともあったのである。これが最も不快なる目ざめであった。

私はピラミッドのお告げをきく前に、両瞼をぱちぱちやることにしていた。最初は軽く四度、次に強く四度。それから両掌を開閉する。各指の腹を掌に強くこすりつけるようにして、四度開閉した。私の目ざめの快、不快度は瞼と掌に最もよくあらわれた。したがってその開閉運動は、人工女性の声を予想する手がかりであった。ピラミッドのお告げを受けるための降神術であり、祈禱でもあったのである。

こうして転居後の約半年が過ぎた。私はその間、高田氏に二度コラムの原稿を渡した。彼はいつもの通り車を運転して取りに来た。一度目のときは、高校の同級生の一人から、やはり高校の同級生の一人の家族（奥さんと子供二人）が日航ジャンボ機墜落事故で全員死亡したことを、電話できいた直後だった。合同葬儀の火葬場の灰が盗まれた記事が新聞に出ていた頃である。しかし日航ジャンボ機墜落事故は話題にならなかった。私も黙っていたし、コラムにも書かなかった。

人工海水浴場も話題にならなかった。すでにシーズン・オフになっていたためかも知れないが、私も黙っていた。なにしろ私は、まだその人工海水浴場を見ていなかったし、他に話題がないわけでもなかった。もちろん「ピラミッドのお告げ」も話題になった。それに彼との対話は、いつも三十分か四十分だった。ながくても一時間を超えることはなかった。

約半年の間に私は、何人かの来訪者に駅からの道順を電話で説明した。ほとんどが仕事のための来訪者で、すでに何度も会っている人々であったが、一度は説明しなければならない。電話は数日前のこともあり、前日のこともあった。電話の度に私の説明も次第に要領よくなって来たようである。

「国鉄の駅の南に、つまり海の方へ出て階段を降りて下さい。するとタクシー乗り場があります。いつも二、三台停っていて、田舎ふうの中年の運転手が車の外で煙草を喫ったりしていると思いますが、そうです、もちろん乗る必要はありません。そのタクシー乗り場のすぐ前から商店街になっています」

と私は吉沢氏に説明した。彼の来訪はのびのびになっていた。最初の約束は昨年暮れであった。それが今年の正月明けにのび、更にのびて、すでに三月に入っていた。遅延は私のせいでもあった。毎年一月、二月は前年の約束の仕事が持ち越しになり、その消化に追われたのである。またお互いの時間のズレにもあった。ピラミッドのお告げの不規則さも、ズレの一つの原因だった。それに吉沢氏のスケジュールとのズレが重なったのである。

「そうです、どこにでもある、古くさい田舎ふうの商店街ですが、とにかく道の左側を歩いて下さい。少し行くと電車の踏み切りがあります、そう、そう、京成の踏み切りです。それを渡るとまた商店街で、間もなく歩道橋があります。旧千葉街道の歩道橋ですが、これは大して広くありませんし、登らずにそのまま信号で横断した方が便利です。そうです。それで、その一つ目の歩道橋が商店街の切れ目でして、そこを過ぎると、がらりと眺めが変ります。道幅が急に広くなり、ぽつんぽつんと喫茶店や食堂みたいなのがあったり、車のショールームのようなものやらマンションやらがあったりします。そう、そう、何だかとりとめのない、子供が画用紙に描いた地図というか、出来かけのニュータウンというか、そんな感じの風景ですが、とにかく、そのまま左側を歩いて来て下さい。そうしますと右手に真白い壁のバカでかいマンションョン、左手にバカでかいＮＴＴのビルがあり、これまたバカでかい歩道橋にぶつかります。この二番目の歩道橋は登って下さい。六車線で、中央に植え込みのあるかなり広い自動車道路ですから。そして、その歩道橋に登ると、そこから前方左手に、十八階建てのハイツが四棟、コの字形に建っているのが見えます。そうです、そうですね、色はダークグリーンということでしょうかね。それで歩道橋を降りますと、左手は広い空地で、どこの土地なのかわかりませんけど、高い金網の柵がめぐらしてあります。その金網沿いに歩いて来るのですが、ところどころに車が停っています。本当はそこは歩道なんですがね、あ、そうか、吉沢さんは車は詳しかったですね。そうだな、乗用車が二、三台、それとライトバンみたいな車もあったかな、とにかく金網沿いに車が、五、六台置いてあります。それで最初は、ひどい駐車違反だなと思っていたんですが、どうやら、そうではなくて捨てた車らしいんですね。そう、そう、粗大ゴミ、それですよ、まさに。粗大ゴミの車です。捨てるなら金網の中の空地に捨てればと思うんですが、入れないんでしょうね、おそらく。それで、その金網の空地を通り過ぎると、もうすぐです。約百メートルくらいで、左側にこのハイツの入口があります。入口の門は道路に面してまして、建物は約五十メートル奥になりますが、入口を入って真正面の棟です。その真正面の棟の一番左端の、あれは何というのですか、玄関でもないし、ポーチというんですか、ちょっと出っ張った部分。そうです、その一番左手のエレベーターに乗って下さい。そう、十四階です。エレベーターは、各階の二軒専用式ですから、十四階で降りれば、すぐ左、いや右側かな。とにかく降りれば右か左かの二軒だけですから、すぐわかります」

吉沢氏の来訪は、翌日の午後四時と決まった。決まるときはこんなものかも知れなかった。

「今度のお宅はベランダから海が見えるそうじゃないですか」

と来訪時間が決まったあとで吉沢氏はいった。

「天気がいいと三浦半島が見えると思いますよ」

と私は答えた。

「明日晴れるといいですがね」

「そうですね」

「いや、きっと晴れますよ」

と吉沢氏はいった。

翌日、私は目をさまし、手さぐりで枕元のピラミッドを引き寄せた。そして例のピラミッドのお告げを受けるための降神術＝祈禱をおこなった。その目ざめ具合いは、特に快でも不快でもなかった。さて何時であろうか？　私はピラミッドの頂上に右手の人さし指を軽く当てて、予想を立てた。三時三十三分？　いや待てよ、三時二十四分？　私はピラミッドの頂上に当てた人さし指を押しつけた。

「三時十一分です」

と人工女性の声は答えた。

「え？」

と私はピラミッドにきき返した。そして、もう一度ピラミッドの頂上を押した。

「三時十一分です」

とピラミッドのお告げは変らなかった。私は念のため両瞼と両掌による降神術＝祈禱を繰返してみた。しかし結果は特に快でも不快でもなかった。それからもう一度ピラミッドの頂上を押した。

「二時十三分です」

とピラミッドは答えた。私は起きあがってパジャマの上にチョッキを着け、ガウンを引っかけた。そして窓のカーテンをあけると、吉沢氏の予報通り天気は晴であった。窓をあけてサンダルばきでベランダへ出てみると、風もなく、暖かである。こんな上天気は久しぶりだった。私はベランダの鉄の手摺りに両手をかけた。ある晴れた暖かい日に、十四階のベランダから見知らぬ風景を眺めている。そんな夢を見ているような気もした。眺めはパノラマ的で遠近感がなかった。視線と水平のかなたに小高い丘のようなものが二つ見える。S字形にカーブした道路は、昨日電話で吉沢氏に説明した六車線の自動車道路だろう。S字形の上を走っている車が小さく見えた。黄色い箱のような建物は屋内テニス場である。一度近くのドライブインで飯を食った。黄色い箱の右手に見える真白い建物は、やはり吉沢氏に説明した十四階建てマンションである。吉沢氏には話さなかったが、昨年その十四階から男が飛び降り自殺したそうだ。男は五十歳くらいだったそうである。十四階のベランダは、なるほど船のデッキみたいなものだ。

私は手摺につかまって地上を見おろした。十四階からの眺めには近景がない。最も近い眺めは真下だろう。ハイツの入口からこの建物の真下までの舗装された通路は、中央に植込みがあり、左半分がグリーンのペンキで塗られている。そして低い金属製の車止めのあたりに「消防隊進入口」と書かれた白ペンキの文字が見えるが、ふだんはそこが人道で、右半分が車の出入口に使われている。

グリーン通路の車止めのあたりに、色とりどりの主婦たちが群がっていた。やがて幼稚園のマイクロバスが到着し、制服姿の子供たちが小人のように転がり出て来た。

ベランダの正面にはゴルフ練習場の金網が見える。その金網の向う側に五、六階建ての団地が見える。ゴルフ練習場の手前はかなり広い空地で、その手前に青い屋根、黄色い屋根、赤い屋根の小さな商店が並んでいる。コピー屋、パン屋、スーパーマーケット、寿司屋、ビデオ・レンタル屋、レコード・レンタル屋などなどで、その前を男女高校生がぞろぞろと駅の方へ歩いてゆく。この附近には新設の高校が県立、私立併せて七つあるそうである。短大も一つ出来たらしい。

左手には白に赤線の入った鉄塔が見える。高田氏との会話に出て来た放送大学の鉄塔で、夜になると頂上に救急車のような赤ランプが点り、燈台のように見えた。この赤ランプを目じるしに歩けば真夜中でも迷うことはないだろう。それに放送大学とは、まんざら無縁でもなかった。一年ほど前、私はこの大学のテレビ講座で、ゴーゴリの喜劇について十分間ばかり話をした。ロシア語だかロシア文学だかの講座の間に挟まる、コーヒーブレイク的な時間だったらしい。しかしそのときは、放送大学がいったいどこにあるのかも知らなかった。ましてや、その目と鼻の先に転居して来ようなどとは夢にも思わなかった。録画は転居前の、五階建てハイツの五階の応接間でおこなわれた。

出来るだけ気楽な感じを出したいというディレクター（名刺の肩書きは「教授」だった）の注文で、私はセーターのまま煙草を喫いながら話した。そのテレビ放送を見たという話を、何人かの知人からきいたが、私は見ていない。ふつうのテレビでも見ることが出来るのかどうか。何か特別な機械を取りつける必要があるのかどうか。私はテレビを見たという知人に、たずねるのを忘れた。そして、いまだにわからないままである。

録画のあとカメラマンと助手は、ジュラルミンの箱に機材を詰め込んだ。ジュラルミンの箱は大型トランクくらいのもの一個と、中くらいのもの三個だった。それをカメラマンと助手が両手に持ち、背広にネクタイの「教授」がカメラの三脚を持って、五階の階段を降りて行った。登って来るときも、たぶんそうして来たのであろう。転居前の五階建てハイツにはエレベーターがなかった。そしてそれが、私の転居の最も大きな理由でもあった。

それならば一戸建ての家にすれば、という知人もいた。いわれて、なるほど、と私は思った。一戸建ての家のことは、まったく考えていなかったのである。自分の経済力を考え、最初からプランに入れなかったのではなく、まったく念頭になかった。経済力の問題は、もちろん最大である。しかし私は、自分の経済力の範囲内で、可能な限り広いアパートを考えていた。そしてエレベーターつき。それしか念頭になかったのである。

ドストエフスキーは十九世紀のペテルブルグのアパートを、二十回転居している。そしてその内部、構造を小説でいろいろ利用している。それはさながらノアの方舟です、とも書いていた。『貧しき人々』はそのノアの方舟内での奇怪な往復書簡であり、『罪と罰』ではアパートの一室が殺人の場所となった。またアパートの階段、踊り場、ドア、空室などが「偶然」の道具に用いられている。

ベンヤミンは十九世紀パリの住宅は「一種のケース」だと『ボードレールにおける第二帝政期のパリ』(野村修訳)に書いていた。「それは人間の入れものとみなされ、人間はアクセサリー一式とともにそのなかへはめこまれる」「街路は遊民にとっての室内だが、その古典的形態がパサージュだとすれば、その頽廃形態が百貨店である。百貨店が遊民の最後の地域だ。かつては街路がかれの室内となったのだが、いまやこの室内がかれの街路となっていて、かれはこの商品の迷宮のなかを、以前都市の迷宮のなかを彷徨したように、さまよい歩く」

つまり私は、エレベーターつきの「人間の入れもの」を求めた。もちろん、このエレベーターつき「人間の入れもの」の建っている場所は、十九世紀のパリやロンドンやペテルブルグよりも、はるか田舎である。しかし十九世紀のパリやロンドンやペテルブルグには、エレベーターつき「人間の入れもの」はなかった。その十四階から眺める風景はなかった。

しかし三浦半島は本当に見えるだろうか。私は吉沢氏にはそういったが、実は、高田氏のいっていた人工海水浴場同様、三浦半島もまだ見たことがなかったのである。家内か、あるいは来客の誰かがそういっていたのをきいたような気がしているだけかも知れなかった。もし今日のようなよく晴れた日に見えなければ、それは私のきき違いか、何かの錯覚ということになるだろう。

私は放送大学の鉄塔のかなたを眺め続けた。すると、黒ずんだ細長い帯状のものが見えはじめた。そしてその上に何かきらきら光っているものが重なっているように見えた。きらきら光るものも帯状だった。黒ずんだ細長いのが三浦半島で、きらきら光って見えるのが海だろうか？　しかし、きらきら光る帯は、黒ずんだ帯の上に見える。半島の上に海があり得るだろうか？

私はヨガ式の腹式深呼吸を四度試みた。それから両掌をぴたりと合わせて両肘を張り、合わせた両掌を臍の上で止めるヨガのポーズをとった。そして私は、あれは三浦半島と海に間違いないと断定した。とつぜん啓示のようなものが、そうさせたのである。私は急いでベランダから寝室に戻り、ピラミッドの頂上を押した。

「二時二十八分です」

私はそのピラミッドのお告げに感謝した。吉沢氏の来訪は午後四時である。まだ一時間半の余裕があった。私は床屋へ行くことに決めた。転居後まだ床屋へ行っていないことを、とつぜん思い出したのである。食事はあとにすることにした。私は大急ぎで外出の支度をしてエレベーターに乗った。エレベーターを降りると、風景は一変した。十四階のベランダからの眺めとは反対に、すべてが自分よりも大きく見えた。

ハイツを出たところで、私はちょっと立ち止った。この道を左へ真直ぐに行けば、高田氏がいっていた人工海水浴場へ着くはずである。海か？　床屋か？　十四階のベランダから三浦半島と海が見えたとき、実は、私はちょっと迷った。しかし一時間半では海はやはり無理であろう。私は右へ歩きはじめた。駅の方へ歩いて行き、最寄りの理髪店へ入るつもりだった。私は大歩道橋の上で立ち止り、海の方を振り返ってみた。しかし歩道橋から海は見えなかった。

私は歩道橋を降りて、吉沢氏に電話で説明した道を駅の方へ歩いて行った。やがて古本屋の前にさしかかった。プレハブ式の小さな古本屋である。最初はワゴン車で、ちょうどいまのプレハブの前のあたりに停っているのを、何度か見かけた。チリ紙交換式に移動して本を買い入れ、車を停めて売っていたのだろう。ワゴン車がすぐ目についたのは、ダンボール箱のせいだった。転居後の私の仕事部屋はダンボール箱だらけだった。転居前に整理するはずだった不要な本を、そのまま運び込んでしまったのである。そのときも時間不足のためであった。

古本屋の店先では数人の高校生が立ち読みしていた。私はちらりと店内をのぞいた。小さな売台の前に腰をおろした若い女の姿が見えた。私は彼女と一度だけ話したことがあった。ダンボール箱の中身を何とか整理したいと思って、立ち寄ったのである。ワゴン車がプレハブに変った頃だった。

「この種のものは、何でも一冊八十円です」

と彼女は一冊の本を取り出してみせた。私の知っている作家の長篇小説だった。「八十円」は、もちろん彼女が買い取る値段である。

「この種のもの、というのは小説という意味ですかね」

「小説ものも、ノンフィクションものも、ふつうの単行本は何でも一冊八十円ですね」

と彼女は答えた。

「何でも一冊八十円、か」

「そうです」

「例外はないわけですかね」

「例えばどんな本ですか?」

「例えば、そうだな……」

「こういうものですか?」

と彼女は別の一冊を取り出してみせた。ペーパーバックの、いわゆる「バイオレンスもの」だった。

「いや、そうじゃなくて」

「この種のものは、何でも一冊九十円です」

と彼女はいった。私は理由はたずねなかった。それが彼女の経済原理なのであろう。彼女との会話からもう何ヵ月経つだろうか。私のダンボール箱の中身は、転居後すでに半年経ったいまも、そのままの状態である。

私は古本屋の前を通り過ぎた。そして歩きながら、とつぜんピラミッドのお告げの声を思い出した。


(「群像」一九八六年五月号)

鮭苺の入江《サーモンベリイ・ベイ》

大庭みな子

　ピッツァパイは日本でもいつの頃からか、若い人たちの間で愛好されるポピュラーな食べものになったが、わたしがピッツァを初めて食べたのは、サーモンベリイ・ベイのニーナの家でだった。多分、一九五〇年代の末頃だっただろう。

　ニーナはわたしの親しい友人、オリガの母親で、セント・ミカエル市内から三キロばかり離れた海辺の林に、夫のトーマスと二人で住んでいた。

　アラスカ州セント・ミカエル市は前世紀半ばまでは北アメリカ西海岸ではもっとも栄えた町で、サンフランシスコやロスアンジェルスがせいぜい人口数千の寒村だった頃、二万の人口をかかえた文化の中心地だった。

　けれど、こんな状況はたった一世紀の間に逆転し、サンフランシスコやロスアンジェルスは世界中の若者たちが憧がれる世界の都市になったが、セント・ミカエルなどという町は地球のどの辺りにあるのかも知らない人たちが多い。

現在のセント・ミカエルはシアトルかアンカレジ経由でジェットの発着する町ではあるが、一九五〇年代にはシーオター《らっこ》と称する数人乗りの小さな水上飛行機で行くしかない田舎町だった。だが、それだけに、霧の中から忽然と、幻のように浮かび上る妖精の住む町といった感があった。更にこの現実のセント・ミカエルの背後を覆う巨大な怪鳥の黒い影こそがわたしをわくわくさせるのだった。

セント・ミカエル地区の土着民たちが伝える古い民話にサンダーバードという空想の怪鳥がいる。日本語に訳すと雷鳥となるが、雷鳥は高山に棲み、碌に飛べず、よたよた歩く汚れた雪のような羽を持つ現実の鳥だからこの訳はふさわしくない。せめてナルカミとかイカズチとか言った日本語を使った方がよいかもしれない。もっともわたしが今心で描いている幻の怪鳥はイカズチ鳥とかナルカミ鳥とかいうのでもなく、音もなく、空一面をその巨大な翼で覆い、からだごと、辺りの草木と一緒にふわあっと風に巻きこまれるような感じをひき起す、目に見えないへんなものだ。

そうかと思うと、フィヨルドのひそかな入江にうずくまって無心に餌をついばんだりしている。そういうときは優美な白鳥か、せめて若い鷗に似たたおやかな姿に形を変えている。

サーモンベリイ・ベイはそういう怪鳥のたむろする入江だった。その名のように、鮭苺《サーモンベリイ》の繁みに覆われたフィヨルドの窪みには何軒か家があり、彼らは必ずしもお互いに仲が良いというわけではなかった。

サーモンベリイはサーモンピンクの香りのある野苺で、ぷつぷつと舌に当るかなり大粒の硬い種子があるので、そのままジャムにするのには適しないが、漉してジェリーにするとよい。

さて、ニーナの家に辿りつくには、ハイウェイで車を降りてから栂やえぞ松の林を縫って十分ぐらい歩かなければならなかったので、冬の雪の日などは老いたニーナには大変だっただろう。

もっともその頃、ニーナはまだ六十代だった。世界中こんなに長寿になった現代では、六十代は大して年寄りとは思えないが、二十代のわたしから見れば、とても年寄りに見えた。

それに、もしかしたら、ニーナは実際の年よりも幾分老けて見えたかもしれない。ごほごほと咳をしていたし、痰を咽喉にからませて、割れた声で喘ぐようなものの言い方をしていた。

「母は晩婚で、わたしは母の三十八のときの子よ。母は父より八つ年上なの」

オリガは言った。オリガはわたしと同い年で、子供を二人連れて離婚した女だった。

ニーナはなんとなく人眼を惹く人だった。町の、ちょっと気の利いた社交界にはいつも姿を見せて、粋で大胆で、知的な匂いのする会話で、その年代の男たちを魅きつけていた。ずっと若い青年たちでも、彼女の話を面白いと思い、耳を傾け、つい親切に腕を貸す気になった。

ニーナは、そういうふうに恰好よく、若い男に腕を支えられたりする仕草が身についていたし、よたよたするにしても、なんとなく優美だった。青年を騎士の気分にする面白いおばあさんだった。

ある日、わたしはオリガと一緒に、ニーナのランチに招かれた。そのランチがピッツァだったのだ。

わたしは生まれて初めてピッツァというものを食べた。その頃、アメリカで若い人たちの間に流行し始めていた食べもので、年の人でも新らしがり屋は、若ぶって作ってみる料理だったのだろう。

ニーナの手作りのピッツァは非常に創作的なもので、肉屋のソーセージではないニーナのソーセージに、いろんな魚肉やオリーヴの実や茸などがたっぷり入った贅沢なものだった。香辛料やチーズはイタリア風ではあったが、魚肉は土地の海で採れる鰊や鮭を北国風に塩漬けにしたり、燻製にしたものが使ってあり、茸はニーナが家のまわりの林で摘んで漬け込んだものだということだった。

複雑な、天下一品の味——あとにも先にもわたしはそんな美味しいピッツァを食べたことがない。

その上、料理の味ばかりではない、ニーナの家のその雰囲気が、なんとも独特のものだった。

わたしはニーナの家の居間の窓から、眼下の深いフィヨルドを見下ろしたとき、自分が夢か幻の国にいるような妖しい気分になった。

フィヨルド——太古の氷河が削りとった深い峡谷の細長い入江の対岸には、切り立った崖を落ちる細い滝があり、滝の上に差しのべる木の枝には、妖精のヴェールを想わせる薄緑の絹に似た苔がかかっていた。滝の流れ落ちる翡翠色の淵に遊んでいる白い水鳥は、脱いだヴェールを枝にかけて沐浴する妖精を想わせた。わたしは日本の天女と漁師の物語、天の羽衣の話を思い出した。

　オリガがチェーホフの「三人姉妹」の姉娘の名前であったように、ニーナは同じ作家の「鷗」の若い女主人公の名だった。白い海の鳥、鷗の化身めいた女主人公の役を、わたしは学生時代、学内劇で演じたことがある。演じながらわたしはさめざめと泣き、相手役の顔が霞んで見えなくなった。

　突然、ニーナは若く美しい娘になり、そばに坐っているオリガとの境い目が定かでなくなり、わたし自身との境い目も定かでなくなり、そのうち、わたしたち三人は、三羽の白鳥になってしまい、優美に首をさしのべて、その首をゆっくりとたわめて、翼の間にさし入れたりして、人間の言葉か白鳥の言葉かわからないような言葉で笑いさざめきながら、ピッツァを食べているという妙な感じになった。

　目を上げれば、フィヨルドの眺めは絶景で、ニーナの居間にはわたしの親しい人たちの亡霊が立ったり坐ったりしていた。パイプを口に咥えたり、だらしなく着た部屋着の裾から毛脛をむき出しにしたりして部屋の中を歩きまわり、ごほごほと咳込んだり、にっと笑ったり、蔑んだ眼つきでじっとこちらを透し見たりする人たちがいた。

　つまり、ニーナの居間は、ジョイスだの、ゴンチャロフだの、シェークスピアだの、プルーストだのシャーウッド・アンダースンだのの本の倉庫だったのだ。したがって、ニーナが腰かけたり、オリガが歩いたりするすぐ後に、そういう人たちが黒子みたいに立ったり、坐ったりうろうろと歩いているという風だった。

ありとあらゆる壁や隙間にしつらえられた本棚に、乱雑に突っこんである古びた金文字の背表紙の本は、ペーパーバックではなく、立派な革表紙のものが多く、みんなよく読まれていた。源氏物語や老子の英訳さえあった。フランス語やロシア語の本もあって、ひどく大きな百科事典のような重々しい感じの本もあった。

そう言えば、ニーナはフランスに長くいたことがあるそうだし、アメリカ生れだが、両親がロシア人で、子供の頃はロシア語で話していたそうだし、またきちんとしたロシアの知識階級の教育も受けたということだった。

こういう種類の本を、普通のアメリカ人が読まないのは、日本と全く同様である。わたしは学生時代に戻った気分で、しばらくニーナの書庫の前に立ちつくした。するとオリガが近づいて来て囁いた。

「この町に、母のたわごとを聞いてやってくれる人がいるとすれば、あなたぐらいじゃないかしらと思って、あなたをここへ連れて来たってわけ。

まあ、母の言うことは、大抵、そこにある本のどこかの頁からとび出して来るものじゃないかしらん」

オリガは笑った。すると、ニーナは素早く言い返した。

「この人たちだって——こういう本を書いた作家たちのことよ——べつにその言葉を自分で創り出したわけじゃないでしょうよ。彼らは、母親の口移しに聞き覚えた言いまわしに加えて、ありとあらゆる場所で、拾い集めた他人の言い草を、意地穢く溜め込んで——古道具屋の物置みたいに山積みされた言葉の屑箱の真中に坐り込んで、精神病院の患者が日がな一日屑を紡いでじゅうたんを織るように、小説と称するじゅうたんを織っただけのことじゃないの。はっはっは」

ニーナの高笑いは嗄れて、一種異様な、それこそサンダーバードの啼き声に似た、幾条にも割れて鳴り響く豪快さがあった。

ニーナは愛読した作家たちの紡いだじゅうたんに坐り込むなり、乱暴にその織りむらを足先でひっかき、ふん、とうそぶきながらも、愛撫して止まない調子で言った。

「母と娘は同じような運命を辿るというけれど、この娘が音楽家の亭主に愛想をつかしたように、あたしも小説家志望の最初の亭主とはやっていけなかったわ。

彼はフランス人で、プルーストを神様みたいに思ってたわよ。何てことかしら。自分が作家になろうってのに、他の作家を神様だと思うなんてね。それだけで、あなた作家にはなれないんじゃない？　って言ったら、烈火のごとく怒ったというわけ。

生まれたばかりの赤ん坊に、お前はいずれ死ぬよ、と御託宣を述べれば、叩き出される、ということらしいわね」

ニーナは十九のときアメリカを出て、パリで学び、プルーストを崇拝する文学青年と同棲し、すったもんだの末、その男と別れてしばらくヨーロッパ中を放浪していたそうである。三十過ぎてからエジンバラでめぐり逢ったのが八つ年下のトーマスだった。結婚したのは七年後、オリガを生む決心をしたときで、三十八だった。

「あたしはヨーロッパで、故郷の山〈三人姉妹《スリー・シスターズ》〉とチェーホフの『三人姉妹』を思い出し、必ず三人姉妹を生んでみせる、と思ったもんよ」

プルーストの崇拝者は子供に興味がなかったが、トーマスは子供は生ませられる限り生ませるという主義で、ニーナはほんとうに三人娘をつぎつぎ生み、オリガ、マーシャ、イリーナとチェーホフの「三人姉妹」の名前通り命名したが、中のマーシャはごく若い頃、死なせた。

「ところが、――ニーナは長い溜め息をついた――プルーストの次には誰だったと思う? 次はジョイスというわけ。トーマスは、逢ったばかりの頃、明けてもくれてもジョイスだったわよ。

あたしは仕方なしにジョイスも百ページくらい読みましたけれど、それでたくさん。あたしはトーマスの興味を文学以外のものに向けることにしたの。ジョイスみたいに長ながと書かれては、かなわないしね。

あたしは平穏に、俗悪に生きたかったから」

トーマスは大学に所属しない北太平洋の海洋生物学者として、評価のある書物の著者だった。娘のオリガは後年、トーマスの崇拝者である海洋生物研究者と再婚した。

だが、何十年も黙々と海の中を覗き込んでいる男と、その男によって得た子供たちを誰がいったい養って来たか。ニーナだった。

ニーナはヨーロッパ滞在の十余年を除いて、この町の半世紀の遷り変りをじっと観察して来た。それに加えて彼女は亡くなった母から聞かされたもう半世紀遡った町の古い歴史をよく憶えていた。そしてほんの何年かに一度、目をつけた地区を買い込んだり、手持ちの不動産を動かし、町のショッピングセンターの開発にかかわったりした。そしていくらかの賃貸ビルを持つようになり、どうにか今まで暮して来た。

巨大地主というわけではなかったから、彼女のそうした才覚がなければ、親から残されたわずかな山林や家屋などとうの昔になくなっていたほどのものだった。

また、ときどき株も動かした。しかし彼女はこういうことに決して夢中にならなかったので、ついぞ大金持になることも、大損することもなかった。そして、ニーナはこういう取り引きに集中する期間が過ぎると、幾分憂鬱になった。

ゴンチャロフやチェーホフの作品の中に出て来た、時代を先取りし、生き生きと眼を輝やかせて威勢よく生きていた人物はどことなく粗野で、結局は主人公というわけでもなかった、などと思うからである。

「何と言ったらよいか。かあっと熱中して——そのときが過ぎれば、わびしい気分よ。どういうわけか、いつも死んだ両親のことを思い出すわ。それから、今の自分と、自分の夫と、娘たちの姿を、その頃の両親や自分に重ねてみる。そして、妙に寂しい気分になる」

ニーナはフィヨルドを眺めながら呟いた。ニーナの死んだ母親は、この町がロシア領からアメリカ領になるまでのいきさつを全部記憶していた。アメリカ領になったとき本国に帰国した上層部のロシア人たちから、彼女はただ同然で買いとった不動産で、オブローモフのように日がな一日ソファに寝そべって夢想している夫と娘を養い、娘のニーナをヨーロッパへ留学させた。

いずれ本国のロシアへ送るにしても、片田舎の植民地育ちと侮られないために、まずヨーロッパ風な教養を与えてから、と夢みたのだった。

だがニーナがやっとまともなフランス語を喋れるようになり、多少の社交界のつても得た頃、ロシアには革命が起り、亡命ロシア人たちが続々とヨーロッパの各地に流れて来た。彼女はそういう亡命者の何人かと親しくなってある美しい若い母親とその息子を故郷に帰るとき一緒に連れて来た。

そのときほんの少年だったアンドレイという息子の方は今もつい近所に住んでいる。もしかしたらニーナは亡命者の殺到したパリで、ロシア人の青年ともかなり親しくなったこともあったかもしれないが、結婚したのはトーマスとだった。

「ジョイスはまあ、ときどき読むにはいいでしょうけれど、一緒に暮してみたいと思うような人じゃないわね。とくべつ会って誘惑してみたいと思うような人でもなかったわ」

ニーナの言い方には、アメリカ女によくいる自分はジョイスの恋人だったとまことしやかな作り話を吹聴するような響きがないでもなかった。

ニーナの年を繰ってみると、ジョイスよりせいぜい十かそこら若いくらいのものだろうから、彼女がヨーロッパのどこかの国にいた頃、案外身近にいた人かもわからなかった。

彼女はロンドンだのパリだの、フィレンツェだの、それからエジンバラだのダブリンだの、それからもっと小さな町にも、ヨーロッパ中を放浪していたことがあったらしい。

いったい、何のためにそんなことを。彼女は何を探していたのだろう。ニーナは要するに、ゴンチャロフやチェーホフや、プルーストやジョイスと喋り続けていた。というより、かつてわたしが「鷗」のニーナを演じて泣いたように、彼女はそれらの作家の残した作品の中の人物を次々と気紛れに演じていた。肥った腰をゆすって、思いつきのへんにもの哀しいチューンで歌うニーナの声は嗄れてかすれていた。

風にそよいで　ばらの実は
ぽとりと落ちて　ころがって
磯にまろんで　波にのり
流れついたは　見知らぬ浜辺
雨に打たれて　ひゅるひゅる伸びて
垣根にすがり　すすり泣く
野ばらの露は　紅《あか》い泪か
泣いて笑って　霞む海原
かざして見れば　ふるさとの山
〈三人姉妹〉の白い肩
行こか　戻ろか　垣根の野ばら
野ばら　野ばら　紅《あか》い唇

手折った人の　指の血か

などと歌い出すと、ジョイスのページがはらりと風にめくれて舞い上る気がしないでもなかった。

「トーマスは、あんたのお父さんは――」

ニーナはオリガの方を向いて言い、ぽいとデザートのミントのチョコレートを口の中に放り込んだ。

「こんなふうに爽やかな甘い味のする男だったわよ」

とニーナはにっと笑った。

「あんたなぞはこれからやっとめぐり逢えるという寸法ね。あんたたちはあの頃のあたしより、十も若いんだろう」

ニーナはそう言って、わたしたち二人を代る代るじっと見た。

「あんたの年には、あたしはいったい何をしていたんだろう。そうだ、その頃は、プルーストにいかれた理屈っぽい男が、世界中の知恵はフランスにあるようなことを言って、あたしをマロニエの木の下に縛りつけていたのよ。

あたしはその頃、いろんな理屈を、おが屑みたいに頭の中に詰め込んで、口を開けば、唇の両脇から、ひっきりなしに、魔法みたいにおが屑をひっぱり出し、がさがさ妙な音を立てながら、みっともない長いお喋りをしたもんよ。

地理学者になったみたいに、やたらフランス中の、いや、フランスとは言わず、世界中の地名を覚えて、プルーストにいかれている男を感心させようとやっきになったもんなのよ。

名も知らぬ、遠い浜辺に、辿りついたばらの実が、芽を出して、這いのぼった、垣根から、遠くに光る海が見えた。

ほら、このばらの実よ、このばらを、この辺りでは、ロシアのばら《ロシアン・ローズ》というけれど、ほんとはあんたのお国の日本から、この種子は流れついたものだそうよ」

ニーナがひょいと指でさわって、はらりと紅い花びらを散らした野ばらは、どうやら日本で言う浜梨らしかった。

わたしは日本海の浜辺や、北海道の石狩の河口の砂浜でよく見た、そのばらをなつかしく思い出しながら、ニーナの話を聞いていた。

「このばらの実はね、梨と一緒に煮てジャムをつくると美味しいのよ」

彼女は言って、西洋梨と浜梨の実を合わせて煮たジャムの瓶の蓋をとり、匂いを嗅がせてくれた。なるほど微かに甘いばらの香りがした。ばらも梨も同じ科の植物だから、きっとよく合うのであろう。食べものの味や香りには、音階に似た、和音や不協和音があって、その組み合わせは、理屈ではなく、ほとんど直観的に思いつくものである。

ニーナは、ミントのチョコレートを除いて、ほとんど何も食べなかった。多分料理はニーナが指図して、オリガが作ったものだろう。

ニーナの家からはフィヨルドに落ちる滝や、入江に遊ぶ鷗の姿は見えたが、〈三人姉妹〉の肩を寄せ合う三つの峯は見えなかった。

家の背にある栂とえぞ松の林を抜け、丘の上を通るハイウェイまで出ても、道の向うの森が邪魔していた。わが家から荒地越しにオリガの家を眺めるとき、〈三人姉妹〉はオリガの家の背に、白いショールで頭から肩を包むようにしてより添っていた。

十年の余もヨーロッパを放浪していたとき、ニーナは何度そのふるさとの山の名をつぶやいたことだろう。

子供を欲しがらなかったフランス男への面当てに、ニーナは意地でも、三十八の年から三人の娘を生んだ。

末娘のイリーナはコーネル大学にいる。コーネル大学はニューヨーク州のイサカという町にあるが、ナボコフというロシア生れの作家のいた大学だそうだから、きっとロシア風な白樺の林か何かあるようなところに違いない。

人は旅に出ても幼い頃とり囲まれていた風土を求めてさまよい歩くだけで、それに似たところをみつけると、なんとなく、そこに腰を落ちつける、というのがニーナの言い分だった。

たしかに、アメリカ大陸に渡ったヨーロッパ人を見ても、フランス人は南部の平らな土地に、北欧人は淡い太陽と細い雨の中で育つ北国の針葉樹の森を背に暗い海を眺めて住み、スペイン人やイタリア人はかっと照りつける太陽が赤土の丘に沈むカリフォルニア辺りで、同じ先祖を誇りながら住んでいる気配がある。

ニーナの親たちは、アラスカが帝政ロシア時代にツァーから派遣された執政官の連れて来た人たちであったようだ。文化の面を司っていた家柄で、帝政期のロシア宮廷の風俗をこの未開の植民地の都に移して、新しい王国を築こうといった意気込だったのであろう。

　ところが、当時のアメリカ北西部海岸の富の象徴ラッコがだんだん獲れなくなり、一八六七年にロシアはノールウェイとスウェーデンとフィンランドとデンマークを一緒にしたくらいの大きさを持つアラスカをアメリカに七百二十万ドルで売った。

　ロシア領だった頃のラッコの最盛期には、アラスカの首都セント・ミカエルから積み出された毛皮の利益は、一度の航海で四十五万ルーブルに上ったということだ。現地の労働者、アラスカインデアンの日当が一ルーブルで、豚一頭五ルーブルの時代の話である。

　当時、セント・ミカエルにはロシア植民地政府の華麗な館があった。世界の旅行家や政治家や探検家はここに立ち寄って、世界に起っているさまざまの珍らしい話題を提供する客人として、饗応されたということだ。

　セント・ミカエルはアメリカ大陸西海岸きっての文化都市として、航海術、数学、天文学を主とする学校が五つもあり、本国・ペテルスブルグとの間に学生の交換も盛んで、太平洋航海の船や大砲がたくさん造られていた。そういう話に続いて、ニーナは古いアルバムを繰って、セピア色に色褪せた写真を何葉か見せた。

「あっという間に時が流れ――流れると言っても、大海原を潮が渦巻いて流れるように時が流れ、一九一七年といえば――そう、あたしはパリにいて、続々と落ちのびてくるロシア人たちを、母から耳にたこが出来るほど聞かされていたペテルスブルグやモスクワの話に重ねて、トルストイやツルゲーネフの小説の場面を綾にかけて眺めていた。

ほら、ここに一緒に写っているのが、アンドレイと、アンドレイのお母さんよ。アンドレイのお母さんは美人だったから、いつも何人かの男に囲まれていて、あたしは羨ましそうに指を咥えて眺めていたの。年上の、子連れの女のやり方を、感心して眺めていた」

アンドレイとアンドレイの母がニーナと一緒にこの町へやって来たのは、当時セント・ミカエルの湖から切り出した氷をシアトルに運んでいた男に誘われたからだというような話だが、彼らはその後間もなく東部の方へ行って、二十年後、アンドレイだけがひょっこりこの町に戻って来た。

彼は町の美術工芸研究所に勤めていたがダイアナと結婚し、サーモンベリイ・ベイに落ちついた。昔の知り合いのニーナの口利きで、土地を買い、家を建てた。ニーナの家からほんの五分で歩いてゆける。

さて、写真のニーナは大きな眼を瞠り、高く結い上げても、重さでくずれ落ちそうな豊かな金髪をきらめかせ、今のオリガとそっくりに下唇を突き出して微笑している。

生意気そうな、こましゃくれた小娘は挑戦的な眸の輝きで、機関銃のように修辞で飾られた演説が出来そうだった。ときどき、利巧な蛇のように、舌をひらめかせて素早く唇を濡らしながら、肩をすぼめて、胸の谷間を窪ませ、腰をくびれさせることも、もちろんちゃんと知っていた。

ニーナはオリガを見て言った。

「あたしは、作家志望の理屈っぽいフランス男と一緒にいて、彼の作品の女主人公のモデルにでもなったようなつもりで、生意気な口を利いて、周囲を烟に巻いていた」

「今はまるで理屈っぽくないみたいね」

娘のオリガは笑った。

「その後、あんたのお父さんに逢って、フランス風からアングロサクソン風になっただけのことかしらん。いや、トーマスにはアングロサクソンというよりはケルト風な妙なわかりにくさがあるから、それが気に入っているのよ」

そんなことを言われても、わたしにはケルトがどんなふうにわかりにくいのか全然わからなかったけれど、とにかくニーナはトーマスに逢った頃はフランス風に明快なものが嫌いになっていた。

「あの人たちは、フランス人は、どこまでもどこまでもしつこく追求すれば、頭がいいと思っているんだから、かなわないわね」

ニーナはわたしが手にとっているプルーストをちらと横目で見て、顔を背けた。プルーストが死んだ年よりたくさん生きてしまったニーナにしてみれば、小説の神様みたいなプルーストだって子供のように見えていたのかもしれなかった。

「どんなにわかりやすく説明されたって、納得するというものでもないし。

それに、その人は」

ニーナはプルーストを顎でしゃくった。

「男にしては女をうまく描きますが、女なんか全然好きじゃない人ですよ。どんなにうまく描いて貰ったって、好いてくれない人を誘惑しようという気にはならないでしょう」

ニーナは遠い空を眺める眼つきをした。

　わたしはプルーストもジョイスも碌に読んだことがないくせに、ニーナの言葉に聞き惚れて、読んだような気分になっていた。と同時にニーナがどんなにそれらの作家の悪口を言ったり、まるで小僧っ子をあしらうようにふんとせせら嘲っていたにしても、彼らは彼女のような読者によってこそ支えられているという気がした。

　そしてまたニーナはそんなふうにけなしながら、読み耽った文学作品そっくりの言いまわしで、彼らの作品に登場する人物が歩きまわっているという風情で、現に部屋の中を往ったり来たりしていた。

　オリガの父のトーマスはニーナの影響によるのか、彼のクラゲやイソギンチャクや、ウニやヒトデや、その他、無数の海の虫、海の藻に関する描写には、一種幻想的な妖しさと、官能的なリズムがあった。一見そっけない文体の底に清流のように流れるその文学性が、アカデミックな研究書にはない魅力となって、物質生活に退屈したアメリカ人たちを惹きつけた。

　トーマスの柔和な微笑や、ほんのひとこと、ふたことのものの言い方や、女たちへのさりげない腕の貸し方などが女の心に残った。眼の奥できらりと光る強い光が、アングロサクソン特有の意地悪で強固な意志の所在を示していたが、その表現をそのまま女たちにぶつけることはなかった。

　ニーナの「プルーストにひきかえ、ジョイスは女好きです。女は女に無関心な礼儀を知っている男より、礼儀を忘れても、女に関心のある男のほうを、結局は愛らしく思うわね」といった批評に当てはまる感じがトーマスにはあった。女の悪さをよく知っていて、知らないふりをするところがトーマスにはあった。なぜかわたしはトーマスと言葉を交す度に、心の内を見透かされ、そこに喰い入ってくるある種の無礼をどこかでとがめながらも心地よく思う不思議さに戸惑った。

彼はニーナより八歳年下だったが、なるべく自分の若さをかくして、年よりは落ちついた地味ななりをしていた。その仕草には、年老いた妻を気の毒に思い、現実離れした空想の中で、放胆に振舞う代り、日常生活では決して常識を踏みはずさない地道さに彩られた合理主義があった。

けれど、何かした拍子に、彼は日常生活の習慣的な仕草など、とるに足らないもので、人間というものは、いつだって、どんな時代だって、常識を無視して生きる自由を持っている、と信じている者のおかしくてたまらない笑い方で、わたしをはっとさせた。

彼はまだ五十代で、周囲の浮気な女たちが流して寄こす秋波に気づかないわけではなかったろうが、そうかと言って、老いた妻に縛りつけられている自分にいらいらして忿懣やる方ないという感じはなかった。

彼は男とみれば流し眼を送るのが礼儀と心得ている女を、愛らしく憎めない生きもの、と鑑賞し、女たちのぺちゃくちゃと意味のない陽気なお喋りを愉しんで、ときには本気になって気の利いた返事さえしてやったが、それ以上どうこうしようという気など決して起さなかった。

かりに女の挑撥がもっと度を過せば、宇宙に響きわたる虚無に襲われてしまうというような笑い方で、彼は女を適当にあしらった。

トーマスのこうした態度は、どっしりと陽気でのどかな山のようなニーナから連鎖的にひき出されたものだったのだろう。

ニーナはごく若い頃同棲していたフランス男との苦い経験から、ラテン風に絶対に収斂される論理に関心がなくなり、ロシア風な賢さで、イワンの馬鹿ふうにふてぶてしく、のんびりとかまえていた。

彼女は大抵のものには大して用心しなくなっていたが、芸術家に対してだけは大層手厳しく、あまり親切な言い方はしなかった。というより、芸術家の姿は、鏡の中に映る自分の姿に見えて、どやしつけたり、慰めてやったりした。

「あの人は芸術家だから、用心した方がいいわね。きっと、自分のことばかり考えて、他人の肉を切り刻むことを計画しているに違いないわ」

彼女は娘のオリガにはそんな言い方をしたが、当の芸術家と顔を合わせると、

「まあ、まあ、あなたは芸術家でいらっしゃるから、つまり、その、あたしたちにはわからない花の匂いがわかる方よ。ああ、この世にそんな花園があるなんて」

という具合にごまかした。だから、かりにジョイスが目の前にあらわれたって、プルーストが出て来たって、彼らを腹立たせるよりは、いい気分にしてやることができただろう。

彼女はさしずめこんなふうに言う。

「まあ、あなた方の才能は、何といったらよいかしら。どんな俗悪な、つまらない人物でも、あっという間にきらびやかな主人公、女主人公、得も言われぬ味のある名脇役を演ずる役者になって、廻り舞台がくるくるとまわり、天から地から光の雨が交叉して、読者は幼な子と老人と青年の脳と心臓を一緒くたに持ったような気分になるってわけよ」

と溜息混りに言うに違いない。

だが、それにしてもわたしはこの頃を除いて、芸術家たちを、それも世界に認められている大芸術家たちを、そんなふうに、簡単に、こっぴどくやっつける人の肉声を聞く機会には、ついぞ恵まれなかった。文学にかかわりのない人たちは、やっつけ方も知らなかったし、文学に関心のある人たちは文学世界の常識にとらわれているからだろう。

多分、ニーナだって、もしわたしが作家志望であることを知っていたら、そんな言い方はしなかったかもしれない。わたしは芸術家に憧れているらしい文学少女に見え、もしそうなら頭から水をかけるのがいちばんよい、と思ったのだろう。

というより、彼女はわたしの母親と祖母の間くらいの年代で、感心して頷きながら聞いてくれる者がいさえすれば、彼女がそれまでに蓄積したすべての知識と感性を披露することに歓びを感じていた。わたしは彼女の競争者でも、追い打ちを企んでいる後輩でもなかったから。

食事が済むと、彼女は肘掛椅子に腰かけて、フィヨルドの深い入江に落ちる滝を眺め、オリガを振り返ってははげしく咳込んだあとで、ゆっくりと言った。

「あんたも、芸術家には苦労したのねえ。そう、あたしたちの性分に、あの人たちは合わない。きっとよく似ていすぎるからなんだろうよ。

オリガ、あんたはまだ若い。あたしがあんたを生んだ年よりずっと若い、それなのに、もう二人の子持ちで――。

あんたはいったい、この先、どんな人生を送るんだろう。それを見るためになら、あたしは生きていたいと思うけれど。

けれど、そういうことは自分では決められない。あたしが死んだらトーマスによい奥さんを見つけてあげてね」

ニーナはおだやかに笑い、わたしの方を見て重ねるように念を押した。

「ユリ、あんたも証人としてよく聞いておいて頂戴。あたしはそう思っている。トーマスは幸せな晩年を送る権利がある。

あたしはこの年になってやっと、こんなふうに思う。人間の生きる目的は、他人を幸せにすることだって。

自分が幸せになることだけを考えていた頃、幸せは自分の手から、すくい上げた水の中で泳ぐ生きた魚がとび出すように、一匹残らず逃げ出してしまった。

あたしは今、トーマスの幸福な姿を夢みることで、辛うじて生きている気がする。

どこから始まったのか、あたしの癌は、肺やら、食道やら、咽喉やら、それから多分、骨にまでひろがったような気がする」

彼女はゆっくりと掌を動かし、指先を軽くテーブルに触れて顔をしかめた。

わたしはそういう話を本人の口から聞くのは初めてだったから、ほんとうにびっくりして息を呑んだ。すると、ニーナはむしろわたしを慰めるようなものの言い方をした。

「ちゃんと、定期的に、それなりの治療は受けています。病院に入ったり出たりして。コバルト照射を受けたり、いろんな制癌剤を使ったりして。

あんたはどうしてそんな驚いた顔をしているの。あたしに同情しているの。可笑しな人。同情するあんたの方があたしより先に死ぬということもあり得るのよ。

死ななかった人は今までいないのだし、べつにあたしが特別な人間というわけでもないでしょう。

あたしは毎日のことをきちんと自分でやっているし、体が動かなくなるまではやるつもりです。でも、あまり大儀になれば、きちんと病院に移りますよ。

いいえ、都会の大病院には行きません。この町の病院の先生にお願いしてあるし、トーマスもここの病院なら、ときどきは見舞いに来てくれるでしょう」

わたしはニーナの家に二時間ぐらいいて、帰る間際に、ニーナが癌だということを知ったのだった。ピッツァをぺろりと平げ、ジョイスとプルースト論を聞いて、自分たちがプルーストなんかよりずっとましな社交界にいる人間のような気分になっていた。ニーナはこんなふうな言い方もしたのだから。

「シャルリュス男爵だって、スワン夫人だって、ゲルマント一族の人たちだって、かりにそのモデルが目の前にあらわれたりすれば、どうってことない人たちだということだけは明白よ。

それに、もし、彼らがプルーストの小説の中の人物よりもっと素敵な人たちだったりしたら、プルーストの作品の意味は全然ないし、プルーストなんて作家は必要もなかったわけだしね、はっはっは」

と高笑いした。

ニーナの顔は青黄色くむくんでいた。頭の毛が薄くなっていたためか、かつらをかぶっていた。けれど薄く化粧をし、部屋着風にゆったりとしたものではあったが、寝間着というわけではなく、客を迎えるのにふさわしい服装だった。

わたしはそこを引き上げるのがなんとなく辛い気分だったが、オリガが腰をあげたので、林の中に残った春の雪をふんで、車の止めてあるハイウェイ脇の駐車場まで出た。

鈴蘭の花を鹿が食べたらしく、みんな茎が喰い切ってあった。もともとけもの径だった林の中の小径を、トーマスが整備して、人が歩き易いように丸太を埋めてあったりした。

「こんな林の中の、入江のふちの家に置けるのも、そう長くはと思うけれど、母はぎりぎりまであの家にいたい様子なの。

それはそうと、母は、自分が興味のあるものの悪口を言う人なのよ。——昔から」

オリガは車をバックさせて、鏡を直し、その中でにっと笑った。

（「群像」一九八六年十月号）

樹影譚

丸谷才一

1

高速道路を行つて霞ケ関の出口から出る、ほんのすこし前の景色が好きだ。といつても格別の眺めではないから、ほかの人は気に留めないと思ふ。住ひの関係でたいてい目黒の入口から高速道路にはいるのだが、飯倉《いひくら》のトンネルのへんから身がまへ、あと三百メートルで霞ケ関といふ表示が見えると、左側を熱心に見まもる。首相官邸の裏の崖がコンクリートで固めてあつて、その灰いろの広い壁を背景に銀杏《いちよう》並木がある。それを眺めたいからだ。

樹がいいのでもなく、壁がいいのでもなく、取合せに魅惑されるのである。ごく平凡な歩道の樹々にすぎないのに、無地の壁を背にした鮮明な姿かたちが妙に心に迫る。実を言ふと、日ざしの強い日、樹の影がまつすぐ映つてゐればとりわけ嬉しい。季節や時刻、それに天候によつて、斜めに映つてゐたり、影が薄かつたりもするが、それはそれで風情がある。そして影の見えない曇り日には、心のなかでそれを灰いろの地に補つて満足することにしてゐる。

ほんの数秒の眺めで、たちまち失せるのがかへつていいのかもしれない。一種せつない気持になる。あの界隈には用のない身なので、いつも高速道路からちらりと見るだけなのに、この崖とこの並木のせいで永田町はわたしの大事な地名になつてゐるやうだ。

もともと、どういふわけか樹の影を見るのが好きなたちで、それも地面に落ちる影は、もちろん嫌ひではないにしても別に心にしみるほどではない。垂直に立つ面に映る樹の影、殊に並木の影がいい。何かなつかしいやうな、やるせないやうな気分にひたることができる。その壁にしても淡い色のまつたくの無地、それとも無地に近いのがいいので、模様入りは困る。模様入りと言ふと奇妙に聞えるかもしれないが、建物にたくさん窓があつたり、互ひ違ひに並べてある煉瓦の色がうるさかつたり、修理の跡の白い筋が目障りだつたりすると、どうも興がそがれるやうだ。素気《そつけ》ない平面がいい。さういふ広い面積の前に立木があつて、そこに影を投じてゐると、その形影相伴ふ趣が心をゆすぶるらしい。

そのくせ、鏡や水かがみに樹が映つてゐるのは、別に厭ではないにしても、さほどの感銘を受けない。水かがみはともかく鏡のなかの樹の映像といふのはをかしいと思ふ人もゐるかもしれないが、稀にはさういふこともあるので、たとへば赤坂の某会館はガラス張りの壁に鬱蒼と木立を映し、さながら建物のなかに林を収める趣だけれど、わたしはこのイメージにはわりあひ冷淡なのだ。

やはり、光が樹木にさへぎられて壁に作る黒ずんだ意匠がいい。日光でも、月光でも、電燈の明りでも。そしてさういふ図柄を広い無地の空間に見出だすことは滅多にないから、狭い面積、あるいはさまざまの色が邪魔してゐる面積のなかのわづかの影でも、楽しむことになる。たとへば駿河台のホテルに泊つてゐて、夜中に一仕事終へて散歩に出るときなど、近くの学校の塀ににじむやうに映る薄墨いろの影がずいぶん慰めになつたし、銀座の帰りに酔眼で見る、ガソリン・スタンドの壁に濃く映る並木の影も悪くない。滅多にないことだが、朝食前に目黒の坂を歩いてゐると目にはいる、石垣で固めた崖にどこかの邸の松の片枝《かたえ》が投げるほのかな影。これも朝の眺めだが、近くの小公園のそばにある、一階に喫茶店とトンカツ屋がはいつてゐる四階建ての白壁に、ただしいくつもの窓や干してある蒲団におほひかぶさるやうにして映る欅《けやき》の影。あるいは、夜、車から降りると、住ひの前の山桃の樹が植込みの低い明りを受けて壁に投げる、幹の下のほうわづかの部分とそれを飾るほんのすこしの葉の影。わたしはいつも息を詰めるやうにしてそれらの映像に見とれたあげく、いつまでもかうしてゐるわけにはゆかないと自分に言ひ聞かせて立去るのである。世に巨木好きは多いけれど、わたしのやうに、大樹を仰ぐたび、あるいは大樹の写真を見るたび、この後方に広やかな平面が屹立《きつりつ》してゐて、それに影がさしてゐたらどんなにいいだらうと夢想する人は珍しいのではなからうか。

　かういふ性癖がどうして生じたのかは、かなり興味のある問題で、自分自身を研究する絶好の手がかりになるはずなのに、思ひ当るふしはない。父親が同じ好みだつたとか、何かの事件（たとへば愛犬の死）のとき樹の影を見ながら泣いたとかいふこともなかつた。さういふ景色を描いた絵が大好きだつたといふ記憶もない。十代のころユトリロのパリ風景が好きで、今にして思へば粗悪としか言ひやうのない色刷りに夢中になつたが、戦後、二度ほどのユトリロ展でも、それから大冊のユトリロ画集を借覧した折りも、樹の影をあしらつた作品には出会はなかつたと思ふ。これを上手に使つた映画の名場面がいくつかあると聞いたけれど、どれも見のがした名作ばかりだつた。十年ほど前、居間のレースのカーテンが樹の模様で、夕暮になると壁紙に並木の影絵を作ることはあつたものの、あれは好みを知つてゐる家人が選んだものだから、わたしの嗜好の結果で、原因ではないことになる。

そんなわけでこの性癖の由来はどうもたどりにくい。せめていつごろから好きになつたのかがわかれば、手がかりになるかもしれないのに、これもすこぶる茫漠としてゐて、中学生のころはどうだつたらうなどといくら考へてみても、うまく思ひ出せない。これはまへまへから感じてゐたことだが、どうやらわたしは思ひ出すのが苦手なたちのやうである。

仕方がないから、こんなふうに考へてみた。

樹木はまつたくの自然で、様式を拒んでゐるから、とかく様式性にこだはりがちなわたしを深く満足させることができない。ところが樹木の影絵となれば、おのづから不必要な細部を排除し、歪みを正し、投げる光の角度と受ける平面の角度によつて誇張したり歪曲したりし、色彩の違ひや凹凸を無視してそれを均質化し、同一の色調で塗りつぶし、つまり人工に似た効果をもたらす。そこで藝術作品に近づくことになり、享受者の感動が生ずるのではないか。あれは自然であつて自然でなく、藝術に似てゐてしかも藝術から決定的にへだたつてゐる。その特殊な位相がわたしの心をゆすぶるらしい。

しかしこれを、朧化ないし余韻による抒情性といふ方向だけでとらへるのは間違ひだらう。樹の影は樹よりも弱々しく、はかないから、そのせいで魅惑的なのではない。さういふ局面もあるかもしれないが、それがすべてではない。重大なのはその結果かへつて樹の本質が力強く提示されることだ。それは廃墟の石柱や礎石がもとの建築の本質を明らかにするのによく似てゐる。さう言へば、廃墟もまた、自然と藝術の中間的形態かもしれないけれど。

こんなふうに一応まとめてみたのだが、この考へ方はあまりにも原論ふうで、ささやかな趣味を手がかりにして自分の個性の歴史を解明しようといふ筋からはづれるし、第一、地面に落した影ではなぜ心を動かされないのか、なぜとりわけ並木の影がいいのかといふ急所を逃げてゐる。それはわれながら、何やら言ひのがれめいてゐるやうだ。水かがみや鏡に映つた樹の影を、この理屈でうまく除外することができるかどうかも、あまり自信がない。しかし、もうすこしましな説明を得るためには、わたしの意識してゐない過去へと降りてゆくことが必要で、そんなゆとりはとてもないし、さしあたり材料が足りない。やがて揃ふとも思へない。わたしはそんなふうに考へて、答を出すことを諦め、そもそもこれが問ふに価することかと疑ひ、次いで、この種の些末な謎をたくさんかかへて生きるのがわれわれの人生だと自分に納得させたのだつた。さういふ諦めを自分に強ひることは、これまで何度も練習してゐるから、わりあひ易しいのである。

しかしこんな心のわだかまりがある場合、これを種にして短篇小説を作らうと思ひ立つのは、職業柄、むしろ当然だらう。実を言ふと、わたしは長い時間をかけて想を練り、一応の腹案を得た。それにもかかはらずつひに着手しなかつたのは、わたしの怠慢のせいではない。あれは十数年前だつたと思ふが、取りかからうとしてゐる矢さき、某氏訳の、たぶんナボコフの短篇小説を読み、まつたく同じ趣向で行つてゐることを知つて、捨ててしまつたのである。後塵を拝するのは、やはり癪だつた。寡作《かさく》の言ひわけと取られたら心外だけれど、かういふことは何度かある。たとへばボウ・タイ。

わたしはボウ・タイが好きで、ときどきこれを結んで集りに出ては文壇人士の顰蹙《ひんしゆく》を買ふのだが、残念なことに自分ではうまくできない。面倒なので家人に結んでもらふのである。いつか親類の婚礼で名古屋へ行つたときは、一人で出かけたため、朝食のあと、稽古のつもりでやつてみたところ、きれいに結べたので惜しくなり、三時の式までそのままでゐた。夜ふけのバーでたちの悪い酔つぱらひにほどかれ、バーテンに頼んだこともある。他人のボウ・タイを結ぶのははじめてださうで、かなり苦心してゐた。

ところで、小道具が小説の花やかな仕掛けだといふのは小説作法の初歩である。かういふものに出会ひながらはふつて置くほどわたしは迂闊《うかつ》ではない。早速、自分ではボウ・タイを結べない男が浮気をして、翌朝、いつもさうするやうに女の前に立つと、結べないと言はれて驚く、といふ発端を思ひついたのだが、これはそのさきの筋がまとまらないうちに、エドナ・オブライアンといふイギリスの女流作家が短篇小説の、ただし真中くらゐの転回のところで同じ手を使つてゐるのを読み、取りやめにした。この作品は、わたしの編集したイギリス短篇集にわたしの訳ではないけれど収めてあるから、読んだ人もゐるかもしれない。筋の紹介は、わづらはしいから割愛することにしよう。

そこで、樹の影をあつかつた、ナボコフの作だと思ふ短篇小説のほうだが、うろ覚えで言ふとこんな筋だつた。

主人公は中年の小説家で亡命ロシア人。壁に映つた樹の影を見ると異常に感動するたちである。自分のこの癖ないし趣味は何に由来するかといふのは、長いあひだ彼の関心事だつたが、いくら考へてもわからなかつた。それから話がいろいろあつて（このへんはきれいに忘れてしまつた）、多年、欧米を流浪したあげく、どうしたわけか故郷の家に帰り、なつかしい子供部屋にはいる。眠る前にふと、何かに促されたやうに窓をあける。と、一本の樹が月光を浴びて（それとも数本の樹が部屋の明りを受けて、だつたかしら）眼前の壁にくつきりと影を投げてゐるではないか。彼の嗜好は幼少のころ見なれたこの情景によつて育てられたものだつたのだ、といふのが結末になつてゐた。

どうもあやふやな話で恐縮だけれど、前にも記したやうにわたしは記憶が悪くて、たとへば詩の暗誦など大の苦手だし、小説や芝居の筋もすぐにこんがらかる。恥をかくことが多いのだが、この場合はさきを越された驚きと怨みのせいで熱心に読んだはずなのに（たしか再読した）、ずいぶん朦朧としてゐて、われながら歯がゆいほどだ。

もちろんわたしは、記憶を新たにするためこの短篇小説を読み返さうとした。それはたしか数年前のことだつた。しかし、この本だと思ふナボコフ短篇集に当ると、その作品ははいつてゐなかつた。別の短篇集にもなかつた。念のため英語の本数冊をのぞいてみたが、これにもない。そこで人を介して、訳者であるはずの某氏に訊ねたところ、某氏は言下に、さういふ短篇小説は訳してゐないし読んだこともない、と答へてから、しかしその筋はいかにもナボコフを髣髴《ほうふつ》させると言ひ添へたさうである。わたしはこの返事を得て、どうもをかしなことになつたと訝《いぶか》しみながら、やはり作者名は間違ひではなかつたらしいと安心したやうに思ふ。つまりこのころになると自信はかなりぐらついてゐたわけである。

ナボコフの翻訳を手がけてゐる他の二氏にも、これはぢかに質問したのだが、両氏とも思ひ当らないとのことで、彼以外の小説でも知らないと言つてゐた。そのほか、海外の現代小説に親しんでゐる友達に問合せても、ナボコフに限らずもつと広い範囲でもそんな筋は記憶にない、と答へるだけだつた。そこでわたしは二三の書店に足を運び、これまで読んだことのないナボコフを読みあさり、つひに探し当てることができないまま、これはひよつとすると夢を見たのかもしれないと疑ひ出したのである。

あり得ないことではなからう。目覚めてゐるときに想を構へた物語が眠りのなかに闖入《ちんにゆう》し、ただし自作ではなく他人の短篇小説になる。その他人の作品（実は自作）を読み、書くことを断念する。どう見てもいささか滑稽な事態で、わたしがあまり立派でなくなるのが残念だが、しかしこれは、文学の伝統を重んじながらしかもプライオリティを気にする小説家の場合、いかにもありさうなことだ。そんなことはあり得ないと一概に否定するわけにはゆかないのである。

　興味深いのは、これが普通の文学的逸話をねぢつた形になつてゐることで、在来の型でゆけば、夢のなかで古人に出会ひ詩句を授けられる。自作に朱を入れてもらふこともある。あるいは、眠つてゐて詩を作り、目覚めたところで未完成のまま終る。つまり夢によつて文学作品を得るわけだが、わたしの場合はそれが逆で、夢見ることによつて作品を失ふのである。どうも損な話だ。

　夢だつたかもしれぬといふのは最初はほのかな疑惑で、まさかそんなはずはないといふ打消しが八分くらゐだつたのに、月日が立つにつれてだんだん心もとなくなり、半信半疑まで行つた。といふのは、一つには、この物語の筋には根本的に納得のゆかないところがあるからだ。それは案外、本が見つからないことよりももつと強力な証拠かもしれない。

　亡命者であるナボコフが帝政ロシアに対して深い郷愁をいだき、幸福な幼年時代に対して憧れつづけたのはよく知られる通りで、それゆゑ彼の主題はうんと高級な『ピーター・パン』なのだが、しかしナボコフは生涯、故国に帰らうとしなかつた。もちろん、帰らうとしたつて断られたに相違ないのだが。

　ところがこの物語の主人公、どうやら一部ではかなりの名声があるらしい亡命ロシア人の小説家は、生家にたどりつく。子供部屋に戻つて窓をあける。その帰国は、彼の職業上やはり無理な話だといふことを、ナボコフが知らなかつたはずはない。作家である彼（主人公）の前途に待ち受けるものは、帝政ロシアのそれよりももつと苛酷な検閲《けんえつ》制度、プルーストとジョイスとカフカへの否定、社会主義リアリズム、十九世紀ブルジョアの低俗な藝術趣味、そして作家同盟を牛耳る文学官僚の行政だからである。これらの条件を受入れて生きるのは大した変身だが、そんな生れ変りがうまくゆくはずはないし、おそらく彼（主人公）の長篇小説ないし短篇小説集は一冊も刊行されず、せいぜいタイプ原稿でまはし読みされるだけだらう。何しろソヴィエト・ロシアでは、個人が謄写版を持つことは禁じられてゐたといふから、まともな小説家が読者を得るためにはカーボン用紙を何枚も重ねてタイプを打つしかないのである。

もちろんこの主人公が体制的な生れつきで、スターリンの政府に対して平気で忠誠を誓へるのなら、別に問題はない。しかしさういふ小説家をナボコフが主人公に仕立てるとはとても思へない。これは容易に納得がゆくことだらう。

この主人公の職業が文学者ではなく、つまり小説家だつたといふのはわたしの記憶違ひで、たとへば化学関係の技術者とか天文学者とかなら、政治と衝突する可能性はさほど多くないかもしれない。だが、さういふ職業の男が、樹の影を見て感銘を受けるといふ自分の固癖にこだはるのは、絶対あり得ないことではないにしても、小説の書き方としては読者に納得させる力が弱く、うまくないやうな気がする。すくなくともナボコフなら、さういふ職業には設定しないのではないか。これは、彼が藝術家小説が好きだつたといふ意味でではなく、もちろんそれもすこしはあるにしても、端的な効果を求める作家だつたといふことから言ふのである。

そこで、小説家であるその主人公がスターリン治下の故国へ帰るのならば、それにふさはしいだけのさまざまの伏線、どうしてもさうするしかないだけの必然性が用意してなければならない。ナボコフはそれを書き添へなかつた。ひよつとすると書いてあつたのかもしれないが、覚えてゐない。自分が忘れつぽいのを棚にあげて理屈をつけるやうだが、何となく変な気がする。

つまりこれはかなり手抜かりのある作品で、ナボコフが果してこんな書き方をするか、疑はしくなる。彼よりも遥かに劣る亡命ロシア人作家の短篇小説がわたしの目に触れたといふのもをかしい。わたしはそれほどの読書家ではないからだ。

そんなあれやこれやから判断して、あの小説家（主人公）の帰郷は、小説といふ論理的な構築に似つかはしくない手つづきの省略、眠りのなかの放恣な幻想にふさはしい飛躍、春の夜か冬の朝かはともかく一場の夢だつたやうに思はれて来る。これに反対するだけの論拠は今のところ見当らない。わたしはそんなふうに考へて、あれはやはり夢だつたと思ふやうになつた。

かうしてナボコフ作の短篇小説が一篇、わたしの世界から消え失せた。もし何なら、世界文学にとつての損失と言つてもいいかもしれない。この事件についてのわたしの推理はかなり着実なやうで、ちよつと異論は立てにくいが、一つだけ、うまくゆきさうな反論の手がある。動機論といふやつで、そんなことにお前がねちこちこだはるのは捨てた腹案が惜しくなつたからだらう、と搦手《からめて》から攻めるのである。これはちよつとした反撃で、わたしを一瞬たぢろがせるに足る。といふのは、まつたく推察の通りで、樹の影の話が心のなかで作り直され、それを書いてみたい気持に近頃なつてゐるからこそ、その構想とナボコフの作品の筋とを引きくらべたくて、本を探したのだつた。自分に都合がいいやうに理屈をつけてゐる、と言はれても仕方がないのである。

そんなわけだから、これから書かうとする短篇小説は、盗作呼ばはりされることはまさかないと思ふけれど、どこかにある誰かの作品と似てゐるふしは多少あるかもしれない。さういふ危険を敢へて冒し、書きはじめようとするのは、終りまで出来た話の筋が心の負担になつて、いささか重苦しい思ひをしてゐるからだ。楽になるためには、書くしかない。わたしはこの荷物を目的地まで持ち運ぶことによつて、自由な身になりたいと願つてゐる。それに、読者の誰かが、問題の翻訳小説とはこれではないかと教へてくれる、といふ淡い期待もないでもない。

2

古屋逸平は明治四十二年、山陰の生れ。地主の家の三男である。長兄は某省の次官まで進み、いくつかの公団の総裁を勤めたが、十年前に物故した。次兄は医者で、二三の大学の教授を歴任したのち、福岡の大病院の院長になり、就任直後に急逝した。他家へ縁づいた妹二人は存命だが、生家はもう残つてゐない。近くの中都市がここまで拡大して、邸跡には、公務員住宅の集落を主な客筋とするスーパー・マーケットが建つてゐる。

この古屋家の三男は東京の大学でフランス文学を学び、映画会社の宣伝部員、新聞記者、私立大学のフランス語教師、政府の外廓団体の編集者などを勤めながら小説と評論を書いた。戦前、多少の文名はあつたものの、文筆だけで暮しを立てるやうになつたのは戦後のことである。世代としてはいはゆる昭和十年代作家に属するわけだが、おのづから肌合が違ふし、戦後派に入れるわけにもゆかない。文壇史的に見れば常に傍流にありながら、独自の作風をもつて知られる老大家として、今日も健在である。「古屋逸平全集」は十五年前に全十三巻の版が、五年前に全二十巻の版が刊行された。

その作風は一言では形容しにくい。ある批評家は、自然主義による文学革命以前の硯友社の筆法をよみがへらせたものと評する。別の批評家は観念的風俗小説といふ概念をしきりに用ゐて、一冊の『古屋逸平論』を書いた。観念的風俗小説といふ概念はサルトルの小説作法を勝手に要約したものらしく、おのづから古屋を実存主義寄りにとらへてゐたが、どうもこれは誤解のやうである。彼の小説はあの陰気な世界観とは縁が薄い。日本文学よりはむしろ中国文学に近いといふのは、長篇小説と短篇小説集とをそれぞれ一冊翻訳した、アメリカ人某氏の酔余の放言である。日本人の評論家某氏はこれを受けて、『水滸伝《すいこでん》』をミセケチにしてゐる『金瓶梅』、『仮名手本忠臣蔵』を行間に隠しインクで書いてある『四谷怪談』と形容したが、これは彼の作品の社会小説的性格をいささか大げさに言つたものか。そして古屋自身はどこかの新聞のインタビューで、東西の十八世紀小説の流儀を学んで小説の大道をゆくと述べてゐた。これが多少の本音を含む韜晦《とうかい》の言であることは念を押すまでもなからう。

長篇小説は十篇ほどある。最も有名なのは、名古屋の割烹旅館の娘が映画女優になり、洋画家と軍人と実業家の妾になり、ヤクザの情婦になり、あられもなくエロチックな歌風で一躍名をなして歌人になり、女流作家になり、万引で捕へられ、交通事故で死に、そしてここからさきが奇妙なのだが、石狩川の鮭の、きらきら透きとほる稚魚（雌）に転生して成長し、海に出てゆくといふ作品で、これは長篇小説といふよりはむしろ長目の中篇小説かもしれない。末尾の転生譚を除けば、いや、それをも含めて、ダニエル・デフォー（殊に『モール・フランダーズ』）や西鶴の『一代女』を連想させるから、東西の十八世紀小説に学んだといふ台詞《せりふ》はそれなりに納得がゆくとも言へる。最近この本は、フェミニズム批評とやらのせいでまた見直されてゐるといふ噂を聞いた。

文藝評論の代表作としては、『秋成か宣長か』といふ本をあげるのがよからう。これは例の論争についてのかなり空想的な叙述で、「冗談でしか言へない真実もある」といふ意味ありげな一文ではじまる。終始、秋成びいきの立場で書いてあるが、そのくせ宣長に対する敬意はむしろ世間一般よりも深いやうである。先年さる若い批評家はこれをボルヘスの作家論と対比して論じた。小説なのか評論なのかわからない書き方だから、さう言ひたくなる気持はうなづけるが、わたしはむしろワイルドのある種の作品に近いと見てゐる。ボルヘスと古屋は、あの世紀末の批評家の流れを汲む兄弟弟子だと考へるのが一番いいかもしれない。

古屋の書庫の隅には三十冊ほどのスクラップ・ブックがあつて、これはスクラップ・ブック本来の機能のほかに、日記や創作ノートをも兼ねる。試みに十年ばかり前のものを開けば、まづマヤのラカンドン族の草いろの服を着た幼女が煙草を喫つてゐる写真。青い煙が髪の前に漂ひ、険しい右眼を覆つてゐる。次が伊東深水の大正十年作の木版画『伊達巻の女』の写真版。白い長襦袢《ながじゆばん》の藝者が髪を直してゐる。房事のあとか。それからアメリカの舞踊団のオフセット・リトグラフのポスター。雑誌から切抜いた色刷り写真。空いろの椅子がさかさに立つてゐて、その上方に、空いろの地に黒い椅子（直立）を描いた、青い額縁入りの絵。次が、環状七号線で大金を拾つた事件の新聞記事数種。同じ事件の週刊誌記事（ホチキスで綴ぢてある）。金銭についてのエピグラフ三章。これは鉛筆がき。それから良寛の詩の引用。それについてのかなり独断的な注釈。ゴシップ。某々の利殖法（このへんは万年筆で）。そしてイギリスの日曜新聞の「なぜ男たちは娼婦と寝るか」といふ長い記事。筆者は女。「これは男が書いた」といふ走り書。そのあとに色つぽい短篇小説のあら筋がボール・ペンで記され、上に大きく×がついてゐる。ボール・ペンの字はもう褪《あ》せて、読みづらいが、赤鉛筆の×だけは鮮明である。中生代の海老の化石の写真。ひげの長いチーズいろの海老がチーズいろの海を敏捷に泳いでゐるやう。葡萄酒のレッテル。その酔ひ心地のかなり長い描写（万年筆で）。中国のしんこ細工屋の写真。路上で。うつむいて作つてゐる茶いろいスキー帽の老人。飾つてあるしんこ細工は、孫悟空、猪八戒、釣りをする呑気な顔の太公望。その釣糸のさきには太公望の足ほども大きい白い魚が垂れてゐる。

ところでこの正月以来、老作家はしきりにスクラップ・ブックを取出してページをくつた。埃のせいで、くしやみが出て困るのに、意に介さないのは、昔たしかに貼つたはずの、フランスの雑誌で見た樹の影の写真（二流詩人の詩が添へてあつた）を探してゐるのである。それは林檎の樹が（違ふかもしれない）村の屋敷の壁（?）に影を投げてゐる白黒のもので、詩を除くやう丁寧に鋏を使つた記憶があるのだが、ひよつとすると切抜いただけで貼るのは忘れたのか、いくら探しても見つからない。それをまた見たいと思つたのは、いま想を練つてゐる長篇小説の脇筋に、姦通事件をあしらふ都合があるからだ。

主人公（ラテン・アメリカ文学専攻の大学教授で、マルクス主義者で、男色者）の従兄弟に商社の社員がゐて（これがなかなか優秀）、彼の友達がカメラマンである。女性雑誌その他に頼まれて外国にゆくことが多い。商社の社員はカメラマンの妻と親しくなつた。もちろんカメラマンは知らないはずで、だからこそ新築した軽井沢（北軽井沢？　中軽井沢？）の別荘へ、会社の研修会のついでに遊びに来ないかと誘はれたと思つてゐた。一泊して帰る午後、商社の社員は素人用のカメラで夫婦を何枚か撮る。カメラマンの妻が男二人をこれも何枚か撮る。カメラマンは彼と自分の妻とを並ばせて、一枚だけ撮つてやると言つた。もちろん素人用のカメラで。まつたくの座興。カメラマンがオランダへ出発した翌々日、二人は都心のホテルの一室にゐる。やがて商社員は、さつきＤＰＥ屋から受取つたばかりでまだ見てゐない写真を袋から出す。浅間山。研修会とその打上げパーティの他愛もないスナップ。カラオケで歌ふ社長。浅間山。夫婦の写真はきれいに撮れてゐる。男二人の写真も愉快さうに笑つて。しかしカメラマンの妻と商社員の写真はなくて、その代り、壁に映つた樹の影だけのものが一枚ある。カメラマンのすぐ後ろに高く立つてゐた白樺の樹の影だ。まるでしみのやうな、煙のやうな影。どうしてこんなことが生じたのか。本職のカメラマンがこんな失敗をするだらうか。樹の影のメッセージは何を告げようとしてゐるのか。ベッドのなかの二人は顔を見合せて……気休めを言ふ。

古屋はまづ、人間が樹の影になるといふ神話的なイメージを得て、それを、人間を写したはずなのに樹の影しか撮れてゐない写真へと、いはば翻訳し、そこからだしぬけに姦通が出て来たせいで、この三人の作中人物が生れたのだつた。かういふ想像力の動き方はたびたび経験してゐることで、別に怪しむに足りない。それなのに、影しか写つてゐない写真にこだはつたのは、ここを探ればまだ何かが出て来さうな予感がしたからだ。老作家は、三人の作中人物といつしよに生きて彼らの人生を長篇小説の本筋とからめながら、他方、自分と樹の影との関係を探らうと努め、さうしてゐるうちに、ふと、雑誌から切抜いた写真を思ひ出したのである。

しかしそれはどうしても見つからない。そして、肉眼では見ることができないといふ条件がかへつて心のなかのイメージを鮮明にしたらしく、幻の林檎（？）の樹の影をしきりになつかしんでゐるうちに、自分はもともと樹の影が好きだつたと思ふやうになつた。たとへば十五年ほど前、バンコクで。

それは新聞社に頼まれてフランスと北欧にゆく仕事で、途中なぜタイに寄つたのかは思ひ出せない。案内役の記者がバンコク支局に用があるので、こちらもまだ見たことのない国だから同行したのだつたか。香港から飛んだ最初の夜、支局長の招待で夕食を食べ、それから二次会。ここでかなり酔つたらしい。二階の酒場から降りて蒸し暑い路上に立ち、街燈の光を受けて並木の影が灰いろの塀に映つてゐるのを見てゐるうちに、京都にゐると錯覚した。そして、数年前に親しかつた女（まだ四十前のはずだ）に電話をかける気になり、赤電話はどこにあると記者に訊ねたところ、怪訝《けげん》な顔をした記者は一瞬のち、ここはバンコクですよ、タイです、と笑ひながらたしなめたのだつた。古屋も大笑ひした。実際よく似てるんですよ、日本の盛り場に、と支局長がいたはつてくれた。五十代の末の小説家は柳のやうな樹とその葉とを、それよりもむしろ影のにじみ具合を、じつと見まもつた。光源である街燈の位置がよく、あるかないかの風が吹くたびに、葉の影は波のやうに寄せたり返したりする。ちりめん皺のやうにふるへつづける部分もある。やがて促されて彼はまだらな闇のなかを歩き出した。妙に未練がましい気持で。あれは京都を、あるいは京都の女を、なつかしんでゐると思つたけれど、さうではなく、単に樹の影をもつと見てゐたかつたのかもしれない。

それからあの寸劇騒ぎのとき。ここで老作家はとつぜん、タイよりもインドよりももつと遠くを見るやうな目つきになつた。

昭和二十年八月下旬、彼は三十代半ばの老上等兵として宮崎県のはづれにゐて、連隊本部要員だつた。この年の正月、召集されたので、すこしは同情してくれたらしく、郵便物の検閲と連隊長の私信の代筆が主な仕事である。戦争に敗けてもすぐには復員にならないので、兵隊を退屈させないため演藝会をすることになり、連隊本部からも一つ出すことに決つた。ちようど本職の役者が二人とこれも本職の踊りの師匠がゐるので、それにはめて台本を書けと命じられ、変なものを書いた。

博徒の親分（新劇の役者）が妾（踊りの師匠）と子分（道頓堀の軽演劇の役者）を連れて旅に出るが、親分が横暴なのに愛想を尽かして子分が盃を返す。出てゆかうとする子分を妾が呼びとめて、それならあたしも連れて行つておくれ、この男はもともと大嫌ひだつたが、余儀ないわけがあつて身を任せたのだから、と言ふ。子分は喜んで、まへまへから慕つてゐたと打明け、二人はイチヤイチヤする。かなり際どい。子分が、これからは堅気に戻り、竹の柱に茅《かや》の屋根で苦労しようと言ふと、妾はキツとなつて、勘ちがひされちや困る、あたしにはそんな気は毛頭ない、太く短く生きると宣言して、一人で飛び出してゆく。残された男二人は茫然として、

「そんなのあるかい」

といふ寸劇で、芝居はともかく、女形があでやかで大好評だつたが（衣裳は彼らの宿舎である村長の家から借りた。白粉はどうしたのだつたらう）、その夜、特配の酒がはいると、親分役をやつた新劇の役者が荒れた。

はじめは役不足を遠まはしに愚痴つてゐたのに、追ひ追ひと台本の批判になつて、とうとう、あの台本は「上御一人《かみごいちにん》」を愚弄するものだ、つまりあの旅に出てゐる博徒は天皇で、子分と妾は国民だ、と言ひ出したため、軽演劇の役者、踊りの師匠、衣裳と小道具の係の会社員、新聞紙で鬘《かつら》を作つた小学校の教員がしきりになだめ、村長の家の隣りにある小さな社の境内へ連れ出した。古屋も仄かな月明りを頼りについて行つて、ひよつとするとこれは踊りの師匠をめぐる恋（男色）の鞘当てかもしれないと疑ひかけたとき、光の束を投げるやうにして懐中電燈を振りながら週番将校が巡回して来た。兵器はもう渡してしまつたので、丸腰である。みんながてんでに敬礼をした。答礼した将校が明りを彼らのほうに向け、遅くまで何をしてゐるの

かと訊ねた。これが天皇崇拝に凝り固つてゐる精神家の将校なので、古屋は咄嗟《とつさ》に、この男の加勢で台本批判がいつそう激しくなるのではないかと案じたが、会社員がのんびりした声で、今日の演藝会の反省をやつてゐるのだと答へると、精神家は寸劇の出来ばえを絶讃して、思ひ出し笑ひをし、いかがはしい冗談を言つてから、早く寝ろと言ひ残して去つた。その後ろ姿は、左右に懐中電燈を向けて、暑苦しくて平穏な闇をもつともらしく検分しながら、ゆつくりと遠ざかつてゆく。そのとき一瞬、棕櫚《しゆろ》の樹の影が土藏の白壁に鮮明に映つた。村長の家に分宿して以来、古屋はこの埃まみれの棕櫚の樹が嫌ひで、全体のむさくるしい印象、長い柄のついた葉のひろがり方、ぼろのやうにめくれた大きな皮をほとんど憎んでゐた。誰にも言はなかつたけれど、朝夕これを目にしては厭な樹だなあと思つてゐた。ほかのところで見かける棕櫚にはわりあひ無関心だつたのに。だが、不思議なことに、このとき見た同じ樹の影にはひどく魅惑されたのである。様子がよくて端正だつた。この記憶は間違ひではないと思ふ。といふのは、たぶん昭和三十年ごろ、この新劇俳優が左翼劇団の幹部になつてゐるのを新聞の演藝欄で知つたとき、古屋は軽く舌打ちしてから、例のスクラップ・ブックに十年前の八月の夜の一部始終を書きつけたのだが、今度、見つけて読んでみると、その末尾に二行、「棕櫚。影。まつたく違ふ感じなのに驚いた。まるで、衣裳の好みの悪かつた女がある日とつぜん水際立つたなりで現れたやう」とあるからだ。

それから、あのとき。

戦後まもなく、雑誌がたくさん出て短篇小説の注文が多く、それでゐて生活が苦しかつたころ、故あつて妻と別れた。当時としてはまことに運がよく、知人の家の二階にある洋間を借りることができて、夏の日の午後、学生の引越しのやうに身のまはりのものだけ持つて家移りした。本は十冊もなかつたやうな気がする。窓は開けはなしたまま、その家のものである古い鉄のベッドに横になつて、真中がへこんでゐるのを、まるでハンモックのやうだな、今度ハンモックで寝るところを書くのに参考になるなどと思つてゐるうちに眠つてしまつた。目が覚めると夕暮で、正面やや上に灰いろの竹の意匠があつて、垂直に伸びたあげく急に斜めに折れ、さきがふるへてゐる。壁と天井の白い漆喰《しつくひ》に影が映つてゐるのだとわかるまで、すこし時間がかかつた。身を起して頭だけ振向くと、街燈が植込みの竹に当つてゐる。その淡い影絵を、長い手紙を読むやうにして三十分ばかり眺めてゐるうちに、さやさやと鳴る音が耳について来て、どうもこれは抒情的でよくないな、と反省し、遅い晩飯を食べに駅前にゆくことにしたのだが、この抒情的といふのは、感傷的と言ひ直せばわかりやすいかもしれない。

しかし老作家は、迂闊なことに、どうして自分にこんな性癖それとも嗜好が生じたのかとまでは考へずに日を過した。当然かもしれない。一体に人間は自分の属性を自明のことと見なしがちだし、たとへ意識しても、その根拠を探らうなどとはなかなか思はないものだ。小説家だつて例外ではないやうである。

だが、初夏のある日、夕暮近いころ、古屋は住ひの近くを散歩してゐて、普段とは違ふ方角に足を運び、陸橋のそばにある小ぶりなマンションの前に立つた。道路からほんのすこし申しわけのやうに引込んで建物がある。そして道と建物とのあひだの、帯のやうに細い地面にひよろひよろした楡《にれ》の樹が植ゑてある。そのうちの一本が夕日を受けて、窓と窓とのあひだの狭い無地の面積に影を投げてゐるのをあはれ深く思ひ、古屋は飽かずに眺めてゐた。

ステッキに両手をかけ、こころもち体重をあづけて見入つてゐるとき、視野の隅に少女の顔があつて、その顔がだしぬけに驚きの表情を浮べた。その途端、彼は、自分がいま、

「樹の影、樹の影、樹の影」

と独言《ひとりごと》を言つたことに気がついたのである。ブラウスにジーパンの通りすがりの少女は、おそらく彼を狂人だと取つたのだらう、怯えてゐた。

無表情を装つて歩き出した老作家はゆつくりと苦笑ひし、やがて、自分はこれまで樹の影に感銘を受けるたびに同じ台詞をつぶやいてゐたのではないかと反省した。この疑惑は筋が通つてゐると感じられたし、さうでないといふ証拠はどこにもない。散歩のとき、タクシーのなかで、十五年前バンコクの盛り場でも、あの離婚の直後の天井に映つてゐる影のときも、昭和二十年八月の棕櫚の影のときも、まさか今ほどはつきりではないにしても、低く、同じやうな反応を示したことは充分あり得ると考へ、いや、その前にも、「樹の影、樹の影、樹の影」と三度くりかへすことをしよつちゆうしてゐたのかもしれない、さうしながら気がつかなかつたのかもしれないと思つた。自分が意識してゐない自分の過去を思ひやることは、作中人物の人生につきあふのによく似てゐて、彼をおもしろがらせた。

小説家は気ままに歩きつづけながら、そして家に戻つてからも、ごくありふれた樹の影にこれほど魅惑されるのはなぜなのかと考へてみたが、納得のゆく答は得られない。生家のあたり

は三本杉と呼ばれ、事実、丘の上に老杉が三本ならんでゐたけれど、その影をうまく映す壁は近くになく、影は虚しく地に這つてゐた。畑や沼や小屋や稲荷神社の赤い鳥居の上にながながと。それを勉強部屋から見おろして、何か寂しい思ひがしたことは忘れられないが、その少年時代を通じての寂しさのせいで影を直立させることを夢みたとはどうも言ひにくいやうな気がする。うんと小さいころ、下の兄が幻燈に夢中だつた記憶はあるけれど、写すのはいつも花や蝶で、樹の影などなかつたやうだ。季節に応じて座敷の軸を掛け替へる家だつたが、文人画が主だつたから、さういふ図柄の絵などあらうはずはない。骨董屋《こつとうや》が持つて来る新画にもなかつた。東京に出てから見た展覧会や画集でも、そんな絵を見て感動した思ひ出はない。それから、映画の場面でも、小説にも。

日が経つにつれて関心の向きが変つた。自分の小説のなかで作中人物が樹の影に感銘を受けるとき、声に出してはもちろん心のなかでもかうつぶやきはしないことに興味を感じたのである。この場合、在来さほど気にかけてゐなかつた癖である以上、それを自分が作中人物に賦与しなかつたのは当然、とは考へなかつた。作者と作中人物の関係について、古屋は普通とは違ふ見方をしてゐるので、作中人物はしばしば、作者の意識に支配されず自在に行動し、語り、思索し、そして彼らの生き方によつて作者の心の奥をあばくといふのが、彼が若年のころに発見し、長い経験ののちいよいよ強固なものになつた小説論なのである。すなはち作中人物の人生は作者の見る夢であつて、夢ではありながら脈絡が必要なのは当然のことだが、それを解読することは読者にゆだねられてゐる。さう考へてゐる古屋は、小説を書きつづける都合からも、自分の過去を意識化したり、それについて図式を作つたりしないやうに努めてゐた。

作中人物にこの性癖がないといふのは、例の、人妻と関係してゐる商社員もどうやらさうなりさうだが、それだけではない。思ひ当るものはほかに二つあつて、第一は、刑務所から出て来たばかりの、まだ髪も伸びないチンピラである。これは『古事記』専攻の国文学者が主人公である長篇小説『海流瓶』（昭和三十年代の作）の脇役で、国文学者の腹ちがひの末弟。

この二十代前半の男は、中央線の沿線で母と暮してゐる。兄二人は結婚して、別の家に住んでゐる。刑務所で貯めた金は、出て来たその日のうちに費つてしまつたし、母はまとまつた金を渡さない。盗まれないやうに用心してゐるのはもちろんである。彼はこの数日、何度も並べたことのある棋譜を相手に将棋を指すことと、貸本屋の探偵小説を読むことと、それから昼寝ばかりしてゐた。当然、夜は目が冴える。

その夜、二階の部屋で夜ふかししてゐると、すぐ下の狭い庭を隔てた道で、人声の近づくのが聞えた。反射的に明りを消して細目に窓をあけたのは、それが男女の二人連れで、しかも女の声の甘さが並みの媚び方ではないと感じたからである。

直感は当つてゐて、彼の真下まで来ると男が声をひそめて何か言ひ、女は向いの家の板塀に低く両手を突いた。男がズボンをおろし、事がはじまつた。街燈が遠くに一つ、門燈が近くに一つある薄闇のなかなので、よく見えなくてじれつたいが、音の刺戟はかへつて強い。瞳をこらし、耳を澄ませて、おもしろがつてゐるうちに、かういふ二人を狙へば男はきつと金を出すし、うまくゆけば女をものにできるといふ、刑務所での耳学問を思ひ出した。まるで、霊感がひらめいたやうな感じ。

母親を目覚めさせないやう、足音を忍ばせて階下へ降り、台所の包丁を手にして裏口から出た。裏手をまはつて、遠い路地から出て行つたのは、ゆきずりの者と思はせようとしてである。

男はちようど終つて、身を離したところだつた。予想してゐたよりずつと大男で、肩幅が広い。チンピラは自分を励まし、背後から声をかけた。しかし、刑務所で聞いた経験談ないし法螺《ほら》話のやうにはうまく運ばない。

まづ女が途轍《とてつ》もない悲鳴をあげて逃げ去つた。次に、男が彼を睨みつけ、身構へ、手にしてゐた何か白いものをふはりと投げつけた。臭気が鼻を打つて、チンピラはよろめいた。あとで拾つてみると越中ふんどしだつたのだが、そのときはただ、白くて臭い目つぶしである。大男が一歩、踏み出した。チンピラは逃げた。

地理に明るいので、右に曲り、左に折れ、包丁をどこかの垣根越しに捨て、懸命に駆けてゆくのだが、どうやら追ふ男も道をよく知つてゐるらしく、それに脚が速い。こちらとしては暗いほうへ暗いほうへと逃げるつもりだつたのに、街燈が明るくともる坂へ出てしまつた。すぐ後ろで男が喚く。もう逃れやうがない。諦めかけたとき、とつぜんあたり一面が闇になつた。停電である。端へ身を寄せると、男は荒い息をしながら坂を駆け降りてゆく。チンピラはどこかの邸の植込みのなかに坐りこみ、息を整へ、あれはきつとヤクザだらう、ああ、またしても馬鹿なことをしでかした、家《うち》の前であんな悪さをするなんて、母親に知れたらどんなに叱られることか、と悔んだ。

悔むのに飽きると、今後の身の振り方を考へ、明日からまともな仕事を探さう、そりの合はない長兄や次兄に頼むのは癪にさはるが仕方がない、実直に働いて僅かな金を稼がうと自分に言ひ聞かせた。自分で自分に諭すのは、これまで何度もしてゐるからむづかしくない。ちようど決心がついたとき、不意に明りがともつた。正面に白いペンキ塗りの洋館がある。街燈の光を受けて、銀杏の樹の影が白い建物に映つてゐる。闇のなかに浮び出たその眺めはまことに優雅で、しやれのめしてゐる。彼は樹の影にうつとりと見とれ、ああ世の中にはかういふきれいなものもあるのだなあと感心し、とつぜん、どこかの組にはいつてヤクザになるしかない、と思つた。まるで霊感がひらめいたやう。

そしてもう一つは大物政治家の最晩年のある日。これは長篇小説『蝶を打つ』の登場人物である。

彼は何度も閣僚になつた代議士で、派閥の領袖だが、政権を取る見込みはほとんどない。妻が財閥の娘で監視がきびしいため品行方正だといふ噂が高いけれど、六十代の半ばに若い女と関係し、すぐに家を買ひ与へた。女の恋人は歌舞伎役者で、これも重要登場人物なのだが、それはともかく、この老政治家は女との連絡をすべて腹心の秘書にゆだねてゐた。ところが秘書が死ぬ。その直後、政治家も病気で倒れる。二ヵ月後、退院した彼は、女に金を届けようとして、家族と看護婦の眼を盗み、一人で邸を出る。梅雨晴れの午後である。

車を拾はうとして歩いてゐる途中、彼は近くの庭で紫陽花《あぢさゐ》を見かけ、ここが女の住ひだと錯覚する。女の家では、前の住人の好みで、紫陽花をたくさん植ゑてあるのだ。よろめきながら歩くうちに、錯覚がもう一つ重なつて、咲きこぼれる白い紫陽花を女であるやうに感じ、近づいてゆき、うつぶせに、根元に倒れる。

　家のなかにゐる女を呼ばうとしたが、どうしても名前を思ひ出せない。このとき職業的な本能が働く。選挙区で面前にゐる人の名を忘れたときに使ふ要領で（アア、アイ、アウ、アエ、アオ、アカ、アキとつづけてゆき、あ、秋山だつたと思ひ出す方法）、努力してみるが、うまくゆかない。そのまま気を失ひ、一二時間後、我に返る。顔をあげて鉄柵の外を見ると、道路の向うの邸は改築の工事中で、汚れた白い布をつないで高く張りめぐらし、それに樹の影が映つてゐる。白い布が風を孕んでふくらんだり、凹《へこ》んだりするのに映る、二本の樹の影。右は濃く、左は薄い。ここで第三の錯覚。自分はいま野外で映画を見てゐると思ふ。

3

　この十年ばかり講演はしてゐない古屋なのに、郷里の町の、市制《し》が布かれて何十周年とかを記念する講演会を引受けたのは、中学の同級生だつた市長に頼まれたからである。別に親しい仲ではないが、人柄には好意をいだいてゐたし、それに、これまでずつと遠慮して声をかけないでゐたけれど自分も今期で引退するからと言はれると、断りにくかつた。

　承諾したのは夏の終りで、講演会は十月の末だから、ずいぶんさきのことだが、あたためてゐた主題があつたので、すぐに草稿づくりにとりかかる。といつても、文藝雑誌の新年号に頼まれてゐる評論を早目に書くにすぎない。それを前に置いて講演をしてから、雑誌に原稿を渡すつもりなのである。内容は一般向きでなくなるわけだが、意に介さなかつた。題はまだ決つてゐないけれどかなり書き進んでゐる長篇小説のほうは、しばらく休むことにした。

しかしここには、評論を書く前に走り書きしたメモのほうをかかげる。ところどころ話ことばになつてゐるのは、講演のことが頭にちらついてゐたせいだらう。

フランスの某女流批評家が小説の起原について論じてゐる。子供が、自分は両親の実の子ぢやないのぢやないかと疑ふ。それが起原だといふのである。フロイト。

子供はなぜこんな妄想をいだくか。子供はごく小さいとき、自分が家族といふ楽園のなかにあつて、その中心で庇護されてゐると感じるが、やがて成長するにつれて、家族、殊に両親の、自分に対する関心と愛情が薄れたと思ふ。

その結果、自分には別に本当の両親がゐて、いま自分がいつしよに暮してゐる両親は、拾つて育てただけなのだといふ空想に耽ることになる。あるいは、すくなくとも、両親の一方は実の親ではないといふ空想。ここから、捨子譚や継子譚が生れる。

この種の、不幸な子供の物語は、好んで作られ、喜んで迎へられた。作者の側も、読者の側も、幼少時の夢想のなかでひそかに親しんでゐた物語の型、あるいはそのヴァリエイションなので、心の用意はすつかり出来てゐて、作りやすく、受入れやすいのである。そこで、オイディプス王（捨子）の流浪と即位と流浪の生涯、シンデレラ（継子）の不幸な生活と舞踏会での成功が語り伝へられる。その他、伝説や童話にこの型が多いことは、言ふまでもない。

この種の物語の底の底には、凡庸な親、下劣な環境を嫌つて、自分を聖化したいといふ無意識の願望がある。つまり王の落胤《らくいん》としての自己といふ夢。高貴な存在である自分が運命によつて不当に侮辱されてゐるといふ妄想。そしてその屈辱と迫害は、この子供の存在自体をいよいよ聖化するのである。

古屋いはく。これはなかなかいい切り口。といふのは、ここからはじめれば、小説といふ奇妙な（奇怪な？）藝術にいつもつきまとふ、何かいかがはしい、胡散《うさん》くさい性格、病的なものがわかりやすくなるからだ。

普通、小説は、作り話にすぎないと軽蔑されたり、あるいはまた、打明け話だと邪推されたりする。これは小説家たちにとつてずいぶん煩《わづら》はしいことだつた。そこで十九世紀の半ばから後半にかけて、小説家たちは度胸を決め、二手に分れて居直ることにした。一方はⒶ尻をまくつて大衆小説の専門家になり、もう一方はⒷ凄みをきかせて自伝小説を書くことにする。

フランス。

Ⓐデュマ『モンテ・クリスト伯』、スュー『パリの秘密』Ⓑミュッセ『世紀児の告白』、サンド『彼女と彼』

イギリス。

Ⓐドイル『シャーロック・ホームズの冒険』、ハガード『ソロモン王の宝窟』Ⓑギッシング『ニュー・グラッブ・ストリート』、ゴス『父と子』

北欧。

Ⓐシェンキェヴィッチ『クォ・ヴァディス』Ⓑストリンドベリー『痴人の告白』

この自伝小説の度合が昂じたのがわが私小説。もちろんヨーロッパの場合、大衆小説でも一応の秩序と論理性、自伝小説でも一通りの客観性がなければいけないけれど。しかしこの二派に分れての居直りないし開き直りのせいで、Ⓒ大衆小説でも自伝小説でもないもの、の作者たちは、いよいよそのどちらかと疑はれて、ひどく迷惑することになる。だが、彼らが迷惑したのはそれなりに筋が通つてゐた。もともと疑はれても仕方がない、ある程度やむを得ないやうなものを書いてゐたからである。なぜなら、小説は本質的に、放恣な夢でありしかも同時に（ここが大事）魂の告白だからである。つまりⒸはもちろん、ⒶやⒷも、放恣な夢であり魂の告白であるといふ二面性を持つてゐる。それはいはば、夢遊病者の夜の散歩のやうなもの。

といふのはわたしの要約ですが、さういふ小説の本質を、この女流批評家の視点はなかなかうまくとらへてゐる。才能あり。

ここからフランスの女流批評家は、『ロビンソン・クルーソー』と『ドン・キホーテ』に話を移すのですが、しかしわたしが思ひ浮べるのは、戦前、近代日本文学を代表する名作、小説のなかの小説と考へられてゐた、某作家の長篇小説である。わたしはどうもあの本は性《しよう》に合はなくて困つてゐたのですが、このフランス人の説を参照して考へると、あの長篇小説がなぜあんなに迎へられたか、かなりよくわかる気がする。

あの作品の主人公は、自分が母と祖父との関係によつて生れたことを知り、悩むのだつた。そして某作家が少年期に（?）、一夜、これはまつたく一夜だけだつたと強調してありますが、自分自身の出生について同じやうな空想に耽つたことは、回想のなかに記されてゐる。しかも彼は、父を嫌ひ、祖父を尊敬してゐた。つまりこの状況は女流評論家の説とピタリと合ふんです。

もう一つ思ひ出す例があります。

それは、近代における最も偉大な国文学者＝民俗学者が、少年時代、自分の母は実の母ではないといふ想念にとり憑かれて悩んだ、あるいはさう信じたがつた、といふことである。すなはち、女王ないし王妃の子としての自己。あの学者は男色者だつたから、母のほうを疑つたのか。よくわからない。

明治後期に青春を過した二人の文学者が、同種の夢想にとり憑かれたことは、すこぶる興味深い。この二例（しかも両方とも大物）から推して、自分をさういふ不幸な、そして不幸であるゆゑかへつて栄光にみちてゐる人間だと感じた子供は、当時の日本にかなり多かつたと考へられる。これは案外、あの時代の精神史を解く鍵になるかもしれない。

西洋文化が急激に到来し、江戸時代の名残りが見る見るうちに薄れてゆく状況のなかでの敏感な魂。そこで彼らは自分の根拠を求めようとしたのだらう。小説家の場合は祖父の体現してゐる武士的なもの。国文学者＝民俗学者の場合は……水の女？　ここのところはどうもわかりにくい。

普通、あの作家は私小説の作家として認められてゐるし、私小説は、近代的な自我に執着する、個人主義的な、近代的性格のものとされてゐる。しかしあの長篇小説は果してさうなのか。あの作品で大事なのは、むしろ、古代的＝呪術的な要素のほうではないか。戦前の日本では（そして今でも）さういふ要素は大いにはびこつてゐたし、それを近代日本人はなるべく見ないようにしようと努めながら、しかもそれによつてあやつられてゐた。あの長篇小説は、近代と前近代との折衷がうまく行つてゐて、それが当時の人々のそんな意識形態に合つてゐたのではないか。それを彼らは、単純に近代的だと考へた。誤解。たとへば虚子の俳句。茂吉の短歌。どちらも近代と前近代との折衷、しかもさうと気づかせずに。あるいはまた六代目菊五郎の歌舞伎。人々はそのリアリズムだけに注目した。しかしあれは江戸歌舞伎の呪術性を西洋渡りの演劇性によつて浅く覆つたものであつた。

さう思つて見直すと、あの長篇小説では古代的な要素をあれこれと指摘することができる。冒頭（？）にある出生への疑惑はもちろんですが、真中の、女の乳房を握つての豊饒信仰。「豊年だ、豊年だ。」末尾の山岳信仰。これはわたしが幼いころ毎日、見てゐた山でありますｰ。あの主人公は山の霊性によつて救はれるのらしい。

さらにあの主人公は、子供のころ、自分の家の屋根に登りますね。あれは子供ごころながらの、山岳信仰の代償ではないでせうか。そして結末の伏線になつてゐる。例のフランスの女流批評家も、カフカとクローデルの作品のなかの、子供が林檎の樹に登つて眺望をほしいままにしてゐる情景を引いて

古屋のメモがここまで進んだとき、速達の厚い書状が届いた。差出人は郷里の、生家からかなり離れた村に住む人で、女名前だが、思ひ当る筋はない。和紙の封筒に巻紙で、崩し字に誤りなく、墨も選んである。

「螢の光ともしく芦間に見えましたのも昨日のことと思ひますのに残る暑さもいつしか消えて秋風の身にしむ朝夕となりました」といふ古風な前文《まへぶみ》にはじまり、面識もないのに唐突に驚かす非礼を詫び、自己紹介をしてゐるが、それによると、県で一二を争ふ舟木といふ豪家の当主の、叔母に当る人だつた。甥夫婦は芦屋ずまひで、どうやらかなりの年配らしいこの人が留守を托されてゐる様子である。（もちろん番頭がゐるのだらう。）

彼女は若いころから文学好きで、短歌を詠んでゐるし、二十代のころには小説を書いたこともある。大阪の新聞社の懸賞小説で二等になり、選者某氏を訪ねたりもしたが、事あつて以後うとうとしくなり、文壇に登場する機会を逸した。（どうやら口説かれて断つたといふほのめかしらしい。この選者はいつたい誰だらうと古屋は考へたものの、もちろん見当もつかない。）古屋の作品は「あなた様は御存じないことでございますにせよこちらとしましてはえにしを深く感じてゐることでもあり」（つまり同郷といふことだらうと古屋は読んだ）、まへまへ

から愛読してゐる。とりわけ好きなのは例の女流歌人が鮭に転生する長篇小説だが、ほかにも気に入つてゐる本は多いし、評論類も何しろ学識のない身でございますゆゑよく呑込めないところもあるけれど欠かさず手に取つた。随筆はもちろんのこと。一度お話を伺ひたいとかねがね念じてゐたにもかかはらず、つひにその機会もなく打過ぎた。

ところで当地の新聞によれば、十月の末に御講演にお見えになるとやら。いかなる御縁と宿《すく》世《せ》あやしくさへ思はれる。願つてもない折りゆゑ何とぞお目にかからせていただきたい。本来ならばこちらから出向いて拝聴したのちに御挨拶申上げるべきところ、米寿も祝ひだけは今年すませ足の運びも不自由な身なのでさうもゆかないし、それにこの家にはぜひとも御覧に入れたきものもございますので、お車を差向けますゆゑお越し願へないだらうか。「さもなき御もてなしにて恥しうございますが粗酒一つ参らせたく失礼をかへりみずお誘ひ申上げます。御立出かなひましたならば嬉しさいかばかりのことでございませう。最近は科学の進歩ありがたく補聴機も精巧なるものが出来ましたゆゑお声を高く張つていただくことは要しないはずでございます。思召《おぼしめし》のほど承りたく存じます。なほまことにぶしつけな言ひ分ではございますがいささか事情ありますればこのことにつきましては何とぞ御内聞に願ひたく、この段よろしくお含み置き下さいませ」（古屋はここで、何を言つてるのかと舌打ちした）といふ文面である。

老作家は葉書に万年筆で、折角のお招きではあるが今度の旅行は短い滞在ゆゑまことに残念ながら御辞退申上げるしかないと記した。もちろん速達にする。商売柄、妙な手紙が舞込むのには慣れてゐるけれど、これはいささか度を越してゐるし、慇懃《いんぎん》な言葉づかひがいよいよ気色が悪い。自分の郷里の人は慎しみ深いと思つてゐたのは身びいきだつたかもしれないなどと反省してゐるところへ、法科出身の友人から電話がかかつて来た。某大学の名誉教授で、暇を持てあましてゐる身なため、長電話のあげく、これから碁を打たないかと言ひ出す。古屋は上機嫌で、では晩飯を賭けようと応じ、以前はずいぶん年が開いてゐる感じだつたが今は年恰好がかなり似て来た後妻に、外出の支度を言ひつけた。

翌朝、古屋は寝床のなかで幼少のころをかへりみ、ふと、捨子譚ないし継子譚めいた妄想にふけつたことはつひぞなかつたやうな気がすると思つた。兄が二人、妹が二人ゐたのに、両親のあつかひは公平だつた。といふよりも、父は子供たちとほとんど没交渉だつたし、母は忙しさにまぎれ、五人の子供に対していはば平等に不公平で、その場その場をしのいでゐたにすぎない。それに三男である彼としては、兄二人が大事にされても何しろ優秀な兄たちなのでそれも当然と見なし、妹二人がかはいがられても幼いし女の子たちだからと見すごしたのかもしれないが、とにかく別に気にしなかつたやうに思ふ。彼の目鼻立ちがちやうど半々くらゐの割で両親に似てゐるとよく言はれたせいもあるけれど。

ここで古屋は、ひよつとすると自分は鈍感で、この種の物語を作るには向かない子供だつたのかもしれない、とするとあの女流批評家の小説起原論はどうも自分には不利なことになる意見だ、と苦笑した。帰省したら郷里に縁づいてゐる上の妹に会つて、どう受取つてゐるか訊ねようとも思つたけれど、冗談めいた思ひつきだから、余事にかまけて聞かずじまひになりさうな予感はかなりあつた。

十日ほどのち、別口の見知らぬ女名前の速達が届いたが、住所は前の手紙の差出人と同じである。便箋に万年筆でしたためた便りによれば、あの老女の姪の由。ただし舟木といふ姓ゆゑ未婚なのかもしれぬ。それには、先日は伯母が失礼な手紙を差上げまことに申しわけなくお詫び申上げます、からはじまつて、実はあらかじめ下書を見せられたのだが、何しろ伯母が胸一つにしまひこんでゐることなので、よくわからぬ趣旨のお願ひ事だし、文章も字もところどころわかりにくいため、ついこれでいいでせうと言つてしまつた、不行届の責任はすべて自分にある、思ひ返してみますればまことにぶしつけな文面で思はず顔が赤くなる始末、お腹立ちはごもつともでございますが云々、ところで伯母は遠慮深いたちなのにお手紙を差上げた結果がああいふことになり、一つには落胆のため、今一つには無礼を悟つて恥入り、つひに病の床に伏してしまつた、医師は単なる心労と言つてゐるが食も細り今後が案じられる、看取《みと》つてゐる自分としては不憫でならず云々、ついてはまことにづうづうしいお願ひで恐縮ではございますが何とぞ御翻意下さつてお立寄りいただけないだらうか、吉報に接すればたちまち元気になると思ふ、「何しろ伯母としては日頃敬愛する先生にお目にかけたいとかねがね念じておりましたゆえ千載一遇のチャンスをのがしたくないと思い詰めております様子、窮状をお察し下されたくおすがりする次第でございます、なおこれは伯母には内緒でしたためました」とある。

老作家は、これではまるで脅迫ではないか、文学好きの婆さんが一人や二人、病気になつたつて知つたことかと心のなかでつぶやき、しかし葉書に一筆、もちろんその老女あてに、「講演終了の時刻に自動車をお願ひ致します。三十分だけお茶だけで失礼する予定です、右とりあへず用件のみ」とマジック・インキで書きつけた。夜おそくの訪問が向うの体にこたへるのは承知してゐるけれど、これは半ばは旅程の都合上やむを得ないことだつたし（翌日の夜、神戸に用があつた）、残る半分はもちろん意地悪、といふよりも、これなら早く退散できるといふ心づもりである。とにかく彼が、その老女よりは姪のほうに好感をいだいたのはたしかで、妻が、若い人には打つて変つて優しいこと、とからかつたのは、多少は的を射てゐるかもしれない。

不思議なのは、老女がどうしてこれほど会ひたがつてゐるのか、古屋が深く考へなかつたことである。手紙にはところどころ妙に思はせぶりなふしがあるのに読みすごした。ちらりと感じてもそれ以上はこだはらなかつた。あるいは、文学愛好者の面談癖と受取つて、それですませた。これは、ある程度、名の売れた小説家なら、この種の申し込みに慣れてゐるといふ事情もあるにしても、長篇小説の作りがおほよそ見えて来て、夢中になつてゐたせいが大きいだらう。その証拠と言つては何だが、普段の詮索好きとは違つて、山陰の舟木家が今どうなつてゐるか、留守宅をあづかる女二人はどういふ立場の者かといふことを調べようともしなかつた。妹夫婦に問合せないのは内聞にしてくれと頼まれたせいかもしれないが（しかしそれも忘れてゐた）、新聞社に手をまはさうともしない。

やがて老女から姪の代筆した返事が来る。別に姪からの礼状が来る。それによれば、伯母は翌日から元気になつて、この分なら二三日で床上げすることになりさうだといふ。それを読んでも、古屋はほかの遊星の出来事のやうに見なした。事実、そのころ彼が生きてゐた世界は、例の商社の社員とカメラマンとその妻との物語が脇筋で、ラテン・アメリカ文学専攻の大学教授が主人公、その兄の結婚詐欺常習者が副主人公である長篇小説のなかだつた。この作品は、某綜合雑誌の新年号から連載されることになつてゐる。

十月の末になつた。飛行機嫌ひの妻は山陰へは同行しない。講演の前夜、市長の歓迎会があつて、それが終ると老作家は、同じ料理屋での、中学の同級生十人ばかりの集りに顔を出す。翌日の午後、妹といつしよに墓参する。夕食は早目に妹夫婦の家で食べたが、捨子譚ないし継子譚めいた空想に耽つたことがあるかといふ問を発するのは、予感どほりきれいに忘れ、しかし舟木家にゆくことは口にしなかつた。夜は講演である。

終つて控室に引上げると、迎への車が来てゐると告げられる。係の者が恭しく謝礼を差出す。新聞記者がはいつて来て何か質問する。一服してから老作家は車に乗つた。運転手は一時間半ばかりの道のりだと言ふ。どうやら言ひ含められてゐるらしく、鞠躬《きくきゆうじよ》如たる態度で、ラジオも鳴らさない。暖房の加減もよく、古屋はすこしうとうとした。

一面の闇のなかに明りが一つぽつりとあつて、それへ向つてまつすぐに進む。灯の前に車が着くと運転手がクラクションを鳴らし、闇の奥から三人の女が小走りに出て来て、車の横に並んだ。車から降りた古屋に、中年の和服の女が長い挨拶をした。これが老女の姪で、あとの二人は使用人らしい。ステッキを手にした古屋は小川にかけた橋を渡り、大きな門の下に立ち、それから石だたみの上をゆつくりと進んだ。ところどころ電燈はともつてゐるが一体に仄暗いため、女が懐中電燈で足もとを照してくれる。

玄関は立派な構へなのに、人手が足りないのか手入れがゆきとどいてゐないし、古びた趣と螢光燈その他の新しい設備とが調和を欠いてゐる。黒に近いくらゐ濃い緑の紬《つむぎ》に紫の帯の女は、三十代の後半と見た。色白で丈《せい》が高く、今風の顔立ちである。座敷は広すぎて寒いので茶の間のほうに、と案内されたが、茶の間までの廊下もずいぶん長い。

招じ入れられたのは天井の高い二十畳近い部屋で、テーブルは置いてない。空席である主の席のすこし横と覚しいあたりに、着ぶくれた老女が両脚を揃へて前方に投げ出し、座椅子によりかかつてゐる。天井も、太い柱も、障子の桟《さん》も黒びてゐて、それが障子紙の白さときつい対照をなしてゐる。三台のガス・ストーブが暖めてゐるのに隙間から逃げる熱が多いのだらう、温気《うんき》に蒸れるといふ感じからは程遠い。座椅子の老女がほほゑみかけた。

しかし古屋は、それには軽く会釈《えしやく》しただけで、まづ異様に巨大な、生家のそれの一倍半ほどもある仏壇の前に坐つた。仏壇が開いてあり、燈明の形をした電燈がともつてゐるのは、さうすることをさりげなく促す合図にちがひないと取つたのである。本尊の左右には写真入りの小さな額が十五か二十、ぎつしりと並んでゐて、まるで展覧会のやうだ。老作家は仔細らしく鉦《かね》を鳴らし、恭しく一礼してから席について、挨拶をかはした。

老女は藍の紬に茶いろい丸帯で、顔立ちは整つてゐるが、色黒なせいか妙にたけだけしい印象を与へる。やや黄ばんだ白髪に鼈甲《べつこう》の櫛《くし》を大きく飾り、そのせいで補聴機のほうに注意を向けさせない。足に履いてゐるのは足袋ではなく、青い毛糸のソックスだつた。まづ、脚を投げ出してゐる非礼を詫び、それがやむを得ない理由をながながと語り、仏様を拝んでいただいたことへの礼を言ひ、そしておもむろに、願ひを容れてくれたことに対する謝辞をもつと長く述べた。

老作家は言葉すくなに答へながら、さりげなく室内に視線を投げ、斜め後ろにある衝立《ついたて》は応挙の真作と見た。前方左手の隅には二枚つなぎの古びた銀屛風が立ててある。茶と菓子がすすめられた。菓子は見覚えがあるこの土地のものだつた。茶碗が先代の六兵衛といふのは一目でわかつたけれど、前に置かれた瀟洒《しようしや》な作りの盆が利斎かどうかは自信がない。

しかしこの茶の間全体はさういふ閑雅な風情からずいぶん離れてゐて、たとへば大きなテレビ・セットの上には銀行の名入りの貯金箱がある。カレンダーの絵は印刷の悪い裸婦である。老女の真後ろの柱には「紅葉の山」(山の字に二重丸、他は丸)といふ、あまり手筋のよくない習字が張出してある。古屋は、たとへ主人夫婦が住んでゐてもこれとさほど変らないだらうと思ひ、それから、この習字は控へてゐる中年女の子供にちがひないと推測した。

茶のせいで眠れなくならないかといふ老女の問に、古屋は答へた。

「大丈夫ですよ。さういふ繊細な体質ではありません。いざとなつたらウィスキーを飲みますから」

そこで形《かた》のごとく酒をすすめられたが、その、間《ま》の具合から察すると、声はよく聞き取れるらしい。小説家は辞退した。老女が古屋の作品を愛読した思ひ出をゆるゆると語り出し、彼は照れもせずに聞き入つた。思ひがけないものまで目を通してゐるし、鋭い見方もないではないけれど、その読後感は一体に見当違ひがはなはだしい。ところどころ、他人の作と混同してゐる気配もあつた。

このへんで女流作家になれなかつた怨み、選考委員である某作家の悪口に移るのだらうと思つたとき、老女は、姪に命じて小簞笥《こたんす》から白い角封筒を出させた。姪がその封筒を古屋に渡して引下る。そのなかには古びた写真が一葉はいつてゐた。どうやら本職の撮つたものではないやうである。

明るい縁側で、浴衣を着た、二歳か三歳の男の子が笑つてゐるが、顔はすこしぶれてゐて、はつきりしない。誰か和服の女の膝に乗つてゐて、その女の顔は写つてゐない。厚ぼつたい印画紙を手にしながら、まづ思つたのは、男の子は自分で、女は若いころのこの女で、三本杉の家に訪ねて来たときのものだらうといふことである。しかし写真の女は成人してゐるらしく、老女と自分との十いくつかの隔りとは合はないし、縁側はともかく沓脱《くつぬぎ》の様子が生家と違ふ。それに舟木の一族が遊びに来るほど親しくしてゐたなどとは誰からも聞いたことがない。不審に思つて顔を見ると、

「どうぞお持ち帰り願ひたうございます」

と意味ありげな声で言はれた。

「と言ひますと、これは……?」

「お小さいときのお写真でございます、この邸での」

改めて見入つてゐるうちに、とつぜん奇妙な思ひ出が浮びあがつて来た。彼の家のアルバムには、兄たちおよび妹たちのごく幼いころの写真は貼つてあつたが、彼のものは五六歳以後し

かなかつたといふことである。写真など滅多に撮らない時分のことゆゑかういふこともあり得ると子供ごころにひとり納得して、別に問ひただしもしなかつたけれど、しかしちよつと寂しい気がした。それを、厭な思ひ出なので抑圧し、忘れようと努め、そして忘れることに成功してゐたのだらうか。この調子なら案外ほかにも忘れたことはあるかもしれないと思つたが、しかしこの写真が自分だといふのはどうも信じられないので、古屋は念を押してみた。

「兄が二人をりますが、そのどちらでもなくて?」

「はい」

「たしかにこちらのお宅で?」

「はい」

「抱いてゐるのは?」

老女はうつむいて答へた。

「あなた様の実の母でございます」

「実の?」

「はい」

不思議なのはこのとき彼が、話は当然かう進まなければならないと感じたことである。大衆は不幸な子供の物語を愛する。自分自身がその不幸な子供だと空想することもあれば、他人をその境遇に置くこともあらう。捨子譚や継子譚のおびただしい製造と流通と消費は、これによつて可能であつた。そしてこの小説家になりそこねた女は、自分が夢みた職業にたづさはる同郷の男に対し、愛読者の特権をほしいままに行使して、栄光に輝く暗い運命を贈りつけ、さうすることによつて自分と結びつけたわけだ。「母」といふ言葉づかひは、舟木家の身内の者だといふこころだらうから。

古屋がこんなふうにすばやく判断したのには、作家生活の体験のせいがかなりある。たいていの同業者がさうなのだが、をかしな愛読者にさんざん悩まされて来たからだ。たとへば、醜く肥つた赤ん坊を抱いて、とつぜん車で乗りつけ、これはあなたの子だと言ひ張つた、見ず知らずの女。あれは交番の巡査を呼んで追ひ払つてもらつた。男にも変なのがゐて、古屋といふ姓の娘にいくら言ひ寄つても断られる。あなたの隠し子だから説得してくれと電話で頼み、しまひに泣き出した北海道の若者。あまり何度もかけて来るので、とうとう電話番号を改め、公表しないやうにしたのだつた。同様にこの狂女（ともう断定してゐた）の妄想のなかでは、幼い古屋逸平は彼女の姉か叔母かそれとも従姉《いとこ》に抱かれてゐて、その女がつまり後年の小説家の母親なのだらう。ずいぶん傍《はた》迷惑な虚構の才だが、五六歳以前の写真がなかつたこととたまたま合致してゐたのは奇縁といふべきか。古屋はこんなふうに推測の道筋をつけ、

「なるほど。わたしの母は実の母ではないのですか。ほほう」

とつぶやいて時計をちらりと見た。老女はそれを無視して、

「ここでお生れになつたのでございます」

「三本杉で生れたとばかり思つてゐました」

「酉《とり》年のお生れで、亥《ゐ》年までずつと。子《ね》年までだつたでせうか」

「初耳ですね」

「まつたく伏せてをりましたから」

「しかし戸籍には三男とありました。庶子ではなくて」

「戸籍など、どうにでも」

「父や母はともかく、兄たちも何も言ひませんでしたよ」

「お小さくていらしたから」

「使用人たちも何も……」

「ええ、さうでしたでせう。何か耳になさつても、変だとお思ひにならないといふこともございませうし」

老女が平然と受け流すのを、古屋はむしろおもしろがつてゐた。彼女の話が真実ではなく、空想にすぎないと確信してゐる以上、趣味の悪い冗談にすぎないからである。

「でも、ゆつくりとお考へになれば、いろいろ思ひ当るふしがおありだと存じます」

と言はれたとき、うんと幼いころの写真がないこと、それを寂しく思つたことは隠して、

「さうでせうか。どうもそんな気はしませんな」

と答へたのにしても、狂女の立場を有利にしてつけあがらせないための配慮だと思つてゐた。飛んで来る火の粉を払ふやうな気持が半分、折角の機会だから狂人の想像力についてすこし調べようといふ職業的な関心が半分で、古屋は質問した。

「父親は実の父、とおつしやるのですね」

「はい」

「それがこちらの身内の方と……？」

言葉を選びかねて、そのさきは言ひよどんでゐたが、相手も黙つてゐる。声が小さかつたかもしれないと案じながら、古屋はつづけた。

「あまり品行のいいほうではなかつたことは耳にしてゐます。しかし、どうでせうか、あのころ、良家の子女と慇懃を通じるといふのは、ほとんど不可能なことでせう。父の相手は玄人に限られてゐると思つてゐました。上方に囲つてゐるのもみなさうでしたし」

「不可能だなんて。小説をお書きになる方がそんなことを」

古屋は苦笑ひして、

「しかし、どういふ場所で近づきますか？　何しろ当時は、男と女がいつしよに歩いても、何のかのと言はれる時代でした」

「それはさうでせうけれど、いろいろございますもの」

「親しくしてゐる両家でもないのに」

「でも、そこはやはり」

「具体的に、きつかけはどういふ場所で？」

「たとへば……」

「ええ」

「この場合がさうだつたといふのではございませんが、ほんの一例として思ひつくままにあげれば、温泉場などはいかがでせうか」

「なるほど」

と古屋は素直に言つた。たしかに温泉旅館ならば、同じ階層の者が接触するし、時間を持て余してゐるし、気分も浮かれてゐるから、男女のあやまちが起るのに向いてゐる。それに襖や障子で仕切られただけで鍵のかからない部屋の構造は、いよいよ好都合だらう。彼は、小学一年生のとき家族づれで行つた温泉宿で、夜中、間違へてはいつた部屋で男女の痴態を見て驚いたことや、それから、これは昼、開け放した部屋でだつたが、どこかの大家《たいけ》の三つ四つ年上の娘に誘はれて二人きりでトランプをしてゐると、不意に妹がやつて来て残念な気がしたことを思ひ出し、老女の示唆に感心した。しかし、だからと言つて自分の出生にかかはる話を信じたのではない。それは、何の気なしに読み出したあまり上出来とは言へない短篇小説の部分的な趣向をちよつとおもしろがる程度にすぎなかつた。

「それはいい線かもしれませんな」

と彼は認めて、

「では、御当家の方々が湯治にいらしてゐた宿に、わたしの父も泊つてゐたとしませう」

「でも、たとへばの話でございますよ」

「ええ、わかつてゐます。とにかく、さうだつたと仮定しませう。それで父が、その方と親しくなる。どなただつたのです?」

しかし老女はこれに答へない。

「どなたです？　わたしの母はどういふ人だつたのか？　わたしとしては探さなければなりませんから」

　相変らず黙りこくつてゐるので、疲れて耳が聞えなくなつたのかもしれないと案じ、声を大きくして、

「お姉様に当る方でせうか？　叔母に当る方？　それとも……従姉？」

と訊ねると、老女はすこし顔をそむけるやうにして言つた。

「あたくしがさうだといふことも、考へられるでございませう？」

　その横顔を見ながら、このときもまた古屋は、話はかう進まなければならなかつたのだ、と感じた。長い別れ別れの暮しのあとで母と子が出会ふのは大衆の最も好む物語の型だから、狂つた想像力の所産はどうしてもこのやうに展開するしかない。妄想はありきたりの路線を無理やりに走つてゆくわけだと彼は推定し、

「しかし、ずいぶん若い母でしたな。絶対あり得ないわけではないにしても、いささか無理がある」

と、まるで文藝時評のやうに批評した。すると相手は、

「世の中にはいろいろなことがありますもの。御存じでせう」

　と平気な顔でゐる。仕方がないので古屋は皮肉を言つた。

「どうも納得がゆきませんが、ずいぶん異様な母子対面になりさうな形勢ですな。しかし、お互ひあまり感激がないのがをかしい」

これに対して老女は平静さを崩さずに、

「いいえ、あたくしが母親とは申してをりません。ただ、おつしやつたことに洩れてゐると申上げたまでのことで。それに、舟木の家の者がさういふことをした、とも……」

「ほう、かなり後退しましたな」

「ただ、あなた様がこの邸でお生れになつたとしか申上げられません」

「どうしてです？」

無言のままでゐる老女に古屋は何度も訊ねたが、黙りこんでゐる。とうとう古屋は、かういふ話題にふさはしからぬ言葉づかひで促した。

「一つ教へていただきたいものですな、わたしの母はどこのどういふ女なのか」

「申上げられません」

と言ひながら老女は袂からあわただしくハンカチを出し、泣いた。三十女がおろおろして腰を浮かし、しかしどうしたらいいかわからなくて、困つてゐる。泣いてゐる女に、古屋が、

「なぜ？」

と冷笑しながら訊ねたのは、話の辻褄が合はなくなつたところを咎めて、ここで一挙にけりをつけようとしてである。そのとき、老女の黒ずんだ顔に憫笑《びんしよう》のやうな翳《かげ》が走つた。そして、いささか張つた声で、静かに、

「舟木の家の体面といふことがございます」

もちろんこの大時代な台詞は笑殺するに足りる。それなのに古屋がさうしなかつたのは、こ

れはこれなりに筋が通つてゐると感じたからである。女が狂つてゐるといふ判断はゆるがなかつたが、しかしこんなふうに家の名誉にこだはるのは首肯できると思つたのだ。ひよつとすると、この茶の間にはいり、仏壇に一礼したときから、東京の文士稼業の価値の体系がゆらりと傾き、それに代るやうにして、幼いころの環境の掟が心を領してゐたのかもしれない。たとへば歳暮から正月を経て小正月までのおびただしい行事、神輿《みこし》が門の前に止つて酒を振舞ふ祭、盂蘭盆《うらぼん》、誰彼の臨終のときに家族はもちろん親戚の子供たちまで大勢の者が長時間、病間《びょうま》に粛然と居並ぶ別れの儀式、親類縁者との繁瑣なつきあひ、長い長いお辞儀、挨拶のやりとり、贈答、小作人たちとのくだくだしい応待、芋名月に栗名月、総じて言へば古い共同体の習俗と倫理が不意に顕《た》ち現れ、自分をからめ取り、この秘匿の理由を自分に認めさせてゐると彼は感じた。

三十女が盆を手にして進み出、二杯目の茶をついだ。しかしつぎ終つても去らずに、

「拝見します」

と断つてから写真を手に取り、じつとみつめてゐる。どうやらはじめて見るものらしい。やがて、

「マサシゲ童子に似てる」

とつぶやいた。

「マサシゲ童子？」

と古屋がこれも小声で訊ねると、女は答へず、ただ視線で教へようとした。振向くと、視線

の方向には大きな仏壇がある。

「失礼」

立ちあがつて仏壇の前にゆき、中腰のまま、仄暗いところを覗き込むやうにして瞳をこらすと、右の一列目に三つか四つの男の子の写真がある。その額をつかんで席に戻り、一方は線香の煙に汚れたガラス越しに、他方はぢかに、二枚の写真を見くらべた。老女が何か言つたが、古屋は相手にならない。

絹物らしい綿入れを着て写真館の椅子に腰かけてゐる肥つた男の子は、顔が団扇のやうにふくらんでゐて醜く、いつか見ず知らずの狂女があなたの子供だと言つて差出した赤ん坊を連想させる。このマサシゲ童子が浴衣の男の子と同一人物かどうかは定めにくいが、体つきもわりに似てゐるやうだし、写真がぶれてゐなければ顔の感じも近いやうな気がする。すくなくとも、まつたく別人だと言ひ張るのはむづかしさうだ。

とつぜん解釈が訪れた。たぶん老女は幼いころ、言ひつけられて付添つてゐたのにこの正成か政繁か雅茂か、まあ漢字はどうでもいいけれどとにかくマサシゲを死なせた、それとも死の現場に居合せてゐたのだらう、小川で溺死したのかもしれないし餅がつかへて窒息死したのかもしれないといふ憶測が、まるであざやかな色の蝶のやうにふはりと舞つて来て、しかもそれに、もう一羽の蝶のやうに、きつとそののち温泉宿の奥まつた一間でおそらく自分の父ではなくどこかの誰かに凌辱される事件が起つたのだらうといふ直感的な空想、人は小説家らしいと言ふかもしれないけれど自分としては妙に自信のある推断がつづいたのである。あるいは、十代の母はあやまつて子供を死なせたのか。そんな事故が心の傷として久しく秘められてゐたところへ、他のいろいろの条件が揃ふと、精神が安定を欠いて、同郷とか何とか、とにかく向うに言はせれば縁のある小説家が、こんなふうに運悪く迷惑することになるのも充分あり得ることのやうな気がした。長年、読者の不健全な想像力を刺戟して暮しを立てて来た以上、こんな思ひをすることくらゐ、別に怨む筋合ではないけれど。

古屋は、事情はわかつた、しかしもうこれ以上のごたごたは煩しいから、精神分析めいた解釈は口に出さずに引上げようと心を決め、黙つて、そばにゐる三十女に額と写真を渡した。女は仏壇へ行つて額を納めた。老女が意外におだやかな声で指図した。電気じかけの燈明が消された。

「そろそろ……」

と古屋が言ひかけたとき、元の席へ戻る途中の女が、壁のスイッチを押して明りを消した。ガス・ストーブの仄かな光だけが低く残る暗い二十畳に、古屋は坐つてゐる。いよいよ気ちがひじみて来たと思つたが、老女は落ちつき払つてゐて、別に取り乱した様子はない。老女が手を叩いた。

返事があつて襖が開いた。かすかに香水の香りが流れて来たやうな気がしたが、これは錯覚で、燈油の匂ひだつたらしい。レモンいろに灯つてゐる古風なランプを持つた、若い女がはいつて来て、銀屏風の一メートルほど前に置いた。竹の台をつけた低い置きランプで、燈油が透けて見えるガラス壺の上に、フラスコのやうに大きな火屋《ほや》が焔を守つてゐる。どうやら竹には山水画が彫つてあるやうだ。鈍い明りを受けた半双の屛風は、ところどころにある修理のあとをあらはにしながら、銀いろといふよりはむしろ灰いろにひつそりと立つてゐる。古屋は、写真のほかにもう一つ、この屛風も見せたいのかと疑つたが、

「藏から一つだけ出て参りましたので……」

と老女が説明したので、いや、ランプのほうらしいと推定を改めた。老女が言つた。

「電気がともりましたのは大正三年、寅年でございました」

「ははあ」

「でも、一部屋に電燈が一つといふわけではなく、かなりのあひだ、ランプも使つてをりました」

「古屋の家でもさうでしたな」

「それ以前はみなランプで、この部屋も天井の桟に……まだ鉤《かぎ》が残つてゐます」

と上を指さしたが、もちろん見えない。

「ランプを吊しました。ところがある日の夕刻、吊りランプに明りがはいらないうちに、よその部屋へ台ランプを運ぶ途中、ここへちよつと置いたことがございまして……」

そのとき、若い女がまづ桑の中卓を屛風の前に据ゑ、次に別の女が盆栽を運んで来て、中卓に飾つた。二人が身を引くと古屋は思はず息を呑んだ。樹々の影が二枚つなぎの無地の銀屛風の、彼と向ひ合ふ右の面に、あざやかに浮び出たからである。煉瓦いろの釉《うはぐすり》なめらかに焼いた長方の鉢のやや左手に、おそらく欅だらう、まだ落葉しない五幹の老樹が、根張り八方に逞

しく、立上り太く、しかし銀の夜空に向つて鋭く伸び、背後の、やや大きくていつそう優美な、黒い影と交錯してゐる。

老女がつづけた。

「さうしましたら、屏風に映る影を見つけて、お喜びになつて……。もともと、指で狐の影絵を作るのが大好きで、いつも障子の前でなさつてゐました」

「わたしが、ですか？」

「はい。屏風はたしかにこれでございます。盆栽は違ふかもしれませんが」

老女は父親らしい人の盆栽道楽についてながながと語つた。（主語をはぶいた話し方だが、祖父ではないらしい。）殊に好んだのは山取りで、持ち山に行つて原木を取つて来る。水で濡らした襤褸《ぼろ》きれで根をくるみ、それを油紙で包んでゐた。今のやうにビニールやポリ袋があれば、どんなに調法したことか。革手袋が古くなると、山ゆきに役立つと冗談を言つた。もちろん、のこぎり鎌や剪定ばさみで怪我しないやうにするためである。針金で曲げたりするのは嫌ひで、漢文の本（『芥子園画伝《かいしえんがでん》』だらうと古屋は見当をつけた）の挿絵や院展の絵はがきを参考にして、自然の景色のやうな盆栽を仕立てた。

薄くらがりのなかで小説家は思ひ出話を耳にしながら、欅とその影を見まもり、こんなものをわざわざ見せる魂胆は何なのかと怪しんでゐる。樹の影に寄せる自分の愛着について何か知つてゐるのか、まさかそんなはずはないのに、と。

しかし知つてゐた。老女は父か祖父かの道楽の話からするすると移り、今度もまた主語をは

ぶいた話し方で、

「三つ子の魂百まで、でございますね。本当に何度かさう思ひました」

古屋は無表情を装つたが、老女はつづけ、しかも思ひがけない作品を引合ひに出した。

「あの、幕末の上海で……」

「あ」

と声をあげたのは、戦争中に書いた『上海一八六二年』といふ彼の唯一の歴史小説を指してゐることが明らかだつたからである。これは戦後、特異な形での抵抗として意義があるなどと褒める批評家がゐて、しきりに復刊をすすめられた長篇小説だが、不出来なのを恥ぢて全集にも収めてゐない。文久二年、高杉晋作が長崎から上海に渡り、はじめて西洋ふうの都市に接したときの文化的衝撃を、『東行先生遺文』、中国人の上海見聞記、英仏人の上海紀行などを参照し、それに古屋が三ヵ月ほど映画会社から派遣されて上海で暮した体験をまじへて叙したものだつた。晋作は粗悪な飲料水に苦しんで下痢をつづけながら、軍艦の午砲に驚き、領事公館の国旗の棹が雲の端を刺すばかりなのに怯える。太平天国の手中にある青浦の奪還を請負つたアメリカ人ワードが、中国人を募つて訓練に努め、見るべき成果をあげてゐるといふ町の噂を知る。一夜、浩然の気を養はうとして妓楼に遊んだ彼は、明け方、ふと目覚めて国事を憂へてゐるうちに、雷鳴のとどろくのを聞いた。円形の玻璃《はり》の窓からのぞくと、稲妻のせいで隣りの妓楼の壁に樹影があざやかに映る。風雨に乱れる柳が哀切きはまりない。その、刹那の美に心底から魅惑され、もう一度たのしまうとして窓外の闇を見まもるものの、期待は虚しい。しかし、さながらその代償のやうに、ワードの策を一ひねりして農民や町人を兵士に仕立てるのはどうだらうといふ、後年の奇兵隊の案が不意に訪れるのである。

つまりあの昭和二十年八月下旬以前にも、樹の影に愛着を寄せてゐたわけだ。

「なるほど、高杉晋作。忘れてゐました」

と独言のやうに言ひ、この調子では何が出て来るかわからないと思つたのに、老女が次にあげたのは、例の政界の大物の最後の恋と、刑務所帰りの若者が停電のせいであやふく助かる場面である。もちろんこれには驚かなかつた。ただ、同じイメージを三度もくりかへしてゐたのか、知恵のない話だつた、と悔む気持はあつて、悔みながら、銀屏風の影が、まるで五本の樹が息をするやうにかすかに伸び縮みするのを見てゐる。

そのとき横から、

「近頃はもの忘れがひどくて、どうしても浮びませんが……、薄着のわれに似たる樹の影。上の句はどうでしたでせう？」

最初の反応は、気がふれてゐるから妙なことを口走るのも仕方がないといふことだつた。次に、どこかで聞いたことがあるやうな気がして、

「晶子さんの系統ですね、それは」

と古屋が答へると、老女は、嘲笑といたはりを等分にこめた声で、

「御自分の作でございますよ」

それで思ひ出した。旅館の娘が女優になり、画家と軍人と実業家の妾になり、ヤクザの情

婦、歌人、女流作家、そして鮭になるあの長篇小説に彼女の作として入れた、つまり古屋が作つた、十首ほどのなかの一首である。さほど露骨に閨房のことを歌はないものも二首か三首まぜたはずで、これは多分そつちだらう。しかし、ゆつくりと七七を口ずさんでみても、五七五は心に訪れない。

「下の句も忘れてゐたのに、どうして上の句が思ひ出せませう」

と古屋は苦笑して、

「つまり、わたしには樹の影といふ固定観念がある。取り憑かれてゐる。それはごく小さいころこのお邸で盆栽の影を見たせいだ、といふわけでせうか」

「はい」

「そしてわたしは盆栽の影のことをきれいに忘れてゐる。ちようどこの、へたくそな短歌を忘れてゐるやうに……」

「そんな御謙遜を。二つか三つですもの、覚えていらつしやらないのが当り前でせう。でも、ほかにもまだ……」

「樹の影をあつかつた箇所が？」

「はい、あつたやうな気がいたします」

古屋は反論しなかつた。気違ひを相手にするのは無駄なことだと思つたからである。彼は、自分の作品のほうぼうでこの愛読者は樹の影に出会ひ、そこからこの妄想を放恣に織りなしたのだらう、あるいは、マサシゲ童子が影絵が好きだつたのかもしれない、そこで二つがいつしよになつただけだと考へ、その推論がきれいに辻褄が合ふのに満足しながら、銀屏風に映る樹の影の、中央部は濃く、端へゆくにつれて淡くなる墨色の妙をみつめてゐる。

そのとき老女が言つた。

「まるで昨日のことのやうに思ひ出します。口をおききになるのが遅いお子で、満二歳半になるまでは何もおつしやいませんでした。それが、急にお話をなさるやうになつて……」

マサシゲ童子のことだ、と古屋は思つた。

「本当におしやべりで……」

と老女は静かに笑ひ、さらに、

「台ランプをここに置いて、影が映つて以来、夕方いつも一ぺんはここにランプを置くことにしました。もちろん吊りランプはつけずに。その遊びが大好きで、お待ち兼ねでした。ちようどそのころでしたよ、口をおききになるやうになつたのは。そしてある日の夕刻、ここにいつものやうにランプを置きますと、『樹の影』とはつきり三度おつしやつたのでございます」

「三度？」

と小説家は思はず問ひ返し、薄くらがりのなかで脚を投げ出してゐる老女を見た。白髪の女は、見返さずに、人間の言葉を習ひ出したばかりの者のあどけない声を巧みにまねて、まるで鳥のさへづりのやうに、呪文のやうに言つた。

「キノカゲ、キノカゲ、キノカゲ」

古屋は銀屏風を見た。ランプの焔が揺れ、五本の欅の影が、風が渡るやうにゆらいで伸び縮みした。影が静まり、また乱れた。彼はそのとき、まことに不思議なことに、自作のどこかに「樹の影」を三度くりかへす登場人物が現れるのをこの女が記憶してゐて、それが狂つた意識に働きかけ、かういふ過去を贋造したのだらうとは考へなかつた。自分の母は誰なのかとも、この女が母かもしれないとも思はなかつた。ただ、ざはめく影の樹々のなかで時間がだしぬけに逆行して、七十何歳の小説家から二歳半の子供に戻り、さらに速度を増して、前世へ、未《み》生《しよう》以前《いぜん》へ、激しくさかのぼつてゆくやうに感じた。

（「群像」一九八七年四月号）

ジャッカ・ドフニ――夏の家

津島佑子

――じゃあね、お忙しいようだから、もう電話を切るけれど……、でも、早いものね、上の女の子はもう、中学生でしょう。

一刻も早く、受話器を下ろしたかったのに、つい返事をしてしまった。

――……まあね。

――それで、下の子は、五年生になるんだっけ。

――……。

――あら、違った？　四年生？

そうよ、じゃあ、さようなら、と言ってしまえば、それで片づくことなのに、なぜ言えないのだろう、と焦りながら、ただ震え、あえいでいた。

――まあ、どうかしたの。登校拒否でも起こしているっていうの。

――……。

——いやだわ、一体どうしたのよ。入院しているの。ねえ、そうなの。

——……。

——違うの。でも、なにかあったんでしょう。家出されたとでも言うの。

——そんなこと……。

そんなことをするような子どもじゃないのに、と腹が立って、思わず呟き返した。家も学校も好きで、伸びやかに、たのもしく育っていたのに。でも、もしそういうことだったら、どんなにありがたいことか。そうなのよ、と言ってしまったら、どういうことになるのだろう、と迷いながら、相手の好奇心に引き摺られるがままになってしまっていた。

——いやあね、ほんとにどうしちゃったっていうの。お宅、五階だか、六階だったわね。ベランダから落ちちゃったんじゃないの。あの子なら、とんでもないことをしそうだもの。

——そんな……。

震えが激しくなりすぎて、立っていられなくなった。

——分からないわ。ねえ、どうして言ってくれないの、心配しているのに、交通事故？

——……。

——まさか、誘拐じゃ……。

——……。

そこに移り住んで待ち続けていれば、いつということは分からないが、そして必ず、とも保証はできないが、息子が一人で戻ってくる可能性はある、ということだった。これまで住んでいたところと似た、町なかのごみごみした細い路地にある建物だったが、路地を一歩出るとこれまでとは違って、デパートやホテル、映画館が、夜も色とりどりな眩しい光を放つ都心の繁華街に変わっていた。移ってきた距離はわずかなものではあったにせよ、今度は紛れもなく都会の中心に寝起きすることになり、そしてそのような、昼には昼の、夜には夜の、光と活気が集約されている場所ならば、私の息子の今いるところとは紙一重の近さに迫っていて、確かに、なにかの弾みで息子が、その紙一重の距てを突き破って、こちらに戻ってくることも充分に起こりそうだ、と納得できた。

もっと早くに気づいても良さそうなものだったのに、今までは、あの子を待たなければ、とばかり思い続け、その子どもが少しでも戻りやすいように、自分の方から動くということを思いつけずにいた。なにひとつ具体的な工夫を手がけてみようとはせずに、ぼんやりと息子の立ち去った住まいで息子を待ちながら日々を過ごしている自分に、なにをしているんだろう、なにかあの子を戻す方法があるはずじゃないか、と急に眼が醒めたような思いになり、動悸が激しくなることは、今までにも何度かあるにはあったのだったが。

古い木造の家だった。路地に直接面した玄関のガラス戸を開けると、暗い正方形の三和土《たたき》があり、正方形の二辺にそれぞれ台所を兼ねた板の間が、仕切りの戸もなく続いていた。片方の板の間の前には、脱ぎ捨てた何足かの女の子のものらしいサンダルが散らばっていた。十八、九の女の子が何人か共同で、部屋を借りているらしい、隣り合って住むには、かなり賑やかなことになるだろう。でも、陽気な騒がしさなら悪いことではない、と思いながら、もう一方の板の間に、靴を脱いで上がってみた。ひんやりした板の感触。

そこは四畳半ほどの広さで、天井からぶら下がっている電灯を点けてもほの暗いままだった。奥に、同じ広さの、同じような板の間がつながっている。玄関からは直接、見通すことのできないその板の間が、一応、食事やテレビを見る部屋として使われることになっているらしい。ベニヤの引き戸に気づき開けてみると、階段があった。部屋が二階にもあるらしいことにほっとしながら、早速、階段を登った。どんなところに住むことになるのでも、一向にかまわない、とは思っていたが、あともう一部屋を許されているのなら、それはそれで、やはりありがたいことに違いなかった。なんと言っても、どの程度の期間、そこに住み続けなければならないのか、まだ見当もつかないのだから。

二階も狭かったが、こちらは畳が敷いてあり、窓もひとつあった。その住まいで唯一の窓だった。窓を開けてみようと、少し力を入れた拍子に、窓の全体がふわりと壁から抜け落ちてしまった。あわてて両手でそれを引き留め、とりあえず部屋のなかに置いてから、外を見てみた。

同じような建物が窮屈に並んでいて、一日中、日の光は望めそうにもなかった。しかし真下を見ると、小さな土の空間が残されていた。草も木も生えていない裏庭だったが、それでもうれしい気持がした。

そこに裏返しになってつぶれている炬燵が放置されていた。大分、雨晒しになってから時が経っている様子だった。前の住人がわざと捨てて行ったのか、それともこの二階の窓からうっかり落としてしまい、拾いに行きたくても建物が入り組んでいるため、下から裏庭にまわって行くことがどうしてもできずに諦めてしまったのか、どちらにせよ、この窓については子どもたちにもよく注意しておかなければならない。そう、思った。

三年前、私たちは母のもとへ移ろうとしていた。二人の子どもを私一人で育てるのに追われていた時期を過ぎてみると、老いた母の一人暮らしが気になりだした。下の男の子がいろいろな生き物を飼うのに庭を欲しがっていたので、庭のある母のもとに移り住みたいというこちらの積極的な動機もあった。上の娘も中学生になるので、ひとまわり広い自分の部屋を望んでいた。母と相談し、思いきって古い家を建て直してしまうことに決めた。

プレハブのモデル・ハウスを母も、私たちも見に行った。試しに、そこで設計図を引いてもらった。母は百円のシャープ・ペンシルと方眼紙を大量に買い込み、何枚も自分なりの設計図を書きはじめた。始終、母の家に呼ばれては、その設計図の説明を聞かされた。私の方でも希望の間取りをかなり具体的に固めておかなければいけない、と母に言われ、そういうものかと思い、まずは子どもたちの希望を聞きはじめた。

娘は西洋風の出窓を欲しがった。今まではいつも共にいさせられていた弟と部屋を離したがった。ガラスに囲まれたサン・ルーム。暖炉。レストランのようなカウンターのある台所。白い雲の浮かぶ空色の壁紙。広いテラス。できれば、人工芝を敷きつめた屋上も欲しい。

屋上が欲しいのは、息子も同様だった。屋上に温室を作り、そこでサボテンを育てたい。イモリやカエルなどの小動物を飼う専門の部屋も欲しい。きれいなシャンデリアも大好きだから、ぜひ付けて欲しい。でも、ヤモリが自然に集ってくれるように、外側は古くて汚ない家の方がいい。庭には、蛇小屋を建てたい。蛇の餌にするハツカネズミも飼わなければならない。それにカメやサンショウウオなどのために、池をあちこちに作りたい。

私は私で、子どもたちが絵を描いたり、工作したりすることが好きなので、汚れることを気にせずにそうしたことのできる広い居間が欲しいと思い、今までは場所がなくて、余分な蒲団一枚も満足に敷くことができず、足を曲げて寝てもらっている始末だったので、子どもたちの友だちがこれからは何人でも泊れるようにしたいと思い、また、私一人の寝室を作るとしても、今までのように気が向くまま、いつでも子どもたちと枕を並べて寝られるようにしたい、とも望んでいた。

小さなマンションの住まいで、私たちは三人三様の世界を押し合いへし合いしながら、混乱した生活を送っていた。猫が好きな娘は二匹の猫を飼っていた。息子は大きな水槽に十数匹のイモリを飼い、小さな水槽にアマガエルを飼っていた。虫の標本箱も増え続け、サボテンのミニ温室もあった。そのどれもが、猫たちに襲われる心配があった。猫たちを追いまわしながら、冷蔵庫に入れてあるカエルの餌のミール・ワームとイモリの餌の糸ミミズをうっかりひっくり返さないよう、私は気をつけなければならなかったし、風呂場や洗面所にはいつでも、息子が水槽の水を取換えたあとの小砂利や水草が散らばっていた。夜、寝る時になると、娘の猫きかけの油絵をイーゼルごとそっと移動させ、水槽とミニ温室を片寄せ、猫を追い払い、畳を箒で一掃きしてからでなければ、蒲団は敷けなかった。

想像上の新しい、広々とした家は、母と私たちとの四人を、日々、それぞれの形でそれぞれを圧倒しはじめていた。私が母の家を出てから十数年経っていた。仕事を続けながら、結婚し、子どもたちを得、離婚し、住まいをその都度変えながら、子どもたちと暮らし続けた。少しずつ住まいらしい住まいに変わってはいたが、どの住まいも仮りのものだという意識しか持てずにいた。他に家族のいない母のもとに居続けなければならなかったのに、無理矢理、母を一人にして外に飛び出てしまった自分に、気が咎め続けていたのかもしれない。家を出て、下宿生活をはじめても、残してきた母の状態ばかりが気になり続けていた。それでも、しばらくの間は母の家に近づくこともできなかった。

子どもたちが生まれ、母の家に遠慮を忘れて出入りするようになってからも、早くここに戻らなければ、という思いはつきまとい続け、それはたぶん、母の方でも同じことだったのだろう。無理矢理な私の家出に、母は十年以上経っても納得いかないままだったのだろうし、私もいつかは納得してもらいたい、と自分の生活にしがみつき、より生活の場にふさわしい住まいを求めて引越しを続けながら、逆に、自分から不安定な気持を増していく一方だった。

しかし子どもたちが大きくなるに従い、思いがけないところで私は充足感を得るようになった。住まいがどうあれ、私たち三人の色調は整い、余分なものも、欠落したものも感じなくなっていた。ひとつの家族として、ひとつの顔を持ちはじめていた。これで母の家にようやく戻ることができる。そう思えるようになった。母の家に今更、なぜ戻らなければならないのか、という疑問は、私と母との間では生まれるゆとりがなかった。それははじめから決まっていることで、ただ問題はその時期だけだったのだ。

子どもたちにも母親のそうした気持はいつの間にか通じていたらしく、移転の話には少しも驚かなかったが、それでも家を新しく建てるという話はあまりにも刺激的で、自分たちの家を熱中して想像していた。これも結局のところ、母親である私がそのように導いてしまったのか、子どもたちは以前から、こんな家がいいなあ、あんな家に住んでみたいなあと絵本を見ていても、ブロック遊びをしていても夢を馳せていた。それとも、人には自分の生活の器を際限なく夢見続けるという本性でもあるのだろうか。息子は特に、ミニチュアが好きで、ドール・ハウスにも執着していた。外国製の高価なドール・ハウスをデパートで見つけてから、それを欲しがり続けたが、とても気楽に買えるようなものではないので、小さな食器のセットや、応接セットを買うことで我慢をしてもらっていた。

より現実的に自分たちの家を夢見られるという、願ってもない機会が訪れたのだ。存分に、夢を楽しんでおいた方が良い。私もまた、その子どもたちの夢を心楽しく眺めていた。息子はある日、クレパスで夢の家を描きだした。

二本の巨木の間に建つスイスの山荘風の、木造の家。ドアや窓の位置を頼りに数えてみると、五階建てになっている。一階があり、二階に直接上がる外階段がある。家の裏の方にも二階へ登るはしごが掛かっていて、ベンチのある広いテラスにつながっている。二階には、草の色の覗くベランダもある。三階の部分だけ壁の色が焦茶色になっていて、ここにもベランダ、テラスがある。四階、五階は傾斜した屋根に包まれていて、正方形と長方形の天窓が左右対称に開いている。そして屋上があり、ここにも草が生えている。

娘はそんな弟の家を笑い飛ばし、白い壁に赤や青の屋根といった絵本風の家に執着する。母は母でシロアリの存在を思い出して、どうしても木造はいやだ、と言いはじめた。母の設計図も日を追うにつれて詳細になり、机、ミシンなどの置き場所、客用の蒲団はここ、使わないタオルはここ、と戸棚の位置、大きさにまでこだわりだした。そうして、ある日ふと眺め直してみると、母の設計図は今まで住み続けてきた家の間取りとほとんど変わらないものになってしまっていた。

母にとっても、家を住み換えることは、無論、並大抵のことではなかった。設計図を数えきれぬほど書き続けながら、一方で、古い家に溜まり続けていた不用品を整理しはじめていた。衣類だけでも、家族の三十年近い歳月分の古着が家のあちこちに溜めこんである。その気になれば、私も自分の成長の記録を実際に自分の着てきた衣類で辿ることができただろう。不用品の整理と一口に言っても、それは母にとって果てしのない作業に違いなかった。

当然のことながら、母はやがて疲れはじめた。それでも家の建て換えは運命に近い計画だったので、子どもたちのためにもがんばらなければ、とむしろ私の方をはげましながら時には、この家がこわされることを考えると、なんだか自分の根が切れてしまうような気がして無性にこわくなってしまうのよ、と息苦しそうに呟きだすこともあった。もう、覚悟は決めているんですよ。それでも、なにしろここにあまりにも長い間住み続けてきたものだから、いつの間にか植物のように、この家に根を生やしてしまっていたらしくてねえ。

そうなると私もうろたえて、だったらなにも無理に、この家をこわしてしまうことはないわ、少し手を入れれば、それですむことだもの、と言わずにはいられなくなる。私にも、自分の育った家に全く執着がないわけではなかった。

母は一瞬、庭を見やってから、私に眼を戻し、苦笑を見せて言う。そういう感傷もある、というだけの話ですよ。中途半端なことをしてはだめです。あなたももっとしっかりしてくれなければ困るわよ。

それでもう一度、母の書いた二十枚め、あるいは三十枚めの設計図に、二人とも気持を集中させはじめる。

もともと、そこは母の家なのだから、できるだけ母の計画に忠実に従いたかった。しかし一方では、子どもたちの夢を、それぞれ少しでも多く実現させてやりたかった。三軒の架空の家は、思い思いに現実性を増し続け、しかも脈絡がなく、好き勝手に成長し続けていた。その三軒の家を一軒の実際の家屋にまとめあげることは私には到底、無理なことだったし、収拾への努力さえ、今、思えば具体的に払おうとしていなかったようでもあった。それぞれの三軒の家に見とれながら、私はもしかしたら私たちの大計画の実現を本当には信じていなかったのかもしれない。三軒の家は結局、最後まで互いに、妥協を強要されることなく、架空のまま、息子の、それこそ非現実的な、突然の他界と共に、消え去ってしまった。

母の影響を受けて、息子も設計図を繰り返し書き続けていた。それが今、手もとに残されている。母はたぶん、自分の図面を一枚も残さずに捨ててしまったのだろう。

全体が正方形に近い形になっている。入り口は左上の角で、入ってすぐのところに落とし穴が作ってある。そこに落ちそうになった人のために、紐が四本壁にぶら下がっている。入り口から真直ぐ、左側に長い廊下が続いているほかは、迷路のような間取りになっている。

入り口に近いところに小さな「おねえちゃんのへや」、「おかあさんのへや」がある。

ひどいわね、わたしたちの部屋だけ、こんなに小さいの、と私が文句を言うと、息子はこともなげに、だってぼくの家だもん、と答えた。部屋を用意しておいただけでも、ありがたく思え、といった気持だったらしい。

娘と私の部屋と廊下を隔てて、「ぼくのへや」と「あそびべや」がある。娘と私の部屋を合わせたよりもずっと広い。「ぼくのへや」には丸いテーブルも書きこんである。それに続いて、広い板の廊下があり、「かけっこ」とある。つまり、「かけっこ」専用の場所である。「きがえしつ」が「かけっこ」の廊下につながっていて、二つの洋服入れがある。広い食堂もあるのだが、食堂の隣りが「ふろ」で、更にその隣りが、大きな、横長の「バイキング」の部屋になっている。ホテルやレストランで何度か、バイキング形式の料理を息子は体験している。テーブルの上にさまざまな料理と果物、デザートまで豊富に並べてあるのを、自分勝手にデザートばかり食べたりできるのが、よほど楽しかったのだろう。それで「バイキング」は息子の家には不可欠のもの、ということになったらしい。

他に、「ねこのへや」も「いきもの、しょくぶつべや」、「じっけんしつ」もある。本当の迷路がところどころに作ってある。またその家で最大の部屋、「たいいくかん」が右端に位置していて、外に出る階段が外側に五本突き出ている。「おかあさん用」、「おねえちゃん」、「ぼく」、「ともだち」、「きけん」と書きこんである。

この「きけん」ってなあに、と私が聞いたら、間違えてこれを選んだ人は下に落ちちゃう仕掛けになっているんだ、と説明してくれた。変な人が入ってくると困るから、という理由で、家のなかの迷路もやはり、用心のため、ということだった。

一枚の図面が出来上がると、今度はその図面を頼りに架空の喜ばしい生活が生みだされた。朝の寝覚めの伸びから息子は演じはじめ、指を家のあちこちに這わせていく。遊びに来た友だちの声。一緒に「かけっこ」の廊下を汗みずくになって駆ける歓声。ああ、あつい、あつい、と男の子たちは賑やかに言い合い、そうだ、「きがえしつ」があった、と息子が言うと、そこへ行き、服を着替える。はら、へったなあ。なにか食いたいよ。じゃ、バイキングに行こう。なんでも食べていいんだぞ。ようし、腹いっぱい食おうぜ。あとで、実験もしようぜ。ルビーを作る方法をおれ、知ってんだぜ。すげえなあ。ヘビも見せろよな。ああ、ヘビにもエサをやらなくちゃ。じゃあ先にヘビのところへ行くか。うん、そうするか……。

この移転の計画が中断されてからというもの、あまりにも多くの家を私は夢に見過ぎてしまい、体のなかで収拾がつかなくなってしまっている。

母がとうとう一人で建て換えてしまった家も何軒かあった。そのうちの一軒は、小さな細長い家で、ドアを開けると、二階へ上がる狭い階段がすぐに迫っていた。できるだけ小さな家がいいのだ、と母は主張していたが、それにしてもこれではひどすぎる、と私は暗澹とした気持になった。家そのものが小さすぎて、下に玄関を作ることもできなかったのだ。それに階段の幅が十五センチほどしかない。瘠せこけた母なら体を横にして、なんとか通ることができるのだろうが、私にはどうだか分からない。

おかあさん、いるんですか、と上に呼びかけると、上のドアが開き、母の顔が覗いた。上機嫌な顔だった。あら、来たのね、早く上がっていらっしゃいよ、と言われても、その階段を登る気にはなれず、新しい家にすっかり満足している様子の母が腹立たしくて仕方がなかった。

また、私が以前住んでいた小屋としか呼べそうにない小さな暗い家に、いつの間にか母が代りに移り住んでいたこともあった。まわりには家も木もなく、闇のなかにその家だけがあった。小さな土間に、一部屋しかない。一体、いつからここにいたんですか、と私が情けない思いで聞くと、母は、ずっとここにいましたよ、と答える。暗すぎて、なかの様子もよく見えないが、家財道具と呼べそうなものは何ひとつありそうにない。よりによって、なぜここに住みついてしまったのだろう、と私は家の暗さに怯えながら、ここだけはやめて下さい、死んでしまいます、と言った。

ここに私も住んでみたかったのだから、いいんです、と母は答えた。その母の顔もよく見えなかった。

新築の家に、母と子どもたちとの四人で住んでしまっていることもあった。

息子に大声で呼ばれて、玄関に走って行った。初老の男の教師が立っていて、息子を相手に話をしていた。家庭訪問で、担任の教師が来てくれたのだ。いかにも真新しい、明かるい雰囲気の玄関だった。広いので、声も響き、ずいぶん立派な家だと教師も私たちを見直しているのではないか、と少し心が弾んだ。ふと、ここにこうして私たちのもとに戻ってきている息子のことを教師はどう思っているのか聞いてみるのが筋と言うものなのだろうか、と思ったが、余計なことをこちらから言うこともないと思い直した。なにかおかしなところがあると気づけば、向こうから聞いてくるはずなのだ。少くとも、私たちはなんの違和感もなく、平穏に暮らしている。

お暇する前に、トイレをお借りしたいのですが。

教師が言った。

どうぞ、と愛想良く答えてから、トイレの場所を思い出し、困惑した。

でも、あんなところにあるものですから、ちょっと不便なのですが。

階段の上の方を指し示して、言った。階段の踊り場の壁、二メートルほどの高さのところに、ぽっかりトイレの戸口が開いている。なんの足場もないので、階段を登りきったところから横に渡っていくこともできない。真下から両手を支えに体をジャンプさせ、戸口に上半身を乗せて、這い登るしか方法がない。私たちは慣れているから、楽に登ることができるが、この初老の教師にはどうだろうか、と案じて見ていると、意外な身軽さで登っていった。感心しているうちに、すぐに教師が顔を覗かせて、今度は手を洗いたいのですが、と言った。

あら、気がつきませんで、洗面所は向かい側にあるんですが、と私は言い、反対側の壁上方を指し示した。壁と壁の間は広く、たとえ弾みをつけて跳んだとしても、洗面所に無事に着地することはむずかしい。その上、洗面所のドアの前には、飾りのような木材が二、三センチ突き出ているだけなので、どう見ても、トイレから直接、洗面所に跳び移ることはできそうにない。普段、私たちも一体どうやってあそこへ行っていただろうか、と自分でも不思議な気がした。

教師は一体どうするのか、と見ていると、いったん踊り場に下りてきて、横手に同じ高さに吊ってある丸いトランポリンの上に移って行った。どうやら、トランポリンの弾みを利用するつもりらしい。トランポリンの向う側に、居間でくつろいでいる母や子どもたちの姿が見えた。もう教師は帰ってしまったものと思っているらしい。楽しそうなので、うらやましかった。

子どもたちのためにこんなものも作ってみたんですが、これでは危くて遊ばせることもできないんです、と私は教師に弁解をした。まったく無用の長物になっていまして、でもこうして役に立つこともあって良かったです。なにしろ、お察しの通り、設計のメチャクチャな家で困っているんです。

息子の部屋が同じように、危うく、高い場所に作られていることもあった。三畳程度の娘のための空間があり、その二辺に脚の長い縁台のようなものが置いてあり、更にその上に息子の机の脚をまたがせて、かろうじて机を固定させている。まるでジャングル・ジムのような空間が出来上がっていて、子どもたちは大喜びで登ったり下りたりしているが、これで息子が机ごと転げ落ちるようなことにでもなったら、と心配になる。

居心地の良い居間にようやく落着くことができて、一安心し、さあ、食事の支度をしなければ、と思った。ところが、まわりを見渡すと、壁がなく、透明なガラスに囲まれた広い建物のなかに、畳を敷いてあるだけのことだった。でも、これもいっそさっぱりしていいのではないか、と思い直してみると、建物の全体を揺るがすような音が左手の方で響きはじめる。数人の男たちがそれぞれ手になにかを持って、ガラスを外から叩き割ろうとしていた。こちらには身を隠す場所もない。とにかく逃げなければ、と子どもたちをはげまして立ち上がった。建物のなかは一眼で見通すことのできない広さで、ほの暗く、右の方に続いていた。私たちは逃げだした。

空っぽの養鶏場に似た横長の小屋が連なる集落にいたこともあった。窓らしい窓もなく、部屋の仕切りもない。両端に開いている口のひとつからなかに入ると、すでに何人もの人たちがくつろいでいる。荷物は頭上の棚の上に載せ、生活に必要なものは、足もとの棚の下に置く。その棚のところに一筋の隙間ができていて、それが窓の代りだった。こんなところへ来てしまったという茫然とした思いもあったが、子どもたちはと言えば、これから眼が開いている間は昼、夜構わず、外を駆けまわって遊ぼうという勢いで、はじめから小屋の方には寄りつかず、外で自由に遊んでいる。板の隙間から外を覗くと、踏み固められた白茶けた土が見え、子どもたちの素足が見え、それらが日に光り、眩しかった。子どもたちの遊ぶ声も清々しく耳に響いてくる。私はここで一日中ごろごろして過ごしていれば良いのだし、ここに来たのは別に不運なことではなかったのだな、とやわらかな気持になっていた。

床板さえなくなっていて、土台の木枠に腰掛け、地面には水が溜まっているので、そのなまぬるい泥に足を泳がせて、日がな一日を呑気に過ごしていた、そんなこともあった。老若男女さまざまな人がいて、勝手に話をしたり、歌を歌ったりしている。それを聞いているだけでも、飽きることはなさそうだった。ここでも、子どもたちは建物の前に拡がるぬかるみで泥だらけになって遊んでいた。

また、いろいろなマンションにも繰り返し移転を続けた。ベランダから松林の続くマンション。まだ工事中で、配管工事のため、当分の間部屋の外に出られなくなったマンション。住み慣れて、いつでも間取りを描けるようになったマンションも二、三ある。ここを片付けて、あちらをもっと活用して、といつでも広さに対して欲を剝き出しにしているのが愚かしい。にもかかわらず、いつでも思いがけない発見に胸を弾ませている。

それで、家のことはどうなったの。

中学生の娘がある日、急に思い出したことのように私に聞いた。道の両側に、いかにも娘の気に入りそうな西洋風の家がゆったりと並んでいた。

言葉で答えるには、むずかしすぎる質問だった。

そうねえ、あれはもう、とにかくおしまい。

がっかりしちゃうなあ、そんなの。あんな家に住んでみたいよ。

娘の見つめている家は、ドアや、窓のよろい戸が淡い黄色に塗られている、ひとけのない家だった。門だけを残して塀が取り払われているし、まわりに雑草が伸び放題になっているところを見ると、空家になってからかなり経っているようだった。それでも、家全体の愛らしい魅力は損なわれていなかった。ペンキの剝げたクリーム色のドアひとつにしても、中央に小さな輪のノッカーが付いていて、童話的な夢に誘われる。

わたしだって、あんな家に住めるものなら、住んでみたいと思うけど。でも、二人だけで住むには、どうも。……そう思わない？

まあね。……

娘は黙りこんでしまった。

……でも、売りに出ているのかしら。手入れしたら、すてきな家になるわね。

私が言うと、娘はうれしそうな顔になって聞いた。

百万円だったら買っちゃう？

買うわね、もちろん。

三百万でも？

喜んで買うわ。

その時から、偶然に見つけた道端の黄色い家が私と娘の間で、冗談に似た夢の家となってしまった。同じ道を二人で歩くたびに、まだ空家のままだということを確認し、安心した。そうして、本当にすてきな家だ、と賞め合い、次第に図々しくなって、敷地のなかに足を踏み入れ、裏にまでまわって、庭の予想外の広さに圧倒されもした。地形の起伏をそのまま利用した庭で、奥の方が窪地になっている。日の光が芝を辷って、そこに集り、漂い続けているような窪地だった。

私と娘がそこに通いはじめてから、今では一年近く経つ。その道の近くにある小さな納骨堂に、息子の遺骨を預けたのが、一年ほど前のことだった。春先の、風雨の激しい日だった。古い墓地の一隅にある納骨堂は、小動物の領分である原っぱにぽつんと建つ人の家のように見えないこともなく、その白い壁や、紺色のドアに夏の夜ともなると、ヤモリが何匹も貼り付いている様子も想像され、私は息子の同意を得ることができたような気持になっていた。

まわりを囲ってある背の低い鉄柵の門を開け、狭い前庭を横切って、正面のドアを開ける。なかに入ると、まず電灯を点ける。天井の換気扇も同時にまわりだす。両側に並ぶ鉄の扉を眺めながら、なかに進み、中央の辺りで足を停める。右側の、私たちの姓が書きこまれている扉を開ける。造花や、写真で、奥の遺骨の箱は隠れてしまっている。私自身が選んで入れておいた写真なのだが、扉を開けるたびにその写真に不意打ちをかけられたような軽い驚きを感じさせられる。

カウラ、という文字が、写真の左側に見える。立札の文字だ。丸太を円錐の形に組み、樹皮で全体を蔽ったウィルタ族の夏の家を、カウラと彼ら自身は呼ぶ。夏休みに北海道を子どもたちと旅行した際に、ある個人的な博物館を訪れた。ジャッカ・ドフニという名前の博物館だった。意味は、大切なものをしまっておく場所だそうで、建物は畑に囲まれた空地にこぢんまりと清潔なたたずまいで建っていたが、その入り口の前に、カウラが作られてあった。冬にはより堅固な家に住み、狩猟シーズンの夏には狩猟地に簡便な小屋に移り住んで狩猟をするのが、ウィルタ族の一年間の過ごし方である、ということだった。早速、私たちはなかに入ってみた。外見よりもなかは広く、空気もひんやりとしていた。息子が内側から木の皮を力ずくで剝がそうとしているので、私は叱りつけた。記念写真を撮っておきたい、と子どもたちが言いだした。それで、娘のカメラを博物館の人に手渡して、頼みこんだ。

この家に本当に住んでいる人のように撮れたらいいね。だから、入り口から三人で顔だけ覗かせて撮ってもらおうよ。

子どもたちが賑やかに言い合い、ポーズを決めた。いちばん背の高い私がいちばん後に立ち、ドア代りの薄い布を子どもたちの頭上に掲げてやった。

こうして、一枚の写真が出来上がった。

小屋の全景は映っていない。まわりの灰色の樹皮の肌がくっきりとよく映っていて、その日の熱さを如実に思い出させる。息子はいちばん前に、足を少し拡げて立ち、Vサインを作った右手を突き出している。その息子の右手を押えようと、怒った顔をして横向きになり、両手を中途半端な高さに上げている娘。その後に立つ私の顔は日陰になってしまっているが、頭上に差し出している腕だけは白く光を浴びている。子どもたちの、運動靴だけの素足も同じように白く光っている。構造が単純明快なジャッカ・ドフニの夏の家にはしゃいでいた息子はこの時、ポーズを取りながら、なにか甲高い声で叫んでいたのだったろうか。

たとえそれがどんなに適確な、しかも一般的な言い方であるとしても、私は、息子が死んだ、という言葉を口にする人を恨み、腹を立てるのを通り越して、軽蔑してしまう。気の毒に、かわいそうに、という人も許せない。立ち直れましたか、と聞く人にも腹を立て、今頃、天国で楽しく過ごしていますよ、とこともなげに言う人を馬鹿にしてしまう。それでいて、私自身も言葉を見出せないままでいるのだ。ちがう、ちがう、と身に襲ってくる言葉を否定することしかできない。せめて、否定し続けていなければ、とんでもないことをいつの間にか押しつけられてしまう。が、否定し続けていても、それはそれで妙なことになってしまう。

少し前にも、こんなことがあった。

私の母が死んだ、と人に言われ、驚いて、案内されるまま、ある場所へ行った。微かに青白く光っている大広間の端の方に、母は一人静かに体を横たえていた。では本当だったのか、とがっかりして、そろそろと近くに寄って行った。私の後で、早速ですが、葬式をどうしましょうか、と問う男の声が聞えた。返事をせずに、母の顔を覗きこんだ。まるで、まだ生きているようだ、と思うと、母の口の辺りが動いて、顔の向きも少しだけ変わった。驚いて、顔に触ってみると、暖かい。母はただ寝ているだけだったのだ、私は安堵した。葬式をどうしますか、とまだ言い続けている人がいた。この母を見ても、まだ分からないのだろうか、と呆れて、私は答えた。

すみません、いつかまたお願いすることになるかもしれませんが、今はまだ元気で生きていますので。

しかし相手は私の言葉が聞えなかったかのように、葬式の段取りを決めようとし続けた。既に、まわりに人が増えはじめ、葬式の準備に早くも取りかかっている様子だった。なかに、知り合いの顔も見えた。

ちょっと、困りますよ。母は生きているんです。体を動かしているのが、見えないんですか。

どれくらい、人は集るでしょうかね。

分からないんですか。母は死んじゃいないんです。

まわりの人たちにも聞えるように、私はできるだけ大声で叫んだ。何人かの人が同情するような頷き方をして、私を見つめた。

とにかく急がなければなりませんからね、こういう場合は。

生きている人の葬式なんてできませんよ、やめて下さい。

私を気の毒そうに見つめる人の数が増えていた。したり顔で頷き合っている人たちもいる。

ふと私は気づかされた。私が母の生きていることを主張すればするほど、それだけ悲しみのための妄想が激しいのか、と哀れまれるだけなのだ、と。肝心の母を注意深く見てくれれば、一目瞭然のことなのに、誰ももう母の方を見ようとはしない。そして私の取り乱しようを、母の死の何よりもの証拠と受け止め、香典や着る服の心配をしながら、あんなに悲しんでいるのを責めてはいけない、と考えている。まったく、生きているようにしか残された者には見えないものなのだ、あのように思いこむことで大抵の人ははじめのうちのショックを乗り超えるものなのだ、人とは弱い存在だから仕方がない……。

私はただ自分の無力を悟らずにいられなくなり、それにしても実際に母はまだ生きているのに、私はただ事実を単純に言っているだけなのに、と悲しくなって、こんな人たちの前で泣くものか、と思いながら、結局はただ涙を流すことしかできなかった。

そうして、ついこの間のこと。

まだ冬のうちなのに、気温が異常に上がり、セーターも重く感じられるような、初夏に似た一日があった。

日中、汗ばんで道を歩きながら、気持が騒ぎ続けていた。なにか大事なことを忘れているというような不安定な心地で、しかも抑えることのできない喜びで身も軽くなっていた。気温の暖かさに、こうも体とはすなおに反応してしまうのか、と自分では思い、呆れていた。

住まいのマンションに夕方、戻ると、一階の集合郵便受けの前に四、五人の住人が集って、小声でなにか言い合っていた。それがちょうど私の郵便受けの前だったので、郵便物を確かめるためにも、その人たちのなかに入っていかなければならなかった。

私が素知らぬ風で自分の郵便受けに手を伸ばした時に、

そこがあなたのところなんですか、

と一人の男に声を掛けられた。

私は驚いた。

そこに実はこんなものが押し込んであったんですよ。でも、入りきらずに扉が開いていましてね、その上、はみでたところが今にも破れそうになっていて、こんなものが破れてなかのものがまわりに飛び散ってしまったら、大変なことになってしまいますからね、とにかく取り出して、今、こういう悪質ないたずらをどうしたらやめさせることができるか、ちょっとみなさんと相談していたところなんですよ。

別の、体の小さな老女が、赤黒いものの詰まっている、かなり重そうなビニールの包みを困惑した顔で両方の手のひらの上に乗せていた。

ちょっと、それ見せて下さい。もしかしたら、うちに届けられたものかもしれませんから。

私は声を弾ませて、その包みを受け取った。中身の色で察したように、それはおびただしい量の糸ミミズだった。ビニール袋のなかのわずかな水を頼りに、まだ無数の糸ミミズは元気よく体をくねらせていた。見慣れた糸ミミズだったが、それほどの量の糸ミミズは確かに気持の良いものではない。もし、ビニールが破れていたら、文字通り大騒ぎになっていたことだろう。

すみませんでした、これ、うちのものです、これからはこんなことがないように、よく気をつけますから。

私は一同に頭を下げたが、こみ上げてくる喜びに神妙な顔を作り続けることがむずかしくなっていた。

お宅のものなんですか、こんな妙なものが。

ええ、うちには必要なものなんです、確かにうちのものですから、もうどうかこれで。……

私は我慢できなくなり、そこから逃げだし、エレベーターに乗ってしまった。ビニールを隔てて伝わってくる糸ミミズの群れの感触がなつかしかった。一体、これで何匹のイモリに分け与えることができるのだろう。こんな形で、最初の変化が訪れるとは、意外なことだった。しかし、どんな形の訪れでも意外に感じるだろうし、また難なく、納得もできてしまうのだろう。糸ミミズが来たとなれば、次には大量のイモリが来なければならない。それが当然の筋道というものなのだ。大量のイモリが来たら、次は無論、あの子の番だ。イモリのための水槽をいくつか用意しておかなければならないし、二年も手をつけずにいたあの子の蒲団も干しておかなければならない。

我慢強く待ち続けた甲斐あって、ようやく息子の戻ってくるのも時間の問題となったのだった。遅くとも、この夏には戻ってくるらしい。夏になれば、音も、光も、私の住まいに戻ってくる。

（「群像」一九八七年五月号）

路上

色川武大

呆れ返って　ねえや
呆れ返って　ねえや
呆れ返って　ねえや

私は酔っぱらって、路上を跳ね飛んでいた。空気はさわやかだったし、風もないし、文句のつけようがない日で、弾みたって足がとまらない。改正道路は道巾をなおいっそう拡げてでもいるのか、一方の側の家並がすべて無くなって、四本柱と屋根だけの材木置き場がぽこりぽこりとあった。そうしてどれも等しく鉛筆を大きくしたような材木がおさまっていた。

呆れ返って　ねえや
呆れ返って　ねえや
呆れ返って　ねえや

それにしても、そちら側は、まるで戦争のあとの復興期のように、見渡すかぎり野っ原で、材木置き場だらけだった。私は改正道路を斜めに横断して、旧い家並のある側に行った。ついでに横道へ入ってしまった。

学校があり、私の母校らしく、子供のときの記憶に残っている小林一心堂という本屋や、村上天狗堂という文房具屋が並んでいる。私は足を停めずに校舎の中に入っていった。

呆れ返って ねえや
教室では、教師が私を見るとチッチッと舌打ちして、黒板の字をさっと消した。

「――それではこういうことをやってみよう」

と教師がいった。彼は白いチョークで一ヵ所に大きな点を記し、その下にゆらゆらとした曲線を長く描いた。それから今度は赤いチョークで、上部いっぱいに曲線を走らせ、勢いあまって教室の壁づたいにその線を伸ばしていき、ひと廻りして黒板の反対側から戻ってきた。

彼は前の白線をにらんでいたかと思うと、

「あーッ」

と声をあげて、白線と交差させた。

「これが、アドの点――」

といった。

「それじゃ、君たち、やってみたまえ」

生徒たちは細いガス管をひっぱってきて、それを伸ばしていき、黒板の上に自分たちの線をつくろうとしはじめた。いつのまにか、既成の線の上には白や赤の点があちこちにできていて、そこがガス管の中継地になるようだった。白点を選んだものは白点だけを利用し、赤点は避ける。もしあやまって赤点に中継しようとすると、教師が、

「そら、アドの点――！」

といった。青の点も現われてきた。赤のゴム管は赤点だけを伝っていて、子供たちは方々で交錯した。

私は足がむずむずして学校の外に走りだしたが、子供たちは街の中でもひと群ずつかたまってゴム管をひっぱっていた。一人の子は、ここに青点があるはずだ、そうだろう、と呟いて、青い大きな鋲のようなものを埋めこんでいた。

十字路のところから、濠が見えた。私は一散に坂道をおりて、濠の方に行った。

呆れ返って　ねえや

呆れ返って　ねえや

はァはァと息が切れているが立ちどまる気にならない。濠のまわりの並木道には遊歩する人たちが多く、露店もたくさん出ていた。

水ぬるむ季節で、白い大きな鳥があちこちに悠々と浮かび、ときおり首をおろして小魚をついばんでいる。

舗道の敷石がこわれて陥没しているところに、水がひたひたとあふれでている。よく見ると、水面の下には無数の小魚が湧いていて、群れたり散ったり、直立して水面から虚空をにらんだりしている。なかには、図々しく、仰向けになって背鰭をかすかに動かしなが

ら、水面の上で日向ぼっこしている奴が居る。

かすかな風のそよぎとともに、ささやき合う彼等の声がきこえたりする。

「頭にきちゃうな、ぼく」

「頭にくるねぇ、なァお前」

「頭にきのこさ、本当だよ」

「ねぇねぇ、頭にこない――?」

「俺ァもう、頭にきちゃったよ」

「頭にきてるってさ、どうなんだい」

「だから、頭にくるよぅ」

白い鳥の雛の足を、何十匹かの小魚が口にくわえて離さない。小魚たちは口をきりっと結んだまま、それ以上何もできないが、別の仲間が、跳ねあがって雛の横腹に喰いついたりする。雛は半分赤剝けになりかかって堪えている。

足のあたりが藪蚊にでも刺されているようなので見下ろすと、足もとを水がひたひたと埋めていて、小魚たちが咬みついては水の中に落ちていく。

呆れ返って　ねえや
呆れ返って　ねえや
呆れ返って　ねえや

私は水を蹴散らしながら駈けだしたが、手首のあたりまで跳ねて咬みついてきた大柄の奴が、じろりとこちらをにらんだ。

私はホテルの最上階で寐ていた。風がないように見えるが、それでも最上階は間断なく揺れている。ローリングのたびに、部屋の下に滑車でもあるように、右に左に滑る。とうとう建物の本体を離れて外に飛び出した。部屋はいくらかかしぎながら空中をすべり、ゆるやかに落ちていく。慣性でこうなっているので、はずみが尽きないかぎり動いていくのは仕方がない、と私は自分にいいきかす。そのかわり、慣性が尽きれば、反動で戻りはじめ、やがて元の鞘におさまるだろう。

本当にそのとおりで、部屋は逆にゆるゆると上昇しはじめ、持っていた力を使いはたすと同時に、ぴたりと最上階におさまった。そうして、外はきわめてうららかな朝であり、他の部屋の気配もしずまりかえっていた。では他の部屋もそれぞれすべりでていって、つつがなく戻ってきたのであろう。私は煙草を吸いかけたが、依然として揺れがおさまっていないことに気づいた。部屋は、いくらか踏み堪えた後、たまらなくなったようにまた外にすべりだしていった。そうして今度もちゃんと戻ってきた。

再び部屋がすべりはじめたとき、私は窓辺で眼をこらして眺めていた。他の建物も揺れてはいるようだったが、まだどの部屋もすべりだしてはいない。私の部屋は前と同じコースでホテルの中庭にゆるゆると着地した。私はじっと反動を待っていたが、今度は居坐ったきりでびくとも動かない。

私は念のために、そばに居た庭師らしい老人に訊いた。

「どこか、こわれたのでしょうか」

老人はいぶかしげに私を見た。

「いや、部屋が――」

老人は部屋の方に視線を動かした。

「何かあったら、フロントへどうぞ」

仰ぎ見ると最上階の私の部屋のところが、虫歯のように黒く欠けている。

とにかく酔いが醒めきっていたので、財布のありかを確かめてから、街の方に歩きだした。私は閑な身分ではなかった。私なりに考えねばならないことがたくさんあった。もっとも酒も欲しかった。酒なしでは、例の囃し文句も出てこない。

　呆れ返って　ねえや
呆れ返って、いるのか、いないのか、はっきりしないけれど、語呂がよくて口をついて出てしまったのだからしかたがない。正確にいえば、呆れ返るって、ねえや、か。

街は今日も人が出盛っている。しかし、どうも、私自身は昨日の威勢に遠い。街頭宣伝嬢のやさしい声音が不愉快だ。

車が少し途切れて、道路の地肌がぽこっと盛りあがって見える。わずか一ブロックのところがなかなかはかどらず、眼の前の風景が変らなくていらいらする。

昔、若い頃に、屈託しながら一日じゅう路上をうろつきまわっていたことがあった。いや、もっと小さい頃からだ。私はいつもいいかげんな、起承転結をつけない暮し方をしてきて、それ故に、気苦労のみ多く、どの日も勘をたよりに懸命にしのいできたつもりだった。路上は、私にとって文字どおり遊歩場《フォアイエ》で、なにも決めずに、ただたゆたっていればよい。もちろん屈託が減ることはないが、試験を明日に控えて寸刻を惜しみ机にかじりつく時間を、じりじりしながら無駄にすごしているあのこくのある気分。先に何があろうとにかく路上に居る間は段どりが進まない安心感。この停止したような時間をたっぷり味わうために、足を棒のようにしてどこまでも歩いた日々。

楽は苦のタネ、苦は楽のタネ、という考え方に中毒していた一時期があった。楽ばっかりでもなく、苦ばっかりでもなく、それなりにいりまじってくる印象がある以上、両者に因果関係をつける考え方が簡明で傾斜したくなる。実際に、苦と楽は、作用と反作用のごとく一対をなしていて、お互いの中に裏布地となってひそんでいるようで、そうすると、楽を味わえば、苦を育てていることになる。苦に浸っていればよいかというと、次の楽が怖い。油断して楽を迎えてしまえば、次の苦を避け得ないから、絶えず苦に踏みとどまっている必要がある。おかしいというのは素人考えで、苦は苦でも一色ならず、耐えられぬ苦と、どうやら我慢できる苦とがあるとすれば、坐してどんな苦かわからぬものを待つよりも、先手を打って、こちらで自家製の苦を用意し、楽は不用、苦は苦のタネ、という公式を考えた。

考えるまでもなく、自分の身体をいためつけるなどは、耐えやすい苦の方で、したがって、社用であれ私用であれ、外出するときにのんびり乗り物などに乗らない。享受して当然のような楽こそが、次に予想外の大破滅を呼びそうな気がする。はじめはただ走って身体をいためつけることのみ考えたが、先方との距離も不定だし、律を守りきれねばなんにもならないので、電柱三本間隔を走り、次の一本分を歩いて呼吸を整えることにした。信号が赤でも足踏みを続ける。障害物は弁解にならない。そうやっていると、とにもかくにも少しずつ先方に近づいているわけでもあり、人の実直さはこういう安定感に支えられているのだな、と思わず安らかさを感じたりするのが致命傷になるおそれがあって、心臓も破れよとスピードを出したり、凶事をあれこれ予想して不安を醸成したり。

その頃は、何か思いついたりすることが怖かった。今、こうしなければ、凶事を呼ぶぞ、と思ってしまったら最後、どんなことでも実行せずにいられない。その中毒は何人とも無関係なので、人に理解を求めたり、他人と歩調を合わせたりすることもできない。

いつ頃からあの中毒がおさまったのか。おそらく、生命の盛りがすぎて、自分には大袈裟な苦も楽も訪ずれそうもない、と覚ったのか、それとも、死んでもともと、という気分になったのか。

けれども、私の一生は、路上を歩き続けただけのようなものだった、という実感は消えない。職場でもなく、家庭でもなく、路上でただ保留し、回避し、もちろんただ回避しているだけですむはずもないから、税金のように屈託を背負いこむ。

それだけだった。せめて酒でも呑んで跳ね飛んで歩きたい。

私は一人でとぼとぼと、大きな坂を昇っていた。あたりに商店というものがなく、どちらの側も空地で、みすぼらしい木がぽつんとあったり、モルタルや角材が積み上げてあったりする。

向う側を、坂をおりてくる二三十人の団体があり、その後尾のあたりに、息子がおぼつかない足どりで歩いているのを発見する。お、と思ったが、道巾は広いし、騒ぎたてるほどのこともない。

空は蒼く、陽射しは豊かで汗ばむほどだが、だから幸せというわけでもない。

思いを一転させて、よく知った道筋に行こうと思う。さほどでもないところに私が長年住んでいるところがあり、そのあたりで馴染みの店にでも入って、うまい食事をし、一杯呑もう。先に何があるか知らないが、まず、くつろごう。そう思いたつと、一人でそうすればいいので、事は簡単。

坂の上に立つと、昨日の濠が見える。そのあたりにも人が群れている。私は勝手知った道筋をえらんで足を速めた。えびす亭はいけない。あそこにはたしか勘定が残っている。行けばぞんざいあつかいにはするまいが、素面のときに肩身のせまい思いはしたくない。ビアホール菊屋の昼定食は安くてうまいと或る主婦がいっていた。息子の代になって、喰い物にも力をいれはじめたらしい。けれども先代の親爺の、吝嗇を絵にしたような憎々しい面を思い浮かべたら、酒がまずくなる。ラーメンの泰正軒が捨てがたい。ラーメンでビールを呑むのもわるくない。

ひさしぶりで、一力へ行ってみようか。小体だが魚のうまい店だ。泰正軒か、一力か。えええ、泰正軒に、一力じゃぞぇぇ、と。

泰正軒は休みだった。何故か、暖簾がでていなかった。引き返して、ビアホール菊屋の前を通る。長い行列ができている。昼定食の評判がいいらしい。一力は、少し遠い。こうなると迷ってしまう。

私は迷いだしたらなかなか決心がつかない男なので、一力に決定した。後からぞろぞろと追い越していった人波の中から、

「ご一緒にいかが——」

と声がかかる。知人でも居たのか。何をご一緒しようというのだろう。角店の鳥仙が、やけに香ばしい匂いを撒き散らしていて、たちまち気が魅かれる。けれども通りすぎるときに店の人と眼が合っていて、また引き返して入っていくというのも形が冴えない。

洋食の紅梅亭の前でうっかり立ちどまってしまった。ショウウィンドウなど眺めてしまえば、もうこれはお上りさんスタイルで、とりすました店だけに入れるわけがない。またいつもの癖がはじまったと思いながら、一力だけを頼りに歩く。

わっさ、わっさ、わっさ、と声をあげながら小走りに行く人たちが居る。

一力は満員だった。立って待っている客も居る。主人が妙に親身な声音で、

「申しわけありません。お電話いただければお席とっといたンですが——」

といってくれる。仕方がない。大廻りしてまた商店街の方に向う。じれったいけれどもこの気分がこくを感じさせる。

信号待ちをしているとき、まわりの人が気ぜわしそうにこちらの腕をとってまっすぐ行こうとするので、振り切って右折してしまう。どうも近頃は路上でも個人のペースが守りにくい。見たこともない店が葦簾《よしず》がけで開店している。天ぷらを揚げてうどんに乗せて喰わせる屋台らしい。油鍋の向うの中年女と眼が合ったとたんに、

「寄りなさい。今なら一つ席があるわよ、早く早く――」

押し殺した声でそういわれた。それで人群れからはずれて葦簾の中へ入る。なるほど粗末な木の椅子だが一つだけ空いている。

「ビール――」といった。

「おあいにくさま、ビールはおいてません」

「ああ、それじゃ、酒でも、焼酎でも、なんでもいいよ。ウィスキーでも」

「酒類はないんです。昼間ですから」

なんだ、と思う。それでは問題にならない。出てきてしまう。外に出ると、主婦連のようなおばさんたちが人なつこそうに笑いかけてきて、自然に並ぶことになる。彼女たちは足が速いし、私がおくれかけると、腕をひっぱられる。

私の名前が呼ばれ、顔見知りの八百屋の亭主とおかみさんが揃って店先まで出てくるが、私を見送っている気配だ。なんとなく、騒音が満ちる気配が路上にたちこめている。もう面倒くさくもあり、気ぜわしくもなってきたので、どこでもいいからとりあえず坐ろう、と思ったりする。二三軒並んだ小料理屋の女たちが、店内から、声をひそめて、

「お入り――、お入り――」

といっているので、腕を伸ばして一人の女の掌をにぎり、

「おうら、入った――」

私を釣りあげた恰好の女は、

「よかった、危ぶなくねぇ」

「なにが――」

「危ぶなかったのよ」

店内は満員で、女が丼飯の上に肉汁かなにかがかかったのを運んでくれ、

「さ、立って喰べなさいよ」

「ビールは――」

「そんなもンない」

とはねつけられた。

箸を動かしながら外を眺めていると、道の向う側はきれいに空地になり、何人かの人が右往左往している。四本柱に屋根だけの材木置き場が整然と並び、遠くの方では五六人一組の人間が一糸乱れず、コンパスのように円を描きながら材木を動かしている。次の五六人がわずかにおくれて別の材木を動かしている。流れ作業のように一刻も停まらない。そうして材木に埋まっていずれも上半身しか見えない。材木置き場を一単位として次々に同じ作業がはじまり、あたりが埃っぽくなった。

「もう一杯喰べる——？」

私は残りすくなくなった丼を眺め、

「冗談じゃない——」

酒も呑まずに、こんな物喰っていられるか、と思う。

店を出ると、待ちかねたようにさっきのおばさんたちが居る。笑っているように見えたが、誰も表情がない。顔に何本もの縦線が走り、肌は木肌のように荒れ、眼鼻口いずれも細い線と化している。彼女たちに囲まれて歩きはじめたが、道筋の材木置き場に、下半身材木と化した人々が、無表情で働らいているのが確認できた。

が、それだけのことで、おばさんたちと一緒に歩いていくだけなので、私と材木は無縁なのかと思いかける。しかしそのうち手足が妙に突っ張ってきて、身体に筋が浮かびあがってきた。

その夜、私は人々と一緒に材木置き場にたてかけられていたが、やれやれ、という気もする。大難が小難、そうなってしまえばこの程度ですんだかと思うより仕方がない。

夜半から絹のような雨が降りはじめ、私の白い木目を、酒の代りにうす紅く染めていった。

（「群像」一九八七年六月号）

唇から蝶

山田詠美

ぼくの妻の唇は青虫である。これは、別に、たとえではない。たとえならば、ぼくは、青虫のような、とか、青虫のように、という言葉を使う。そして、ぼくは、願わくば、そういう言葉で、彼女の唇を形容できたら良いな、と思うのだが、残念なことに、彼女の唇は、本物の青虫なのだ。それも、黒い筋の入った不気味な色合いの虫である。上と下の唇を合わせて二匹。動くたびに黄色の部分も見え隠れする。それらが、どのように口に貼り付いているのかは良く解らない。ぼくは、時々、点検してみるのだが、それらは、ごく自然な調子で、口の周囲の肉に埋め込まれているらしいのだ。

妻の話によると、唇が青虫になる可能性は、幼い頃からあったらしい。大人たち、特に男の大人たちは、いつも、彼女の唇をうっとりと見詰めて、大きくなったら、さぞかし、魅力的な唇になるだろうと呟いたそうだ。

「いつも動いていたのよ、私の唇は」

いつ頃から、その動きある唇が、青虫に変わったのかは、はっきりとは言えないそうだ。少女から大人の女性になる過程で、彼女の唇の色は、次第に青みがかったようになり、膨らみ出したと言う。部分的に緑色になったと気付いた時には、もう既に、青虫として認めざるを得ない存在になっていたそうだ。

彼女は、外出をする時には、いつも念入りに口紅を塗る。ファンデーションを塗り、白粉をはたき込み、その上に、幾重にも紅を重ねるので、他の人々には気付かれることがない。実に上手く、青虫を隠している。ぼくも彼女が、そうして、くっきりと口紅を塗っている時に出会った。

初めて、彼女を見かけたのは、ある冬の朝のことだ。ぼくは、アルバイト先の職場をくびになり、職探しをしている最中だった。その日も、面接に行くべく、バス停に立っていたのだが、停まったバスから、黒いコートの衿を立てた彼女が降りて来た。朝なのに、深紅の口紅を付けていて、それが、冷たい空気に尾を引いて動いているようにぼくの目には映った。厚い、肉感的な唇だった。ぼくは、仕事の面接のことなど忘れてしまい、彼女の後をつけた。彼女は、早足で歩き続け、ぼくは、必死に、その後を追った。

どのくらいの時間が過ぎただろうか。ようやく彼女は立ち止まり振り向いた。

「変質者なの?」

彼女の問いに、ぼくはなんと言葉を返したら良いのか解らなかった。ぼくの喉はからからに乾いていた。

「変質者なの？」

彼女は、もう一度、同じことを、ぼくに尋ねた。ぼくは、おそるおそる頷いた。何故、そうしてしまったのか解らない。唇の後をつけて来たのだから、変質者なのかもしれないと、自分自身を思ったのだ。

「変な人。頭が弱いの？」

ぼくは黙っていた。唇に見とれていたのだ。不思議な動き方をしていた。囚われた唇が、もがいているように言葉を紡いでいた。今にも、そこから、赤い雫がたれそうだった。

「その唇のことですが」

ぼくは上の空の様子だったと思う。彼女は、顎を上げて、ぼくを見た。見下しているという感じだった。

「一回、二万円よ。ちょっと高いかもしれないけど、私の唇は特別なの。お金あるの？」

金などなかった。ぼくは、呆然と立ち尽くしていた。いったい、何を、二万円でしてくれるのか見当もつかなかった。仕様がないので、ぼくは、結婚してくれと、その場で申し込んだ。半分冗談のつもりだったが、驚いたことに彼女は、あっさりと承諾した。そうして、ぼくたちは夫婦になった。

普通の夫婦というものが、どういう生活をしているのかは、ぼくは知らない。しかし、普通の夫婦が、ぼくたちのように暮していないであろうことは想像がついた。

妻は、ふらりと何も告げずに出掛けてしまうことが良くあった。そして、ぼくが不安になった頃に戻って来るのだった。ぼくは何も尋ねなかった。彼女は、疲れているのか、あおざめた顔をしていたが、瞳は、きらきらと輝き、唇は、もの言いたげに濡れていた。ぼくは、そんな彼女を見詰めるだけだった。それが、ぼくの結婚生活だった。

　赤く塗った唇で、彼女は、時折、ぼくに良いことをしてくれた。これが二万円の内容なのかと、ぼくは、彼女の頭を股間に置きながら思った。だとしたら、それは、男にとってとても安い買物だ。ぼくは、目を閉じて、自分の幸運について考えてみる。すると、このことだけに価値を置くこんな結婚生活があっても悪くないと思う。手に触れる彼女の髪は、なめらかに床に向けて流れているし、ぼくの性器に影を作る彼女の睫毛は愛らしく丸まっている。ぼくたちは、体を重ねたことがない。何故なら、彼女が、望まないからだ。そういうことは面倒臭いのだ、と彼女は言う。子供が出来たら恐いしね。ぼくはなるほど、と思う。ぼくには稼ぎがないから、赤ん坊など出来たら、本当に困ってしまう。

「それに、実を言うと、私、あなたのことを愛してないのよ」

彼女の言葉に、ぼくは「へえ⁉」と思う。彼女は、とても、素晴しい事実を告げたかのように得意気な表情を浮かべている。上下の唇が、幸福にうっとりとしたように脱力している。

「でも、結婚したんだから」

「さあ」

「結婚すると、愛し合わなきゃいけないってものでもないでしょう？　違う？」

「あなただって、私の唇だけ追いかけて来て求婚したんだから、文句は言えない筈よ」

そう言われればそうだ。ぼくも、彼女を愛しているのかと問われれば返答に困る。だいいち、彼女のことは何も知らない。婚姻届を見たら、青木美代子という平凡な名前があった。結婚して、ぼくの鈴木という姓になった彼女は、ますます平凡な名前を持った訳だ。鈴木美代子。なんだか記号のようだとぼくは思う。

「きみのこと、みみちゃんて呼ぼうかなあ」

「よしてよ。そんなくだらない」

可愛い呼び名だと思ったが、彼女が露骨に嫌な顔をしたので、ぼくは、心の中で彼女を思う時にだけ、その名を使った。

彼女は、時折、とても汚ない言葉で、ぼくをののしった。ぼくの態度や肉体的な欠点などをあげつらい、馬鹿にしたように笑うのだった。ぼくは、その言い方が、あまりにひどいので反論する気もなく溜息をついた。

「きみ、ぼくを憎んでるの？」

ある日、ぼくは尋ねた。

「別に」

「あんまり、似合わないんじゃないかな。そういう汚ない言葉って」

「あなたに言われる筋合いないわよ。あなたなんか、甲斐性もない、さえない男のくせに。あそこだって、すごい小さいくせに、いつも立ってて、馬鹿みたい。そういうの色情狂っていうんじゃないの？　それなのに、女も連れ込まないで、私のこと待ってて、うっとうしいんだよ。まったく、もう、やんなっちゃうな、このくそ××××××××」

彼女は、腰に両手を当てて、さも、いばっているというポーズを作りまくしたてていた。長い髪がアンテナのように逆立ち、触れたら感電するのではないかと思われた。ひどい、まったくひどい、と思いながら、やはり、ぼくは彼女の唇を見詰めていた。唇は、ひらひらと開いたり閉じたりしていた。左右にも動いていた。熟したアメリカの桜んぼが糸でいくつもつないであるような、そして、その糸を口の内側から操っているような、そんなふうに彼女は唇を動かしていた。そう言えば、ぼくは、まだ彼女の唇に一度も口づけたことがないのを思い出した。もちろん、彼女が、そう望まなかったからだ。ぼくたちの生活は、お互いが望むことの交差する部分だけをつなぎ合わせて形作られたものだった。

「きみ、昔から、そうなの?」

「何が?」

「そういうふうに、人をののしって来たの?」

「そうよ」

彼女は憮然としたように口を結んだ。しかし、唇が歪んでいるのか、隙間が出来ていた。隙間は、時々形を変え、ぼくは、その性的な動きに感心した。ここに、ぼくの性器が滑り込むのだと思うと、またもや、股間が膨らんで来た。ぼくが顔を赤らめてパンツのジッパーのあたりを押さえたので、彼女は呆れ果てた表情を浮かべた。

「言ったとおりじゃない。あなたは、私ののしり言葉そのものの男なのよ」

そう呟くと、彼女は、ぼくのベルトを外しジッパーを降ろすために顔を寄せた。彼女は、何週間かに一度、まるで発作を起こしたかのように泣きわめくことがあった。そういう時、いつもの口汚ない言葉はなく、うなるような泣き声だけが部屋中に響いた。背中を丸めて床に座り込んで体を震わせるものだから、ぼくは、初め、病気なのだと勘違いして慌てた。しかし、彼女は、ぼくの問いに首を横に振るばかりだった。

ぼくは、床に伏せた彼女の顔を上に向かせた。涙に濡れた髪の毛をどけると、そこには、泣き濡れた瞳があった。唇は、萎縮したように小さくなっていた。口紅が少し溶けて歯の上に染みを作っていた。それは、薄紅色の貝のように見えて、ぼくを、どきりとさせた。ぼくは、その時、どうにも説明し難い思いにとらわれていた。ずい分と昔、子供のころに味わった心もとないような気分。そうだ、死にそうな仔犬や、迷子の子供を見た時のあの気持だ。ぼくは、つたないものを見た時に湧き上がる感覚を、この時、思い出したのだった。

彼女は、ぼくの手を振り払い、泣き続けていた。ぼくのシャツには、いつのまにか、彼女の口紅が型押しされていたが、彼女の唇は、まだ赤かった。それどころか、切っても切っても流れ落ちる血のように、紅は、いっそう色を濃くしているように見えた。

「口紅代、すごいんじゃない？　きみ」

ぼくは、彼女を笑わせようとしてそう言った。彼女は笑わなかった。決して笑いごとにはならない問題を抱え込んでいるらしいと、ぼくは思った。困ったことだ。かりにも、彼女は、ぼくの妻だというのに。ぼくは泣き続ける彼女をながめて途方に暮れた。

夏の初めに、ぼくは、彼女をデートに誘った。山の方の川べりにでも行ってみないかと言ったのだ。

「なんで、あなたと川に行かなきゃなんないの？」

「デートだよ」

ぼくは、少し頬を赤らめて答えた。

「あなたみたいなさえない男とどうしてデートなんか。人が見たら笑うわ」

「あまり人のいない所に行けばいいじゃないか」

「なんで、デートなんか」

「夫婦じゃないか」

「夫婦って、デートするの？　え？」

ぼくは、下を向いて、もじもじした。

「一度もしたことないから……その、ぼくは、女の子に縁がなかったから……この通りの外見だし」

彼女は、無遠慮に、ぼくをながめまわしてふふんと笑った。ぼくは肩をすくめた。ぼくの外見は、たいそうさえなくて、自分でも、そのことは良く解っていた。背が低く、足の短さときたら驚異的だった。猫背で、太っていたし、なにしろ鼻が大き過ぎて、それが顔のすべてのバランスを崩していた。そして、部厚いレンズの眼鏡。でも、ぼくは知っている。女性に縁がなかったのは、この容姿のせいではない。自分の容姿に自信がないという劣等感が、ぼくのまわりに嫌な空気を漂わせていたために、不本意な人生を送ってしまったのだ。ぼくが劣等感を覚えず、我を忘れて行なったのは、彼女を追いかけて結婚を申し込んだことだけだった。

「どこの川に行くの？」

彼女は、つんとすまして尋ねた。ぼくが礼を言おうとすると、それをさえぎって言った。

「あなたといると退屈しちゃうかもしれないから、ワインとか、お弁当とか、詩集とかも用意しなきゃ。ああ、忙しい」

詩集だって。ぼくは、吹き出しそうになった。ぼくの知る限り、彼女が持っている本は、化粧法を事細かに教えるためのものだけだった。

川べりには釣りをする老人がひとりいただけだった。ぼくたちは木陰にシートを敷いて、座り込んだ。初夏の陽ざしは木の葉を通してやわらかく、ぼくたちの手許に落ちた。彼女は、川の水で冷やした白ワインを注意深く開けて、プラスティックカップに注いだ。

「ほら、見てごらん」

彼女は、カップを、陽ざしにかざした。ワインには光の粒が沢山溶けているように見えた。

「一杯の川の水と一杯のワインのどちらにいっぱい太陽が入ってるでしょうか」

ぼくは首をかしげて彼女を見た。

「わかんないの？」

「きみはわかるの」

彼女は首を横に振った。

「でも、ワインだと思うな。私は、ちゃんと飲めるものが大事だもん。ほうら、太陽を飲んでやるぞ」

そう言って、彼女は、ワインを一息に飲み干した。ぼくは、驚いて、彼女を見詰めた。

「そんなに急に飲んじゃって大丈夫なの」

「あなたの精液も、こうやって飲んでるんだよ」

ぼくは、口に含んだワインを吹き出した。彼女は、おかしそうに笑って、二杯目のワインをカップに注いだ。そして、立ち上がり、木の葉を一枚取ってワインに浸して食べた。

「よせよ、腹、こわすぜ」

「うるさいわね。私の好きなようにさせてよ。醜男のくせに私に指図しないでちょうだい」

ぼくは、また始まったかとうんざりした気分でワインを啜った。彼女は、しばらくの間木の葉を食べ続けていた。

「葉脈を残して緑のとこだけ食べてるから大丈夫だよ」

見ると、彼女の足許には、すっかり色を脱かれた葉が何枚か散らばっていた。彼女は満足したように再び、ぼくの横に腰を降ろした。

「私と結婚して、どう?」

「どうって……結婚したって感じじゃないし」

「後悔してる?」

「さあ」

「私は後悔してるわ」

「どうして?」

彼女は、ぼくの問いには答えなかった。唇が震えるように動いていた。

「聞きたかったんだけど」

彼女は、ぼくの目を見て、なあにと問いかけた。

「どうして、いつも、口紅塗ってるの?」

「おいしいから」

ぼくは、ただ頷いただけだった。彼女が本当のことを言う訳がない。

「口紅は、おいしいよ。ほんとだよ」

彼女は、そう呟いて、ぼくを見たが、なんだか悲しげだった。

「私って、汚ない言葉を使い過ぎるって、あなたは言ったけど、本当にそう思う? 馬鹿だの不細工だのあそこが小さいだのって、おまけに、鼻がでかくて、その中の鼻水のこと考えると虫酸が走るとか猫背で暗い性格に見えるとかダックスフントよりか足が短いとか言われると頭に来る?」

「……………」

「でも、仕方ないんだよ。私って昔からこうだから、ばちが当ってしまったの。少しばかり、目が大きくて睫毛がびっしり生えてて、ほっぺたは、ばら色で、スタイルも良くて、どんな男もとりこになって、そいつらをぎゃふんと言わせてたからいい気になってたのね」

「……………」

彼女は、少し涙ぐんでいた。酔っていたのかもしれない。彼女の言うばちとは何のことだろう。彼女は、背筋を伸ばして川の流れを見詰めていた。眉の上で切りそろえられた前髪が、彼女を少女のように見せていた。口紅の良く似合う少女がいてもいいな、とぼくは思った。ぼくは、そっと、彼女の手を握った。彼女は何も言わなかった。きっと、そうされることを望んでいたのだろう。

その夜、彼女は、眠っていたぼくを起こして、話があると言った。ぼくは、眠い目をこすっていたが、彼女の話を聞く内に、すっかり目が覚めた。彼女の話とは、もちろん、唇の秘密のことだった。彼女は、ぼくを窓辺に連れて行った。

「ね、本当でしょ」

そこには、二匹の青虫がいた。ぼくは、すっかり仰天してしまい、しばらく口もきけない有様だった。

「離婚する？」

彼女は、小さな声で尋ねた。ぼくは、おそるおそる人差し指で青虫に触れた。青虫は、もがいて、ぶつかり合った。

「優しく触わってあげると喜ぶのよ」

ぼくは、彼女の言うとおりにした。青虫は、きゅうと鳴いて心地良さそうに丸まった。

「驚いた？」

「う、うん」

「離婚してもいいよ。でも、この子たちあなたのを飲むのが好きなのよ」

「きみは、どうなの？」

彼女は、下を向いて黙っていた。月の光に照らされて、青虫の皮膚は、ビロードのように光っていた。ぼくは、彼女の顎をつかんで上を向かせた。グロテスクだと思った。それなのに何故だろう。ぼくの胸は秘密を知ってどきどきしている。ぼくは、もう一度、尋ねた。

「きみは、どうなの？」

彼女は、柄にもなく照れていた。

「言ったでしょ、飲めるものは大事だって」

ぼくは、彼女を、そっと抱き寄せた。どうしたものかと思いながら、ぼくは、しばらく思案した。そして、試すように彼女に口づけた。ぼくは大きな溜息をついた。その後、何度も、そのいたいけなものたちに唇を当てた。優しく、つぶさないように、泣きたいような気持でキスをした。

その夜以来、彼女は、ぼくの前であまり口紅を塗らなくなった。最初の頃、顔の上に、二匹の青虫がのっているという光景が不思議に思えて、ぼくは、彼女の顔を、まじまじと見詰めたりもした。しかし、やがて、慣れた。考えてみれば、人間の体の部分には、おかしな形をしたものが沢山ある。手や耳、唇だって、もちろんそうだ。青虫の唇は見慣れないために人を困惑させるが、毎日見ていると、それが唇というものだと思えて来る。彼女の唇は、青虫であるというのを、ぼくの常識の中に組み込ませてしまえば、どうということはないのだ。

彼女も、自分の青虫をぼくに見せていることに大分慣れた。自分の青虫にぼくが平常心で接しているという事実が彼女の常識になるのだ。そして、青虫の存在をぼくだけが知っていることが二人の秘密になる。平常心が秘密を育てるという逆説めいたものが、ぼくたちを親密にして行く。しかし、ぼくたちの生活は変わりがない。彼女は、相変わらず、ぼくをののしっているし、ぼくに断わりもなく、どこかに出掛ける。体を重ねるようなこともない。しかし、誰も知らない青虫がいると思うことは、胸をわくわくさせる。汚ない言葉は青虫の糞のようなものだと思えば、気にもならないし、第一、この青虫たちは、ぼくをとても気持良くしてくれるのだ。

「私ね、子供の頃から何故か大人の男の人の気を引いちゃうような所があったの。で、何度か悪戯されたこともある。でも、男性恐怖症になったりとか、そんなことはなかった。そういう人たちは、皆私に親切にしてくれたし。でも、人を馬鹿にすることを覚えたみたい。だから、青虫の唇になっちゃったのかも」

彼女は、ぼくに、そんなふうに言ったことがある。ぼくは、それは違うと思った。他人を馬鹿にする人間は世の中に沢山いるのだ。ぼくは、色々な人に馬鹿にされて来たけれど、その人たちには、何のばちも当たらない。ぼくは、悲しい気持で、馬鹿にされる自分のことを何度か思ったけれども、世の中には、仕方がないことが沢山ある。そして、その内にぼくは思い始めたのだ。どんな仕方がないことでも、色々な幸運、それは、とてもささやかなことなのかもしれないが、当人にとっては、とても大切なものによって、救われるのではないかと。

「私の青虫は、何によって救われたの？　そして何を救ったの？」

彼女は、そう尋ねて、ぼくをうろたえさせた。ぼくは、彼女に、ある決定的な言葉を告げようとするのだが、何と口に出して良いのかが解らない。欠けたところを埋めるというのを説明したいのだが、ぼくには、その種の語彙がない。優しく青虫に口づけをして、実は、ぼくの唇も、この青虫を必要としていたなどと言うことが出来ない。本当は、青虫の問題ではないと、ぼくは、彼女に伝えたいのだが。普通ではない結婚生活を始めてしまったために、ぼくたちは、すっかり恥しがりやになっている。

そんな生活を続けている内に、彼女は体の調子を崩して床に着いた。ひどい頭痛と口内炎に悩まされている様子だった。ぼくは、彼女の体温を計り、頭を氷で冷やした。

「あなたに看病されると治るものも治らなくなる。だって醜男なんだもん」

彼女は、そう言って、ぼくを困らせた。青虫は、からからに乾いて苦し気に暴れていた。ぼくは、それらを湿らせるために、何度もキスをしなくてはならなかった。

「そういうことしても無駄みたい」

彼女は言った。それは、本当だった。緑色の青虫は次第に茶色に変色して行ったのだ。嫌な予感がした。ぼくは、これと同じ状態に変わって行った青虫を小学校の時に見たことがある。完全変態という言葉を、ぼくは久し振りに思い出した。

「ねえ、私が、あなたのことを、すごく悪く言ったの怒ってる？」

彼女は、掠れた声でそう言った。ぼくは、首を横に振った。

「その全部を帳消しにするような言葉を思いついたんだけど」

彼女は、その言葉を口にする前に昏睡状態に落ちた。唇は、すっかり固くなっていた。ぼくは、彼女の寝床の側に膝を抱えて、顔の上の二体のさなぎを見ていた。それらは、固い殻に包まれていたが、生きていることを証明するかのように、時折、ぴくりと動いた。青虫の時代に、あれ程、うごめいていた彼女の唇を思うと寂しくなる。もう、あの汚ないののしり言葉を聞くことは出来ないのだろうか。彼女は、それらが、ぼくを傷付けていたと思っているが、そうではない。ぼくは、自分が他人に軽く見られる種類の人間であるのを良く知っているが、彼女が口にした数々ののしりは、同じ性質のものではない。だって、ぼくを日々の糧としていたのだもの。青菜を齧るように、彼女の青虫は、ぼくを食べていた。彼女が、「食べさせる男」に出会ったのは、ぼくが初めてのように思う。自惚れかもしれないが、ぼくは、必要とされていたと、今、思うのだ。必要とされる程、心地良いものが、この世にあるだろうか。そう思えるのは、実は、ぼくも彼女を必要としていたからだ。失くしたくない、とぼくは呟いた。そう胸ときめかせる秘密は、二人で、ひっそりと分け合ってこそ宝物になり得るのだ。ぼくの精液を飲む青虫。乱暴な言葉を排泄する。けれど、たとえば、広がる青菜の畑、空に向かうみかんの木、そういう場所にいれば、青虫は自然の摂理に組み込まれる。のびのびとくつろぎ、眠り、咀嚼することも、糞をすることも、太陽や土に依存する。そこには、あらゆる種類の思惑をあらかじめ拒否した世界が広がっているのだ。

いつのまにか、ぼくは眠りこけてしまったらしい。小さな羽音で我に返ると、彼女の顔の上には、二匹の大きな蝶がいた。黒い縁取りを持つ、彼女の口紅のように赤い蝶々が、ゆっくりと羽を広げていた。鱗粉が、彼女の上に舞い落ち、頬を赤く染めていた。ぼくは、身じろぎもせずに、蝶を見詰めていた。羽には、うっすらと金色がかかり、それは、いつか行った川べりで開けたワインを思い出させた。ほら、見てごらん。彼女はそう言った筈だ。どっちにいっぱい太陽が入っているでしょうか。

ぼくは立ち上がり窓を開けに行った。外の空気が室内に流れ込むと同時に、蝶は、彼女の顔の上を飛び立った。そして、部屋の中を飛びまわり、二匹で遊ぶように、窓から出て行った。ぼくは、見送りながら、学者さんが、あの蝶たちを見つけたら驚くだろうと思った。学術名を持たない蝶もこの世にはいるのだ。

彼女は、いつのまにか目覚めていた。ぼくは、慌てて彼女の許に駆け寄った。唇は、もぬけの殻になり干からびていた。

「大丈夫かい？」

彼女は、ぼくに答えようとしたが、さなぎの脱け殻は、もう言葉を紡がないのだった。彼女は、それでも、必死に口を動かしていた。しかし、自分でも、無駄な抵抗だと悟ったようだった。彼女は、悲しげな瞳を、ぼくに向けた。ぼくは、彼女を抱き締めて、心の中にしまっておいた名前を呼んだ。

「みみちゃん」

彼女は、顔を上げて、恨めしげにぼくを見た。そして、寝床の側に置いてあったヴァニティケースを指差した。ぼくは頷いて、それを開け、いつもの口紅を選んだ。慣れない手付きで紅筆を持ち、ぼくは、彼女の唇の皮に紅をのせた。指は震えて、はみ出してしまったけれども、ぼくにしては上出来だった。彼女は、もどかしそうに唇を動かしてぼくに何かを伝えようとしたけれども、ぼくは、そんな彼女を制して、初めて、やわらかくその体をシーツの上に押し倒した。

（「群像」一九九三年一月号）

ゴットハルト鉄道

多和田葉子

ゴットハルト鉄道に乗ってみないかと言われた。ゴットハルトという名前の男に出くわしたことは、まだない。ゴットは神、ハルトは硬いという意味です。古い名前なので、もうそういう名前の男は存在しないということなのかもしれない。そういう名前の男は見たこともないのに、この名前を初めて聞いてから三分くらいすると、ある風貌が鮮明に浮かびあがってきた。針金のようなひげが顎と頬に生えている。唇は血の色をしていて、その唇が言葉も出てこないのに、休みなく震えている。口をきこうとしない男。目は恐れと怒りでいっぱいで、打ち砕かれる寸前のガラス玉のよう。

ゴットハルトの中を通り抜けて鉄道は走る、とスイス人たちは言う。つまり、男の身体の中を通り抜けて走ると言うこと。長いトンネルに貫かれたその山は、聖ゴットハルトとも呼ばれています。つまり、聖人のお腹の中を突き抜けて走るということ。わたしはまだ男の身体の中に入ったことがない。誰でも一度は、母親という女性の身体の中にはまっていたことがあるのに、父親の身体の中というのは、どうなっているのか知らないまま、棺桶に入ってしまう。

聖人のお腹の肉の中を走るのだと思って胸をおどらせ、わたしはすぐに承知した。わたしにこの旅行を依頼してきたのは、音節にアイロンをかけたような丁寧な話し方をするチューリッヒ新報の編集者だった。ゴットハルトは、重いのです。重すぎて、息苦しいのです。だから、異邦人の方に乗ってもらって、軽くしたいのです。編集者は電話でそう言った。わたしは、この編集者が取材と原稿を依頼しようと思った日本人の作家本人ではなかった。それは人違いでもなかった。それは、詐欺のようなものだった。

ゴットハルトは、わたしという粘膜に炎症を起こさせた。それは、まだ行ったことのない海岸の名前を両親から聞かされ、夏休みにはそこへ行くのだと信じ込んだ子どもがかかる熱病と似ていた。ゴットハルト鉄道という言葉が、錆びた鉄の赤みと、まだ冷たい四月の煙った空気と、ひとりで窓の外を見ながら寂しく感じている乗客にしか聞こえない線路の摩擦音などに姿を変えて、炎症を起こした。期待に喉が火照り、うがいをしてから、わたしはライナーに電話した。ライナーは、キール大学で文学を教えている。まだ教授ではないけれど、四十歳になるまではまだ三ヵ月あるから、それほど深刻に考える必要はないそうだ。四十歳になると、出世について真面目に考え始めるのだと、よくカフェバーなどで酔っ払ったジャーナリストなどが言っているのを聞く。わたしはまだ十年は出世しなくてもいいということになる。仮に出世したくなったとしても、職業がないので出世できない。

ゴットハルト鉄道に乗せてもらうことになったの。とても楽しみにしているの。わたしがそう言うと、ライナーはちょっと困ったように口ごもって、それは大変なことになったね、可哀そうに。そんな長くて暗いトンネルに君を押し込めてしまうとはね、スイス人もひどいことをするものだ。わたしは思い出した。北ドイツの知識階級に所属したいと思ったら、イタリアの光に憧れなければいけないのです。山やトンネルの中に入ったまま出て来なくなるような意識を持っていては、理解されない。理解されないような意識を持つということは、謎めいていて面白いということにはならない。単に自分たちの仲間ではないということにされてしまう。わたしはそれでいいけれど、ライナーはわたしが仲間たちに理解されないようなことを口にするのをとても嫌がる。ライナーの仲間に理解されない意識を持つわたしは、もうライナーとは関係の無い人間だということになってしまうから。

君は檸檬の花の咲く国を知っているかい、そこへ君を連れていきたい。そんなような詩をゲーテは書いた。イタリアという言葉を聞くだけで、ゲーテの目の中にも、明朗な黄金色に染まった廃墟がたちあらわれたに違いない。粗大ゴミのようにかさばって重たいアコガレを背負って。知識人は、イタリアに憧れる義務がある。ワインを飲む義務がある。でもわたしは、イタリアに憧れることはできないし、ワインなど飲みたくもない。アルコールを身体に注ぎ込むのは面倒くさい。それよりも、ゴットハルトのお腹に潜り込んで、しばらくそこで暮らしてみたい。石油ランプを灯して。缶詰めの豆のスープを暖めながら。暗闇の中で。列車が通過する時だけ、手の甲が明るく照らされるトンネルの生活。南国の光ではなく、山頂から見た景色でもなく、山の内部で視覚を失いたい。だから、わたしはドイツのインテリにも、日本の旅行者にも、仲間に入れてもらえない。なにしろ、インテリたちにとってはゴットハルトは光を遮る障害物に過ぎないし、日本人観光客は、硬い髭の生えたゴットハルトなどではなく、清純なユングフラウヨッホなどというところに出掛けたがる。

　チューリッヒの古本屋で、感じのいい店主に勧められて、感じの悪い題名の小説を買った。日本語ではどう言ったらいいのか分からない。我々はゴットハルトを貫き通す、というような題名。(トンネル貫通。この貫通という言葉には好感が持てない。袋小路とか洞穴の方がずっと美しい言葉だと思う。)作者はスイスでは有名でも、スイス人以外は誰も知らない巨匠フェリックス・モッシェリンです。日本と同じで、スイスにはそういう巨匠がよくいる。国境付きの巨匠。厚くてハンドバッグには入らなかった。七一四ページ。初めから終わりまで読む気にはとてもなれないけれど、本を適当にぺらぺらとめくればきっと気にいる言葉が見つかりそうな厚さ。そういう本は買っておいた方がいい。

　これは百五十年前のゴットハルト・トンネルの建設についての歴史小説であります、フェリックス・モッシェリンは山のような資料を集め、検討し、この小説を書いたのであって、勝手に頭の中で考え出した空想の物語を書いたのではありません、と古本屋のおやじは言った。まるで、誰でも空想というものに敵意を持っていると決めてかかるような言い方だった。わたしは、空想というものが馬鹿にされたように感じ、これは復讐の必要ありと感じた。たとえあのトンネルが空想の産物だとしても、わたしの人生には何の変わりもないんですがね、と言うと、古本屋のおやじは眼球の底に暗い石の陰りを見せた。ゴットハルトの遠い親戚のような男だった。ゴットハルトの岩肌から、角ばった余計な部分を削ぎ取って、眼鏡をかけさせ、その奥に文字に飢えたような目をつけたら、こういう顔になるかもしれない。

この古本屋では、ついでに中央ヨーロッパの地図も買った。ゴットハルトは地図の中央に堂々と寝そべっていた。ゴットハルトがヨーロッパの中心にあるとは知らなかった。でも地図で見る中心など当てにならない。日本で作られた世界地図では日本がいつも中心にあるのと同じで、地図の上では、誰でも自分を中心に置こうとすればできるのだから。

ゴットハルトは地図の真ん中に堂々と寝そべっていた。その爪先は、イタリアに触れていた。左目はチューリッヒ、右目はバーゼル。心臓はシュビーツ。お腹の辺りには山があって、そこからスイスが生まれたのだと思った。もう少しで、そう思いそうになった。でも、それが嘘だということに、その夜、夢の中で気づいた。ある国が、山の腹から生まれるということはありえない。国を生むことのできる子宮は存在しない。島を生むことのできる子宮がないのと同じです。

その夜、チューリッヒのホテルの部屋で夢にうなされて目が覚めた。書類の山が五つあった。大切な契約書か何か。真っ赤なじゅうたんの上の書類の山は、上から見ると、十字架の形に積まれていた。目を近づけてよく見ると、書類は白紙。雪のように真っ白。雪山。ベッドの隣の壁には、雪に覆われたアンダーマットの写真が飾ってあった。夢から目が覚めた時、初めてそのことに気がついた。山が母親であると信じること、母親と言っても、それが男であると確信していること、それがなぜか多くの人にとっては快いらしい。富士山だって同じことだ。

なぜあの山が、ニッポンと書かれた絵葉書の写真の中央に写っているのか。まるで、日本という国が、自然と富士山の中から生まれてきたような錯覚を起こさせる。

　頭を雲の上に出し、富士は日本一の山、という歌があったような気がして、その歌をベッドの中で思い出して歌おうとした。ところが、頭を雲の上に出しキングコングがやってくる、というメロディーが裏から強く浮かび上がってきて、富士山を飲み込んでしまった。アタマという最初の言葉をちょっと早めに元気よく歌い始めるだけで、富士山がキングコングになってしまう。

　翌朝、チューリッヒ中央駅に行くと、約束の時間までまだ随分余裕があった。ルガノ行き九時三分発の列車に乗るように手紙に書いてあった。九時四十五分にアルトゴルダウに着いたら、ゴットハルト鉄道の運転を四十年続けたベルクさんという人がプラットホームで待っているから、その列車の運転手のいる車両にいっしょに乗せてもらいなさいと書いてあった。ベルクさんは最近定年退職してから、取材に来るジャーナリストの案内などの仕事をしている。

　ルガノ行きの列車はすでにそこに止まっていた。列車の顔面にスイスの国旗がくっついていた。国旗と言っても布でできた旗ではなく、もちろん金属製の紋章です。隣のプラットホームに停車している列車の顔にも、同じく国旗が張り付いている。赤地に白い十字架。もし、日本の長距離列車の顔面に全部日の丸が付いていたら、どんなに嫌な気持ちがするだろう。列車に乗った途端、戦争で集団疎開させられた子どものことが頭に浮かんで、気が滅入るだろう。スイス人たちはきっと国旗を眺める気持ちが全然違うのだ。もしかしたら、これは帆船の舳先から首を伸ばしている木製の女の胸像と同じで、魔除けなのかもしれない。山の魔物が、土砂を落としたり、隣をしおらしく流れる小川の水に突然海洋の勢いを与えたりして、鉄道事故など起こすことがないようにと。

スイスの国旗の中の白い十字路。この四つ角を思い浮かべれば、ちょっと油断するとすぐに頭の中でどろどろに溶けていってしまいそうになるヨーロッパの地理が、さっと固まる。固まるものはみんな嘘なのだろうけれど。固まるものは安心感を与えてくれる。地図さえあれば、道に迷ってもかまわない。地図がないと、迷わなくても心配で息が苦しくなる。

スイス国旗の十字路は、人に安心感を与える。右に延びている道を行けばオーストリアに着く。左の道を行けば、フランス。上の道を行けばドイツ、下へ行けばイタリア。でも、ヨーロッパなんていうものが本当にあるんだろうか。みんながあるということを前提に話をしているから、そんな気がするだけじゃないの。地図というものがあるから、そんな気がするだけじゃないの。地図を見る。ヨーロッパという場所は確かにあるのだという気がする。ヨーロッパがあるなら、スイスがあっても不思議はない。あるということにしよう。その方が安心だから。

スイスの国旗をじっと見つめる。そのうち、目がかすんできて、国旗は姿を変え始めた。十字架の外部に凍結し続けているべき血液が、溶けて少しずつ中央に流れ込んだ。十字架は血を飲んで、赤く太って球になった。背景は血の気を失ってあおざめ、最後には、真っ白くなった。気がつくと、それは日の丸になっていた。この時まで、日の丸とスイスの国旗がこんなに似ているということには気がつかなかった。片方はキリストの十字架、もう片方はアマテラスオオミカミの太陽、形こそ違っているが、どちらもある表面の上に別の表面を囲い込んで、島のような場所を作り上げている。これは、国旗としてはめずらしい現象です。横に色が三色塗り分けてある、独伊仏のような、よくあるパターンの国旗とは全く違っている。神聖な島が孤立している。まわりから孤立して、自分をこっそりと世界の中心に据えた島の自己欺瞞。

乗り込むと間もなく、列車は走り出した。右手にチューリッヒ湖が見えた。それは、地図の上ではチューリッヒという瞳からこぼれて、いつまでも切れない長い涙のしずくのよう。地図の上では涙でも、窓から見ると、それは水面という表面が広がっているだけで悲しみはなかった。

アルトゴルダウで、プラットホームに降りると、白樺の木のような男がわたしを待っていた。ベルクです、よろしく。

運転台へ登る梯子は、工場の倉庫の裏階段よりも急。この間ライナーといっしょに見た芝居の舞台で、ファウスト博士がすわっていた塔の小部屋もこんな風に孤立した高みにあった。運転手は塔の住人なのかしら。運転手は厚くやわらかそうな唇を少し動かして挨拶した。隣に木の椅子を置いて、わたしとベルクさんがすわった。何も言わない運転手は、わたしたちがそこにすわっていることをなぜか喜んでいるようだった。ベルクさんが、列車のスピードについて説明を始める。その情報が、わたしを口をきかない運転手と結び付ける。ベルクさんも運転していた頃は口などきかなかった。今は口をきくことが仕事になった。運転手はみんな無口になっていくのです。ベルクさんの解説が、口をきかない運転手たちの世界にわたしの心を結び付けそうになる。その結び付きは、嘘でもある。運転手たちの生活は、言葉ではできていないのだから。わたしの生活は、言葉でできている。わたしには運転手は絶対に理解できない。でも、運転手の生活は本当に言葉でできていないのかどうか。言葉でできていないものが、この世の中にあるのかどうか。

運転手の足の下には足踏みミシンに付いているようなペダルがあって、運転手は常にそこに片足をのせている。もしも運転手が何かの理由で意識を失っても、ペダルが跳ね上がって、自動的にブレーキが掛かるようになっている。機関車と他の車両の間には、通路はない。電話があるだけ。運転手のいる空間は、常に孤立している。乗客たちの目に映るイタリアの光への期待も、子どもの歌う森の歌も、華やかな旅行雑誌のグラビアも、パノラマ車両の窓際に沸き起こる歓声も、遠い世界の出来事。それでも、後ろにひきずっている車両に生きた人間がたくさん呼吸していることを思うと、少しは胸が暖まるのだろうか。暖かみではなく責任感だけが重くのしかかるかもしれない。夜間の貨物列車を運転する時は、十両以上も連なる車両に生きた存在は全く見当たらない。重量があるだけ。たったひとりで、十両以上の無言を引きずって、信号しか見えない闇の中を走っていく。

今引いているのは十三両で、重さは六百トン、速度は百二十キロ。単線のトンネルに入ると、わたしは快感のせいで、腕の上部が内外からくすぐったくなった。トンネルが食道、わたしは食べ物。食道を通るものの快楽。食道を通っていく時に食物はこんな快感を感じるのだろうか。こういう変なことは、ベルクさんには言いたくない。でもつい言ってしまった。理解されないだろうことでも口にするのは、相手を信頼している印。ベルクさんも、わたしを信頼して、わたしにはちんぷんかんぷんのことをいろいろ話してくれるのだから。こんなことには興味ないでしょうが退屈だったらそう言ってください、すぐやめますから、と前置きして、蒸気機関車から最新型の機械までの技術の発展史を、わたしには馴染みの薄い言葉をたくさん使って説明してくれる。だから、お礼にわたしも自分の頭の中を占領している言葉を口から外に出した。まるで、食道の中を通っていくようですね、気持ちがいいです。ベルクさんは、あわてて説明した。単線はこのトンネルだけですから、安心してください。それに、このトンネルだって、もう一本、隣に通っているんですよ、逆方向から来る列車のためのトンネルが。

わたしは、やっぱり理解されなかったらしい。単線でよかった、という意味で言ったのに。もし食道が単線ではなく複線だったら、食べたものを折り返し吐かなければならない。これは苦しいに違いない。複線は気管だけでいい。

何でも自分の身体と比べるんだね、とライナーが先週の日曜日に言った。そうよ、何でも自分の身体の一部みたいに感じることができるの。バルト海に向かって口を開けたキール港のプロムナードをいつものようにライナーと散歩していた。機械油のにおいが気になると思った。黄色い花の香りのする風が吹いていた。だったら、あそこに見える船が自分の身体だと思えるかい？　あそこに積んであるコンテナは？　あの痩せたブチの野良犬は？　口が割れたコカ・コーラの空きビンは？　そう言えば、馬鹿な奴のこと、どこかの地方の方言では〈空きビン〉って言うんだよ、どこだっけなあ。カモメが、欲望する猫のような声を出して頭上を横切った。それなら、あなたは空きビンね、ビンなら指を入れさせてよ。わたしはライナーの耳の穴に指を入れた。それから、口の中に指を入れた。生暖かい唾液が関節にからまって、べとついた。食道にまで届いたら痛いでしょうね。指が深く入った。ライナーが激しく咳込んだ。のどぼとけのことをドイツ語では、アダムの林檎と言う。

列車は坂を登り始めた。登っている時の速度は、時速八十キロです。一キロ進む毎に、二十六メートル登ります。自動車と違って、急な坂は登れないのです。申し訳なさそうにベルクさんは説明した。わたしは急な坂なんて登れなくても構わないと思っているのに。スピードにも関心無いのに。遅くていいのよ、遅いのが好き。そんな歌謡曲の一節を口ずさみながら、車に乗っていたことがあったっけ。

わたしは、食道のようなトンネルにさえ入れるのなら、他のことはどうでもよかった。他の動物の食道に入ってみたいと時々思った。噛み砕かれなければ、入れないだろうか。まる呑みにしてもらえないだろうか。全身でなくてもいい。たとえば、身体の一部だけでも。たとえば、指一本だけでも。もし、わたしが死んだら、人さし指を切り取って、あなたの猫にあげてね。ライナーは黒い猫を飼っている。わたしが行くと、部屋の隅にすわったまま、わたしからじっと目を離さない。近づいていくと、さっと逃げる。死んだら、動物に肉を食べられてしまいたい。ずっと、そう思ってきた。でも、肉の話などあからさまにして、人食い人種だと思われたくないので、遠慮して、人さし指をあげて、などとスケールの小さいことを言ったのだった。猫に人さし指を食べさせるくらいならば、いくらキリスト教徒でも大目に見てくれるだろう。日本人は何かと人肉を食べるのではないかと疑われる可能性があるので、ヨーロッパでは言葉には気をつけなければいけない。

列車が坂を下る時に発するエネルギーは蓄積され、三本下るごとに一本が、その時発されたエネルギーだけで登ることができる。自動車は世界を汚す。ベルクさんもわたしと同じで、そういう意見だった。自動車が嫌いな人とはすぐに気が合う。自動車なんてみんなシーツにくるんでバルト海に沈めてしまえばいいんですよね、と言ってみると、ベルクさんはわたしの顔をじっと見たが、笑わなかった。バルト海というのはスイス人には馴染みがないので、ぴんとこなかっただけかもしれない。

長さ五十キロの地下トンネルを掘る計画があるのだと言って、ベルクさんは新しいトンネル計画についてのパンフレットを鞄から出した。ドイツとイタリアの間を行き来するおびただしい数の輸送用トラックがスイスの空気を汚し樹木を殺さないように、みんな地中にもぐらせてしまう計画だと言う。

(長距離トラックの運転手たちが闇の中を走る。トンネルの真ん中あたりまで来るといつも、このまま外へ出られないとしたら、と思ってしまう。もしもトンネルの中で人生が終わってしまうとしたら。途中には出口などないのだから。あと二十分は我慢しなければならないだろう。そのまま意識が遠ざかっていくような気がしてならない。これが、最後かもしれない。そう思った途端、トンネルの壁に背中を押し付けて立っている若い男性がライトに照らし出される。白いワイシャツがぐっしょり濡れて、胸にぴったりはりついている。両手に顔を埋めて、泣いている。あの男いったい何をしているんだろう。トンネルの中で、たったひとりで。急ブレーキを踏む。バックミラーの中に後ろから来るトラックの顔が光の輪になって現われる。つまり、衝突ということ。後ろからぶつけられて、意識を失う。後ろのトラックの運転手は即死。）トラックの運転手の気持ちなどわたしには分からない。トラックなどこの世からなくなってもいい。運ぶものがあるなら、列車や船で運搬すればいい。トラックで経費を節約しても、儲かるのは、どうせ運転手自身ではなくて、会社なのだから。運転手は仕事が増えても、良いことがあるわけでもないに違いない。とわたしは勝手に思う。わたしは本当に運転手の気持ちなど全く分からない。働く人のことは分からない。働かないで、わたしは暮らしてきた。人の修士論文を書いてやったり、匿名でポルノ小説を書いたり、モスクワにドイツ製のぬいぐるみのように見える荷物を届けたり、純血種の犬を休暇中あずかったり、貸しビデオをコピーしたりして、詐欺すれすれのパンを食べてきた。まともに働くという言葉の響きが、錆びたハサミのように危なく感じられる。

　今回は、忙しくて取材に行く時間がないと言う在独日本人作家に頼まれて、替え玉取材に行くことになった。ばれないかしら。大丈夫ですよ。たとえ新聞社の人がチューリッヒでホテルに会いに来ることがあっても、まだ電話でしか話したことのない人だし、たとえ新聞か何かで写真を見たことがあったとしても、日本人の顔など、どうせみんな同じに見えるだろうから、本人ではないことが分かってしまう心配はないですよ。そう言われた。取材して、メモを取って、帰ったら報告する。それだけの仕事だ。でもいったい何を報告すればいいのだろう。

わたしは、ライナーの知人のやっている日本のコンピューター会社に勤めていることになっている。実際は、その会社は人など雇える状態ではない。でも、キールには他にそんなことを頼める会社はないし、滞在許可を得るには、仕事がないと困るのでそういうことにしておいた。時々会社の事務所のあるところまで出掛けて、ビルの前の公園のベンチでサンドイッチを食べて帰ってくることがある。これがいわゆる出勤。詐欺ばかりしていると、職業という言葉がまるでベルリンの壁のように感じられてくる。あの壁ももう無くなってしまったけれど、わたしの壁はまだ健在。手で触ることだってできそうだ。職業という言葉の表面は硬くざらざらして、中味には毒物が混ぜてある。だから、わたしは向こう側へ行くことができない。向こう側って何のこと？　向こう側という見せかけの憧れ。

湖の表面ほど平らなものはないと思う。見つめていると、目まいがしてくる。ウルナー湖のまわりに住む人達は無口だったと聞いた。金文字の刻み込まれたシラーの記念石が向こう岸に立っているのがぼんやり見える。水の中に立っているように見える。本当のところはよく分からない。岸に立っているのかもしれない。シラーが戯曲に書いた有名なウィルヘルム・テルの伝説はこの土地のものです、とベルクさんが言った。ウルナー地方のある村の猟師ウィルヘルム・テルが、ハプスブルク家の代官に、自分の子どもの頭に林檎をのせてそれを射落とすように強制される。ウィルヘルム・テルは林檎を射落とすことに成功し、その後、共同体の自由のために戦う。でも、この古い伝説にはもっと違ったにおいが染みついている。そのにおいをシラーが消したのだ。シラーの本なんて全部シーツにくるんでバルト海に沈めてしまえばいいのよ、とわたしはいつかライナーに言った。ライナーは自分の名前を呼ばれたようにはっとして顔を上げた。怯えた目をしていた。それから、林檎のムースをフォークですくって、まずそうに上下の薄い唇の間に押し込んだ。牛肉の薄切りを茹でた料理の付け合わせは、林檎のムースと決まっているのだから仕方が無い。わたしのせいじゃない。わたしがライナーに食べろと強制したのではないのです。林檎は。

ウィルヘルム・テルは、息子を射殺してしまいたい、という願望を隠し持っていたに違いない。それでなければ、息子の頭に林檎をのせて弓で射落とせるはずがない。どんなに強制されても。そもそも何かを人に強制されたというのは言い訳であることが多い。エディプスだって、運命に強制されて母親と寝たというが、本当は無意識にそれを願っていたという噂だ。ウィルヘルム・テルも、息子が死ねばいいと思ったに違いない。

林檎といえば、エヴァが蛇に教わって食べ、アダムにも食べさせて、それ以来、人間がセックスということをするようになったとキリスト教徒たちが主張する、そういう怪しい果物。それを射落としてしまうということは、息子の身体から、女にもらった快楽の種を射殺してしまうということ。キールに帰ったらすぐにライナーにそう言ってやろう。性交か子供か、どちらかが射落とされて消える運命にあったのだと。あなただったら、どちらを取る？　どちらも女性の腹の中の出来事に過ぎないと思っていたら大きな間違いよ。シラーの本を一冊でいいから、林檎の果汁のしみたシーツにくるんでバルト海に沈めてしまいたい。それから、ベッドの中で朝、林檎をかじる癖もやめてもらいたい。

列車は回転トンネルに入った。ゴットハルトの長いトンネルに入る前に、列車は何度か回転トンネルに入る。列車は山の中で一回転して、ほぼ同じところにまた出てくる。急な坂を登ることができないので、列車は距離を稼ぐためにそうやって回転しながら高度を増していく。運転席からは、線路が曲がっているのが見える。それが見えなければ、闇の中で回転させられていることには気がつかないだろう。人間の方向感覚など全く当てにならない。スイスの国旗の白い十字路が、風車のように頭の中でぐるぐるまわる。ヴァーゼンの教会が、ひとつトンネルを出る度に、右に見えたり左に見えたり、何度も違う位置に姿を現わす。それがなかったら、どうも変だとさえ思わなかっただろう。どうも変だ、まわされているらしい。こういう言い方があるのかないのか分からない。詐欺にあった時に使うのにふさわしい言い方だと思う。どうも変だ、どうやら見えないところで身体を三百六十度まわされているらしい。まわされている、とは言わずに、みんな、担がれている、と言う。列車の背中に担がれて、ゴットハルトを少しずつ登っていく。担ぐことと、まわすこと。闇の中でまわされても文句は言えない。

わたしだって、ライナーをまわしたことがある。片足の足首を握って、仰向けのライナーを砂の上でまわした。少し動かす毎にライナーの身体が砂の中に沈んでいった。腰が回転軸になって、閉じた目は笑っている。海水パンツがずれて変な形になり、遠くからオートバイのエンジンの音があえぐように近づいてくる。錆びた機械の歯車のようにきしみながらライナーの身体は、焼けつく砂の中に埋っていった。最後に足を放すと、ほとんど何も見えなくなってしまっていた。ただ、ペニスだけが、小人の国のファウストの塔のように砂の中からひょっこり伸びていた。

群れから遅れた子牛が線路の上に立っていたことがありました、とベルクさんが言った。とても悲しかった。線路の上に何か見えた時にはもう遅いのですよ。ブレーキを踏んでも、すぐには止まれませんから。人間もふたり轢きました。鉄道自殺は相変わらず多いんですよ。轢き殺す自殺者の数は、運転手ひとり四十年について平均ふたりです。血なんか少しも流れないこともあります。まるで、巨大な穀物の袋にでもぶつかったような感じで。動物の身体でも人間の身体でも、ずどんとね。当たっただけで、肌はどこも破れない。したたかな表面です。平気だったかもしれない、とつい期待してしまう。でも、実際は望み無しです。外へは血も肉もこぼれなくても、中味は壊れてしまっているんですね。繋ぐことも、繕うことも、塞ぐことも、貼り合わせることも、縫合せることもできないくらい、完全に壊れてしまっているんです。

列車は、股間に滑り込んでいった。急な岩壁が、左右に切り立つ。壁の表面は焦げついた黒に、ところどころ皮の剝けた傷口のようななまなましい滑らかさ。剃り残された体毛のように悲しい雑草が、岩壁にへばりついている。ゲッシェネンという名前の町。トンネル工事の時に作られた町。スイスで一番醜い町だと、観光案内書には書いてある。醜い町にふさわしく名前も醜いと書いてある。ゲッシェネン。不運を連想させる充血の影が、岩壁に挟まれたこの町の肩にのしかかっているのか、空気が色になれないほど重厚な混合物を含んでいる。わたし、ここで降ります。わたしがそう言うと、ベルクさんは、ひくっと肩を引きつらせた。トンネルの中では、事故など全くと言っていいほど起こったことがないんですよ。点検が行き届いていますから。線路に異常がないか、何か落ちていないか、二人組みになって点検して歩くんですよ、ほとんど毎日。ベルクさんは、わたしがトンネルが怖くて列車を降りたがっているのだと思っているらしく、そんなことを言った。

いったい何が線路に落ちていると言うのだろう。龍の目が落ちているのか。ハイヒールのかかとが落ちているのか。わたしは怖いのではなく、ここにとどまりたいのに。プラットホームのとぎれたところに黒々と口を開けているトンネルの入り口。わたしは、降りるのは諦めた。ゲッシェネンという土地の何かに魅惑されたから降りたいのだと、ベルクさんには言う勇気がなかった。わたしたちを結び付けていた言葉が、闇を前にして消えてしまった。

運転席は暗い。もしも客車もこんなに暗かったとしたら、乗客たちは財布を胸に抱きしめて、炭酸ソーダのような顔をして出口を待つだろう。闇はビロードのようにやわらかく、少しだけ煙草のにおいがする。わたしは、光のないのは好き。左右から少しずつ押し寄せてきて肌を包む闇。長さは十五キロメートルですから、十分くらいで外に出ます。そう言ったきり、ベルクさんは黙ってしまった。少し目が闇に慣れてきた。トンネルの内壁に床の間のような祠のような空間がぽっかり開いている。薄明りに照らされて、中には小さなマリア様の像が立っている。そんなはずはない。マリア様など立っていない。そう思った時、列車はスピードを落とし始め、やがて憂鬱なブランコのように動きを止めた。運転手の顔を見たが、暗くて表情が見えない。凍りついたように、直立不動。わたしは、運転手の顔に口を近づけてみた。ロウ人形。どうかしましたか。答えはない。わたしは、今度はベルクさんの方を見た。ベルクさんは立っている。白樺の木のように。樹皮は言葉を寄せ付けない。前方の闇の中にぼんやりと光るものがあった。わたしの近眼の瞳が、見たい気持ちと見たくない気持ちの間で、筋肉を引いたりゆるめたりした。

ぼんやりと光りながら、こちらへ近づいてくる。肩幅が広く、脚がひどく短い。全身が白い光を放っている。それから消えた。

運転手の身体がぐらっと前に傾いた。ベルクさんが咳払いをした。列車を外から凍りつかせていた氷の層が溶けて、車体が暖まり、ゆっくりと線路の上を滑り始めた。機械の音がいつの間にかまたそこにあった。音の無い世界にいたらしい。今のは何だったんですか。尋ねても答えは返ってこない。わたしは本当に尋ねたのだろうか。本当は尋ねなかったらしい。それは意識の凍結の時間だったのかもしれない。

前方に光の球が二つ見えた。そのうちひとつに直撃。トンネルの外に出て、窓から後方を振り返ると、光の球は闇の球に変化していた。ＡＩＲＯＬＯ。アルファベットのＯの字がふたつ、今出てきたトンネルの出口みたいに見える。そうだ、背後に捨ててきたゴットハルト・トンネルを忘れてしまえるように、または忘れないように、トンネルの形が地名の中に刻み込まれたのに違いない。アイロロ、と発音しただけで、気分に陽気な穴がぽっかり開く仕掛けになっている。みんな陽気にアイロロ。イタリア語圏スイスに入った。地名にゴットハルト・トンネルのふたつの出口の記憶を刻み付けて。それでなければなぜOの字がふたつずつ開いているのだ。LAVORGO、GIORNICO、BODIO、そして、乗客は、ベリンツォーナの分岐点で、更に迫られるのだ。COMOへ行くのか、それともLOCARNOへ行くのかと。わたしの頭にあるのは、ゴットハルトのことばかり。どこへ行こうと、わたしの目には、地名の中に埋もれたふたつのOの字しか見えない。トンネルの出口が帰っておいで、と呼んでいる。出口は出口であることをやめて、入り口になりたがっている。トンネルのお腹が呼んでいる。帰っておいで、と。

わたし、ゲッシェネンにもどります。正直にそう言うと、ベルクさんの瞳に切り傷が現われた。ライナーの瞳にもいつも現われるあの切り傷だ。心をナイフにしてでも、言わなければならないことがある。そう思って言ってしまうと、相手の瞳にこの傷が現われる。コモへ行くと嘘を言って、コモへ行く列車に乗って、窓から楽しそうに手を振って、次の駅でこっそり降りて、逆方向の列車にこっそり乗り込むことだってできたはず。ベルクさんに余計な心配をかけないようにそうした方がよかったかもしれない。コモならば、誰もが行きたがる美しい町だから。でも、どうして、わたしだけが、そんな風に嘘をつき続けなければいけないの。嘘は仕事だけでたくさん。わたし、ゲッシェネンへ行きます。スイスで一番醜い町に。みんなが醜いというレッテルを貼っても、わたしには醜いとは思えない。さようなら。これは、ライナーに向かって、わたしワインなんて飲みたくない、イタリアへなんか行きたくない、と言ったのと同じくらい残酷な行為だったかもしれない。

ゲッシェネンには人影がなく、人が何かした痕跡もなく、ただ、雪が降って積もって溶け始めた痕跡だけが、風景にまだらを作って、見ていると今にも泣き出したくなる。やめてよ。あれを思い出す。自分を罰するように、頭の毛をバリカンで、ところどころ素肌まで剃り上げている少年をキールの駅でよく見かける。おまえが殴った痕だと父親に見せつけるためか、おまえが嘗めた涎の痕だと母親に見せつけるためか。剃り残された栗毛は不潔で悲しかった。ゴットハルトのように。人間は山を刈り上げ、穴を開けて、拷問する。シンバルを打ち鳴らすように明るい心でつるはしを振り上げて。モッシェリンの小説。行き当たりばったりのページを開き、拾い読みしながら、わたしは足の指が冷たくなっていくのを感じた。

「みなさん、国民の意見にも耳を傾ける必要があるのであります。鉄道建設にあたってのこの空騒ぎが大きくなり過ぎたきらいがあります。この自由の国スイスに鉄道王は必要無いのであります。官吏やオーストリアの騎士団やブルグントの軍隊よりタチが悪く、名門貴族やナポレオンの略奪軍、プロイセンの剣をがしゃがしゃ鳴らす豪族たちよりも始末におえません。ヘルヴェチアの乳房に忍び寄る蛇たちを追い返しましょう。」

トンネルを掘らせたくなかった気持ちも良く分かる。もう百五十年も前の話だけれど。わたしだって、反対しただろう。外国資本もイタリアの光もいらない。ゴットハルトの薄闇の中に隠れて、山を壊さずに、鉄を導入しないで暮らしていきたい。でも、それは閉鎖主義ということかしら。

蛇というのは、金属の鱗に横腹を光らせる列車のこと？　それとも、鉄道を建設しようという執念に取り憑かれた視線が山脈に忍びより、山肌を突き抜けていく時、その視線が蛇に似るということ？

わたしも蛇。でも、わたしがもぐり込もうとしているのは、ヘルヴェチアという女性の乳房の乏しい脂肪の層ではない。やわらかい男の腹の中、生み忘れた夢の中の胎児が何人も腐って肥やしとなっていった豊かな肉の中。わたしは硬いものを掘って進みたいのではない。ただ、やわらかいものの中に溶けるように入っていきたいだけ。

「静寂を好ましいもの、平穏を有難いものと、考えることでしょう、温和なもの静かな人間たちは。でも、わたくしたちは、騒音やダイナマイトの破裂音を愛するのであります。わたくしどもは、野性的な、落ち着きの無い人間なのであります。他の人たちには、トウモロコシを植えたり、ブドウの収穫をさせておきましょう。わたくしどもは、石を相手にするのです。石が硬くて手に負えなければ、その石への愛情はますます強まるばかりであります。なぜなら、石が硬ければ、わたくしたちの意志の方が硬いことを示すことができるからであります。」

ゲッシェネンの宿で、細長い部屋に入った。壁はやさしい黄色で、外の傷ついた悲しい黒と灰色の岩壁と違って、風邪を引いて自分を慰めるために食べるカスタードプリンの色をしていた。わたしはベッドにうつ伏せになって、モッシェリンの小説を読んでいた。まだ仰向けになるような時間ではなかった。午後の傾きかけた時間。外へ行くのには遅すぎ、そのまま眠ってしまうのには早すぎた。外へ行くのには遅すぎるというのは、言い訳にすぎなかった。壁に包まれていたかっただけだ。目を閉じるとトンネルの中にいるような気がする。どこにいても。

そのトンネルは、どこに続いているのか。目玉の向かっている方向が嫌でも前方ということになるのだろう。すると、トンネルの入り口は、わたしの後頭部の方向にあることになる。振り返って見ようとしても、振り返る度にウシロはウシロへ逃げてしまう。いつもウシロにある決してもどれない背中にくっついたトンネルの入り口ということを考えると、わたしは目をつむったまま、自分自身のトンネルの中で、回転し始める。目を開けると、同じ位置にいる。また、目を閉じる。トンネルが現われる。回転する。ウシロはウシロのままで、ウシロへ逃げ続ける。

ライナーの腹部も脂肪がたまって膨らみかけてきている。お臍を人さし指で押すと、どこまでも指先が沈んでいく。どこかで止まるはず、どこかに骨があるはず、と思う。ところがその骨が見つからない。不安になって、わたしは指の動きを止める。猫に食わせるんだったね、この指。そう言って、ライナーはわたしの指をわざと乱暴に摑む。痛い、と思わず声を上げるのはわたしの方。わたしの指は、骨にうっすら肉が付いているだけ。ちょっと握られると、すぐ痛む。こんなことでは、たとえライナーの腹の中に入り込んだとしても、肉の脂肪に包まれて、ぽっきり折れてそのままになってしまうかもしれない。雪のように白い脂肪。霜降り肉に、死も降りかかる。あなたのお腹の中に入ってみたいの。

「石は、やさしく友情に満ちておりました。石は、意地悪く、墓石の大理石のように白くもありました。子供たちが使う黒板のように黒くもありました。それはお母さんがパンを焼く時に練り上げる練り粉のようにやわらかく、お父さんがナイフを研ぐ時に使う研ぎ石のように硬かったのであります。」

宿に閉じ込められたまま、本をぺらぺらめくりながら日没を迎える。危ない気分が近づいているのと知っているのに何もしないでいるような感じ。外へ飛び出して、人々と言葉をかわしなさい。閉じ込められて妙な気持ちになってきたら。でも、閉じ込められていたいの。それが一番幸せ。ホテルの一室でもいい。列車のコンパートメントでもいい。トンネルの中でもいい。閉じ込められていたいの。外へ出なさい。外へ出て、刷りたての新聞のようなにおいのする言葉を人々と交しなさい。

わたしは、ゲッシェネンの駅から、アンダーマット行きの山岳電車に乗った。乗っているのは、わたしひとりだった。地図で見ると、アンダーマットというのは、トンネルの上に載っかった土地だった。ひょっとして、トンネルに通じる穴がアンダーマットの地面に開いているかもしれません。もしそんな穴があったら、わたしは上からトンネルに入るつもり。覗き込むだけでもいい。乗車券を買うと、なんだか映画館に入ってチョコレートを買ったような気分になった。音をたてて銀紙を剝く期待の感触。列車は恐ろしくゆっくりと走った。遊園地のおばけ屋敷を走る乗り物そっくりに、わざとごとごと音をたてて、わざと大げさに揺れながら、わざと落ちそうな細い道を通って。舞台装置のような峠の道が窓から見える。あそこを馬に乗った騎士が通ったら、時代物の映画が出来る。突然、吹雪が始まった。たった十分程度乗っていただけで、春が消えて、銀紙に包まれた世界に来てしまった。古い映画の画面の表面で光る小さな星たちのように、雪片が舞い、人の顔は微笑まずにはいられない。道にも雪が厚く積もっている。駅員も困惑と似た微笑みを理由もなく浮かべていた。雪のもたらすこの明朗さは何だろう。アイロロの春の光など、この雪の明るさに比べれば、太陽ばかりやたら照りつける憂鬱な休暇の記憶と変わらない。雪は山肌を白い知にした。わたしは理由のない微笑みを浮かべて、歩き出した。四方を白い山の斜面に囲まれて、中心に何もない広大な平野があった。真っ白な平面に、光の雪が絶え間なく、落下し続ける。誰もいない。わたしだけがいる。わたしもいないかもしれない。わたしが今ここにいることを知っている人間はいないのだから。足跡は雪に消されて、平野は毎分白紙にもどる。（そう言えば、アジア人がひとり、電車に乗って来ましたよ。スキーの道具は持っていなかった。何も持っていなかったですよ、いったい何しに来たんでしょうね。そんな風に駅員は証言するかもしれない。警官に尋ねられて。ゲッシェネンの宿では、住所は書かなかった。身元が分かるまで、時間がかかるかもしれない。）わたしはまるで自分がこれから事故にでも遭うような空想をしていた。その空想も、白い平らな土地の広がりの真ん中で、呆然と立ちすくんでしまったために中止された。吹雪が急に止んで、わたしの前に立て札が立っていた。散歩禁止。馬鹿げている。人は何でも禁止しようとする。何もない雪原の中にまで、禁止の札を立てるとは。散歩を禁止するのは、他に禁止することがないからではないか。散歩を禁止する理由など、この世の中に存在しないはず。先へ進めば、もっといろいろな札が立っているに違いない。ここでタイプライターを使ってはいけません、とか、ここで主語の抜けた文章を作ってはいけません、とか。雪野原の中では何でもしていいと勘違いする人が出てこないように、国家は用心しているらしい。

斜め前方に直径一メートルくらいの穴がぽっかりあいていた。上からトンネルの中を覗き込むために作られた穴が本当にあるということか。真直ぐに近づいていった。わたしは、期待のせいか、肺の内側がくすぐられるようで、苦しく、はあはあ笑いながら進んだ。それから、ぎょっとして足を止めた。穴は深かった。一メートルほどの厚さの雪の層、暗い断絶があって、その下にはなんと深緑色の水がゆっくりと移動していた。ここは川か湖の上なのだ。だから、散歩禁止と書いてあったのだ。雪の層が崩れて、散歩者が水の中に落ちることがないように。膝の関節がずれて固まり、動かなくなった。わたしの意識はすでに落下し始めていた。氷の層と水の表面との間にある断絶が、わたしを下へ下へと引き込んでいくのだった。同じ道をもどれば、落ちないわよ。自分を励ましながらもどり始めた。落ちたって、ゴットハルトの闇の中に落ちるのだからいいじゃない。入りたかったんでしょう。人間の笑い声が聞こえた。近くには誰もいない。ずっと遠くでスキー客が最後の雪に笑いを吹き込んでいるのを風が運んできたのだろう。もしも、これが最後に聞く人間の声だとしたら。わたしの踏み出す一歩は、滑稽なほどゆがんで小さかった。なぜ、まっすぐに歩けなくなったのだろう。直線が最短距離だという思い込みが、雪の中ではかえっていけない。

ライナーが肝臓の手術を受けた前日、夢をみた。開かれたライナーの腹の中は、濡れて赤黒く、ペニスが何本も詰まっていた。サラミソーセージの詰め合わせのように。これだけ蓄えがあれば何があっても安心ね、と看護婦がやさしく言った。外科医は、厳しい顔をして、ひしめき合うペニスたちの間に同じくらいの大きさの雛人形をひとつ押し込んだ。人形の真っ黒な髪。目がすわっていた。そのままお腹を縫合せてしまうのだろうか、とわたしは心配になった。雛人形を表わす医学用語が分からないので、医者に抗議することができなかった。ゲッシェネンへ帰らせてください。白紙の雪の純白は怖い。石のところへ帰らせてください。石は言葉を生み出す。ゲッシェネンは、石が音になってできた地名であるに違いない。だから、耳に直接訴えてくる。醜い美しいは理性の判断に過ぎない。ゲッシェネンと言えば、それはもう、美しいか醜いかなど気にせずに、石がそのまま言葉になったに違いない。硬い石がゲッと擦れ合い、砂利がシェッと滑り落ちて、谷底で湿ってネンの粘土質に変化した。ゲッシェネン。この地名を口にしてみると、雪の不安が薄れて、膝にまた力が入った。

雪の下には何もない。雪の上にも何もない。光さえも飲み込んでしまった雪の空白。わたしはそれに当たって、ぱあっとなってしまった。スクリーンに映った映像が一瞬にして消えてしまった。もしもそれが鉛筆で書いた文字であったなら、いくら消しゴムで丁寧に消しても、痕は残る。それが、スクリーンの上の映像のように跡形もなく、消えてしまった。ゲッシェネン。石の呪術を使って、消えた足跡を呼びもどさなければならない。来たところへもどるためには。ゲッシェネンという名前を繰り返しながら、歩いていった。いつの間にか駅にもどっていた。

「チョークのように字の書ける柔らかい石もありました。ガラスを切るのに使えるほど硬い石もありました。色は明るかったり、暗かったり。青みがかった灰色の石もあれば、茶色がかった紫の石もありました。緑っぽいのや青っぽいのがあったかと思うと、また茶色、そしてまた緑、明るい黄色にオーカー色、腐った土の色、またあらたに青みがかった灰色が出たり、稲妻に貫かれたような模様が現われたり、緑化した青銅、青紫の細い棒状のもの、石炭のように真っ黒だったり、ざくろのように美しかったり、銀色になった石英には黒い線が交差していて、文字のような水晶もあれば、凝結した桃色の川のような石、緑の下地に赤銅色の石もあって。そして、我々は、そういったあらゆる色を通過して、北と南の両側から、中心へと掘り進んでいったのです。同じ色にぶつかるはずのその中心点へと。」

その中心点で、北から掘り進んでいったつるはしが南からのつるはしにぶつかった。わたしは宿へもどるとまた、ベッドにうつ伏せになって、分厚い本のページをめくっていた。イタリア人の労働者たちのつるはし。十年間ずっと掘り続けた労働者もいた。途中で職を変えた労働者もいた。命を落とした人間たちも。多弁だったのは石だけで、人間たちは黙って掘った。

その夜、眠れないので駅まで軽い散歩をした。外を歩いている人間などいない。駅員さえいない。駅の前に止めてある自転車の群れが、子牛の群れのようにも見えた。鉄道事故で死んだ子牛たちの亡霊が、夜になるとこっそりと駅前に集まって世間話をしているのかもしれない。自転車はまだビニールシートに包まれていた。春になったら、駅の貸し自転車が始まるのだろう。静まりかえった谷間の宵。自転車はハンドルにベルがついている。牛は首に鈴をさげている。駅前ではベルも鈴も音を凍らせて、闇の中で光らない。終電の時間はとっくに過ぎている。わたしは、プラットホームに上がった。いやでもトンネルの入り口に視線を吸い寄せられた。トンネルの内部は、この谷間の町の夜よりも更に暗いのでした。その闇の深さは、トンネルの中に入っていく自分の姿を思い浮かべることさえ許してくれなかった。入ったのかな、自分は本当に。夢にまで見たゴットハルトのお腹に。入らなかったに違いない。入ったとは、とても思えなかった。

（「群像」一九九五年十一月号）

使い魔の日記

笙野頼子

八月二十五日

お盆。朝起きると眠っている右肩のところで白い火が燃えている。火といっても菌糸のようにねばねばしていて、しかもその火は天井から下がっている糸で操られている。落語家が怪談をやる時に周囲を暗くして、糸の先に作り物の人魂を付けて飛ばしたりするのと、同じ感じで糸の先に火が下がっているのだ。その火が私の肩のところで燃えているのである。しかもそれが消えると私は死ぬらしい。自分の命の火を、誰かが糸で外へ引っ張り出して操っていて、その糸の通りに動かないと殺されてしまう。こういう日は今までに何日もあった。こんな日を、「特に規制の強い日」と私は呼んでいる。——あ、動かされるな、と思った時には既に午前中の道を凄い速度で歩かされていた。糸は天井の上を這って街路に出ており、中空をどんどん動いて、私を引き回した。夕方まで、はぜのように海老のように、道を跳ねまわった。用事は際限なかった。――まずはしりのスダチと空のペットボトルと水晶玉を、私の逗留地である、あるマンションの神棚から、それぞれ百メートル、五百メートル、二キロ、と離れた地点に埋めに行った。私が所属している神棚の本宮にあたるところからどんどん指令が来ていた。指令は頭の中にたちまち発生して、ひとつの用をしている後ろからすぐ別の用事が言い渡され、おまけに実際にしている動作のひとつひとつに釈明を求められ訂正を要求される。いくつもの用を一度にしていると一ヵ月先の仕事について段取りを言えと迫って来る。お供え関係の用事がその日は結構あった。神社に祀られた神の父神、妹であり妻である幼い神、それからその神のいた場所を征服して新しく神になってしまった強力な神のために、それぞれ指定した神社の特定の場所に、瓶ビール二本、ひじき二袋、麦茶の缶二個を壮年の男子に見られないようにして届けるという内容であった。ビールは地面に直接置くために周囲に盛り塩をしなくてはならず、それに手間取り、壮年の男子には見付からなかったものの、社務所の前で立ったままパンを食べていた中年の女と老年の男に誰何されてしまった。「何をしているんですか」と言われたので「はい、ちょっと」、「はい、ちょっと」と言いながら笑って後ずさりをして誤魔化す事にした。「ああ、個人的信仰の人ねえ」とさも判った風に女の方が言うのに乗じ、「はあまあ、っかいまです」と言語不明瞭にだが、一応は事実を告げて逃げた。肥満体にショートカット、台湾製ジーンズに薄緑のTシャツという今の私の恰好は早朝の聖域によく出没して異様に謙虚な態度で丁寧な祈りを捧げている自称霊媒の人達と確かに同類に見える。ここに来る時、大して着替えを持ってこなかった。シャツ三枚を交互に着ているので私の服装は次第にくたびれてきている。

以前交番の前にビール二本を供えた使い魔がいて、そのビールは勝手に火を吹いてしまったので火炎瓶と間違えられてしまい、逮捕されたという話を聞いた事がある。「犯人」はどう調べても思想性がなかったので精神鑑定の後病院に入れられたそうだ。そいつは、警察に自分が蛇神の使い魔である事をべらべら喋ってしまったため、退院後は竜神からの恵みで富と若い妻、愛人に恵まれ、その一方蛇神の呪いで鬱状態にもなって最後は首を吊ったという事であった。

何かを届けて、何かを土に埋める一日であった。

八月二十六日

使い魔を始めてから今日で丁度百日目だ。

本日は使われている神社の神棚が祀ってある民家から蛇神に蹴り出されて、マンションの鉄骨だけの階段を転がり落ちて走った。神棚の大きさは丁度人ひとり入れるくらい。――使い魔を持っている家は絶対にその事を隠すから、マンションであれば神棚はどこも、全部押入れに完全に埋め込まれている。人間の体を持ったままでこの押入れの中に、夜中閉じ込められているのは辛いものがある。トイレや風呂はマンションの家人が使わぬ時にこっそり使わねばならないし、この猛暑、冷蔵庫に冷たい物が入っていても使い魔であればそれを気軽に飲む事は許されない。脱水で倒れても嘆かれるだけだ。使い魔が使い魔である間、一切同情はされない。人間が持つような要求を持てば、ありうべからざる行為として危険視され、ひたすら凶兆のように扱われてしまう。飲み物は用事の間に自分の財布から買う。人間時代に持っていたものの殆どは神棚を祀っている家人に管理されているため、ポケットに隠し持った小銭だけが使い魔の人権を保証する事になる。「どこへも行くな」、「大きな金を持つな」、「全部報告しろ」という原則が使い魔にはあるが、そんな規則を全部守っていれば二月で死ぬ。

使い魔になってから一番悲しいのは自分の感情や思想を捨てていなくてはならない事だ。今日は駐車場の白線の上にヒヨの雛が落ちていた。おとなのヒヨよりも柔らかい大きな鳴き声に振りむくと、成鳥より肥って嘴も太い姿が大きなおむすびのように転がっていた。私の視線に、反射的に雛は大きく口を開けた。拾って帰って飼ってやりたかったが、見殺しにするしかなかったのだ。雛を拾って帰り、伏せた籠の中に入れて二三日育て、それから鳥籠を買ってきて、大きくなるまでそこで餌をやればいいし、籠なら家にある。それなのに駄目なのだ……雛はすぐカラスがくわえて行った。この街にカラスは増え続けている。例えば朝窓の外から夜明けの庭を見ると、ゴミ箱を漁っている黒猫がいて、いや、黒猫かと思ったらカラスだったのだ。そして次の日、ああカラスがゴミ箱を漁っていると思って見ていたら黒猫であった。その次の日には下半身だけが黒猫のカラスがいた。

八月二十七日

午前五時頃、目の覚め際に「菜箸を持って行って片付け物をしろ」という指令が発せられた。何を片付けるのか知らないまま六時半から道を飛ばされていると、そこら中から人間の首が生えて来た。但し、その首ひとつひとつの特徴や性別をとても怖くて書けない。細かい事を誰かに教えたら自分も首達の仲間にされ、朝起きて、道から生え、わあわあ泣いて、私の代わりに来た誰かに片付けられてしまうと判っているからだ。それはたとえ日記のようなプライベートなものに禁を犯してもそうされてしまう。だから書けない。

首を片付ける用事は割りと簡単であった。

首は生えたところを動かず、切り口に生じた大きな吸盤四個で道のあちこちにくっついているものだったのだ。普通の首より小さくて日本猿の首くらいになっているが、瞼も表情も完全に人間のものだ。ただ、どれもさすがに血色は悪い。私は右手を構えてまず菜箸二本を大きく開け、首の左右の耳を挟んでころりと道に倒す。そんなふうにしてから左手の手の甲で側頭部を軽く押してやると自分から一回転してすぐまた土に潜ってしまうのである。首を片付けはね除けて土に返す。完全に自分から潜ってしまうと生えていたところを足で押して固める。いや、固めると言っても、ぎゅっと押してはいけない。土を蹴って跳ぶ、足で押して跳ねる。強く押しすぎると、首はまたすぐ生えて来て、私の足首を嚙み、土の中に引っ張りこもうとするのだった。箸で挟まれながら、首は結構いろいろ愚痴を言う。何を言ったかも怖くて教えられない。ただこちらから首に喋りかけた事は書いてもいいらしい。何を書いていいかは、次々と頭の中に湧いて来る指令に一応は従っている。——一緒に行くと思ってんのか馬鹿、温厚な夫君だとか言いたいんだろう、どぶにだって腹時計が落ちてんだぞ、とか、私は首に言ったらしい。らしい、というのは台詞が記憶にあっても自分の言葉という実感がまったくないからだ。例えば夫君と言ったって私の性別は女なのだ。喋りながら菜箸で首をひっくり返す最中、世間の人々は怖そうに私を見て通る。使い魔は人前では冷静にしていなくてはいけないし何も説明出来ないからストレスが溜まる。首を返しながら道に一回だけ唾を吐いてしまった。途中で体の血の気が一度、引いてしまったので、道の端に二分だけ寝た。「どうしたのか」と余計な事を聞きそうな人々が通ったので慌てて起きようとすると下半身が黒猫になってしまっていた。仕方なく上体を腹と尾の間に隠し、黒い髪の生えた頭を足の間から出して、黒猫のふりをした。

八月二十八日

日はすぐに暮れる。夕方は特に使われるな、と思う。肩の火は燃えていない。が、今日もまた「特に規制の強い日」である。服の襟首に釣り針みたいなものが引っ掛かっている。それが吊り上がって私をあちこちに運んで行く。川に沿って運ばれる。丘に沿って上がる。墓石のひとつひとつの真上に垂らされる。首はどこにも生える。墓石を足で蹴ると靴の裏に、墓の苔と泥とカラスの糞がこびりついてしまう。民家に沿って屋根の瓦一枚一枚から生えている首を蹴っていく。猫の首が中には混じっていてそれは蹴ってはいけない。猫は数日前に見た猫達にとても似ている。病院の近くの鳥獣店の小さい檻の中に二十四、毛色もばらばらな子猫達が小さい耳を立てて、本当に子猫だけ入っていた。動物実験に使うのだろうかと思ったが、使い魔をしている最中だったのでそれ以上見ないようにしてそのまま通り過ぎた。朝から晩まで首をひっくり返す一日である。人の首はどこでも単調にわあわあ泣く。

マンションへの帰り道、まったく事情の判ってない善意の人間に呼び止められ供え物をされる。ありがた迷惑という程こちらも思い上がってはいない。相手が気の毒で胸が詰まる。あ、使い姫さんですね、これは偉い、と相手が言う。茹で卵と酒と兎の形に作ったおむすびを籠に盛って、私の手に無理やり下げさせようとする。非常に困惑する。その一方卵と酒が心から欲しくなって葛藤のあまりに泣きそうになる。絶対に貰ってはいけないのは、私が蛇神の使い魔だからだ。そして使い姫というのは、この夜市を二千年以上前から支配している、新しい方の神、竜神の配下である。人間の肉体を持たない彼らと私とでは一字違いでも大違いなのだ。私は竜神以前にこのあたりに自然発生した、土着神が半分妖怪化した蛇神の下で、言われた事を、ただ泣き泣きやっているだけだ。百三日前、都会で普通に暮らしていたところへ、いきなり下ってきた指令に逆らえずに、こうして帰って来た。無論間違って名乗るとどんな恐ろしい事になってしまうかも知り抜いている。おとなげないと思ったが温厚な相手に抗弁した。私は使い魔ですこれからどんどんひどい事をしますよとやっきになって言った。そんな事はないでしょうと困った相手は目の前の事実を無造作に否定しながら、こっちに使い姫だと言わせようとした。だがもしも私が使い姫を名乗ったりすれば、その場で雷に打たれて死ぬかもしれないのだ。それだけではなく、使われている蛇神の方からも変な名乗り方をすれば博打の運を通常人の五分の一にしてしまうしそこにはロシアンルーレットの運から癌の延命率まで含まれているのだと脅かされている。仕方がないのでにこにこしている相手の両手を握って振りながら危ない事を言った。――危ないというのは別に精神が危ないという意味ではない。夜市の大地の底で眠っている、二千年以上前の蛇神について、語る事自体が非常に危険なのだ。そのため言葉は思わせ振りに事実とも虚構ともつかなくなる。ニュアンスを取って、向こうが黙ってくれればいいという目的でもって、あたらずと言えども遠からずな事を冗談半分で喋るしかない。「私は使い姫ではないです。」、「使い魔なんです。」、「まず使い魔とは何か、ははは、それは、家を絶やします。企業を爆破します。」、「貨幣も廃止するし前衛詩を拵えて野菜を食べます。」その上に「人々の体が悪くなる煙を尻から出します。立て続けにそれをやれば人心は荒廃しますよ。」、「そんな事で人の体を悪くする尻から出る煙を何色にするのか今考えているんですがやっぱりベージュとかモスグリーンしか思い付かなくって。でも子供は原色が好きなんですけどねえ。」等、並べ立てた。相手はともかく聞きにくい事を聞かされたという気分になってくれたらしい。そのせいで、またそんな場合のいい人の常で漸く、向こうを向いてくれた。ほっとしてさようならときちんと挨拶をして、またお話したいですと愛想を言ったら黙って去って行った。いい人の振りをしていただけで本当は冷たい人なのかもしれないとその時に思った。もっとも、そもそも二千年以上前の使い魔の概念を、既に竜神や使い姫に慣れてしまさえ、外では滅多に使い魔などという言葉は言わない。世間に内緒で蛇神の神棚を持っている家でった町の人々に説明するという事は不可能なのだ。

八月二十九日

今日も早朝から空を飛ばされる。まったく変な町だ。交差する坂道がどこも正確な十文字になっている。鳥居が半分欠けている。地形の高低も錯綜し過ぎていてよく判らない。でも自分にはそんな事どうでもいい。

白い火を燃やしながら坂道の上を飛びバス停で着地。バス停の後ろは昔駄菓子屋だったのに、今は焦げ茶のレンガタイルを貼った家があって出窓になっている。その出窓の視界の半分はジュースの自動販売機で塞がっている。七時のバスが出たかどうか妙に気になった。交差点の坂道に立たされて自動販売機でラクティアを買う。駄菓子屋のある頃からまったく取り替えていない、広告の剝がれたベンチに腰を掛けて飲む。スカートに大きな折り皺が三四本ある、くたびれた布地のボディコンを着た、レイヤードの長い髪を茶色に染めた、足の細い女性がハイヒールの音を立てて、杖を突く禿げた若い男の手を引いて行くのに出会う。男の優しげで整った顔だちに見覚えがある。赤ん坊だった頃その男の姉に頼まれて子守りをした覚えがある。私は小学校六年生で、真っ赤なセーターを着たままその子を抱き上げた。他の子供が抱き上げても絶対泣かなかった赤ん坊は赤い色が怖いという事で激しく泣きだした。母親が早くに死んで彼は姉に育てられたのだ。彼の姉は外国に行った。彼は病気が進行して失明し、同病の女性と一緒に暮らしている。女性は市の経営する作業所に毎日仕事しに行くので、彼は心配して付き添っていく。赤ん坊がもう結婚しているのだと思う。私はラクティアをもう一本飲む。ここで飲んで置かなければ、夕方まで水も飲めないかもしれなかった。自分に言い聞かせた。今は使い魔だ。昔の私の記憶については、使い魔としての期限が切れて、また人間に戻った時に考えればいい。——私を使っている神社の蛇は、昔このあたりを治めていた土着の人間で、呪術的治水を行って神として祀られたと自分で言っていた。今では竜神に首ねっこを押さえられて馬鹿で汚くて古臭いもののように扱われて、いつでもいないかのように無視されていると、神社だって石一個だけしか残っていなくてお地蔵さんと間違えられて祀られていたり、狐や星の神と混同されていたりで、いろいろ悔しいと、また、大体今の夜市の言葉は全部爛れている、などと指令の時ついでに、私に訴えた。その言葉はくどくて声は陰湿で感情は全部だらしなく表出していて、とてもうとましい存在である。彼が神である事を私はもう信じていない。それでも彼の声は聞こえるから期限を切ってだが、こうして使われるしかない。

八月三十日

バス停のところでお告げの通りにこの前と同じような首をひっくり返していると、生きた人間の八十七歳の女の人が来て「姉さん自動販売機に手がとどかんで二百六十円入れてくれ」という。タバコを買うのである。その後すぐまた八十六歳の女の人が来たが、今度は割烹着の汚れたのを三枚くらい重ねて着ていて、煙草を買うのではなく、バス停のベンチに片手を突いてもう片方の手で股引きをさげてしゃがんだ。見るものがないのでそれをじっと見ていると睨まれてしまった。――使い魔は会うだけで人の年齢が判る。理由は自分でも判らないが。

午後からまだ仕事、首を延々とひっくり返し続けたせいもあって、体が痒くなる。洗濯物を干す場所がなくハンガーを使おうとしても困った顔をされるし、ピンチが六個だけ下がった小物干しを昨夜九時に命掛けで買いに行った。夜バスに乗っているところを家人に見つかると使い魔は殺されてしまうのである。家人が留守の三十分程の間に出て戻ってきた。本当に怖かった。銭湯に内緒で行くために小さい桶とタオルも買った。買い物自体が精神の安定にいいと判る。使い魔は自分の用事の時は飛ぶ事が出来ない。八十日振りに自分のためにだけ自分の体を使った事にはなった。――お使いのついでに近所の神社の水道で隠れて歯を磨いてついでに特に痒い二の腕だけを手で擦って洗っている内、上半分がカラスになってしまう。翼を広げるだけ広げて下半身を隠すが、ポテトチップを喰いながら歩いている子供にじろじろ見られる。夜、押入れにつくりつけの神棚の中に、六個のピンチを使って一日分の洗濯物を干した。生きていて本当に良かったと思った。

夜に蛇神から通信。使い魔の期限が終わるという。最初に通信があって使うぞ、と言われてから百と五日、終わるから安心という感情は一切ない。名残惜しくもない。ただ、神が言ったとおりに私はここに来て、またその指令の通りにここを出ていく。というより神に追い出される。

八月三十一日

夏休みの宿題が出来ていない夢を見てしまう。朝唸りながら起きて、暫くしてから、自分が使い魔である、という事は既に社会人だから、宿題はもうしなくてもいいのだとなんとか気が付く。使い魔の期限は本日で終り。東京のマンションに帰る事にする。

朝七時、家人には挨拶せずバス停に行き、駅に切符がなかったため、ホームのベンチで四時間仮眠、特急を乗り継いで夕刻、東京駅に着く。八重洲口近くの駅構内でウーロン茶、大塚までＪＲ、大塚から都電、文京区のドトールでミラノサンドＣとコーヒーの夕食。帰宅後買い物、護国寺の荒物屋で百一匹ワンちゃんの真っ赤なスリッパ、豊島区のサンエブリーで消臭剤とあられ、雑誌三冊、その隣の雑貨屋でティッシュペーパー五箱。二時間入浴後、午後十時過ぎに就寝の予定、だったのだが……眠ろうとすると灰色と黄緑の混じったような光が閉じた目蓋の下に一杯入り込んでいる。それが非常に喧しい声でわめき立てる。その声にいちいち答え返して、大分経ってから気付いたのだが、それらは全部道でひっくり返した人の顔の、目のところだけが空洞になっているものなのであった。おまけによく考えてみるとその首は全部、自分が以前に殺した人間であった事に気付いた。――眠るのを諦め朝までテレビを見る。

（「群像」一九九七年一月号）

星月夜

小川国夫

その晩八時ごろに、海江田先生がうちに見えて、兄さんと二人だけで話をしたい、と言いました。それで、納屋の二階へ行って、二人さし向いになりました。

——君は疑われているかもしれない。私は心配で、このままでは眠れない。是非今度の件を打ち明けてくれ、と海江田先生は言ったそうです。すると兄さんは、

——いろいろありましたけど、三次が死んだ夜のことでいいですか、と訊いたそうです。

——それでいいよ。

——あの日は学校が早めに終ったもんですから、幾波へ顔を出したんです。

——なぜ幾波へ行ったのかい。

——あそこの若宮修練所へ行ったんです。先生も知っているでしょう。僕は去年修練所に三ヵ月いたことがあるんです。

——それは知ってるけれど、なぜあの日に行ったのかい。

──別に理由はありません。修練所のまかないのおばさんのことを、なぜか思い出したからです。なつかしくなったんです。

──それだけかい。

そう訊きながら、海江田先生は、自分もこの生徒を疑っている、と感じたそうです。すると、背を丸め気味にして、上目づかいに相手の眼に眼を据えている自分の姿が鏡に映ったように見えたそうです。口が乾きがちなので、固いものでも噛むように話す自分を意識したりして、先生は疚しかったそうです。しかし相手は、そんな暗い関心などどこ吹く風で、無邪気に受け応えしていたというのです。

──それだけです。……でも、理由はあるのかもしれませんね、と兄は言ったそうです。

──どんな……。

──解りません。……とにかく骨洲で軽便に乗る僕を、三次が見たと言うんですから。

──しめし合わせたってことじゃないね。

──そんなことはありません。

──安心したよ。それじゃあ、理由はないんだ。

──いや、あるかもしれません。

──ないんだよ。

──自分にも解りません。

──三次はなぜ幾波へ行く気になったのかな。

——はっきりしません。

——……。

——三次のことはいつもはっきりしないんです。とにかく、僕を追いかけて来た感じでした。幾波の若宮修練所で会ったらすぐに、〈お前と会っておきたかったんて〉と言いましたから。

——死ぬ前に、っていう意味かい。

——そうでしょう。

——それで、幾波ではどんな風だったのか、話してくれ。

——僕は修練所のまかないのおばさんと話していました。以前撮った写真なんか見ていました。すると三次が来ました。

——そして、〈お前と会っておきたかったんて〉と言ったんだな。

——そうです。

——その時、三次は死ぬ気だな、と感じたかい。

——感じました。いよいよ死ぬな、と感じました。

——いさめなかったのか、彼を。

——いいえ。

——なぜだ。同級生だろ。

——なぜか解りません。

——……。

——三次と一緒に散歩してみようと思いました。

——もっと聞き出そうと思ったのかい、自殺の決意を。

——そんな風には思いません。

——なぜ散歩してみようと思ったのか。

——散歩するのに、なぜってことはないでしょう。

——そうか。

——その時、まかないのおばさんが、ご飯を食べておゆき、と言いました。もう炊けていたんです。めずらしいことに、一粒一粒立っているような真白なご飯でした。塩があればおかずは要らないと思いました。

——それでめしだけ食べたのか。

——いいえ、おかずもありました。鰯の丸干しを二匹ずつ焼いてくれました。それと、わかめの味噌汁と、白菜の漬けものをたくさん出してくれました。昆布と赤い唐辛子が入っていました。

——うまかったろう。

——ええ。三次もうまそうにかきこんでいました。ごはんいくら食べてもいいよ、とおばさんは言ったんです。

——何杯食べたんだ。

——僕は三杯です。三次も三杯でした。

——案外食べないじゃないか。

——茶碗が大きかったんです。それから自分で茶碗やお皿を洗って、三次とそとへ出ました。もう夜でした。

——六時ごろかな。

——丁度です。柱時計を見ると、六時十分でしたが、おばさんが、この時計は十分すすんでいると言っていましたから。

——君は散歩の理由なんかないと言うけれど、重い散歩だったろう。

——そんな感じはありませんでした。風が吹いてきて、樟や樫やひばの葉を揉んでいましたから、そっちに気をとられていました。三次もそうだったと思います。

——三次は何か言わなかったかい。

——黙ったままでした。

——君が尋ねても……。

——僕も黙っていたんです。言うこともありませんでした。何か考えていたような気もしますが、気持を葉の嵐に捲きこまれて、自分の中がカラになっているようでした。でも感じていたことがあります。最初からずっと葉の乾いた音は頭上で鳴っていたんですが、三次は春の潮みたいでした。透明な温い波が寄せてくるようでした。

——三次は君が好きだったんだ。

――そう思います。あの晩は、なんだか遠慮っぽいような、しつっこいような感じでした。

――……。

――本当はしつっこかったんだと思います。僕たちはずっと葉摺れの音の中を歩いていて、三次が槙の垣根をくぐり抜けたので、ついて行くと、奉安殿の柵の中でした。それで段々を登って壁を背にして坐り、台から足をぶら下げたんですから……。そこは風が死んでいる、静かなところでしたので、僕たちは少し話をしました。

兄がそう言った時、海江田先生は自分は今、唇を引き緊めて、何か引き出したいような眼をして相手の眼を見ていると感じたそうです。自分も幾波小学校の奉安殿の柵の中にいて、風の音を聞きながら、この教え子たちを凝視しているかのように思えた、と言うのです。だから兄が、それまで通りの話し方を続けるのを、まるで自分をはぐらかそうとしているように、先生は受け取ったのだそうです。でもそれは錯覚でした、自分をはぐらかそうとしたのは野末仙太郎ではなくて、死んだ三次だったんですね、と先生は、まるでその場に立ち会ったかのように感想を言いました。

――三次は何て言っていたかい、と先生は訊いたそうです。すると兄は、

――そこから、梅檀が三本見えました。すっかり葉が落ちて、ポツポツと実をつけた真黒な梢が風を弾ねつけていて、その向うの星空がとても大きかったんです。それで僕が、星がきれいだな、と言いますと、三次が、だれかがサッと光を撒いたんだよ、と応えましたので、僕はなるほどと感心しながら、だれが撒いたんだろう、と言ってみました。答えなんかがあるとは

思いませんでした。しかし三次は、俺さ、と言いました。

兄が言葉を切ったので、海江田先生はその会話の行く手を期待したのだそうですが、そこまでで、二人はそのあと黙ってしまったというのです。

——三次はひとを暗示にかける名人なんです。二人は長い間寒く冴えた星空を見ていたんですが、僕には、光を撒く三次の手つきまで見える気がしました、と兄はつけ加えただけだったそうです。

長い沈黙のあとわれに返ったという感じで、兄はまた話を続けたそうです。

——それから僕は、終列車に乗り遅れるといけない、と三次に言いました。時計を持っていませんでしたから、あやふやでした。それに三次の気持が、行ったきりになっているのが感じられました。その先が死だったにしても、僕がそれまで思っていた死とは違っていました。ここからが死だという境いはないのです。どこまでが川でどこからが海ということのない河口みたいです。そして、快よくなまぬるいんです。われに返って、三次をうながしました。三次はうっとりしている最中でした。ようよう立って僕について来たので、槙の垣根をくぐって外に出ました。するとそこに人がいました。

——そうか、見られたんだ、と海江田先生はまるで自分が見られたかのように、口惜しそうな声をたててしまった、というのです。

——僕たちは川の縁へ出たんです。そこにアセチレン・ランプをつけて鰻を釣っていた人がいたんです。その人は川べりの石垣の隙間へ小さな竿を丹念に差しこんでは、鰻を狙っていました。それだけのことなんですが、僕たちはまた立ち止ってしまいました。三次が喰い入るように見るので、僕もそうなってしまったんです。川の流れは普段とは違いました。近くにはアセチレン・ランプを映し、遠くでは星を映して小止みなく流れているのです。三次の暗示で、この世離れがしてくるのです。僕たちは、鰻を釣る人について、少しずつ川をくだりました。その間収獲はありませんでした。とうとうその人があきらめ、川からあがって、ランプを消した時、僕たちはそばへ寄って、魚籠《びく》の中を見せてもらいました。三匹の大きな鰻が、星を映してゆったりと縒《よ》れ合っていました。

そこでまた言葉はとぎれたそうですが、海江田先生が黙ったままでしたので、

――三次はすぐあとで死んだんですから、こういうことも、なんだかのんびりした道草のように思えますが……、と兄はつけ足したそうです。すると海江田先生は、

――見られているんだなあ、と溜息をついたそうです。先生は別のことを考えていたのです。更にしばらく考えていて、

――いいか、野末、警察で聞かれるだろうが、そのことはちゃんと言わなきゃならんぞ、と言ったそうです。

――言います。他のこともあった通りに言います。

――言わなくてもいいことは言うな、と先生は嚙みつくように叫んだのだそうです。

――……。

――いいか、否定して通ることは否定しろ。嘘も必要だ。

海江田先生は自分がめずらしく気持をたかぶらせてしまったのを感じたそうです。しかし兄は冷静に、曖昧に頷いたというのです。それで先生は、兄がそれが必要ならそうしようと思っている程度で、実は必要ないと思っている、と受けとって、危い、と感じたというのです。

——帰ろうと僕は言いました、と兄が話を続けたので、

——何時ごろだったのか、と先生はまた訊いたそうです。

——時計がありませんから、はっきりしません。でも僕は、九時ごろだろう、と思っていました。軽便の終車はあそこでは九時三十五分なんです。しかし三次は、俺は幾波へ残るよ、と言うんです。それでも僕が、帰ろうともう一度言うと、三次はついてきました。煮えきらない足取りでしたが、僕のすぐそばを歩いていて、透明な温い波のような気配は変らずに、こっちへ寄せていました。やがて線路に沿ってしばらく行くと、彼は突然、仙ちゃんここまでにしてくれや、さよなら、と言いました。そして、温い波が騒いで逆流する感じになって、僕から離れました。三次は走っていました。蜘蛛のような影が線路を乗り越え、向うの畔道を遠ざかって行くんです。僕は追いかけました。しかし三次は、沼のほとりの高い葦のしげみに入ってしまったんです。足もとに水が染み出るところでした。三次はしゃがんで、息をひそめていたのではないかと思います。僕はしばらく探しましたが、星を映した葦がゆれているばかりですので、仕方なく一人で帰ることにして、また線路に沿って停留所のほうへ歩いて行きました。

——三次は君に別れを告げたんだな。

——少し歩いてから、僕はそれを感じました。動悸がしました。血が心臓の壁にぶつかって

いるのが、赤く夜の中に見えるようでした。それで、沼に引き返して、彼の名前を呼びながら探しました。いませんでした。僕は落ち着こうとして、地蔵さんの台石に坐りました。そこは静かで、星をちりばめた空がとても大きくひろがっていました。それで僕は奉安殿を思い浮かべたんです。奉安殿でも星を見つめましたからね。

兄さんが短く星の説明をしますと、海江田先生は息を呑み、そんな暗示を三次から受けていたのではないか、と質問したくなったそうです。でも思いとどまって、ともかく先を聞いてみよう、と思い直したといいます。

――それで僕は幾波小学校の奉安殿へ行きました。扉は閉めてありましたが、大きな南京錠が引き抜かれ、留め鉄《がね》にぶらさがっていました。僕は扉を開け放しました。中は暗くて、よく見えなかったから、星の光を入れたのです。三次が死んでいました。彼の胸は僕の顔より高くにありましたから、まず綱を握って懸垂で耳をせり上げ、動悸に耳を澄ましました。止っていました。三次と呼んでみました。応えはありませんでした。それから、僕は、輪っかはどんなふうに釣ってあるか、調べてみました。

――丈夫なロップだったんだろうな。三次が吊るさがったんだから。それに、君も懸垂をしたと言ったな。

――太めの藁の縄でした。それは僕もよくわかっています。自分も握ったんですからね。わからないのは、それをどんな具合に天井から吊りおろしたか、です。暗くて見えませんでした。しかし僕は、懸垂したついでに、天井に触ってみればよかった、と思っています。

兄がそう言うのが、海江田先生には不審に思えたそうです。自分は中途半端な気持になって、野末君の顔を見守ったんです。この時自分には好奇心しかありませんでした、でも野末君は別のことを考えていたんですね、と先生は語りました。兄はこう言ったんだそうです。

——奉安殿の天井には漆喰が塗ってあると思うんです。ですから、三次は垂木から漆喰をかじり落して、縄を通したと思うんです。きっとそうだと思うんです。そうだとすると、あの晩の仕事ではありません。前日とかもっと前に、やっておかなければ無理です。

——三次は準備しておいたんだ。

——僕たちがあそこで話していた時にも、壁の向うにはもう輪っかがさがっていたんでしょう。

——……。

——僕は思い出すんですが、僕たちが小学校六年の時、季節は冬のはじめでした、三次が稲見造船所の倉庫のまわりをうろついていたことがあります。そのうちに一棟の倉庫に身を隠し、二日二夜槙肌《まきはだ》の山の中にいたんです。そこは昼でも暗いんですが、夜は真暗闇になります。そのころは今よりも無邪気でしたから、三次はその経験をとてもうれしそうに話してくれました。明るく、憑きものが落ちたような声で話しました。コールタールが眼の中へ流れこんでくるようだったけれど、とても軽くて、やさしい感じがした。自分がいるのかいないのか分らなくなって、いつの間にか楽しく眠っていた、と言っていました。

——……。

――そんな場所を見つけるのに、三次はいく日もかけていたんです。まるで嗅いでいるみたいでした。

――ここでなきゃあ、って場所があるんだな。

――そうです。

――場所を発見して、準備をととのえて、それから君に〈お前と会っておきたかったんて〉と言ったんだな。

――そう思います。

――準備と言えば、校長室から奉安殿の鍵を盗んだのも、そうだな。

――……。

――それで、どこへ行ってしまったのかな。

自分がそう言ったのは、鍵が行方不明になっていることを耳にはさんでいたからです、と海江田先生は話しました。兄さんは、

――鍵なら床に落ちていました、と言ったんだそうです。

――え、君それを拾ったのか、と先生は、自分の重苦しい顔とくぐまった声を意識しながら訊いたそうです。野末仙太郎は平静に話しているのに、自分はひとりでうろたえている、と思ったと言っていました。

――星明りの中にありましたから、すぐに判りました。僕はポケットに入れました。それから、奉安殿を出て、鉄の扉を閉め、錠をかけました。

――なぜそんなことをやってしまったんだ、と先生は声を顫わせたそうです。

自分は、癖で、眉間のたて皺を指先でつまむようにして、引っぱっていたんです。それを剝がそうとするかのように、力をこめていたのを思い出します、と先生は話しました。

――余分なことじゃあないか。

――三次が計画したことなんですから、かなえてやらなきゃあ……、と思ったんです。

――かなえてやる……。

――頼まれていたような気がしたもんですから。

――友情か。

――僕は先生、鍵をそっと幾波小学校の校長室に戻しておきたかったんです。しかし、しそびれました。

――……。

――ここにあります、と言って、兄はその鍵を机の引き出しから出して、先生に見せたのだそうです。

先生はその時のことをこう言いました。自分は身を乗り出したりはしませんでしたね、かえって身を引きました、怖ろしい物を見てしまった、と思ったのです。当座は手を出しませんでしたが、しばらくして、ある考えがひらめきました、稲妻が一瞬見えるように、その考えは湧いたんです。

――そいつをあずかってもいいか、と押しつけるように言ったんです。

すると兄が頷きましたので、先生は、机の上にあった鍵を、浚うようにして握り、自分の上衣のポケットへ入れたのだそうです。

言うまでもなく先生は、その鍵を証拠品にしようと思ったのではありません。証拠を自分が握りつぶそうと決意したのです。もし兄のしたことが〈犯罪〉なら、自分は共犯者になろうと思ったのです。先生はこの瞬間の気持の変化についても、後に話しました。……こう思ってしまうと、自分は落ち着きました、なんだか、野末仙太郎君と同じレベルに立つことができたようでした、肩の力を抜いて、静かに話し合うことができました。

——三次は本当に死んでいたのかい。

——まだ温かったんですが、死んでいました。

——なぜ輪っかを外してやらなかったのか。

——死んでいましたから。

——確かだったんだね、君には。

三次さんが亡くなり、三年後に兄が亡くなりました。それから、昨日海江田先生がうちに見えました。兄の死からもう二十八年も経ったんです。先生は白髪まじりでしたし、言うまでもなく、わたしも変りました。でも三次さんも兄さんも少年のままで、生きているかのように感じられます。わたしはしばらくこんなありふれた錯覚のとりこになっていました。二人はわたしの中では変りませんね、と言いますと、海江田先生も、私にとっても同じですよ、と言っていました。先生は、昔を思わせる言いかたをしました。考えたままを正確に伝えようとして、言いよどみながら言葉を探すのです。

——最近こんな小説を読みました。一人の男が旅とは何かと考えているんです。自分の旅は親友たちに別れの挨拶をするためだ、自殺の決意が間違っていなかったかどうか確かめるためだ、そしてその人は、自分の決意が間違っていなかったことを確かめたと言うのです。なぜなら、親友たちがやさしく人間的であればあるほど、別れたくなったんだそうです。彼らと自分との間には越えられない渕があって、向うからこっちへ来ることも、こっちから向うへ行くことも不可能だと悟ったからなのだそうです。なぜそんなことになったのでしょうか……、自分から自然の力が脱け落ちてしまったからだ、自分の場合、自然の力とは命と言い換えてもいい、〈人がたとえ全世界を獲得しても、その命を失ってしまえば、もう何の意味もない〉という時の〈命〉なんだ、自分もまた失われた〈命〉を求めて現実と訣別し、その外へあこがれ出る、それが、一見、自殺に向うための通過儀礼としての巡礼となる、自分の友人たちは、まさかそんな巡礼が存在しようとは夢にも思っていなかったから、私はこの旅に疲れ、がっかりしたんです。誰が自分は自殺するなどと言い触らすでしょうか。……こんな意味のことを私は読んだんです。三次の自殺にかかわったもんですから、こういうことに関心を持つ癖がついてしまったんでしょうね。あの時、三次に自分を変えられたんです。それから、仙太郎君によって更に更に変えられましたが……、と海江田先生は言いました。

——三次さんはそんな心境だったんでしょうね、とわたしは応えました。

――三次は三次です。さっきの本とは違うんでしょうが……。

――わたし最近夢を見たんです。海岸の崖のふもとに、三次さんがうずくまっていたもんですから、近づいてみたんです。とても明るいところでしたが、わたしの影がかかったもんですから、あの人は気づいて、見あげました。すると、どうか俺を向うへやってくれと頼んでいたんだ、とあの人は言うんです。それで、わたしは、誰に頼んでいたの……、神様、と訊いてみたんです。すると三次さんは、誰に頼んでいたのかな、自分に頼んでいたんじゃあないかな、と言いました。自分に頼むだなんて、それは希望を抱いていたってことでしょ、とわたしは笑いました。すると三次さんは、そうだ、誰かに頼みたいほどだっけ、ということだったんだ。でも、その間、とても楽しいっけよ、優秀な飛行機を撫でながら、果てしない空を眺めているようだっけ。ただな、俺は、仙ちゃんは一緒に行かせないようにしてほしい、と頼んでいた。あの人はこの世へおいてくれ、どうか守ってくれ、俺だけが向うへ行くから、と言っていたよ。三次さんがそう言うと、どうしてかわたしは、それじゃあ三次さん先に行って、準備しておくってこと……、と聞きました。夢はそれだけなんですが……。

――三次は仙太郎君には生きてほしい、と思っていたんでしょうか。

――今のは夢ですけど……。

――私はね、三次は幼稚だと思っていましたが、考え深いところもあったんですね。

――普通ひとが考えないようなことを考えていましたけれど、筋道は通っていました。

――真暗闇が好きで、一人でその中にいると胸が弾むとか、そんな趣味に合う場所を苦心して探すとか、変な少年だと思ったんですが、考えてみれば、世間の普通のお葬式だって趣味です。でも、お座なりの演出で済ましているだけです。しかし、三次は妥協しなかったんですから……。

――それは、自ら選んだ死ですから……。そんな三次さんのやり方は、兄さんを考えさせたと思います。

――とにかく、私にとっては衝撃でした。あの時期のことは、ずっと私の心に据っています。まして、あなたにとってはもっと大変なことでしたね。どうですか、悲しくてたまらなかったでしょう。

――ええ。正直言いますと、兄さんが亡くなった時、堪えられなくて、泣きながら三次さんを恨みました。

――三次の自殺は一種の合図だったのかもしれませんね。

――兄さんの手記を見ますと、三次が死ぬ、と書いたあとに、〈永死〉と埴生恒康さんの文句を引いて、闇がいそいそと待っていた、深い帰属の感情、と書いてありました。

海江田先生が帰るのを送って、軽便の停留所へ行きました。三次さんと兄さんのことを話しこんでいたせいでしょう、見なれたそんな場所がいつもと少し違うように思えました。見直す気持になりました。あの人たちの〈不在〉がきわ立っているせいでしょうか。

わたしたちの生活につきまとっていた鉄道でしたが、あと三月で廃止になるのです。わたしにも自分の持ち物を惜しむような気持がありました。どう変って行くのか、三次さんも兄さんも、それからお父さんもゆかりの場所を失うのです。わたしだけのことではないし、ありきたりで、仕方ないことですのに、わたしはしばらく思い耽りました。

それから思い立って、次の列車に乗り、幾波へ行きました。下車して先へ、線路に沿って歩いて行きました。そして、この辺で三次さんが線路を越えたんじゃないかと思える地点にさしかかると、わたしも線路を越えました。向う側にまっすぐな畔道が遠ざかっていて、その果てに葦の繁みが見えたからです。そこへ踏みこんで、小径ともいえない隙間をくぐりました。足場が沈み、湿けています。すぐに水辺に行きついて、微かに甘い葦の根の匂いを感じながら、水面を大まかにくけるようなかいつぶりのもぐる動作に目をやっていました。秋がとても爽かで、わたしはホッとしました。亡霊なんかどこにもいないのです。

それでもわたしは、お地蔵さんを探しました。注意しながら沼を回ったのに、そのお地蔵さんはないのです。沼のほとりにお寺がありましたから、行ってみたのです。しかし、納得できる石の仏さんはありませんでした。

鐘楼で四人、子供が戦争ごっこをしていました。今も戦争ごっこはあるんだ、三次さんや兄さんの後継ぎだ、と思いながら見ていたのですが、思いついて、一人の子供に尋ねてみました。

——池の近くにお地蔵さんないかしら。

——あるよ。あっちだよ。

その子は指さして教えてくれましたが、きっと葦の陰になるのでしょう、それらしいものは目に入りませんでした。

——この道を行けばいいのかしら。

——この道を行ってな、池の方へ曲るだよ。

子供は手を振って教えてくれるけれど、ひとり吞みこみなのです。

——池ってこの池……。

——違う。三ツ池のことを言ってるだよ。

——ボク連れてって、お地蔵さんへ。

その子は頷いて、プラスチックのマシンガンを持ったまま、案内してくれました。六角の小さな柱に、六体のお地蔵さんが彫ってありました。しかも台はかなり大きな自然石で、それも古く、かどが流れて丸みを帯びていました。わたしはそこに坐って、

——他にこういうお地蔵さんある……、と子供に訊きました。

——ないら、と彼はわずらわしそうに言いました。

きっと兄さんはここに腰をおろしたんだろう、と思いました。星空が見えた、と海江田先生に話したってことだけれど……、と思いました。そこからは、東に向って眺めがひらけていて、海岸の松林が一列に見えました。視界の大部分は空だったのです。晴れあがった夕方で、冷えていました。やがて星が冴えて輝くことが、わたしには判っていました。

——居た場所をつきとめたよ、と自分が坐っている台石のふちをこすって、言いました。

生死の境いが曖昧になるようでした。子供だったわたしは、兄さんにいつも、何か得意なことを報告しました。すると彼は、わずらわしそうに短い返事をしたものです。

奉安殿にも行ってみようと思いました。沼から一筋の川が幾波小学校へ向って流れていました。葦がまばらになると、小学校が見えました。わたしは川の堤をくだって行きました。葦が生えた川床は暗く、堤の薄の穂は夕日にきらめいていました。わたしは長い間黄金色《きん》の光のかたわらを歩きました。そして、目的地に着いた時には透明な闇がこめていました。わたしは雀の鳴き声を浴びながら、今は二宮金次郎の銅像しかないその辺りを、しばらく見ていました。やがて、深い夜空に星が浮きあがり、地上もかえって少しずつ明るさを増すような気がしました。

――永死かなあ、もう亡霊はいない、とわたしは呟きました。

奉安殿はこの範囲のどの辺にあったんだっけ……。そこから現れた三次さんの凄まじい腐りようは、目から消そうとしても消えません。でもなまなましくはないのです。清められるというのは、こんな感じなのかもしれません。わたしが想っているのは三次さんの心、兄さんの心なのです。心同士がもつれて、融け合って、微かな、でも、やはり怖ろしい反応を起こした様をわたしは想像したいのです。

（「群像」一九九八年一月号）

七千日

稲葉真弓

三重県の半島の先に、美しい湾の群れがある。迷いこんだイルカが出られなくなったと聞いたことのある懐の深い湾は、入り組んだ凹凸を見せて熊野灘・鬼ケ城あたりまで続いている。一帯の崖の肌がすべてひび割れているのは、土地に吹く海風のせいらしい。風の強い日、崖から海に向かって、砕けた岩の一部がぼろぼろと落ちて行くのを見たこともあった。

その土地を知ったのは、もう二十年以上も前のことだ。伊勢神宮を訪れたついでに、半島に足を伸ばしたのがきっかけだったが、海の青さと、いたるところに顔を出す小さな湾にひかれてバスを降りてみると、だれもいない突堤の岩陰に、ベラの虹色の鱗がきらりと光るのが見えた。その鱗の色が、胸に刺さったまま抜けなかった。

湾がだれのものかは知らないが、引き潮の時だけ砂地が顔を出す入江も点在している。そんな小さな湾の傍らには、必ず似たような崖があって、これも似たような形の木々の枝が海のほうへと枝をのばし、それがまるで青地の紙に張り付けた緑の切り絵のように見えるのだった。

田舎に住む母や弟と一緒に、新聞広告にあった土地を見に来たのは四年前のことだ。春には母の山菜摘み、夏には弟一家やその友人たちの海遊びや釣りの足場になる小屋は間もなく建ったが、東京から行くには遠すぎる。それでも、湾の奥にある隠れ家めいた小屋は、折りに触れて私を誘う場となった。

何をするわけではない。数日、湾の砂地に寝ころんで波の音を聞き、陽を浴びてうつらうつら眠るだけ。何ヵ月も東京にいると、矢も楯もたまらず新幹線に飛び乗りたくなる。打ち寄せる波の形や、なだらかな山道を歩いているときの静寂が、誘い水のように胎内にせりあがってくるのだ。

その土地に私の猫はまだ行ったことがなかった。キャリーバッグを抱えて旅をするわずらわしさもあったが、排泄がままならなくなった猫の体調を思うと、連れ出す気分にはとてもなれない。東京を留守にするとき、世話を頼むのはペットサービスのKさんか、気の置けない友人に限られていたが、猫が老いるにつれて、頼む回数も間遠になった。「もうどこへもいけなくなった」と私は友人の誰彼かまわず言い、実際、部屋を空けることは容易ではなかった。最近の猫は、日常の仕事で出かけるごく短い留守の間にも、下半身をぐっしょり尿で濡らす。ほとんど食事もせず、水だけを飲んで飼い主を待っていたらしい様子を見れば、外から帰った高揚は自然に萎え、私は服を着替えるのもそこそこに、湯を張るために浴室に飛び込む。

所用で東京を離れたときは、かならず部屋の机の上にKさんや友人の書き置きがある。ここ二、三年、メモには似たり寄ったりの内容が並ぶようになった。猫がろくに餌を食べないこと、訪れてもうれしそうに鳴かなくなったこと、排泄をさせたつもりでも腹部がいつまでも張ったままであること。楽にするために膀胱のあたりを押してやろうとしても嫌がって自由にさせてくれないこと。Kさんも友人もたいてい「あんまりお役に立てなくてごめんなさいね」と優しい挨拶を書き残していた。その挨拶を見るたびに、猫を残して東京を留守にした自分の行為に、後ろめたさの伴った悲哀が押し寄せてくる。

その猫を連れて、なにがなんでも冬の半島に行きたくなったのは、仕事をするのが嫌になったからだ。疲労のせいで声はかすれ、顔は不機嫌そうにむくんでいる。目の下の黒い隈は、少しくらい眠った程度では消えないほど、皮膚にしっかりとしみついていた。

猫は静かだ。東京駅へ向うまでは甲高い声を張り上げていたのが、飲ませた薬が効き始めたのだろう、キャリーバッグの中でぼんやりとした優しい顔をしている。

Aケンネルの獣医がくれた眠り薬は、小さなピンクの錠剤だった。それを二つに割って「往復分」として薬袋に入れてある。私は猫にその薬を見せて「旅だよ、生まれて初めての場所にいく旅」と繰り返し耳もとで言い聞かせた。思えば猫と実家以外の場所へ旅をしたことは一度もなかった。一人暮らしらしい女の、ペット連れの旅を東京駅や空港で見かけたことはあっても、自分が猫を連れてどこかに行くということを考えたことは一度もなかった。それが、今度ばかりは猫を連れて旅することに決めたのは、老いた猫との日々が、先行きもう長くないことがわかるからだ。

「おまえ、この猫、まるで漬物石じゃないの」いつだったか法要のために田舎に連れ帰ったとき、母は猫を入れた籐籠を持ってみて呆れたような口調で言った。その頃の体重は五キロ。丸々と太った体が狭い籐籠の中いっぱいに広がって、顔が入口をふさぐほどだ。それが今は三キロ。年々何百グラムかずつ減り、ひとつひとつの背骨の形が指にはっきりと感じられるような体つきになっていた。

「年を取ると足腰だけが寒くなる」そう言った母の言葉を思い出し、全体をくるむ黒い防寒用のフードを縫い、底の部分には携帯用の発熱剤を二袋入れてある。そのせいで膝に乗せた籐籠から、温もりが私の体にも伝わってくる。猫はすっかり落ち着いている。それを見てここ数日の緊張が、体から抜けていくような気分になった。休暇を取ろうと決めた瞬間から、私の中には猫を連れていくためのさまざまな不安が生まれ始めていた。乗り替えの時間を含めたら六時間近く、猫は狭い籠の中で身動きできない。新幹線の中で粗相をした場合の、車両全体に広がるだろう刺立ったにおいや、甲高い鳴き声、あるいは恐怖と怯えで硬直している姿を思うと、マイナスの感情だけが膨れ上がり、ろくに夜も眠れなかった。獣医のくれたピンクの錠剤が以前飲ませた薬より小さいことも、猜疑を誘うのだった。「これで本当に大丈夫でしょうね」と尋ねる私に、「結構強い薬ですからね」と答えた獣医の、「強い」という部分だけが拡大され、今度は「そのまま目が覚めず、眠り猫になったらどうするのだ」という妄想がふくらんでくる。最後には、緊張と不安が高じるときの神経性下痢にまで見舞われ、旅に出る前から飼い主のほうがへとへとになっていた。

熱海を過ぎるあたりでキャリーバッグを覗いてみると、猫は穏やかな顔で眠っていた。家で眠るときと同じ、腹に顔をつっこむような丸い姿勢だった。それを見た途端に浅い眠りに引き込まれていく。猫が眠ればそれでいい。安心して眠ってくれれば、私の緊張も自然に解けていく。同時に私の脳裏には、空気の重力が東京とは違う半島の風景や、風のにおいなどが浮かんでくる。

半島の小屋は山の急斜面にへばりつくように建っている。鉄骨の柱で支えられた家はひょろりと痩せて、遠目には塔のようだ。下には、昔は田だったらしい荒れた沼があって、葦や水辺の草がびっしりと生い茂っていた。沼の周りにはヤシャブシ、ウバメガシなどの林が続き、山から山へ境界のない緑のうねりを作っている。前回もその前も、着いた途端に旅の荷物をそのままに、林とは反対側の山の斜面を降りていかずにはいられなかった。三、四分歩くとふいに緑が途切れ、真下に湾が広がる。海面に浮かんでいるのは真珠、牡蠣、海苔などの養殖のいかだである。四角く組まれた無人のいかだは、懐深い湾の真ん中で揺れもせず静まり、夕刻になると影絵のような幾何学模様を描き出す。夕日の美しい日などは、赤い光と組まれた木材の黒が絶妙のグラデーションを見せ、しばし目を奪われるのだった。

潮の満ち干きも緩やかで、車の音もしない。私はそこに行くたびに、自分が人工の建物の厚い体積に倦み、騒音に倦んでいるらしいことがわかるのである。脳の襞から水分が失われ、ひび割れかけていることもわかる。日常を点から点へと走り回り、腰や膝だけではなく顎にまで力を入れているせいか、夜になると歯ぎしりで目が覚める。だからといって別の暮らしには想像力が働かない。宙に浮かぶマンション暮らしに慣れてみると、もう地につながった家に住む気は起こらず、むしろ仕事の手を止めては非常階段から夜景を眺める夜に親しんでいる。深夜、下の国道を通り過ぎていく暴走族の爆音の、息詰まるようなけたたましさにも慣れた。だからだろうか。半島に来ると、無音といっていい静けさや間近にある土の香に、体が順応するまでに時間がかかる。が、いったん慣れてしまえば、皮膚が一枚剝がれるように、体からすっぱいものが、流れ出していくのがわかるのだ。

半島に行けば何時間も潮の満ち干きを見て飽きなかった。少しずつ位置を替えるいかだを見下ろしていると、深い海の底から人間ではないものの生暖かい気配が上ってくる。ときに私は、口を開けたり閉めたりする小さな貝の、ぬめりを帯びた足や水管がすぐ足元の浜や岩陰でうごめくのをうっとりと眺めている。緩慢な運動にも拘わらず、湿った器官の細部にはひたむきな力がみなぎっていて、潮の動きに敏感に反応する。竹網にへばりつく青海苔も、大きな籠の中で海水にもまれているアコヤ貝も、なまぐさい排泄物を吐き出す牡蠣の身も、いずれは巨大な力によって、その場から引き剝がされる運命なのに、湾にいる限り、水底でそのひたむきな運動に余念がない。漂いながら流れつく海苔の緑のかたまり、貝肉の奥で日々育っていく真珠の、ぬめりを帯びた白さと丸さ。実際に海の中に入ってひとつひとつの貝や海苔の生態を確かめるわけではないのに、湾に住む生き物を思うだけで、渇いた脳の襞が少し伸びるような心地がしてくる。その無音の世界、ひそやかな生き物の気配の満ちる世界が、走り続ける新幹線の中で甘美なざわめきと誘いを伴って膨らんでくる瞬間、私は、これが旅だ、いま旅の中にいると思う。

名古屋で近鉄特急に乗り換えて、またうとうとと眠る。その眠りの間に、少しずつ乗客は減り、やがて半島の海が眼前に見えてきた。それを確かめると反射的に白いものが脳裏をよぎっていった。

いつからだろう、決まって似たような夢を見るようになった。自分の体なのか箱かわからないところから、白いカンピョウが無限にずるずると出てくる夢。カンピョウは濡れていることもあり乾いていることもある。ずっしりと重く感じられることもあれば、削りたての頼りないカンナ屑に思えるときもある。私は音もなく繰り出されるカンピョウを前に、ほとんど放心したまま行方を眺めているのだが、いつもカンピョウが流れていく先が見えない。その夢を恐ろしいと思ったことはなかった。不快な感じもなかった。白というよりも象牙色に近い繊維はひどく軽く、自分のへそのあたりから際限もなく出ているようにも思えた。艶めかしい快感も混じっていて、もっともっと無限に出て欲しいという期待まであるのだった。

その夢をこれまで三度見た。どれも東京の家ではなく半島で見た。ワカメを干した浜を歩いたせいかもしれなかった。真っ黒なワカメが、物干しのような竹竿に幾筋も垂れていて、乾いたものは風が吹くとカサカサと鳴った。黒い筋が夢の中で白いカンピョウに変わったのだろうか。それとも浜の漁師が言っていた、フンドシがカンピョウに変化したのかもしれない。

「昔は子供も大人もみんな、海に入るときはフンドシよ。若衆宿でも朝から晩まで、フンドシ姿。ウミっは、なんも着けんほうが気持ちいい。昔は海女も上は裸でなぁ」

〝ムカシハアマモウエハハダカデナァ〟という部分が歌の一部のようで、漁師はなにかを懐かしむような表情で笑っていた。

その土地では、正月、白い浜の砂をこんもりと盛って、榊の枝と白い御幣を立てる。みんな海のほうを向いている榊の枝と御幣。浜はいたるところ神への供物に満ちていて、若水を汲む人が次々と浜に降りてくる。バケツやポット、ペットボトルに汲んだ海水を家に持ち帰って神棚に上げ、口をすすぐのだそうだ。残ったものは庭にまく。玄関を濡らす。浜も海もすべての土地が、神のいる場所につながる入口である。真っ白いフンドシも黒いワカメも、みな神への供物であり、海神の肌の一部なのだ。

カンピョウは、ときに白い御幣になり、フンドシになり、漂白されたワカメになってうねうねと私の夢の中を踊った。反復される小節の音楽のように、単調に軽くのどかに、終わりのないリズムで、白いカンピョウはこの土地を訪れる私の夜の中からずるずると音もなく吐き出された。

半島のどんづまりの駅で電車を降り、タクシーに乗った。道のあちこちに自生の白水仙がかたまりとなって咲いている。農道の両側にはヤブツバキの赤い花がこれもいたるところに咲いていた。空気が澄んでいるせいだろう。水仙の白もヤブツバキの葉の緑も赤い花も、鋭く光りながら目に飛び込んでくる。曖昧な色がない。光が、鉱物のように堅く引き締まり、風物を

〝洗う〟といった感じで降っている。

小屋に着くと真っ先に猫をキャリーバッグから出してみた。まだ薬が効いている。声をかけると目を開こうとするが、すぐに閉じてしまう。自分のいる場所がどこなのかまるでわかっていないらしいぼんやりとした顔をしている。呼ばれた猫は目を閉じたまま、声に出さずニッと鳴いた。まだ眠りの中にいる頼りない声だった。

小屋の雨戸を開くと南から一杯光が差しこんだ。床にも、吹き抜けの天窓からの光が落ちている。猫を抱き上げてその光の真ん中に横たえたあと、物置から小さな電気コタツを出し、ありあわせの薄い夏掛け布団を被せる。このコタツは友人が、東京で一人暮らしを始めたころに使っていたもので、もういらないというのをだいぶ前に譲り受けたものだ。母も弟一家も使わないのは、そのコタツがここにまだ一度も来たことのない猫のためのものだということを知っているからだった。

「これは猫の家」「猫を連れてきたときに使うの」言いながら私は、まだ猫を連れてきたこともなければ、コタツを床に据えてみたこともない。折り畳まれた脚を広げてみると、それは、ちょうど猫にふさわしい家のように思われた。リュックから、猫の缶詰め、かつおぶし、煮干しを取りだしたあとは光の中で放心している。猫と私しかいない無音の小屋。窓の外には、白水仙とヤブツバキの道が下の沼のほうにも続いていて、猫が目を覚ましたら一緒に歩いてみたい誘惑にかられる。が、私の猫は、ここでもきっと満足に歩くことはできないはずだ。木の枝に上ることも、全身を弾ませて草や土の上で体を転がすことも、鳥を追うこともできないだろう。一年ほど前から猫は、萎えた足を投げだし、力の入らない腰をひきずって床を移動する。どこから見てもみすぼらしい皮の袋……それが七千日を生きた猫の、老いの姿だった。

猫の年を「十九年とンか月」と答えるより、七千日と答えたほうが私にはしっくり来るのだ。七千というたくさんの夜と昼とが、東京近郊の家と都心の部屋で過ぎていった。境目のない日々の中から、おりおりの出来事が点のように立ち現れてくる。飼うかどうか迷った夜、妊娠した子を産めないまま子宮ごと取る羽目になった不幸な日、出たまま帰らない猫を捜して歩いた夏の嵐の夜、神社の境内で、野良にやられたのか耳から血を流して帰った日、そこにいた猫の姿を思い浮かべさえすれば、家の庭の形も、歪んだ桃の木の枝の張り具合も、縁側に置いた座布団の模様も、猫のために縫った小さな枕も鮮やかによみがえってくる。猫が家に運んできたトカゲやハトやネズミなど小動物の断末魔の姿さえ、そのとき流れた血の色とともに思い出すことができた。

自分の姿もまた、切り抜かれた絵のように浮かんでくるのが不思議だった。別れると決めて家を出ていった男の、朝の後ろ姿。いつもの通勤時と同じように、私は台所で猫に餌を食べさせながら見送ったのだ。その家から都心へ引っ越す日の、ふいに腹奥からこみあげてきた苦いかたまり……猫を抱いて引っ越し業者のトラックに乗ったとき、庭に置きっぱなしのプランターの縁が欠けているのに気づき、声を上げて泣きたくなった。

新しい部屋を間仕切りのないワンルームに改装した日、猫が非常階段で迷っていなくなった夜、サキイカを食べすぎて下痢をした日、便が詰まり、初めてAケンネルに駆け込んだ朝。獣医のくれた胃腸薬、栄養剤、塗り薬……なんとさまざまな薬を猫は七千日という日々の中で消化しつづけたことだろう。朝夕用意した焼き魚や猫缶など餌の種類も、魚の形、缶ラベルの模様まで思い出せる。老いてからは赤ん坊のオムツを、乳児用から一〜二歳児用まで試してみた。それらたくさんの品々が、日々表情と体型を変えてきた猫の姿とともに、泡のように浮かんでは消えていく。ひょっとしたら私は、半島の無音の世界に、猫と暮らした七千日をさかのぼるためにやってきたのかもしれなかった。電話もファクスもない場所で、自分も人間ではないものになりに来たようであった。

耳を澄ますと、木々がすれあう音に混じって冷蔵庫の鈍い唸り音がしていた。朝はコーヒーだけで出てきたせいか、空腹感が満ちてくる。

ガス台の下の棚を開くと、いくつも缶や瓶、さまざまな大きさの袋に詰められた乾物類が顔を出す。右の開きにはサケやツナ缶、トマト缶、ミートソース、ずっしりと重い徳用コンビーフやカレー缶、アスパラガス、アンチョビ、ピクルス、タコソース、ビイフィのバジルソースやホワイトソース、以前大量に買い込んだままの何種類ものスープ缶。猫のためのイワシ缶もあればサバの味噌煮もある。左の棚には、米を始め干し椎茸、カンピョウ、ひじき、スパゲッティ、うどん、インスタントラーメン、高野豆腐、ハルサメ、大豆、黒豆、切り干し大根などありとあらゆる乾物が揃っていた。母が持ち込んだものや弟の家族、彼の釣り仲間が残していったものの他に、東京から送ったものもずいぶんある。何日でもこれだけで暮らすことができそうな量と種類の食料品が、戸棚にはぎっしりと詰まっていた。

ガス台にヤカンを乗せると冷凍庫の中からクラッカーを出し、アスパラガスの缶を開ける。コンビーフを薄く切り、コンソメスープの蓋を開く。まだ眠り続ける猫の傍らにそれらを並べ、床にあぐらをかいたまま食事をする。マヨネーズをからめたコンビーフはほどよく塩味が効いて、クラッカーによくなじむ。東京では開ける気になれない缶詰のアスパラガスも、ここで見るとなんと愛らしいことか。半透明のすべすべした茎からにじみ出る液の甘さを、私はこれが休暇の味だとゆっくりと味わう。ついには手でつまみあげ、一本一本陽に透かしては口に放り込んでいる。


どの浜も、どんなに小さな湾も、それぞれ名前がついているというが、私はこの土地の湾や浜の名前をほとんど知らなかった。観光地図を開いてみても、湾の名前が明記してある場所はわずかである。小屋に近い浜で知っているのは、「I」という浜だけだ。海べりの国道に「I浜・なぎさ荘⇩」という民宿の案内看板が立っていたからで、サーフィンで有名な場所らしい。もっとも私は、滅多にI浜には行かない。冬でもサーファーや素潜りをする若者が、ラジカセを鳴らし、パラソルや敷物を広げているからだ。

そこを避けるようにして通うのは、満ち潮になれば砂地が隠れてしまう小さな湾である。ここにも名前はあるのだろうか。部屋で言えば十畳ほどの凹んだ祠そっくりの浜。砂地の先は大小の岩で、引き潮のときは岩がむき出しになり格好の昼寝の場所になるのだった。その砂地を

「十畳浜」と名づけたのは昨年の夏のことだ。いつ行っても人がいないので、私はその浜を「うちの庭」と呼びたいような気分になっている。

土地の新聞には、決まってその日の漁船の動きが載っている。長く漁に出る船、休業する漁船、外海で停泊中の船など、海上からの無線連絡も活字になっていて「魚影なし」「漁良好」「魚影多し。追跡中」など陸にいる人々にそれとなく消息が伝わるようになっていた。そうした記事の傍らには、これも毎日決まって、風向き、波の高さなどが記されている。その下には満月や三日月など月の図形とともに潮の満ち引きの時間が出ているのだった。前にきたとき、たまたま乗り合わせたタクシーの運転手が、新聞の販売店を教えてくれた。以来私は、他の記事はそっちのけで、潮の満ち干きを知るためにだけ配達を頼むようになった。

「潮の満ち引き」を眺めるのは楽しかった。朝起きると真っ先に、視線は「明日の暦」の欄に行く。干潮、満潮、干潮の時間を確かめると、翌日の行動はこの干潮の時間に向かって凝縮していく。干潮の時間を知ることは、浜で貝を採ったりワカメを拾ったりする間合いを知ることでもあった。うまくいけば、とれたての小蟹をカラ揚げにして、塩をまぶしたものを頬張ることもできた。

半島に着いてから、猫は溶けかけたアイスクリームのように眠り続けていた。部屋を出てすでに十時間近くたっている。口が乾くのか、猫は何度か頭を起こして水を飲み、また横になって目を閉じる。その猫のためにコタツの電気を入れてやり、床に敷いたタオルの上に寝かせてやる。薄い夏掛け布団を透かす光は、蚊帳の中の灯火のようだ。丸まった動物の影が、その真ん中に鎮座している。ああ、いつもの姿だと思いつつ、コタツの傍らに布団を敷き、腹這いになって本を開く。東京では滅多に開くことのないヘッセやチェーホフを拾い読みしながら、やがて意識は、書物の内側でなく雨戸の向こうにある林や風の気配のほうへと引き寄せられていく。日常のスピード感がずれて、文字を早く読めない。きしんでいた脳細胞に土地の風がはいりこんで膨らみ、活字と活字の間に無防備な隙を作るらしいのだ。その気持ちの良い風は、ぎっしりと詰まった活字の群れをたちまち眠りの誘引剤に変えてしまう。

目を閉じると、木々の葉のこすれる音がしていた。漆黒の闇の中で触れ合う竹林、はるか遠くで風に転がる空き缶の音。私は猫の姿勢を真似て布団の中で体を丸める。電気を消すと、部屋の中にコタツがぼうと赤く浮かび上がった。その真ん中にいる猫の影が、いつの間にか溶けかけたゾル状態から固形物へと回復している。それを見た私のほうが、今度は眠気をこらえられなくなり、全身が布団の中へ沈みこんでいく。

翌朝、小屋の下にある小さな入江を見にいった。林の突き当りには木の丸太で土止めをした急勾配の階段が下まで続いている。満潮時にはいきなり海面になる入江は、ゆっくりと潮が引いている時間だった。岩陰にハマボウの木がある。春から夏、黄色い芙蓉に似た花をつける木は、干からびたドライフラワーのような葉をつけて、海の方へ大きく傾いていた。潮が引いたあとの砂地には、アサリ、牡蠣などの貝殻が無数に点在しているが、人の歩いたあとはどこにもない。朝の光に洗われている真珠、牡蠣、海苔の養殖のいかだにも人影はなかった。ひたひたと波の引いていく入江には、いかだの木組みのこすれる音がかすかに響いているだけ。

階段の一番下の段に腰を下ろし、たばこを吸う。こんなときだ。東京の生活の中にいったいなにがあるのかと、問う声が聞こえてくる。何年も前から私は、昔の休暇がどんなものだったのか、もう思い出せなくなっている。歯ぎしりをしながら眠り、朝は朝食も食べずに出かけ、夜帰ればまた机に向かう日常、胃も脳の芯も眼球の奥も潰瘍だらけの、ほとんど全身発酵しているような疲れの中にいて、それでも都心の夜景を見ると慰められる。そんな暮らしからいつかはどこかに出て行くのだと思いつつ、それでいて自分の故郷は東京しかないという確信に近いものが、私を東京にしがみつかせている。仕事の電話、ファクスのきしみ、郵便物の束が、常に難破している私の手足にまるで漂流物のようにまつわりついてくる。

それでも私は、それらの漂流物を抱き締めずにはいられないのだった。やってくるものをまじまじと眺め、まるでそれが自分の分身であるかのように体の中に流し込む。そしてともすれば、朝も昼も夜も、際限のない仕事とともに漂流しているような気分になった。

「いい加減にしなさいよ。たまにはちゃんと休んだらいいじゃないの」女友達はそう言うが、私は自分のところに届く漂流物を別のどこかに押しやる勇気がないのだった。来るもの来るものを全部飲み込んで、胃の中を酸で一杯にして呻いているクジラのように、私は夜、猫のかたわらで横になり全身をけばたたせたまま目を開いている。なにか恐ろしい錯誤が始まっているらしいとわかっても、それがいつどこで始まったのかわからない。たぶん一人になってからこの漂流は始まったらしいということだけはわかっても、自分を押しやる岸がわからないので、いつまでも漂うしかないのだった。内側から漂い出すものと向こうから漂ってくるものとが絡まりあって、脳の中はいつも混線している。電話とファクスと人の声と活字とが、糸口のわからないかたまりになって、ひどいときには自宅のワープロに打ち出される文字と、十年来働いている事務所のコンピューターにチラつく文字とが、同じものに思えることもあった。

ここにいるのはいい。東京にいると絶えず脳の片隅でちらちらする赤いもの（それはたいてい焼けた針先のように自分をつつく自虐的な労働意欲だった）が、真っ青な涼しい木の実のようなものに変わっていく。私はその冷たいものをもう東京のものだとは思わなくてよかった。目の前の波だけを、だれもいない入江を、海の中で膨らんでいく貝の肉の白さを、そして嵐が来ても決して高波のくることのない懐深い緑の海面だけを眺めていればいいのだ。だれにも邪魔されない、人間ではないものになれる瞬間、その甘美さに私はしばしば、裸になって海に飛び込みたい衝動に駆られた。

私は階段に腰をおろしたまま、いつまでも頰杖をつき入江を見ている。ハマボウの木の傾きを真似て自分も階段の上で傾いてみる。そんなときふと、東京をかたくなに故郷だと思おうとしている自分の中に、小さな風穴が開くような気分になるのだった。

午後、猫はすっかり回復していた。カツオの猫缶を食べ、水をたらふく飲み、煮干しを少しかじり伸びをする。それからゆっくりと、珍しいものを眺めるように小屋のあちこちに首をめぐらせた。天窓、吹き抜けの空間で揺れている照明、冷蔵庫、古びたソファ。猫はそれらのひとつひとつを目で撫で、目でにおいを嗅ぐ。私の顔と見比べながら、なぜこんなところにいるのだろうと不思議そうな顔をする。自分のにおいのどこにもない場所にいるのが、理解できないといった表情をしている。

視線はやがて、窓の向こうのベランダ、ベランダの先の林のほうへと向けられ、しばらく一点にとどまったまま動かない。そこには都心にはないたくさんの風景があった。マンションの窓には空しかないのに、ここには動くものがいやというほどある。風にそよぐ草や木々、飛ぶ鳥、海風の気配。猫の鼻先が少しずつ刺激で濡れていくのを私は震えるような思いで見ている。十九年前、林で囲まれた郊外の家にいたころ、猫の鼻はいつも濡れていた。においや動くものを感知するために鼻は乾く暇がないのだった。都心のマンションでは、ささくれたように乾いていた鼻に湿り気が戻っている。

あ、においを嗅いでいる。なにかしら思い出している。

そう思ったら、もうじっとしていられなかった。歩けない猫を横抱きにして外に出ると、高々と体を林に向かって持ち上げてみずにはいられなかった。動くもの、においのあるもの、生き物がいっぱい満ちている世界に、猫を放してやりたかった。

小屋の前の林の下に柔らかな草地がある。その陽だまりへ出てみると、冬枯れの草、常緑の草、鳥が運んできたのか芽を出したばかりの植物などがびっしりと根を張っている。いったい何年ぶりのことだろう、猫の体や足裏の豆が土に触れるのは。引っ越しをして十数年、猫の足裏が触れたのは部屋のコルクの床と、コンクリートの面だけだ。思い出せ、思い出せ、足は土を踏むためにあるのだと、私は猫の体を支えながら、涙が出そうになっている。

猫はまずおずおずと目の前の草のにおいを嗅いだ。次に地面から出ている木の若い芽のほうへと首を伸ばし、つんつんと鼻先でつついてみる。顔を上げて真っ青な空を眺め、また地面のほうへと顔を戻す。ふたたび草のにおいを嗅ぐ。今度は全身で草に近づこうとしている。なにかをしきりに考えているらしい。萎えた後肢をそろえて地面に預けたまま、前肢だけで体を支え持ち上げ、しきりに前に進もうとする。

猫が見ているのはほんの十五センチほど先にあるふさふさとした常緑の叢である。少しずつ体は前にずれて、叢に辿りつく。用心深く鼻先でつついてみる。それから大きく口を開き、夢中になって葉を噛んだ。引きちぎる。噛む。飲み込む。顔を突っ込む。頬をすりつける。跳ね上がる草を前肢でおさえこむ。うまく立てないのでバランスを崩しそうになりながら、猫はしきりに体をこすりつけようとした。

この見知らぬ大地に、猫は全身で自分のにおいと印をつけようとしているのだった。人間が自分の場所に、気にいった本を並べたり、音楽を流したり、好きな色の壁紙を張ったりするのと同じように、猫は初めて訪れた半島の土地に「ここは私のものである」という印を刻もうとしていた。

私は猫の腰を少し持ち上げ、下腹に手を入れる。いつもトイレで排泄させるときのように、膀胱の丸い膨らみを探り当て押してみる。たまっていたのか、またたくまに草や小石が濡れる。金色の尿の光は太陽の下で輝き、濃いにおいが澄んだ空気に混じりあった。

腰を支えられたまま猫は、なおも踏ん張って排尿を続ける。振り子のように尻を揺らしながら顔をもたげ、細い声でニャアと鳴いた。私はなおも猫の腰を持ち上げる。土に染みていく体液を眺めながら、いつしか私の手も尿にまみれている。猫はしきりに「クフクフ」と鼻を鳴らす。

ソウダ、モウココハ知ラナイ場所デハナイ。オ前ノニオイノシミタ、オ前ノ場所ダ。

山を切り開いた荒々しい土地に、猫は小さな点のように風に吹かれている。その背中、その尻の形、つんと立っている耳の先っぽ、目を細めた優しい顔を、私は昔の家にいた時のように眺めていた。深夜、仕事から帰る私を、猫はいつも玄関の門扉のところで待っていた。闇の中にひっそりとうずくまっている猫を見るたびに、私の心はしなびた袋から弾力のある柔らかな袋へと回復していく。夜気で冷えた体を抱けば、頬や首に触れる毛の一本一本から、迎えられている情感が広がっていくのだった。私は家に帰るのではなく、猫のいる場所に帰っていたのだ。猫に迎えられ、毛に包まれ、舌で顔中を舐められるために。ひょっとしたら私は、動物の腹に顔を埋めて眠るために、郊外の家に帰り、猫がゆっくりと慣れていく都心の部屋を故郷だと思おうとしていたのかもしれなかった。ここは、少し林の家のにおいがするだろうか。木の形も大地の色も、風の温度も違うが、ほんの少しでも昔の場所の記憶を揺すぶるものがあればいい。私は、猫が印をつけたばかりの大地にしゃがみこみ、目の前で揺れる濡れた草を指にからめては、執拗ににおいを嗅ぐ。

暖かい午後の光の中を、鳴き叫ぶ猫を連れて私は汗まみれで歩く。分厚いコートが風で膨らむのをときおり手でかき合わせながら、前屈みになって「十畳浜」に向かう。背中にしょったリュックにビニールシートや水や猫の餌や握り飯を入れてきたのは、午後一杯を浜で過ごすつもりだったからだ。干潮時間は三時ごろ。もう潮は引き始めている時間だった。私は白水仙の花のにおう道を、濃い海風のほうへとまっすぐに降りていく。遅い朝食のあといきなりキャリーバッグの中に押し込められた猫は、よほど驚いたのか、滅多に上げない甲高い声で鳴き続け、しきりに動く。

国道に出ると、凄い勢いで車が通り過ぎる。鳴きわめく猫を入れたキャリーバッグを持った女を見れば、人はたぶん猫を海に捨てにいくのだろうかといぶかるだろう。猫だってそうかもしれない。どこかに捨てられると思って鳴いているのだ。

「捨てない。捨てる。捨てるかもしれない。捨てたとき」

少し残酷な気分になって、歩きながら歌うように言ってみる。

「ステ猫、ステられ猫、ステられにいく猫、星影のステラ猫」

わざと猫に聞こえるように言っている自分をひどい飼い主だと思いながら、「ステ、ステ」と声を上げるのをなぜかやめることができない。執拗に「捨てた、捨てない」と繰り返しているうちに、自分の感情を持て余し、余計にむきになっているような気がした。昔もこんな風に、何度か「ステ、ステ」と言葉遊びを繰り返し、結局、猫を抱き締めてうずくまり、一緒にいると決めたのだった。

闇の中から猫が呼び、私も一緒に生きるものを無意識に呼んでいた。たまたま出会ったのが猫であり、人間であっただけのことだ。

「浜一番」という釣り具屋を過ぎると、右手にひろびろとした「I浜」が広がる。白い砂地が緩やかなカーブでどこまでも続き、右奥の岩の先はD崎の灯台である。「十畳浜」は灯台とは反対側の、「I浜」のどんづまりにある。白い砂浜が途切れ、岩だらけの足場を少し歩いた先の深いくぼみの隠れ家。小家族がやっと座れる程度の、砂のリビングルームだ。しかしそれは、崖の真下にあるため上の道からも見えないし、「I浜」からも大小の岩陰に隠されて気づく人は少ないのだった。

国道から海の方へと続く傾斜道を、後ろから押されるように降りていく。磯のにおいと海風がいつも渦巻いている道である。春や夏には、その狭い道のあちこちに魚網や海女たちの衣服が翻っている。ときには、腹を裂かれてまもない魚が塩をまぶされて、小さな干し籠の中に並んでいることもある。なんという種類なのか、赤やピンクの海藻を庭一杯に広げている家もあった。老女たちはこの坂の多い町を乳母車を押してゆっくりと歩く。いまも一人の老女が坂道を上ってくる。色褪せた乳母車の中には、畑から取ってきたばかりらしい野菜の束が、彼女の足取りに合わせてつつましく揺れていた。

「こんにちは」「こんにちは」名前を知らないのに、私と老女は、声を出してすれ違う。見た花は菊の束、土のついた野菜は白菜と水菜だった。老女の浅黒い顔に浮かんでいた微笑が、私の中で陽炎のような残像になる。

漁師町はひっそりとしていた。冬というのに生暖かい風が上ってくる。もう諦めたのか猫は鳴き声を立てずじっとしていた。突堤から浜に降り、岩場を用心深く歩き、くびれた「十畳浜」を目指す。テトラポットの白い反射に加えて、外海の波がその人工の岩壁にうちつけられては崩れていく音が間近に聞こえた。引き潮が始まってからもう一時間。「十畳浜」の岩の多くはもうすっかり乾いているはずであった。

フナムシが、素早く姿を現したり消えたりする大小の岩をまたいで、私はまだ濡れている砂地に足を踏み入れていった。頭上は垂直の崖。突き出した松の枝が、切り絵のようにぽっかりと青い空に浮かんでいた。無人の浜にたどり着くと、リュックからビニールシートを出し、陽のあたっている砂の上に広げる。キャリーバッグを置き、扉の金具に手をかける。

猫を連れて浜に来ようと思ったのは、新聞で干潮の時間を確かめた時だった。唐突に脳裏に、浜の岩の突起、砂の隆起、突堤の白い連なりが、一度猫とともに触れておきたいものとして浮かんできたのだ。蟹や貝やフナムシや魚など、動き回るものたちの命の真ん中に、猫を置いてみたくなった。浜ヤ海ヲ知ラナイママ死ンデハイケナイ。ココニモ、好キニナレルモノガタクサンアルカモシレナイカラ。そう言いたかった。

猫はなんともいいようのない顔をしていた。耳を鋭く立てたまま、目の前の海をにらみ、飼い主の顔をうかがう。体全体をキャリーバッグの底にはりつけたまま、硬直している。私は扉を開いたまま、わざとしらんぷりをしていた。両側の崖を屏風にした浜は、風ひとつなく暖かい。その部屋に、テトラポットに砕ける波音だけが、単調に届いてくる。

私はいつものようにリュックから鋼製のヘラやナイフを出し、スニーカーをタビソックスにはきかえて岩の間に入っていく。頭の先が銀色をした形のいい三角の巻貝を探すのだ。岩に吸いついていた巻貝は、空気に触れたとたん殻の中でキュッと縮む。その貝の名前は思い出せないが、ボイルして食べることを教えてくれたのは土地の人だった。

ビニール袋にたまっていく銀色の三角。まだ猫はキャリーバッグの底にはりついたまま、鼻先だけをのぞかせて海を見ている。ときおり首をめぐらせ、傍らの岩に視線をやる。陽を吸った岩には、テングサやアラメがからみついている。風に動く海藻の束が、自分に害を加える危険物かどうかを、しきりに考えている様子だった。私はそんな猫の表情を間近の岩間から盗み見しながら、ヘラやナイフで貝をはがしてはビニール袋に放り込む。

どれくらいいたっただろう。岩陰から腰を上げると、猫がキャリーバッグから半身を乗り出し岩に顔をこすりつけているのが見えた。まぶしいのか少し顔をしかめ、夢中になってマーキングを続けている。動かない岩を相手に猫はほとんどキャリーバッグもろとも転がりそうな姿勢で体を踏ん張っていた。「モット、モット」思わず私はナイフを手に叫ぶ。その声に合わせて、クイックイッ、猫の頭はまるで岩を撫でるように行き来する。

七千分の一の真昼の一日。初めての場所で、猫は冬の光と波の音に洗われていた。それも老いた寝たきりの姿ではなく、体を前に伸ばし四肢を踏ん張り、岩に自分のにおいをこすりつけ、鼻先を濡らしていた。興奮のせいか体全体が膨張して、五キロあった頃と同じように、猫はふくふくと丸く見えた。胸毛の白いところが、土地の神に捧げられる御幣の形に似ていると思ったとき、コノ猫ハ死ナナイという声が聞こえたような気がした。七千日どころか八千日、九千日……骨だけになっても、萎びた皮の袋みたいになっても、死ナナイモノハアルノダと声は言った。

私は岩相手にマーキングを続ける猫の傍らで、泣きそうになりながら、リュックから自分用のシートを出し、寝転ぶ場所を作る。持ってきた猫と自分の食べ物を並べ終えると、シートの上に腰を降ろす。猫も小休止、岩に顎を預けている。もう、どうにでもなれという顔をしていた。砂の上で置き物になっている。置き物だから、死ナナイ猫ノ顔をしていた。

遠い波が細い無数の束になって光った。夢で見たカンピョウは、全部波の化身だったのか。それともあれは、東京の部屋に届くファクスの白い紙の切れ目ない姿だったのか。どちらともつかぬ曖昧な感覚の中に、ニセアカシアもこのように流れたのだと、記憶の底に白いものがひるがえった。春の林の中に一杯ふりつもった白い花。その白い帯の上を、産まれて間もない猫はフギャフギャと鳴きながら歩いていた。一歩歩いてはもんどり打ち、また一歩歩いては上から降ってくる花弁と戯れていた。あれが最初、あれが私と猫との始まりだった。

私は自分の体がまだその最初の場所に吹く風の中にあるような、うねる白い大地の一部になっているような快感にひたされていく。目の前はつき抜けるような青。その青の水平線と空の境に白いものが見え隠れしているが、それは春の花ではなく、冬の午後の穏やかな波頭である。

（「群像」一九九八年二月号）

生きる歓び

保坂和志

1

去年は一月二月三月に雪がドカドカたくさん降って、家の北側の屋根に積った雪が隣りの庭に落ちて、南天や紫陽花の枝を折ったり曲げたりして謝りつづけていたが、今年は雪が降らず余計な気づかいをしないですんだが四月には雨が多くて、洗濯をしたり布団を干したりするタイミングに心をわずらわされて、そういうことでわずらわされている自分をバカみたいだとは思うけれど、それは私の生活の中での主夫の部分だからしょうがなくて、子どもがいる専業主婦はそれなりに楽しみも多いのだろうが、そういうつまらないことでわずらわされることも多いのかと思いつつも、そういうことでいちいち「わずらわされる」と感じるのは、私が主夫の部分を仕事と位置づけていないからなのかもしれないなどとも思いつつ、四月も終わって、五月一日の土曜日、世間ではゴールデンウィークの真最中だったが、家《うち》では三月に「彼女」から「妻」になった妻というか彼女が前日の四月三十日は仕事だったし、五月一日も朝から昼すぎまで仕事があったので、まともなゴールデンウィークという気分ではなかったけれど、それでも世間のゴールデンウィークに便乗したい気分はあるもので、彼女の仕事が終わったらこっちに連絡をもらって、日暮里駅で待ち合わせて、谷中の墓地に彼女のお母さんのお墓参りに行って、その帰りに「笹乃雪」という豆腐料理専門の店で夕食を食べようということになった。

私の記憶では五月一日は晴れていてかなり暑かった。季節の推移は年ごとに違っていて、真冬の格好から真夏の格好にいたる途中は、あまり厚くないコートやジャンパー、セーターかジャケットだけ、薄地のジャケット、長袖のシャツ、半袖のシャツといろいろな段階があってもいいはずなのにだいたい年ごとに飛び越してしまう服の気温帯があって、今年はやや厚地のジャケットとかジャンパーとか薄地のコートの気温がなくて、五月一日も初夏にちかい陽気で私は薄地のジャケットにジーパンで日暮里まで行って、彼女と落ち合ってほんの二、三分歩いて谷中の墓地に入っていった。

彼女のお母さんのお墓にはそう決めたわけでもないのにだいたいいつも決まってゴールデンウィークに来ることになっていて、そうはいっても私の方は今年でたったの三度目か四度目で彼女の歩くままに歩いていくと、お墓より先に寄る花屋さんまでの経路はうろ憶えの記憶よりずっと単純に、まっすぐ歩いて左に曲がるだけだったのだが、左に曲がってほんの少しいくと幅三メートルほどの土の道に人だかりが出来ているのが見えて、その真ん中で子猫がうずくまっていた。

猫を飼ったことのある人ならたぶん知っていると思うが、子猫は「顔面睡眠」という眠り方をしていて、どういうのかというと、人間に置き換えれば正座をしている状態からバタンと上半身を前に倒して顔がベッたりと床についてしまった姿勢で、この眠り方は成猫になっても猫はずっとやるのだが、乾いて埃が立つような土の道のど真ん中で、たっぷりと日に当たりながら、胴と頭を合わせて十センチにもならないような、和菓子の饅頭を二つくっつけたぐらいの子猫が、まわりで人だかりを作っている人間たちの気がかりとはあまりに落差のあるのどかさで眠っていて、その上ではカラスが桜の枝に一羽止まっていて、枝の上をせわしなく右へ左へと動いて、自分の「餌」と位置づけたらしい道の子猫を食べるために、人間がいなくなるのを待っていた。

人だかりを作っていたのはたしか三組の墓参り客で合計八人ぐらいで、その中の大半はこのようなところに居合わせてしまって、気がかりなのが半分と、無下に通りすぎることの不人情に対する仲間うちの視線への気使いが半分といった感じで、そこに新しく入っていた私と彼女を含めて全員が、自分が手をくださないで何らかの解決が得られるのを文字通り手をこまねいて待っているというか見守っているといったところだった。

子猫の大きさからみて生後二週間か三週間ぐらいで、日に当たってのどかそうにはしているものの、小さな全身が薄汚れていかにも弱っていて、ここでもしこの子猫の親猫があらわれて連れていってくれたとしても本当に育つかどうかはかなり怪しかったけれど、私が期待した解決はまずはそれで、まわりを見回すとカラスが止まっている桜の木の根元から少し離れた日陰になっている物かげから子猫の様子をうかがっている黒のトラ縞の猫がいたので、私はそれが親なのに人だかりが出来てしまっているから近づけないというか咥《くわ》えて持っていけないのではないかという想像をして、そのことを彼女（妻）に言った。彼女はそういうことをあまり期待していない気のない調子の返事を、子猫をずっと見たまま返してきた。

子猫の柄は三毛だった。三毛猫というのは遺伝的にメスしかいなくて、どうしてかというと、オスの染色体がXYでメスのがXXで、毛の色の遺伝子が乗る染色体はXの方だけで、三毛というのは黒毛プラス赤毛プラス地の白毛で、オスはXを一つしか持たないから黒か赤のどちらか一方しか乗らないという風になっている。だから「三毛猫はメスが多い」とか「たいていメスだ」というような言い方をする人がいるけれどそれは間違いで、「三毛猫は遺伝的にメスしかない」と言うのが正しくて、守り神として珍重されるオスの三毛猫というのは形だけのオチンチンがついているけれど、生殖能力は絶対にない。

それで、日陰になっている物かげから様子をうかがっている大人の猫は黒トラだから、これがこの子猫の親だとしたらオスの方は茶色のトラ縞かブチかいずれにしろ茶色の毛の猫だということになるが、全身が黒のトラ縞のメスから三毛猫が生まれるのかどうかという各論までは私にはわからなかった。日向でのどかに眠っている子猫は、頭のてっぺんにベレー帽のように黒の柄があって、耳の片方が茶色、それから首を通って背中の途中まではずっと白で、背中のシッポに近い半分ぐらいのところに、四つ葉のクローバーのような形に黒と茶のブチが入っていて、白が基調だからポワポワしていて、とてもかわいかった。

家《うち》ではしばらく三匹飼っていたけれど、二年半前の九六年の暮に一番若かった茶トラが四歳数ヵ月でウィルス性の白血病で死んで以来、二匹の状態がつづいている。去年の夏に近所の公園で生後二ヵ月ぐらいの、ものすごく動きの激しい子猫を拾ってきて、いまいる二匹との様子を見たのだけれど、動きが激しすぎて上のオスは追いかけられて逃げ回りっぱなしだし、下のメスは子猫の無神経さに頭にきて、「ウウ、ウウ」おこりっぱなしで、仕方なく里親を探してもらってもらったくらいで、いまいる二匹のことを考えると、道でこうしてうずくまっている子猫を見つけても気軽に拾うわけにはいかない。

それで話はもどるが、ぱっと見た印象ですでにじゅうぶん弱々しいから親猫ぐらいでは育つかどうか相当怪しいと思いつつも、目の前にある事態に形だけ対処すればいいという、ありがちなズルい気分で私は人の輪から二、三歩進み出て子猫をつまんで、大人の猫のいたところに置いてみた。その猫が本当に母猫だったら、もしかしたら人間の匂いのついた子猫なんか食べてしまうかもしれないが、そこまできちんと考えたわけではなかった。私が持っていくと大人の猫は生け垣の向こう側に引っこんでしまった。人間がいなくならなければ母猫は子猫を助けないのかもしれないが、人間がいなくなると桜の木の上でずっと待っているカラスが即座に咥えていってしまうだろう。カラスは図々しくて人間の頭から一メートルも離れていない枝にいて逃げる気配はまったくなくて、だから私と彼女と、もう一組、恋人同士風のカップルが子猫から離れることもできずに様子を見ていたが、他の人たちはいなくなっていた。私にしても誰かが行動を起こしてくれていれば、その人が責任を持つだろうと一方的に仮定してこの場を去っていただろうが行動を起こしてしまったのは私だった。

だいたい、捨てられたり親からはぐれてしまった子猫なんて、その同じ時刻に日本の中だけでも何百匹といいただろう。こうして私が家の中でこんなことを書いている時刻にも、拾われなければ死んでゆくしかない猫がたくさんいる。保健所にいけば処分されるのを待っている猫も犬もいる。アフリカでもアジアでも中南米でも飢えて死ぬのを待っている子どもたちがたくさんいる。だから、私がいまここで立ち去ってしまっても、世界全体で起こっている生き死にには何も関係がない、と言って、さっさと立ち去ることもできるし、そんな子猫ごときにかかずらっているヒマがあったら、世界の難民救済の募金にでも行った方がいい——というのは一見正しい理屈のように見えるかもしれないけれど、じつは全然正しくない。

それは世智にだけ長けて、わかったようなことを若いタレントに向かって頭ごなしにしゃべる、五十すぎの関西芸人の理屈にとてもよく似た理屈で全然正しくない。そういうバカな理屈を出す人にかぎって世界の難民や飢えた子たちへの募金をするわけではないということではなくて、人間というのは、自分が立ち合って、現実に目で見たことを基盤にして思考するように出来ているからだ。人間の思考はもともと「世界」というような抽象でなくて目の前にある事態に対処するように発達したからで、純粋な思考の力なんてたかが知れていてすぐに限界につきあたる。人間の思考力を推し進めるのは、自分が立ち合っている現実の全体から受け止めた感情の力なのだ。そこに自分が見ていない世界を持ってくるのは、突然の神の視点の導入のような根拠のないもので、それは知識でも知性でもなんでもない、ご都合主義のフィクションでしかない。もっともそんなことをいくら強調してももともと捨て猫に関心のない人は別だ。現にここでも人だかりをかすめて子猫の横を歩いていった人たちもいた。それはそれで仕方ない。

とにかく、子猫に対して行動を起こしたのが私でなかったら、私と彼女はその人に任せたことにしてこの場を立ち去り、お母さんのお墓参りを済ませて、「笹乃雪」で豆腐料理を食べながら、

「子猫どうなったかな」

「あの人、あんまりアテにならないみたいだったけどな」

「拾っておけばこんなに気になることはなかったよね」

などと言いながら、結局、豆腐料理の方も楽しめなかったというようなことにはなっても、それで子猫とはもう二度と会わなくなって、おもしろくはないがおもしろくはないなりの解決になっただろうが、子猫に働きかけをしてしまったのは私だった。

さっきまで大人の猫が様子をうかがっていた場所には、粗大ゴミのような廃材のようなものがゴタゴタいくつも置かれていた。私に首をつままれてそこに置かれた子猫は急に動き始めた。生後二、三週間程度の体長十センチ程度の子猫だから動きもまだあぶなっかしいが、それでも子猫は足を踏み外したりしないで、廃材の縁《へり》を「ヨチヨチ」と「コチョコチョ」の中間ぐ

らいの感じでけっこうせわしなく動き回っていた。この子猫にかぎらず子猫は一般に手足が細く、しっかり足場を確めるためにいっぱいに前足を伸ばすその姿が私はいつもヤモリを思い出す。この子猫は全体の地が白いからなおさらだった。

子猫が動き始めてよく顔が見えるようになると、子猫の顔は鼻風邪の鼻汁でグチャグチャだった。目は鼻汁といっしょに出る目ヤニで瞼がくっついてしまっていた。このくらいの子猫ではまだ目が開いていたところで、視力らしい視力は出来上がっていないので、いままで見てきた子猫の動きに比べて特に劣るようではなかった。私は二月三月とちょうど猫のそういう五官の特徴にまつわる小説を書いていて、猫は人間のようには視覚に依存して活動していないことか、人間の視覚のかわりに機能しているいろいろな器官というようなことばかり考えていたので、いま目の前で目が見えないのに落ちもせずによく動き回っている子猫の動きがとても納得できた。猫の前足の先にはヒゲと同じ機能を持つ触毛というのが三、四本ずつ生えていて、それが目で確かめる以上に前足の着地する場所を確認できるようになっているのだ。

「よく動くなあ」

「おなかすいてるんじゃないの？」

私たちの会話に、もう一組のカップルの女性の方もなんとなく入ってきた。

「猫、飼ってらっしゃるんですか？」

「ええ。

でももう二匹いまして、――」

「さっきのあの猫、親なんですか?」

「だといいと期待したんですけど——」

「カラスずっと見てますね」

私は他にも母猫の候補がいないかと思ってまわりを見ていた。谷中の墓地には猫がいっぱいいる。

というのも、いま私たちがいる墓地の外れに隣接した小さな旅館の年とった女将さんがこの辺に捨てられる猫の面倒をみているからだ。しかしこの子猫の鼻風邪の状態からして、医者に診せなければ助からないだろう。母猫の力ではたぶんもう無理だし、ここの旅館の女将さんがみてくれたとしても医者にいかなければ無理だ。

しかしそれでも私と彼女がここの女将さんに子猫を託すことを期待していると、女将さんがホウキとチリトリを持って出てきた。

「この子猫、ご存じですか」

彼女が女将さんに声をかけると、女将さんは「さあ……」と言って、とてもゆっくりしたおぼつかない足取りで近くまで寄っていき、それから子猫の鼻汁でグチャグチャの顔を見て、

「あれあれ」

と言って、ゆっくりゆっくり旅館に戻っていった。

女将さんの様子はいかにもすぐに何かをしてくれそうだったけれど、いくら待ってもちっとも戻ってこなかった。私と彼女は結局このままこの子猫を引き受けることになるのを怖れなが

らもう一組といっしょに、廃材の上を動き回る子猫を見ていた。カラスも桜の枝の上で右左に位置をかえながら見ていた。私たちが見上げてもカラスはまったく逃げようとしなかった。さっき親であることを期待した黒トラの猫は生け垣の向こうに消えてしまっていた。

風邪をひいた猫の目ヤニがひどくなって瞼が開かないことは家《うち》の猫で観察済みで、起きて動き回っているうちに前足で顔をこすったりして、そのうちにだんだん目ヤニがとれて瞼が開いてくるはずだったけれど、子猫の瞼はいつまでたっても開かずにくっついていた。せわしなく動き回っているところを見ていると案外元気になってやっていけるかもしれないという期待もしてしまうけれど、それでもやっぱり子猫の鼻汁はひどかった。

そのうちにようやく戻ってきたのはもう一人の方の女将さんで、たぶん姉妹なのだろうが、いま来た女将さんはさっきの女将さんと違ってやせていて、もっとずっと動きが鈍かった。手にキャットフードの缶と皿と水を持っていた。

女将さんはあいまいに遠巻きにしている私たちの輪から進み出て、地面にキャットフードと水を置いて、子猫をその前につまんで置いた。子猫は一瞬顔を近づけかけたがすぐに皿から離れてしまった。

「鼻がバカになってるんだわ」

瞼があいていなくて、そのうえに鼻がバカになっていて匂いもわからなければ猫は餌は食べない。それが餌であると知ることができないからだ。人間の手が触れない状況だったら、子猫だけでなく大人の猫でもそのまま死んでゆくというようなことを言う人もいる。

そこから、女将さんと私たち二人とのほとんど無言のかけひきが始まった。つまり押しつけ合いだ。もう一組の方の女性は、すでにアパートなので飼えないと明言していた。ただそれでもその女性は猫が好きで、この子猫のゆく末が心配でしょうがない。

「親はいないんでしょうか」

「親ねえ――」

子猫はゴチョゴチョ動き回りながら上を見て口をあけていた。鳴こうとしても風邪で声が出ないんだと思った。はじめに来た方のもう一人の女将さんも来た。

「二週間ばかり前にあそこで子猫産んだ猫がいたじゃない」

旅館と逆の墓地の中の方を指して言った。

「あれは死んじゃったんだよ」

今年の四月は雨が多かったのだからお墓では育てられない。その話は本当だろうかと思った。お墓の陰から茶色の猫が出てきて、こっちに近寄りかけたけれど、猫には首輪がしてあって、旅館が世話している猫だった。

たいした雨ではなかったが前日の四月三十日も雨が降った。もしこの子猫が捨てられたとしたら今日捨てられたことになるが、こんな風邪の子猫を捨てるだろうか。もっともそれは捨て猫を見たら見過ごせない人間の理屈で、捨てる側は風邪で助からないと思うから捨てる。

ペットショップで買われたり、知り合いからもらってきたりするときには、子猫は喜んで迎えられるけれど、そうではない捨て猫はしぶしぶ引き取られる。子猫というのは大人の猫三、四匹に相当するくらいの手間がかかり、私なんかはそのあいだ何もできなくなる。里親を探すのでも同じことで、写真をたくさん撮って写りのいいのを選んで焼き増しして、知り合いに配りまくる。配った相手がこっちの事情の切迫をわかっていなければ写真も手間も無駄になり、ほとんどはそうやって無駄に撒かれることになるのだけれど、いままではそれでも偶然が味方してくれて里親は見つかってきた。

子猫のかわいさはもらってもらうときの絶対的な売りだけれど、見ていると本当に日ごとに成長していくから、早くしてくれないと大人になってしまうと、里親を探しているあいだはずっと気持ちが急いている。まあそれでも子猫自体はもうめちゃめちゃかわいいので、気持ちが急いているあいだもいてくれることはうれしい。かわいいはかわいいし、うれしいはうれしいけれど、手間も手間だし、もらい手が見つからなくて、家の先住の二匹と折り合いが悪かったら、部屋を分けて飼うとか最悪のことになるのでできればこの子猫だって引き受けたくない。ましてこの子猫はひどい鼻風邪なので当分家の猫たちと会わせられない。いつもの子猫以上に手間がかかるのは目に見えている。

しかし旅館の女将さん二人もいっこうに飼うとも取りあえず世話をするとも言い出す気配はなく、私と彼女は顔を見合わせ、

「じゃあ、あたしたちが連れていきます」

と言った。

「いいの?」

「ええ。母のお墓参りで出会ったのも何かの縁ですから」

「車で来てるの？」

「電車です」

「近いの？」

「一時間ぐらいですけど、何とかなります」

「段ボールの箱かなんかいただけますか？」

「段ボールね」

と言って、女将さん二人は旅館に戻っていった。

女将さんたちはまたまた「どうしたんだろう」「忘れちゃったんじゃないか」と思うほど帰ってこなかったけれど、ものすごくおぼつかない足取りで段ボール箱とそれにかける紐を持って戻ってきた。段ボール箱はミカン箱ぐらいのサイズで子猫には大きすぎたけれどとにかくそれに入れて抱えると、子猫は小さいから段ボール箱の重さしか感じなかった。

私たちは箱に猫を入れたまま、花屋に寄って花と線香を買って、彼女のお母さんのお墓参りをした。そのあいだもずっとカラスがついて来ていた。

「私のゴハンを持ってった――って、カラスが来てる」

墓地から出るとカラスはさすがにあきらめ、私たちは日暮里からＪＲに乗って西日暮里で地下鉄に乗り換えた。子猫はずっと眠っていた。

日向で安心して眠り、廃材の置いてある日陰では安心できずに動き回ったのだろう。

子猫は胃袋も小さくて急がなければ死んでしまうと考えがちだけれど、こういう風に気をもむ状態でも半日か一日ぐらいは生きていけることを知っていたので、私と彼女は「静かで助かる」なんて言いながら、「笹乃雪」で豆腐料理を食べそびれたことや、お墓参りで出会っちゃったらやっぱり拾うしかないなどということをしゃべり合った。そして五時半に駅に着いて、獣医のY先生に電話をして、これから拾った子猫を連れていくと言った。

Y先生の電話番号は私はいつも憶えているし、先生もこっちのことはよく知っている。五月一日の土曜日で幸い診察していて、これから二、三、四、五と連休になるところだった。私たちは連休のあいだ入院という形であずかってもらって、鼻風邪も治してもらえればちょうどいいと考えていた。まだ写真は撮れないけれど、今夜から子猫のもらい手探しの電話をかけまくらなければならない。

ところがY先生のところにある、入院と普通のペットホテルに使うケージは、ゴールデンウィークの旅行で全部ふさがっていた。しかも、これはたぶんウィルス性の風邪だから、他の猫たちにうつす可能性もあるのであずかってもらえなかった。思えばそれは常識だった。

Y先生のところには若い獣医さんのほかに犬猫の毛を刈ったりシャンプーしたりするトリマーさんもいて、彼女たちが子猫を見に集まってきていた。子猫はトリマーさんたちにものすごく評判がよかった。トリマーさんと若い獣医さんと私たちが囲む中でY先生は、小鳥でも持つ

ように子猫を手のひらに入れて自分の顔の前に持っていき、指先で子猫の瞼をひっくり返し、

「この子、全盲かもしれないよ」

と言った。瞼をひっくり返されるとそこから白い膿が出、子猫は細い手足をばたばたさせてもがいた。

「左の目は間違いなく見えない。眼球が育ってない。右はもしかしたら大丈夫かもしれない。かりに全盲だったとしても、家の中で飼うんだったら大丈夫だから。視覚を補うからヒゲがものすごく長くなるよ」

よく憶えていないが私はショックだった。たぶんショックでちゃんと憶えられなかったということだろう。私は、二月から書いていた小説で、猫にとっての視覚の重要性の低さを書いていたことの偶然も思った。それから全盲だったら自分で育てるしかないとも思った。

「欧米だったらこんな時期に全盲ってわかったら始末しちゃうんだけどね。でも右はいちおう眼球はある」

私は気がつかなかったが、彼女の横にいたトリマーさんは、Y先生がそう言っているあいだずっと、小さい声で、「平気だもん」「平気だもん」と言っていたらしい。

全盲というのはものすごく厄介だったけれど、まあ何とかなるというかそれも仕方ないというか、そんな気分だった。この小さい猫が部屋の真ん中に目を閉じてつくんと座っている姿を想像していた。

「準備しなきゃならないので、一時間ぐらいあずかっていただけますか？」

Y先生は奥の部屋を見て、若い獣医さんに「あそこ、作れる？」と言った。若い先生は「ええ」と答え、私たちは子猫をいったんあずけてY先生を出た。

「もう、しょうがないな」

二人とも笑っていた。気持ちはいっそサバサバしていた。

「全盲じゃあ誰にもあげられないから、名前考えなくちゃ」

「子猫を入れとく段ボールもらって、猫用ミルク買って、哺乳ビン買って、赤身買って——」

と、一時間のうちに揃えるものを言葉に出して並べていった。まぐろの赤身は、Y先生が赤身がとりあえず一番いいと言っていた。加工していない、できるだけ生きていたときの形に近いものの方が精力がつくと前にテレビでアウトドアライフの専門家が言っていたのを思い出した。子猫の鼻風邪をうつさないように隔離する部屋は私の部屋に決まった。

彼女は家の中を片づけ、ちょっと大変な事態になったといちおう二匹の猫にも説明し、そのあいだに私は段ボール箱を薬屋からもらってきて（さっきの段ボールはかなり汚れていた）、買い物をした。二月三月に書いていた小説は四月にいろいろ用事があって中断していたが、これで五月も書けなくなったと思った。でも状況を引き受けてしまえば、谷中の墓地でさんざん感じていた飼うことの手間に対する躊躇は関係なくなっていたし、小説の中断なんかも全然関係なくなっていた。それより横浜ベイスターズの試合を当分見に行けそうもなくなったことの方が残念だった。

これでしばらく子猫の世話にかかりっきりになることが決まり、その間自分のことは何もしない。できたとしても私はしない。大げさに聞こえるとは思うが、自分のことを何もせずに誰かのことだけをするというのは、じつは一番充実する。野球やサッカーの応援だってそうだ。選手は金をもらっているけれど、スタンドで応援する方は一銭にもならない。それでもみんな仕事や生活の時間をさいてスタジアムに行く。親や子どもの介護で一日の大半を使い果たし、それが何年も何年もつづく人たちは、「何もしていない」のではなくて、「相手のためにずっといろいろな面倒をみる」ということをしている。

人生というものが自分だけのものだったとしたら無意味だと思う。人間が猫にかかりきりになるというのを、人間が絶対だと思っている人は無駄だと思うかもしれないが、私はそう思っていない。トキのヒナが生まれたのはこれから三週間ぐらいあとのことだったが、トキのヒナも鼻風邪で顔がグチャグチャの子猫も同じだ。というか、「現に目の前にいる」という一点で子猫の方が私には重要であり、同様にトキのヒナの飼育をしている人にはヒナが重要だろう。二年半前に家《うち》の一番若かった猫がウィルス性の白血病を発病して、一ヵ月その世話だけに使ったとき私は、自分以外のものに時間を使うことの貴重さを実感した。

そう書くとすぐに私が常時それを望んでいると誤解する人が必ずいるけれど、望んでいるわけではない。そんな時間はできれば送りたくはない。逃げられないから引き受けるのだ。そして普段は横浜ベイスターズの応援にうつつをぬかしていたい。

買い物に歩きながら子猫の名前を考えていた。いままで飼った三匹は、ペチャとジジとチャーちゃんとじつに簡単な名前だった。どんな名前でもつき合ってその名を呼ぶことで愛情が湧くことはわかっているけれど今回だけは事情が違っているので、いい名前をつけてやろうと思った。で、「海ちゃん」というのがいいと思った。いい名前はやっぱり自然を指すもののような気がした。

家に帰って、私は、

「子猫の名前、考えた？」

と言った。

「まだ」

「『海ちゃん』は？」

「『海ちゃん』？　あ、いいんじゃないの」

そんなことを言っていて、まだ靴もぬいでいなかったが、赤身の刺し身を買い忘れたことに気がついて、もう一回行ってくると言って私は出た。

歩いているあいだ、「海」はいいんだけどやっぱりちょっとオスの名前みたいだと気になっていたら、「花」が浮かんだ。花より海の方が中身としてはいいと思ったけれど私としてはどっちでもよかったので、また帰ったとき、

「『花ちゃん』っていうのも考えた」

と言うと、「花ちゃん」の方が「海ちゃん」より断然支持された。それで子猫の名前は「花ちゃん」に決まって、予定より遅れて七時にY先生のところに「花ちゃん」を引き取りに行くと、「花ちゃん」は洗われてすごくきれいになっていた。白の全体の地色とそのところどころにある茶と黒のブチがはっきりしていた。そして鼻風邪用の八時間ごとに飲ませる抗生物質のシロップと、目ヤニの方は結膜炎の膿みによるものだからそれにつけるための目薬をもらって帰ってきた。Y先生は右目の眼球は「奥に隠れているかもしれない」とか、「奥から出てくるかもしれない」というような言い方をして、瞼を上から押すような開くような手つきで膿みを押し出して、それを脱脂綿か何かで拭き取ってから目薬をできるだけこまめに点すようにと私たちに言った。

2

シャンプーされたり目薬を点されたりすると子猫はよく暴れて、意外にしっかりしているみたいだとY先生は言っていたけれど、郵便小包の一番小さなサイズの段ボール箱に入れて帰るあいだも、家に帰ってから私の部屋に用意しておいた段ボール箱に移してからも、子猫は暴れるどころかほとんど動きもしないで、谷中の墓地の日向の道でのどかに眠っていたときと同じうつぶせの姿勢でずうっと眠っていた。

家の二匹の猫はいつも私が家にいて過保護というか何でも猫の言いなりになって猫に気をつ

かっているからとても神経質で、家の中の小さな変化にも態度をかえてしまうことになってい て、しかもそれが今回は毎日三、四時間は過ごすことにしている私の部屋のドアが閉めっきり になるというかなり大きな変化だったのだけれど、私と彼女のただならぬ気配に圧倒されたの か意外におとなしくしていた。普段私の部屋のドアが閉めきられたりしたら「開けろ、開け ろ」と大騒ぎするところだがそうはならず、出前でとった五目冷しそうめんの上に一つずつ乗 っている海老を食べて納得しているようだった。

人間の方も、「笹乃雪」で食べそびれた豆腐料理のかわりの五目冷しそうめんを食べてしば らくのんびりして、それから子猫の「花ちゃん」に、猫用ミルクを作って、まぐろの赤身をこ まかくくだいて、二人で部屋に入っていったのだけれど、子猫は、哺乳ビンの先を口に押し込 んでも顔をひねって嫌がって飲まないし、くだいた赤身を指先で唇にあててみても食べなかっ た。

二人は、

「ミルクっていうものがわかってないのかなあ」

「匂いが全然わからないんだよな」

なんて言いながら疲れた。そして、もうちょっとしてからもう一度やることにしようと言っ て、いったん二人で部屋を出た。テレビではナゴヤドームでの中日—巨人戦を中継していて、 横浜ベイスターズの神宮球場でのヤクルト戦はラジオで中継されていた。いまこうして書きな がらあの夜の結果を調べてみると、ホームランを三発打たれて五対〇で負けたらしいが、負けた試合のことは憶えていない。たぶん戸叶《とかの》がランナーをためて交代した矢野がスリーランを打たれたあたりで聴くのをやめたのだろう。と言いつつ、その後も未練がましくスイッチを入れたり切ったりしていたはずだが、それよりも猫の病気の本を読んだりして、時間の流れに「身を任せる」ようなとりとめのない、全体としてとても受動的な気分だった。

私にも彼女にも危機感とか助からないかもしれない子猫がいるという深刻さはなかった。二年半前に一番若かった猫のチャーちゃんが白血病になったときには、毎晩が大雨や地震の被災者のような非常事態の気分で、私はろくに布団にも寝ずにチャーちゃんが見えるところで横になって注意しつづけたけれど、今回はまだ子猫に強い愛着を感じていないのだということが自分の気持ちの緊迫感のなさによってよくわかった。

それでももちろん、たえず気にはかかっていて、ミルクも赤身も無駄に終わったときから三十分くらいして今度は私一人で様子を覗きにいくと、子猫は段ボールの底に敷いたムートンの上でさっきと同じうつぶせの姿勢で眠っていた。

ちょうど四年前の五月、これよりまだ一まわり小さい子猫が四匹まとめて段ボールに入れて捨てられていたことがあって、そのときも四匹まとめて暮らせる大きい段ボールに入れてもらい手が見つかるまで飼ったのだが、あのときには段ボールの上から私が顔を覗かせるたびに中にいる四匹が、小人の国の住人のように頭上に出てきた大きな顔をいっせいに見上げて、細い声で「ミィミィ、ミィミィ」鳴いたものだったけれど、今回のウィルス性の鼻風邪で全盲かもしれない子猫は、私が近づく足音にも上から覗いている物音にもいっさい反応しないで、ただうずくまって眠っていて、私はこのまま生きられずに死んでゆくのだとしても、それはそれでいいことなのかもしれないと思った。

全盲だということは、猫の触毛と聴覚と嗅覚を持ってすればどうにでも埋め合わせがつくということは、二月三月に書いていた小説で私自身がずうっと考えていたことで、獣医のY先生も同じことを言ったからたぶん大丈夫というかあまり支障ないことだろうけれど、本によるとウィルス性の鼻風邪は嗅覚の機能をダメにしてしまう可能性があり、目の結膜炎もつまりはこの鼻風邪が原因によるものでこっちの方もこじらせると失明の可能性があるらしかったが、そのように体の部分として、目がダメ鼻がダメということ以上に、人が近づく足音とか物音に少しも反応しないというのは生きていくために必要なものが育っていないように見えた。それはだいたい生きるというのはそんなにいいことなのだろうかと私は思った。それは無条件でいいと断定できるのだろうか。

私はいま死にたいとは思わないし、家の二匹の猫だって身の危険を察知すれば必死になって逃げたり暴れたりする。腹がへれば餌を要求するし、海老とかまぐろの刺し身のように好きな物があるのがわかればそれを食べたがる。しかしいま目の前の段ボールの底に敷いたムートンの上で、ヽヽヽつくんとコケシか指人形ぐらいの大きさでただ眠っているこの子猫は、ミルクも飲みたがらないし刺し身も食べたがらない。そして何よりも自分を保護してくれるはずの生き物がこうして近くにいるのに何も働きかけをしてこないどころか反応がない。

部屋を出ると、彼女は、「子猫、眠ってる?」と訊いてきた。

「うん。ああやって、じっと眠ってるのを見てると、このまま死んじゃっても、それはそれでいいのかなと思う」

私は言った。「死ぬ」という言葉は露骨で響きが（音としてでなく意味として）強くて、無神経に聞こえるかもしれないが、私はいつもできるだけはっきり使うようにしている。「楽にする」とかただ「このまま」というような遠回しの言葉を使うと逆の意味に取り違えられる可能性があって、そっちの方があぶない。いまこの子猫はどういうこともないけれど、切羽詰っているようなときに「早く楽になってくれないかなあ」などと言われると、居合わせている人はどっちの意味に解釈していいかわからなくなるだろうし、そういう斟酌に労する余計な手続きは必要な判断に対する負担になるんじゃないか。

私の言葉に彼女はすぐには肯定はしなかったけれど否定もしなかった。そして二人でもう一度、ミルクと赤身を持って子猫に食べさせにいったけれど、やっぱり子猫は抵抗して食べなかった。

ミルクは哺乳ビンのゴム製の乳首の先にあけた穴がさっきは小さすぎて吸えなかったのではないかと思って、大きくあけ直しておいたのだが、それを口の中につっこんでも嫌がって飲まなかった。子猫は胴の長さがちょうど私の手のひらの幅ぐらいで、そこに持ってもがいている顔の口から無理矢理乳首を押し込むのだが、それを舌で必死になって押し返したり掻き出したりしてしまう。口から何も食べなかったら、抗生物質があったって、それだけでは助からない。

このまま死んじゃったとしてもそれはそれでしょうがないのかもしれないと思ったことが助けるのをあきらめたことは意味しない。一所懸命助けようとして手をかけて、それで死んでしまったのならそれはそれでしょうがない――という意味とも違う。「このまま死んだとしてもそれはそれで仕方ないのかもしれない」と「助けようと何かをする」ことは、それぞれ心の別の場所にあるもので、だから、助けようとどれだけ手を尽くしたか自分でよくわかってはいても、「それはそれで仕方ない」と思えないことだってある。白血病で死んだチャーちゃんのときがそうだった。だから「一所懸命やってあげたじゃない」という言葉は、本人に対しては猫が死んでしまったことの慰めにはならない。その現実の慰めにはならなくても、そういう風に気にかけてくれる人がいるということは、別の意味での慰めにならないというわけではない。子どもの頃からのことをこれだけいっぱい忘れずに持ち歩くことのできる人間の心は、ディープブルーのような大きな部屋いっぱい占めるスーパーコンピュータでもいまのところシミュレーションできないくらいなのだから、全体を「ＡだからＢ」「ＡでなければＢでない」というようにくくってしまうような簡単な構文では絶対に表現できない。心は微妙なのではなくて、それぞれはけっこう単純なものが、いっぱいに詰まって錯綜している。しかし、通常使う文章が、心の錯綜のようなものをモデルとしていないから、一見すごく込み入ったことを言っているように見えてしまう。私もここで込み入ったことを言ったわけではない。二つは別のことだというのを強調しただけだ。

もう十二時ちかくなっていたが私たちは失礼を承知でY先生に電話をかけることにした。Y先生の電話からは携帯電話の番号が案内され、そこにかけると当番制になっているらしい若い女の先生が出て、夕方あんなに強く暴れたことと比べていまのあまり元気のなさそうな様子に少し驚いてから、とにかく口の中にねじ込んででも何でも食べさせるしかないと言われ、私と彼女はもう一度、意をあらたにして子猫の部屋に入っていった。

そしてそのときになって、目薬を一度も点していなかったことに気がついた。全盲かもしれないがまだ全盲と決まったわけではない。まず、眼球が明らかに育っていないと言われた左の瞼をこじあけようとすると、頭蓋骨全体で直径三センチ程度の、金柑より少し大きい程度しかないその頬骨の奥が、ブリのアラ煮のカマの頬の肉を箸でそいだあとのように、陥没しているのが指先の感触でわかった。右の頬はそんなことはなくて、頬骨の隙間に指先を押し返してくるものがあって、左と右の感触の違いは眼球のあるなしの違いだった。

子猫は嫌がって「ミーミー」というより「ピーピー」というような声をあげて、両手をばたばたさせて抵抗したが瞼を押すと、中から白い膿みがプクッと出てきた。それをティッシュで拭いて、もう一度押すと右目の方は赤くはれた内瞼のようなものが見えて、上下のあいだにわずかに隙間があき、私はできるだけそこを目がけて目薬を打った。左の方からも膿みは出てきたけれど、瞼を押し返す眼球がないためか内瞼らしきものが見えず、私は瞼の隙間の空洞のようなところに目薬を入れるしかなかった。

Y先生からできるだけこまめに点眼するように言われていたのに、この四、五時間ずっと忘れてしまい、それが原因で結膜炎が悪化して、見えたかもしれない右目が見えなくなってしまったらどうしようという考えが出てきたけれど、とにかくいまはこれからでもこまめに目薬を点しつづけるしかなかった。目薬につづいて、抗生物質のシロップをスポイトで飲ませた。飲ませる量は1ccなので、嫌がっていてもとにかく入っていった。ミルクはやっぱり嫌がって舌で外にはじき出すようにしたが、それでもスポイトと同じように哺乳ビンの胴体を軽く押してとにかく口の中にミルクを入れた。口から出る量も多かったが全部が出ているようでもなかった。鼻汁で顔がクシャクシャのうえに、ミルクまでついてさらにクシャクシャになってしまうけれど、仕方ない。そんなことより、ミルクが気管に入ってしまうことの方がずっと心配だったが、むせないのだから大丈夫だろうと思うことにした。

そして最後の赤身は指先にのせたというよりこすりつけた程度の破片を、抵抗する子猫の口を無理にあけて中に押し込んだ。中まで入ると子猫はそれを食べたというか飲み込んだ。一度飲み込むと、味がわかったのか、それとも「食べる」ということを思い出したのか、口に押しつけられる破片をつづけて食べた。

「サリバン先生みたいだな」

全部で刺し身一切れの半分より少ないくらいだったが、とにかく食べた。食べたということは、生きる方向の何かが動いたということだろうと思った。もっともさっき食べなかったときに、嫌がったり抵抗したりしたというのも、自分の身を守るための反応で、自分の身を守るというのも生きるための反応と解釈することはできるけれど、猫の場合それはちょっとわからないところがある。白血病で死んだチャーちゃんは、人間に何かされるのを拒否して完全に自分の中にひきこもってしまうようなときもあった。もっとも、あの夜、「抵抗するのも生きるための反応の一つだ」と、そんなことまでは考えなかった。
子猫が食べたので、私と彼女は安心して眠ることにした。八時間後の抗生物質は翌朝の九時なので、それまでは子猫を一人で寝かせておくことにした。昼間は半袖でも平気なくらいだったけれど、夜はやっぱり冷えるので、ムートンの下に使い捨てカイロを入れた。薬と食事の騒動が終わると、子猫はまたさっきまでと同じようにうつぶせになってじっとして眠っていて、私はそのまわりをドーナツのようにタオルでくるんだ。

翌朝九時、部屋に入っていくと子猫はやっぱり足音や物音に反応しないでうつぶせに眠っていて、手のひらでくるむようにつかんで持ち上げて、目薬を点すために瞼をこじあけると白い膿みが出て、ヤモリのような細い手足をばたばたさせて、「ピーピー」「チーチー」鳴いて抵抗したが、とにかく目薬も抗生物質のシロップも済ませ、ミルクも赤身も最初の一口は嫌がったが一度口に入るとゆうべよりずっと積極的に飲んで食べて、八時間間隔の抗生物質の合い間にも一度入っていって、目薬を点して、ミルクと赤身をやっていると、夕方にはきのうと見違えるくらいに元気になった。目も、右の瞼から出てくる膿みがだいぶ少なくなって、内瞼の隙間から黒い眼球がはっきり見えるようになった。猫は薬に馴れていないから本当によく効いて、どんどん治っていく。哺乳ビンの乳首も嚙んで自分で飲み、赤身も小さい頭の小さい口からスルスルスルスルあまり見たことのない何か別のメカニズムで飲み込むようにして食べていった。

「もしこのまま助からないのだったら、それはそれで仕方ないのかもしれない」という私の危惧はきれいさっぱりなくなった。子猫の「花ちゃん」は、生きていることの歓びを小さな存在のすべてで発散させているように見えた。

「生きている歓び」とか「生きている苦しみ」という言い方があるけれど、「生きることが歓び」なのだ。世界にあるものを「善悪」という尺度で計ることは「人間的」な発想だという考え方があって、軽々しく何でも「善悪」で分けてしまうことは相当うさん臭くて、この世界にあるものやこの世界で起きることを、「世界」の側を主体に置くかぎり簡単にいいとも悪いともうれしいとも苦しいとも言えないと思うけれど、そうではなくて、「生命」を主体に置いて考えるなら計ることは可能で、「生命」にとっては「生きる」ことはそのまま「歓び」であり「善」なのだ。ミルクを飲んで赤身を食べて、段ボールの中を動き回りはじめた子猫を見て、それを実感した。

ＮＨＫ教育のＥＴＶ特集で、草間彌生の最近の様子をドキュメンタリーのような番組に構成して放送したのはこの夜から一ヵ月くらいあとのことだったが、その中で草間彌生は子どもの頃の記憶をこんな風に語った。

「河原に行くと、いくつもいくつも石があって、ワーッて何億という石が迫ってくるの。それで家《うち》に逃げて帰って、それをスケッチブックにつけといて、今度はスミレ畑に行くと、スミレが人間の顔して語りかけてくるの。私はもう恐怖でもって、家《うち》に帰って、飛んで帰ると、途中でもって犬が私にしゃべりかけるでしょ。二人で会話してるわけよ。それで自分の声、気がついたら犬の声になってるわけ。それで、家《うち》急いで帰ってスケッチブックに絵描いて、あと押入れに入ってガタガタ震えてたの。

恐かった。無人だってことが恐くなったの。

それと無人だってことが恐くなったのは何故かって言うと、誰もいなくなると私自身がそちらの幻覚の方に引きずり込まれて離人症になるから恐いわけですよ」

草間彌生というのは、この話のとおり、河原の自分に迫ってきた何億という石のようなものを繰り返し繰り返し作ってきたり、百号とか二百号のキャンバスに小さな葉とか三角や四角の形を使って、（一枚の絵には同じ一つの形だけを使って）それを無限に描いてキャンバスを埋め尽くすような絵を描いてきた人だが、この話は、草間彌生が普通に人が生きている現実の世界から引き離されるのをものすごく恐れてきたことをあらわしていると私は思った。

彼女が言った「離人症」というのが正しく離人症なのか分裂症ということなのかわからないけれど、それはかなり「死」に近い。彼女は同じ番組の別のところでは、「神経の死」という彫刻というかオブジェを粘土で製作していた。「神経の死」というのは、自殺すると神経がズタズタに解体してしまうという意味で、製作していたものも、バナナの形のようなもので大きさはバナナの半分くらいのものが、容器の中みたいなところにいっぱい詰まっているもので、その一つ一つが自殺してズタズタになった神経をあらわしているということで、

「自殺しようと思ったことってあるんですか？」

という質問にこう答えた。

「ええ、毎日毎日いまでも。

だから薬服《の》んでるんです。自殺しないように、これ持たされてきてるわけ、××××（聞き取り不能だがたぶん薬の名前）。

だから高層ビルなんか行くことできないんですよ。

この薬もらってきてるわけ。気分が悪かったらすぐ服むように。たいていは病院近いから駆け込んじゃって、お薬そこで服むんだけど」

「こうやって作ってるときはどうですか？」

「淋しいですよ。

療法だから。自分の病気の。

そうでないときは病気のことばかり考えてる」

芸術家が自分の製作という行為を〝創作〟と言わないで〝療法〟と言ってしまうことはかなり珍しいけれど、ここでも草間彌生は自殺しないように踏みとどまっている。子どもの頃の回想では現実の世界から引き離されないように踏みとどまっていた。

彼女の話を聞いていると生きるということは少しも楽ではないし歓びも全然ないように感じられるけれど、それでも彼女は「生きること」を無条件の前提として話している。無条件の前提としていることをそのまま単純に「善」だとか「歓び」と言ってしまうことはできないと思う人はいっぱいいるだろうけれど、草間彌生の番組を見ながら、私は、「生きることは善」「生きることは歓び」と草間彌生のような人も感じているんだと思った。

私がこんなことを感じたのは子猫の「花ちゃん」が二日目の夕方あたりから、存在の全体で生きる歓びをあらわすようになったからで、あれより前には私はそういう風には考えたことがなかったと思う。「花ちゃん」のこの様子を見て、私はまるで小さい子どもが花をきれいだと思ったときに花の絵を描くような気分で、そのことを小説か何かに書きたいと思った。そういう気持ちを持ったことははじめてだった。

河原の石に迫ってこられて逃げて帰ってそれをスケッチブックに描いた子ども時代の草間彌生と同じなのか違うのかわからないけれど、私にしてみれば幼稚園のときに隣りの家の夏ミカンの木に何という蜂か知らないが大きくて頭が三角に尖っていて全体が黄色の毛で被われた蜂が（それを私は大人になるまでずっとスズメバチだと思っていたのだが）ちょうど壺のような形をした大きな巣を作ったのに感動してその巣を絵に描いたの以来じゃないかと思う。壺のような形をしたその巣は茶色と白の横縞だったのだが、もともと与えられた色数が少なくて混ぜて色を作るように言われていたポスタカラーで、茶色を作るために黒と白を混ぜたら灰色になって、茶色はどう混ぜたらいいのかわからなくて、結局灰色に塗ったという、壺のような巣に対する感動そのものよりも、思ったとおりの色で描けなかった、うまくいかなかった、ということが、あれをいまでも忘れていないことの原因なのかもしれないが、とにかく何かに感動してそのことをそのまま書こうと思ったことは私にはあれ以来だった。

抗生物質も目薬も子猫にとてもよく効いて、二日目の夜には鼻汁もだいぶ少なくなり、目の膿みの量も少なくなって、右目の方は膿みを出して目薬を点してしばらく動いているうちに瞼が開いて黒目が見えるようになって、顔の右斜め前に指を持っていってチラチラ振るとそっちに顔を向けるようにもなった。

だからきっと見えるのだろうがまだ〝視覚〟と言えるほどの機能にはなっていなくて、嗅覚の方も鼻風邪が治っていないから働いていなくて、まぐろの赤身をこまかく千切った皿のところまで顔を持っていってやらないと食べられなかったが、鼻先か唇に赤身が触れると子猫はすぐに自分で食べるようになった。食べる量も増えて、刺し身の一切れ分を千切って、皿の上で子猫の胴の半分かそれ以上の大きさに広がった赤身が、普通の「食べる」のと違う、別のメカニズムで飲み込まれていくように、スルスルスルスルと子猫の体に入っていった。

それから三、四日たった夜、ウィルス性の鼻風邪が治りきっていないので子猫はまだ一部屋に隔離してあって、子猫の部屋から出てくると「ニューステーション」の中の十分くらいの特集の枠で、十歳の全盲の天才少年ピアニストというのをやっていて、私がテレビを見たときにはお母さんが、

「クリスマスソングのCDをかけていたら、近くにあったピアノで突然そのメロディを弾き始めた」

と、彼の才能に気づいたときのことを話していて（三歳か四歳のクリスマスと言っていたと

思う)、話しているお母さんの画面の下に出ているスーパーに、私と中学高校で同級生だった友人の名字が書いてあった。

二年前に高校卒業以来はじめてその友人と会ったときに彼から「子どもが全盲だから」という話を聞いて、私はそのとき「子ども」というのを漫然と勝手に「娘」と決め込んでいて、あのときの話で「娘」とは言っていなかったのか……と考えているうちに、お父さんが映って、それはまさに彼だった。

中学高校の六年間で彼から音楽の才能があるという話や様子は聞いた記憶も見た記憶もない。お母さんの方にその素質というか素地があったという可能性はもちろんあるわけだけれど、それよりも私は視力を持たなかったために、あの子はお父さんかお母さんの中にあって育たなかった音楽の才能が育ったんじゃないかと思った。視覚というのは脳の中でとても大きな比重を占めているから、視覚をフルに稼働させることは脳にとってある種の負担になって、それ以外の部分の活動を抑圧するということがあるんじゃないかと私はそのときに思ったのだ。だから、両親のどちらにも音楽の素質が萌芽のようなものすらまったくなくてもありうることかもしれないとも思った。

いきなり電話するのもあつかましいと思ったので私はそのことを手紙に書いて送ろうかと思ったけれど、片方の目が見えるようになって他の子猫と少しも変わらずに暴れ回っているために、「花ちゃん」の「ちゃん」がたいてい取れて「花」だけになった子猫にすっかりペースを乱されて、そんなことを落ち着いて書く気持ちの余裕もないまま一ヵ月以上が過ぎて、六月後半になって私は彼の職場の方に電話した。

あのとき私が希望的に考えたとおり、両親にはどちらも特別音楽の素質はなかった。彼は「見てるといろいろ発見がある」と言った。

自分の家の中だと彼の子どもは走り回っていて、ドアやテーブルがあるところでは、見ていて「ぶつかるッ」と思った寸前にちゃんと止まるのだという。

「夢も見るんだよ」と言った。

まだ子どもだし、本人はその世界しか知らないのだから、それがどういう夢なのか訊いても説明できないと言っていたけれど、私は不思議とは思わなかった。私は自分の体にひたすら負荷がかかるような夢をたまに見て、そのときには視覚よりも身体全体の感覚が圧倒的に夢を支配している。そんな例を出すまでもなく、彼の子どもが現実の生活をしていて、それと同時に知覚によって構成された世界を持っているかぎり、視覚がなくても、夢はみるだろうと思った。

（「群像」一九九九年十月号）

作者紹介

三浦哲郎（みうら・てつお）
一九三一～二〇一〇　青森県生まれ。早稲田大学第二政治経済学部中退、同大学第一文学部フランス文学科に再入学、卒業。「忍ぶ川」（一九六〇）で芥川賞を受賞、以後「恥の譜」「初夜」（ともに一九六一）など一連の作で、家系へのおびえと生への意志とを描いた。ほかに、長篇『海の道』（一九七〇）、連作短篇集『拳銃と十五の短篇』（一九七六、野間文芸賞）、長篇『少年讃歌』（一九八二、日本文学大賞）、『白夜を旅する人々』（一九八四、大佛次郎賞）、「短篇集モザイク」シリーズの「じねんじょ」（一九九〇、川端康成文学賞）、『みちづれ』（一九九一、伊藤整文学賞）、「みのむし」（一九九五、川端康成文学賞）など。一九八八年に芸術院会員。

吉村　昭（よしむら・あきら）
一九二七～二〇〇六　東京生まれ。学習院大学中退。「鉄橋」（一九五八）、「貝殻」（一九五九）、「透明標本」（一九六一）、「石の微笑」（一九六二）が芥川賞候補作にあげられた。一九六六年「星への旅」で太宰治賞を受賞。一九七三年には一連の記録文学で菊池寛賞、一九七九年『ふぉん・しいほるとの娘』で吉川英治文学賞、一九八五年『破獄』で読売文学賞と芸術選奨文部大臣賞、同年『冷い夏、熱い夏』で毎日芸術賞をそれぞれ受賞した。一九九七年、芸術院会員。

富岡多恵子（とみおか・たえこ）
一九三五年、大阪府生まれ。大阪女子大学卒業。一九五八年、詩集『返禮』でH氏賞、一九六一年『物語の明くる日』で室生犀星詩人賞。小説に転じ、一九七四年『植物祭』で田村俊子賞、同年『冥途の家族』で女流文学賞、一九七七年に短篇集『当世凡人伝』中の「立切れ」で川端康成文学賞、一九九七年『ひべるにあ島紀行』で野間文芸賞。二〇〇四年に

芸術院賞。『西鶴の感情』で二〇〇五年に伊藤整文学賞、二〇〇六年に大佛次郎賞。二〇〇八年、芸術院会員。

林 京子（はやし・きょうこ）

一九三〇〜二〇一七 長崎高等女学校卒業。十四歳まで上海で育つ。帰国後、生地の長崎で被爆する。一九七五年、その体験にもとづく「祭りの場」で群像新人文学賞、芥川賞。一九八三年『上海』で女流文学賞。一九八四年「三界の家」で川端康成文学賞。一九九〇年『やすらかに今はねむり給え』で谷崎潤一郎賞。二〇〇〇年『長い時間をかけた人間の経験』で野間文芸賞。二〇〇六年、朝日賞。

藤枝静男（ふじえだ・しずお）

一九〇七〜一九九三 静岡県生まれ。千葉医大（現千葉大学医学部）卒業。名古屋の旧制第八高等学校在学中に平野謙、本多秋五と交友をもつ。志賀直哉に傾倒。一九四七年『近代文学』に「路」を発表。眼科医と文筆生活を両立させ、私小説の世界と幻想奇想の世界とをあわせもつ作品を生みだした。作品に『空気頭』（一九六八年、芸術選奨文部大臣賞）、「欣求浄土」「凶徒津田三蔵」など。

小島信夫（こじま・のぶお）

一九一五〜二〇〇六 岐阜県生まれ。東京帝国大学英文科卒業。「小銃」（一九五二）、「吃音学院」（一九五三）、「城砦の人」（一九五四）など、日常生活の断面をとらえて現代人の精神のひずみを描く苦いユーモアで注目され、第二次世界大戦後のアメリカ人と日本人の不安定な人間関係の心理模様を映した短篇「アメリカン・スクール」（一九五四）で芥川賞を受賞。安岡章太郎、吉行淳之介、庄野潤三らとともに「第三の新人」と呼ばれ、注目された。代表作に長篇「島」（一九五五）、「愛の完結」（一九五六）、第一回谷崎潤一郎賞を受賞した『抱擁家族』（一九六五）、『別れる理由』（一九八二）、『残光』（二〇〇六）などがある。評論の『私の作家評伝Ⅰ・Ⅱ』で芸術選奨文部大臣賞を受賞。一九八二年、芸術院賞受賞。一九八九年、芸術院会員。一九九四年、文化功労者。二〇〇四年には、勲二等旭日重光章を受章した。

大江健三郎（おおえ・けんざぶろう）
一九三五年、愛媛県生まれ。東京大学仏文科卒業。在学中の一九五七年、『東京大学新聞』紙上に発表した「奇妙な仕事」で脚光を浴び、同年中に「死者の奢《おご》り」「他人の足」を続けざまに発表、観念と抒情の融合した作風の新鮮さが注目された。黒人兵捕虜と村の子供たちの、のどかで、しかも残酷な「関係」を描いた「飼育」（一九五八）で芥川賞受賞。以後「性的人間」（一九六三）、『個人的な体験』（一九六四）、「万延元年のフットボール」（一九六七）、「洪水はわが魂に及び」（一九七三）、「ピンチランナー調書」（一九七六）、『同時代ゲーム』（一九七九）、「新しい人よ眼ざめよ」（一九八三、大佛次郎賞）、『懐かしい年への手紙』（一九八七）、三部作「燃えあがる緑の木」（一九九三〜九五）などを発表。その諸作品は二十ヵ国近い外国語に翻訳され、世界的に知られる。一九九四年、ノーベル文学賞を受賞した。

後藤明生（ごとう・めいせい）
一九三二〜一九九九　朝鮮咸鏡南道生まれ。早稲田大学卒業。平凡出版（現マガジンハウス）勤務を経て文筆生活に入る。自己の内面を追求する「内向の世代」の作家のひとりとされる。一九七七年『夢かたり』で平林たい子文学賞。現代小説の方法的模索を執拗につづけ、一九八一年『吉野大夫』で谷崎潤一郎賞、一九九〇年『首塚の上のアドバルーン』で芸術選奨文部大臣賞。一九八九年からは近畿大学教授も務めた。

大庭みな子（おおば・みなこ）
一九三〇〜二〇〇七　東京生まれ。津田塾大学卒業。一九五九年、夫の仕事の都合で渡米、アラスカで十一年を過ごす。この間の一九六八年に「三匹の蟹」で群像新人文学賞、次いで芥川賞を受賞。一九八七年、河野多恵子とともに芥川賞初の女性選考委員に就任、一九九七年まで務めた。一九九一年、芸術院会員。一九九六年に病に倒れたが、詩や短歌を発表しつづけた。主著に「虹と浮橋」(一九六八)、『浦島草』(一九七七)、『寂兮寥兮《かたちもなく》』(一九八二、谷崎潤一郎賞)、『啼く鳥の』(一九八五、野間文芸賞)、評伝『津田梅子』(一九九〇、読売文学賞)などがある。

丸谷才一(まるや・さいいち)

一九二五～二〇一二　山形県生まれ。東京大学卒業。J・ジョイス『ユリシーズ』の翻訳で注目される。日本的な私小説の伝統を批判して小説を手がけ、一九六八年「年の残り」で芥川賞、一九七二年『たった一人の反乱』で谷崎潤一郎賞。古典にも造詣がふかく、一九七四年『後鳥羽院』で読売文学賞。一九八五年『忠臣藏とは何か』で野間文芸賞。一九九八年、芸術院会員。二〇〇〇年『新々百人一首』で大佛次郎賞。二〇〇四年、朝日賞。二〇〇六年、文化功労者。文章論やエッセイなども多い。二〇一一年に文化勲章受章。

津島佑子(つしま・ゆうこ)

一九四七～二〇一六　小説家・太宰治の次女として、東京・三鷹に生まれる。翌年に父太宰が自殺し、十二歳の時には知的障害のある兄を亡くしている。白百合女子大学英文学科在学中から『文芸首都』『三田文学』に参加し、一九六九年に小説「レクイエム――犬と大人のために」で文壇デビュー。一九七二年、「狐を孕《はら》む」が芥川賞候補となる。一九七八年『寵児』で女流文学賞を、一九七九年『光の領分』で野間文芸新人賞を受賞。一九八五年に長男を病気で失い、一九八七年『夜の光に追われて』で読売文学賞を受賞。一九九八年には『火の山――山猿記』で谷崎潤一郎賞と野間文芸賞を受賞し、NHK連続テレビ小説「純情きらり」(二〇〇六年)の原案となる。二〇〇二年には『笑いオオカミ』で大佛次郎賞を、二〇一一年に『黄金の夢の歌』で毎日芸術賞を受賞するなど、第一線で活躍しつづけた。

色川武大（いろかわ・たけひろ）
一九二九〜一九八九　東京生まれ。転職をかさねながら無頼の日々をおくる。一九六一年「黒い布」で文壇にデビューする。一九七七年『怪しい来客簿』で泉鏡花文学賞、一九七八年『離婚』で直木賞、一九八九年『狂人日記』で読売文学賞を受賞。また阿佐田哲也のペンネームでも知られ、『麻雀《マージャン》放浪記』などのギャンブル小説の数々は、熱狂的ファンを獲得した。

山田詠美（やまだ・えいみ）
一九五九年、東京生まれ。明治大学中退。漫画から小説に転じ、一九八五年「ベッドタイムアイズ」で文芸賞。男女の性愛、少年や少女の心理を大胆かつ繊細に描き、一九八七年『ソウル・ミュージック・ラバーズ・オンリー』で直木賞を受賞。一九九一年『トラッシュ』で女流文学賞、一九九六年『アニマル・ロジック』で泉鏡花文学賞、二〇〇一年『A2Z』で読売文学賞、二〇〇五年『風味絶佳』で谷崎潤一郎賞。二〇一二年『ジェントルマン』で野間文芸賞を受賞。

多和田葉子（たわだ・ようこ）
一九六〇年、東京生まれ。早稲田大学卒業。一九八二年、ドイツの書籍輸出取次会社にはいり、ハンブルクに在住し、のち退社。現地に住み、通訳、家庭教師のかたわら日本語とドイツ語で小説を書く。一九九一年「かかとを失くして」で群像新人文学賞、一九九三年「犬婿入り」で芥川賞受賞。一九九六年ドイツのシャミッソー文学賞。二〇〇三年『容疑者の夜行列車』で伊藤整文学賞、谷崎潤一郎賞。二〇〇九年坪内逍遙大賞。二〇一一年『尼僧とキューピッドの弓』で紫式部文学賞。同年『雪の練習生』で野間文芸賞を受賞。二〇一三年『雲をつかむ話』で読売文学賞（小説賞）、芸術選奨文部科学大臣賞。ほかに『ヒナギクのお茶の場合』（泉鏡花文学賞）、『球形時間』（Bunkamuraドゥマゴ文学賞）など。

笙野頼子（しょうの・よりこ）
一九五六年、三重県生まれ。立命館大学卒業。一九

八一年「極楽」で群像新人文学賞。現代女性の存在の不安を、現実と妄想の交錯のなかに追いつづけ、一九九一年『なにもしてない』で野間文芸新人賞、一九九四年「二百回忌」で三島由紀夫賞、「タイムスリップ・コンビナート」で芥川賞を受ける。二〇〇一年『幽界森娘異聞』で泉鏡花文学賞。二〇〇五年『金毘羅』で伊藤整文学賞。二〇一四年『未闘病記──膠原病、「混合性結合組織病」の』で野間文芸賞を受賞。

小川国夫(おがわ・くにお)

一九二七〜二〇〇八　静岡県生まれ。幼時から病弱で、二十歳のときカトリックに入信。東京大学在学中にフランスに留学。帰国後『アポロンの島』を自費出版、島尾敏雄に激賞され、作家として立つ。堅固な感覚と文体で知られる。一九八六年「逸民」で川端康成文学賞。一九九〇年からは大阪芸術大学教授も務めた。一九九九年『ハシッシ・ギャング』で読売文学賞。二〇〇〇年、芸術院賞。二〇〇五年、芸術院会員。ほかに「或る聖書」「試みの岸」など。

稲葉真弓(いなば・まゆみ)

一九五〇〜二〇一四　愛知県生まれ。津島高等学校卒業。編集プロダクションにつとめ、同人誌『作家』に作品を発表。一九七三年『蒼い影の傷みを』で女流新人賞、一九九二年『エンドレス・ワルツ』で女流文学賞、一九九五年『声の娼婦』で平林たい子文学賞。二〇〇八年「海松《みる》」で川端康成文学賞。二〇一〇年、同作品を収めた短編集『海松』で芸術選奨文部科学大臣賞。『半島へ』で二〇一一年、谷崎潤一郎賞、二〇一二年、親鸞賞。現代の不安のなかに生きる人びとのエロスの世界を描いた。作品はほかに「琥珀の町」など。

保坂和志(ほさか・かずし)

一九五六年、山梨県生まれ。早稲田大学卒業後、西武百貨店に勤務する。一九九三年『草の上の朝食』で野間文芸新人賞を受賞し、文筆生活に入る。一九九五年、日常のおだやかな時間の流れを描いた「この人の閾《いき》」で芥川賞受賞。一九九七年『季節の記憶』で平林たい子文学賞および谷崎潤一郎賞を受ける。二〇一三年『未明の闘争』で野間文芸賞。作品はほかに『プレーンソング』『猫に時間の流れる』『小説の誕生』など。

本書は講談社の文芸誌『群像』〈創刊70周年記念号　群像短篇名作選〉（二〇一六年十月号）を底本として使用しました。

講談社文芸文庫

柄谷行人

内省と遡行

〈外部〉へ出ることをめざし、内部に徹底することで内部の自壊を目論んだ哲学的批評「内省と遡行」と「言語・数・貨幣」。極限まで思考する凄味に満ちた名著。

978-4-06-290374-5 かB16

柳 宗悦

木喰上人

解説=岡本勝人 年譜=水尾比呂志、前田正明

かつてない表情をたたえる木喰仏に魅入られた著者の情熱によって、江戸後期の知られざる行者の驚くべき生涯が明らかに。民藝運動の礎となった記念碑的研究の書。

978-4-06-290373-8 やP1

群像編集部・編

群像短篇名作選 1970〜1999

自我の揺らぎ、時空間の拡張、境界線の認識……。新しい人間像と社会の変容を描くべく、作家たちのさまざまな実験が展開する。昭和後期から平成にかけての十八篇。

978-4-06-290375-2 くK2

講談社文芸文庫

講談社文芸文庫

伊藤桂一	静かなノモンハン	勝又 浩——解／久米 勲——年
井上ひさし	京伝店の烟草入れ 井上ひさし江戸小説集	野口武彦——解／渡辺昭夫——年
井上光晴	西海原子力発電所｜輸送	成田龍一——解／川西政明——年
井上 靖	補陀落渡海記 井上靖短篇名作集	曾根博義——解／曾根博義——年
井上 靖	異域の人｜幽鬼 井上靖歴史小説集	曾根博義——解／曾根博義——年
井上 靖	本覚坊遺文	高橋英夫——解／曾根博義——年
井伏鱒二	還暦の鯉	庄野潤三——人／松本武夫——年
井伏鱒二	厄除け詩集	河盛好蔵——人／松本武夫——年
井伏鱒二	夜ふけと梅の花｜山椒魚	秋山 駿——解／松本武夫——年
井伏鱒二	神屋宗湛の残した日記	加藤典洋——解／寺横武夫——年
井伏鱒二	鞆ノ津茶会記	加藤典洋——解／寺横武夫——年
井伏鱒二	釣師・釣場	夢枕 獏——解／寺横武夫——年
色川武大	生家へ	平岡篤頼——解／著者——年
色川武大	狂人日記	佐伯一麦——解／著者——年
色川武大	小さな部屋｜明日泣く	内藤 誠——解／著者——年
岩阪恵子	画家小出楢重の肖像	堀江敏幸——解／著者——年
岩阪恵子	木山さん、捷平さん	蜂飼 耳——解／著者——年
内田百閒	［ワイド版］百閒随筆 Ⅰ 池内紀編	池内 紀——解
宇野浩二	思い川｜枯木のある風景｜蔵の中	水上 勉——解／柳沢孝子——案
梅崎春生	桜島｜日の果て｜幻化	川村 湊——解／古林 尚——案
梅崎春生	ボロ家の春秋	菅野昭正——解／編集部——年
梅崎春生	狂い凧	戸塚麻子——解／編集部——年
梅崎春生	悪酒の時代 猫のことなど —梅崎春生随筆集—	外岡秀俊——解／編集部——年
江國 滋選	手紙読本 日本ペンクラブ編	斎藤美奈子—解
江藤 淳	一族再会	西尾幹二——解／平岡敏夫——案
江藤 淳	成熟と喪失 —"母"の崩壊—	上野千鶴子—解／平岡敏夫——案
江藤 淳	小林秀雄	井口時男——解／武藤康史——年
江藤 淳	考えるよろこび	田中和生——解／武藤康史——年
江藤 淳	旅の話・犬の夢	富岡幸一郎—解／武藤康史——年
円地文子	虹と修羅	宮内淳子——年
遠藤周作	青い小さな葡萄	上総英郎——解／古屋健三——案
遠藤周作	白い人｜黄色い人	若林 真——解／広石廉二——年
遠藤周作	遠藤周作短篇名作選	加藤宗哉——解／加藤宗哉——年
遠藤周作	『深い河』創作日記	加藤宗哉——解／加藤宗哉——年

遠藤周作—[ワイド版]哀歌　上総英郎—解／高山鉄男—案

大江健三郎-万延元年のフットボール　加藤典洋—解／古林 尚—案

大江健三郎-叫び声　新井敏記—解／井口時男—案

大江健三郎-みずから我が涙をぬぐいたまう日　渡辺広士—解／高田知波—案

大江健三郎-懐かしい年への手紙　小森陽一—解／黒古一夫—案

大江健三郎-静かな生活　伊丹十三—解／栗坪良樹—案

大江健三郎-僕が本当に若かった頃　井口時男—解／中島国彦—案

大江健三郎-新しい人よ眼ざめよ　リービ英雄-解／編集部—年

大岡昇平—中原中也　粟津則雄—解／佐々木幹郎-案

大岡昇平—幼年　高橋英夫—解／渡辺正彦—案

大岡昇平—花影　小谷野 敦—解／吉田凞生—年

大岡昇平—常識的文学論　樋口 覚—解／吉田凞生—年

大岡 信—私の万葉集一　東 直子—解

大岡 信—私の万葉集二　丸谷才一—解

大岡 信—私の万葉集三　嵐山光三郎-解

大岡 信—私の万葉集四　正岡子規—附

大岡 信—私の万葉集五　高橋順子—解

大岡 信—現代詩試論｜詩人の設計図　三浦雅士—解

大西巨人—地獄変相奏鳴曲 第一楽章・第二楽章・第三楽章

大西巨人—地獄変相奏鳴曲 第四楽章　阿部和重—解／齋藤秀昭—年

大庭みな子-寂兮寥兮　水田宗子—解／著者—年

岡田 睦—明日なき身　富岡幸一郎-解／編集部—年

岡本かの子-食魔 岡本かの子食文学傑作選 大久保喬樹編　大久保喬樹-解／小松邦宏—年

岡本太郎—原色の呪文 現代の芸術精神　安藤礼二—解／岡本太郎記念館-年

小川国夫—アポロンの島　森川達也—解／山本恵一郎-年

奥泉 光—石の来歴｜浪漫的な行軍の記録　前田 塁—解／著者—年

奥泉 光—その言葉を｜暴力の舟｜三つ目の鯰　佐々木 敦—解／著者—年

奥泉 光
群像編集部 編-戦後文学を読む

尾崎一雄—美しい墓地からの眺め　宮内 豊—解／紅野敏郎—年

大佛次郎—旅の誘い 大佛次郎随筆集　福島行一—解／福島行一—年

織田作之助-夫婦善哉　種村季弘—解／矢島道弘—年

織田作之助-世相｜競馬　稲垣眞美—解／矢島道弘—年

小田 実—オモニ太平記　金 石範—解／編集部—年

小沼丹 ——懐中時計	秋山 駿——解／中村 明——案
小沼丹 ——小さな手袋	中村 明——人／中村 明——年
小沼丹 ——村のエトランジェ	長谷川郁夫-解／中村 明——年
小沼丹 ——銀色の鈴	清水良典—解／中村 明——年
小沼丹 ——珈琲挽き	清水良典—解／中村 明——年
小沼丹 ——木菟燈籠	堀江敏幸—解／中村 明——年
小沼丹 ——藁屋根	佐々木 敦—解／中村 明——年
折口信夫—折口信夫文芸論集 安藤礼二編	安藤礼二—解／著者———年
折口信夫—折口信夫天皇論集 安藤礼二編	安藤礼二—解
折口信夫—折口信夫芸能論集 安藤礼二編	安藤礼二—解
折口信夫—折口信夫対話集 安藤礼二編	安藤礼二—解／著者———年
加賀乙彦—帰らざる夏	リービ英雄-解／金子昌夫—案
葛西善蔵—哀しき父|椎の若葉	水上 勉——解／鎌田 慧——案
葛西善蔵—贋物|父の葬式	鎌田 慧——解
加藤典洋—日本風景論	瀬尾育生—解／著者———年
加藤典洋—アメリカの影	田中和生—解／著者———年
加藤典洋—戦後的思考	東 浩紀——解／著者———年
金井美恵子-愛の生活|森のメリュジーヌ	芳川泰久—解／武藤康史—年
金井美恵子-ピクニック、その他の短篇	堀江敏幸—解／武藤康史—年
金井美恵子-砂の粒|孤独な場所で 金井美恵子自選短篇集	磯﨑憲一郎-解／前田晃——年
金井美恵子-恋人たち|降誕祭の夜 金井美恵子自選短篇集	中原昌也—解／前田晃——年
金井美恵子-エオンタ|自然の子供 金井美恵子自選短篇集	野田康文—解／前田晃——年
金子光晴—絶望の精神史	伊藤信吉—人／中島可一郎-年
嘉村礒多—業苦|崖の下	秋山 駿——解／太田静一—年
柄谷行人—意味という病	絓 秀実——解／曾根博義—案
柄谷行人—畏怖する人間	井口時男—解／三浦雅士—案
柄谷行人編-近代日本の批評 Ⅰ 昭和篇上	
柄谷行人編-近代日本の批評 Ⅱ 昭和篇下	
柄谷行人編-近代日本の批評 Ⅲ 明治・大正篇	
柄谷行人—坂口安吾と中上健次	井口時男—解／関井光男—年
柄谷行人—日本近代文学の起源 原本	関井光男—年
柄谷行人 中上健次—柄谷行人中上健次全対話	高澤秀次—解
柄谷行人—反文学論	池田雄一—解／関井光男—年

講談社文芸文庫

柄谷行人 蓮實重彥	柄谷行人蓮實重彥全対話	
柄谷行人	柄谷行人インタヴューズ1977-2001	
柄谷行人	柄谷行人インタヴューズ2002-2013	丸川哲史——解／関井光男——年
柄谷行人	[ワイド版]意味という病	絓 秀実——解／曾根博義——案
柄谷行人	内省と遡行	
河井寬次郎	火の誓い	河井須也子-人／鷺 珠江——年
河井寬次郎	蝶が飛ぶ 葉っぱが飛ぶ	河井須也子-解／鷺 珠江——年
河上徹太郎	吉田松陰 武と儒による人間像	松本健一——解／大平和登他-年
川喜田半泥子	随筆 泥仏堂日録	森 孝一——解／森 孝一——年
川崎長太郎	抹香町|路傍	秋山 駿——解／保昌正夫——年
川崎長太郎	鳳仙花	川村二郎——解／保昌正夫——年
川崎長太郎	老残|死に近く 川崎長太郎老境小説集	いしいしんじ-解／齋藤秀昭——年
川崎長太郎	泡|裸木 川崎長太郎花街小説集	齋藤秀昭——解／齋藤秀昭——年
川崎長太郎	ひかげの宿|山桜 川崎長太郎「抹香町」小説集	齋藤秀昭——解／齋藤秀昭——年
川端康成	一草一花	勝又 浩——人／川端香男里-年
川端康成	水晶幻想|禽獣	高橋英夫——解／羽鳥徹哉——案
川端康成	反橋|しぐれ|たまゆら	竹西寬子——解／原 善——案
川端康成	たんぽぽ	秋山 駿——解／近藤裕子——案
川端康成	浅草紅団|浅草祭	増田みず子-解／栗坪良樹——案
川端康成	文芸時評	羽鳥徹哉——解／川端香男里-年
川端康成	非常|寒風|雪国抄 川端康成傑作短篇再発見	富岡幸一郎-解／川端香男里-年
川村 湊編	現代アイヌ文学作品選	川村 湊——解
上林暁	白い屋形船|ブロンズの首	高橋英夫——解／保昌正夫——案
上林暁	聖ヨハネ病院にて|大懺悔	富岡幸一郎-解／津久井 隆——年
木下杢太郎	木下杢太郎随筆集	岩阪恵子——解／柿谷浩——年
金達寿	金達寿小説集	廣瀬陽——解／廣瀬陽——年
木山捷平	氏神さま|春雨|耳学問	岩阪恵子——解／保昌正夫——案
木山捷平	井伏鱒二|弥次郎兵衛|ななかまど	岩阪恵子——解／木山みさを-年
木山捷平	鳴るは風鈴 木山捷平ユーモア小説選	坪内祐三——解／編集部——年
木山捷平	落葉|回転窓 木山捷平純情小説選	岩阪恵子——解／編集部——年
木山捷平	新編 日本の旅あちこち	岡崎武志——解
木山捷平	酔いざめ日記	
木山捷平	[ワイド版]長春五馬路	蜂飼 耳——解／編集部——年

講談社文芸文庫

講談社文芸文庫

講談社文芸文庫編-『少年倶楽部』短篇選　杉山 亮——解
講談社文芸文庫編-福島の文学 11人の作家　宍戸芳夫——解
講談社文芸文庫編-個人全集月報集 円地文子文庫・円地文子全集・佐多稲子全集・宇野千代全集
講談社文芸文庫編-妻を失う 離別作品集　富岡幸一郎-解
講談社文芸文庫編-『少年倶楽部』熱血・痛快・時代短篇選　講談社文芸文庫-解
講談社文芸文庫編-素描 埴谷雄高を語る
講談社文芸文庫編-戦争小説短篇名作選　若松英輔——解
講談社文芸文庫編-「現代の文学」月報集
講談社文芸文庫編-明治深刻悲惨小説集 齋藤秀昭選　齋藤秀昭——解
講談社文芸文庫編-個人全集月報集 武田百合子全作品・森茉莉全集
小島信夫——抱擁家族　大橋健三郎-解／保昌正夫——案
小島信夫——うるわしき日々　千石英世——解／岡田 啓——年
小島信夫——月光|暮坂 小島信夫後期作品集　山崎 勉——解／編集部——年
小島信夫——美濃　保坂和志——解／柿谷浩一——年
小島信夫——公園|卒業式 小島信夫初期作品集　佐々木 敦——解／柿谷浩一——年
小島信夫——靴の話|眼 小島信夫家族小説集　青木淳悟——解／柿谷浩一——年
小島信夫——城壁|星 小島信夫戦争小説集　大澤信亮——解／柿谷浩一——年
小島信夫——[ワイド版]抱擁家族　大橋健三郎-解／保昌正夫——案
後藤明生——挾み撃ち　武田信明——解／著者——年
後藤明生——首塚の上のアドバルーン　芳川泰久——解／著者——年
小林 勇——惜櫟荘主人 一つの岩波茂雄伝　高田 宏——人／小林堯彦他-年
小林信彦——[ワイド版]袋小路の休日　坪内祐三——解／著者——年
小林秀雄——栗の樹　秋山 駿——人／吉田凞生——年
小林秀雄——小林秀雄対話集　秋山 駿——解／吉田凞生——年
小林秀雄——小林秀雄全文芸時評集 上・下　山城むつみ-解／吉田凞生——年
小林秀雄——[ワイド版]小林秀雄対話集　秋山 駿——解／吉田凞生——年
小堀杏奴——朽葉色のショール　小尾俊人——解／小尾俊人——年
小山 清——日日の麵麭|風貌 小山清作品集　田中良彦——解／田中良彦——年
佐伯一麦——ショート・サーキット 佐伯一麦初期作品集　福田和也——解／二瓶浩明——年
佐伯一麦——日和山 佐伯一麦自選短篇集　阿部公彦——解／著者——年
佐伯一麦——ノルゲ Norge　三浦雅士——解／著者——年
坂上 弘——田園風景　佐伯一麦——解／田谷良一——年
坂上 弘——故人　若松英輔——解／田谷良一、吉原洋一-年
坂口安吾——風と光と二十の私と　川村 湊——解／関井光男——案

講談社文芸文庫

白洲正子—近江山河抄	前 登志夫—人／森 孝一—年
白洲正子—古典の細道	勝又 浩—人／森 孝一—年
白洲正子—能の物語	松本 徹—人／森 孝一—年
白洲正子—心に残る人々	中沢けい—人／森 孝一—年
白洲正子—世阿弥 —花と幽玄の世界	水原紫苑—人／森 孝一—年
白洲正子—謡曲平家物語	水原紫苑—解／森 孝一—年
白洲正子—西国巡礼	多田富雄—解／森 孝一—年
白洲正子—私の古寺巡礼	高橋睦郎—解／森 孝一—年
白洲正子—[ワイド版]古典の細道	勝又 浩—人／森 孝一—年
杉浦明平—夜逃げ町長	小嵐九八郎-解／若杉美智子-年
鈴木大拙訳-天界と地獄 スエデンボルグ著	安藤礼二—解／編集部—年
鈴木大拙—スエデンボルグ	安藤礼二—解／編集部—年
青鞜社編—青鞜小説集	森 まゆみ—解
曽野綾子—雪あかり 曽野綾子初期作品集	武藤康史—解／武藤康史—年
高井有一—時の潮	松田哲夫—解／武藤康史—年
高橋源一郎-さようなら、ギャングたち	加藤典洋—解／栗坪良樹—年
高橋源一郎-ジョン・レノン対火星人	内田 樹—解／栗坪良樹—年
高橋源一郎-虹の彼方に《オーヴァー・ザ・レインボウ》	矢作俊彦—解／栗坪良樹—年
高橋源一郎-ゴーストバスターズ 冒険小説	奥泉 光—解／若杉美智子-年
高橋たか子-誘惑者	山内由紀人-解／著者—年
高橋たか子-人形愛|秘儀|甦りの家	富岡幸一郎-解／著者—年
高橋英夫—新編 疾走するモーツァルト	清水 徹—解／著者—年
高見順—如何なる星の下に	坪内祐三—解／宮内淳子—年
高見順—死の淵より	井坂洋子—解／宮内淳子—年
高見順—わが胸の底のここには	荒川洋治—解／宮内淳子—年
高見沢潤子-兄 小林秀雄との対話 人生について	
武田泰淳—蝮のすえ|「愛」のかたち	川西政明—解／立石 伯—案
武田泰淳—司馬遷—史記の世界	宮内 豊—解／古林 尚—年
武田泰淳—風媒花	山城むつみ-解／編集部—年
竹西寛子—式子内親王|永福門院	雨宮雅子—人／著者—年
太宰 治—男性作家が選ぶ太宰治	編集部—年
太宰 治—女性作家が選ぶ太宰治	
太宰 治—30代作家が選ぶ太宰治	編集部—年

講談社文芸文庫

講談社文芸文庫

日本文藝家協会編-現代小説クロニクル1975～1979　川村 湊――解

日本文藝家協会編-現代小説クロニクル1980～1984　川村 湊――解

日本文藝家協会編-現代小説クロニクル1985～1989　川村 湊――解

日本文藝家協会編-現代小説クロニクル1990～1994　川村 湊――解

日本文藝家協会編-現代小説クロニクル1995～1999　川村 湊――解

日本文藝家協会編-現代小説クロニクル2000～2004　川村 湊――解

日本文藝家協会編-現代小説クロニクル2005～2009　川村 湊――解

日本文藝家協会編-現代小説クロニクル2010～2014　川村 湊――解

丹羽文雄――小説作法　青木淳悟――解／中島国彦――年

野口冨士男-なぎの葉考|少女 野口冨士男短篇集　勝又 浩――解／編集部――年

野口冨士男-風の系譜　川本三郎――解／平井一麥――年

野口冨士男-感触的昭和文壇史　川村 湊――解／平井一麥――年

野坂昭如――人称代名詞　秋山 駿――解／鈴木貞美――案

野坂昭如――東京小説　町田 康――解／村上玄一――年

野田宇太郎-新東京文学散歩 上野から麻布まで　坂崎重盛――解

野田宇太郎-新東京文学散歩 漱石・一葉・荷風など　大村彦次郎-解

野間 宏――暗い絵|顔の中の赤い月　紅野謙介――解／紅野謙介――年

野呂邦暢――[ワイド版]草のつるぎ|一滴の夏 野呂邦暢作品集　川西政明――解／中野章子――年

橋川文三――日本浪曼派批判序説　井口時男――解／赤藤了勇――年

蓮實重彥――夏目漱石論　松浦理英子-解／著者――年

蓮實重彥――「私小説」を読む　小野正嗣――解／著者――年

蓮實重彥――凡庸な芸術家の肖像 上 マクシム・デュ・カン論

蓮實重彥――凡庸な芸術家の肖像 下 マクシム・デュ・カン論　工藤庸子――解

花田清輝――復興期の精神　池内 紀――解／日高昭二――年

埴谷雄高――死霊 I II III　鶴見俊輔――解／立石 伯――年

埴谷雄高――埴谷雄高政治論集 埴谷雄高評論選書1 立石伯編

埴谷雄高――埴谷雄高思想論集 埴谷雄高評論選書2 立石伯編

埴谷雄高――埴谷雄高文学論集 埴谷雄高評論選書3 立石伯編　立石 伯――年

埴谷雄高――酒と戦後派 人物随想集

濱田庄司――無盡蔵　水尾比呂志-解／水尾比呂志-年

林 京子――祭りの場|ギヤマン ビードロ　川西政明――解／金井景子――案

林 京子――長い時間をかけた人間の経験　川西政明――解／金井景子――年

林 京子――希望　外岡秀俊――解／金井景子――年

林 京子――やすらかに今はねむり給え|道　青来有一――解／金井景子――年

▶解=解説 案=作家案内 人=人と作品 年=年譜を示す。 2018年4月現在

講談社文芸文庫

群像短篇名作選《ぐんぞうたんぺんめいさくせん》 1970〜1999

群像編集部《ぐんぞうへんしゅうぶ》・編《へん》

二〇一八年四月一〇日第一刷発行

発行者——渡瀬昌彦
発行所——株式会社 講談社
東京都文京区音羽2・12・21 〒112-8001
電話 編集（03）5395・3513
販売（03）5395・5817
業務（03）5395・3615

デザイン——菊地信義
印刷——豊国印刷株式会社
製本——株式会社国宝社
本文データ制作——講談社デジタル製作

定価はカバーに表示してあります。

ISBN978-4-06-290375-2